AF422138

Plus brillantes sont les étoiles

Autres romans

La Tapisserie des Mondes

Préludes

Plus brillantes sont les étoiles (avril 2021)

Yggdrasil – premier cycle

La prophétie (janvier 2016) – Réédition (octobre 2022)

La rébellion (juillet 2016) – Réédition (octobre 2022)

L'Espoir (avril 2017) – Réédition (octobre 2022)

Aldarrök – deuxième cycle

Le chant du chaos (octobre 2022)

Les serpents d'ombre (décembre 2023)

Tome 3 (à paraître en 2024)

Abri 19 (février 2018)

Les Larmes des Aëlwynns

Le prince déchu (2018)

Le dernier mage (2019)

La déesse sombre (2020)

Recueils de nouvelles

(avec l'association des auteurs indépendants du Grand-Ouest)

Légendes : Entre terres & mers (octobre 2017)

Jour de pluie (octobre 2018)

Plus brillantes sont les étoiles

Myriam Caillonneau

Remerciements

Je voudrais remercier celles et ceux qui ont contribué, de près ou de loin, à l'écriture de ce livre. Leur travail et leur soutien sont très précieux. Ils furent mes premiers lecteurs et leurs critiques, toutes constructives, m'ont aidée à progresser.

Merci à mon équipage : Chantal, Guillaume et Pauline.

Merci à mon correcteur, Philippe Étienne.

Et un immense merci à Maxime Delcambre, mon illustrateur si talentueux.

Ce livre est dédié à Franck, mon super beau-frère.
Il n'a pas encore découvert mes histoires, car il attend les films.
Si vous êtes producteur, réalisateur ou scénariste,
pensez à lui, s'il vous plaît !
Plus sérieusement, un grand merci mon Francky
pour ton soutien indéfectible.
Tu es plus brillant que les étoiles.

1

Zhanghill corporation
Règlement intérieur
Article 14
Les enfants d'un employé de Zhanghill appartiennent en priorité à la compagnie.

Le transporteur en provenance de la Terre s'arrima à l'un des tunnels d'accès de l'astroport. Cette structure tentaculaire fourmillait en permanence d'activité. Des centaines de vaisseaux venant de toutes les colonies s'y croisaient, s'y arrêtaient, puis repartaient vers d'autres destinations, les flancs gonflés de marchandises. Les bâtiments de guerre y déversaient leurs troupes épuisées avant de retourner au combat. Toute l'humanité semblait se côtoyer dans les modules de cette base aux frontières de l'inconnu.

Les passagers du *C.S. Alice*, fatigués par un long périple, se pressaient dans l'exigu sas de sortie, impatients de découvrir ce carrefour des voies de navigations spatiales du secteur. Le brouhaha des multiples conversations rebondissait sur les parois métalliques avec un écho désagréable. Un imposant marchand, reconnaissable à la coupe élégante et fonctionnelle de ses vêtements, discourait avec une emphase un peu ridicule sur les inconvénients des voyages intersidéraux. Le jeune homme près de lui se contentait de hocher la tête de temps en temps, pour montrer son assentiment. Un couple tentait de calmer sa progéniture qui trépignait bruyamment dans l'attente de l'ouverture du compartiment. Leurs gamins poussaient des cris stridents comme seuls les enfants en sont capables, bousculant parfois leurs voisins qui leur jetaient des regards agacés. Au premier rang, des travailleurs patientaient en silence, la mine basse et le dos voûté. Un labeur épuisant les attendait et ils savouraient leurs dernières minutes de repos. À l'arrière du sas, des soldats de retour de permission braillaient les paroles paillardes de chansons à boire. Ils exhalaient des relents de bière bon marché qui soulevaient le cœur de la jeune femme juste devant eux.

Ava Morel s'écarta imperceptiblement des fêtards, se rapprochant ainsi du voyageur solitaire qui la précédait. Il paraissait somnoler, les bras croisés, le menton posé sur la poitrine comme si le tohu-bohu ambiant n'avait aucune prise sur lui. Elle l'enviait, car cette pièce bondée réveillait sa claustrophobie. Elle fit un pas supplémentaire pour échapper aux envahissants militaires ce qui, malheureusement, attira leur attention. À grand renfort de bourrades joyeuses, ils l'entourèrent aussitôt en la bombardant de commentaires graveleux. L'un d'eux, un géant blond aux yeux chassieux, se pencha pour tenter de lui voler un baiser. Elle se dégagea brusquement et heurta l'inconnu somnolant. Il réagit vivement, prêt à la sermonner, avant de comprendre la situation en un clin d'œil. Au lieu de s'en désintéresser, comme l'aurait fait n'importe qui, il s'interposa en se plaçant entre elle et ses harceleurs. Il planta son regard sombre dans celui de l'ivrogne, trop saoul pour s'en inquiéter. Le soldat cracha sur le sol, puis bouscula l'importun d'une rude bourrade. Il n'eut pas le temps de retirer sa main, l'autre lui avait déjà saisi le poignet avec dextérité avant de le tordre sèchement. Le poivrot poussa un tel cri de douleur que ses amis se précipitèrent à son secours. Ils s'arrêtèrent net lorsque le voyageur accentua sa prise, obligeant sa victime à se plier en deux pour suivre le mouvement imposé à son bras.

— Si votre camarade tient à son épaule, je vous conseille de reculer, lança-t-il d'une voix mélodieuse et étonnamment douce. Votre comportement est inadmissible. À quel vaisseau appartenez-vous ? Je me ferai un devoir d'informer votre capitaine de vos frasques.

Les soldats échangèrent des regards consternés. L'inconnu, qui parlait avec l'assurance d'un homme habitué au commandement, venait de les dégriser.

— Ce ne sera pas nécessaire, monsieur, déclara le plus âgé des militaires. Les gars voulaient juste s'amuser sans penser à mal.

— Je l'espère bien. Tenez-vous à carreau, si vous ne souhaitez pas passer les trois prochains mois en cellule.

— Oui, monsieur ! Ça ne se reproduira pas, je vous l'assure.

Le voyageur relâcha son prisonnier qui recula en gémissant. Sans ses compagnons, il se serait sans doute étalé sur le sol. Ils l'entraînèrent en arrière dans l'indifférence générale.

— Je vous remercie, déclara Ava d'une voix presque inaudible, encore choquée par cette mésaventure.

— Je vous en prie, c'est tout à fait naturel. Puis-je vous demander ce que vous venez faire si loin de la Terre ? ajouta-t-il en la gratifiant d'un regard appréciateur.

La jolie métisse à la peau mate, aux grands yeux verts qui éclairaient son visage harmonieux et délicat, avait l'air presque fragile au milieu de cette foule compacte. Elle écarta une mèche de cheveux noirs échappée de sa coiffure stricte se terminant par une queue-de-cheval qui battait entre ses omoplates, puis rosit sous l'intérêt que lui portait son sauveur. Elle chercha une réponse convenable suffisamment longtemps pour qu'il lève un sourcil interrogateur. Elle n'eut pas le loisir de lui bafouiller une quelconque raison, à supposer qu'elle ait eu envie de lui révéler la vérité. Dans un chuintement de vérins hydrauliques, la porte du sas s'ouvrit, libérant une bouffée d'air frais qui paraissait suave après l'atmosphère empuantie du compartiment surpeuplé. Aussitôt, le flot des voyageurs se dirigea vers l'extérieur, l'emportant dans son sillage.

Ava posa un pied précautionneux sur le sol en métal du tunnel d'accès et se laissa entraîner par le flux jusqu'au sas suivant, ouvrant sur le hall d'accueil des passagers de l'astroport. L'immense structure s'articulait telle une grappe de modules plus ou moins imposants, reliés les uns aux autres par des couloirs tubulaires. Elle se déployait en orbite d'une lune de la planète Vilam, l'un des derniers bastions du territoire terrien. Au-delà s'étendaient des régions inconnues, inexplorées et dangereuses, ainsi que les zones de conflit avec les Aezlakes. Cette guerre qui s'éternisait expliquait le comportement des soldats. À quelques heures d'embarquer et de retourner au combat, ils avaient voulu s'éclater. Qui pouvait les en blâmer ? Les Aezlakes avaient la réputation d'être brutaux et impitoyables. Selon les rumeurs, leurs vaisseaux surpassaient ceux de la Terre en puissance et en technologie. Sans la crainte d'être condamné pour défaitisme, les journaux auraient sans doute relayé l'opinion de beaucoup : cette guerre difficile serait presque impossible à gagner.

Loin de ces considérations, Ava regardait son sauveur s'éloigner et admira sa silhouette avantageuse. Elle devait admettre qu'il était séduisant. En plus d'être grand et bien bâti, son visage harmonieux à la peau sombre était éclairé par un large sourire dévoilant des dents blanches irréprochables. Il se dégageait de lui de la force et un charme dévastateur. Néanmoins, elle le chassa de ses pensées dès qu'il eut franchi le poste de douane. Elle n'était pas du genre à se morfondre. À son tour, la jeune femme s'approcha du portique.

— Qu'est-ce que vous venez faire ici ? lui demanda le garde sans même la regarder.

— Je dois embarquer sur un vaisseau de…

— Quelque chose à déclarer ?

— Non.

— Alors, passez ! Et dépêchez-vous, vous n'êtes pas toute seule.

Elle obéit précipitamment, surprise par le peu de contrôle. Un gros homme la bouscula, puis un groupe de travailleurs pressés. Ava s'éloigna de la foule, pour se plaquer contre une paroi. Une fois à l'abri, elle plongea sa main dans sa poche et en sortit un petit appareil oblong qui se déploya dès qu'elle appuya sur un bouton. Elle tapota sur l'écran souple pour afficher les informations dont elle avait besoin.

— Bien, je n'ai plus qu'à gagner ce dock « D », marmonna-t-elle en rangeant sa capsule.

Ava balaya du regard les panneaux lumineux de la station spatiale qui indiquaient soit des directions, soit des publicités de toutes sortes. Elle trouva rapidement ce qu'elle cherchait. Sa destination se situait à l'autre bout de cette base gigantesque. Elle souleva son sac et le balança sur son épaule avant de louvoyer entre les groupes de voyageurs pour s'engager dans l'un des couloirs permettant de quitter cette ruche humaine en pleine effervescence. Le long corridor était encombré de visiteurs pressés ou de promeneurs estomaqués par ce qu'ils découvraient. On reconnaissait aisément les nouveaux venus qui marchaient le nez en l'air en se dévissant le cou pour ne rien perdre du spectacle. Depuis de larges hublots, répartis tous les trois mètres, la Voie lactée s'offrait à leur vue, telle une splendide fresque aux couleurs fabuleuses.

La beauté de l'espace coupa le souffle d'Ava qui s'arrêta, le visage presque collé à la vitre, pour admirer une nébuleuse qui peignait de tons pourpres l'encre sombre du vide spatial. Depuis sa naissance, dix-neuf ans plus tôt, la jeune femme n'avait jamais quitté la Terre. Son voyage en seconde classe, à bord d'un cargo de transport, ne lui avait pas offert de vue sur l'extérieur. Le choc était d'autant plus suffocant. Elle avait l'impression d'être écrasée par cette immensité.

— Reste pas là ! beugla quelqu'un en la bousculant.

Elle se rendit compte qu'elle entravait le flux des passants et reprit donc sa route à pas lents, pour ne rien perdre du panorama. Elle faillit s'arrêter à nouveau pour admirer un magnifique vaisseau noir et argent qui s'approchait de la base. Il portait les couleurs des Forces Spatiales Terriennes.

L'astroport de Vilam accueillait les Corporate Ships de toutes les grandes compagnies terriennes qui acheminaient des marchandises entre les colonies et la Terre, transportaient des équipes de pionniers vers de nouvelles planètes, ou se préparaient à explorer des contrées lointaines. Les Military Ships venaient y panser leurs plaies et réparer leurs avaries avant de repartir au combat. À l'intérieur de cette ruche, les voyageurs croisaient des colons, des malandrins exploitaient les naïfs, des soldats ivres se défoulaient dans des bordels glauques.

Ava déboucha enfin dans la zone récréative. Les enseignes lumineuses brillaient de mille feux, annonçant un bar, un restaurant, un casino, un salon de massage, une maison close – reconnaissable aux néons rouges encadrant la porte – et mille autres établissements de plaisir. Après quelques pas, elle risqua un coup d'œil à travers la devanture éclairée d'un café qui paraissait fréquentable. Après le bain de foule qu'elle avait dû supporter, elle aspirait à un peu de calme et de sérénité. L'ambiance festive qui régnait à l'intérieur la convainquit de s'éloigner. Elle se figea néanmoins, le regard capté par quelque chose. Elle venait de reconnaître son sauveur, installé sur une banquette en compagnie de deux femmes richement habillées. L'une d'elles se pencha vers lui pour lui murmurer quelque chose à l'oreille. Il l'enlaça avant de l'embrasser avec fougue. Ava fut déçue de découvrir que son inconnu n'était pas célibataire. Sa réaction la surprit et elle laissa échapper un petit rire nerveux.

— T'es vraiment idiote ! grommela-t-elle entre ses dents.

Un passant lui jeta un regard curieux, presque méfiant. La jeune femme rentra sa tête dans ses épaules avant de reprendre sa déambulation un peu au hasard. Elle prit conscience qu'elle mourrait de faim en passant devant un établissement servant des spécialités d'origine japonaise. Un véritable Nippon n'aurait sans doute pas reconnu tous les plats, mais ce genre de nourriture convenait à son palais d'Occidentale. Elle eut un pincement au cœur en pensant à l'île de Honshu, balayée par un tsunami un siècle plus tôt. Le pays dévasté avait mis des décennies à se relever de cette catastrophe. De nombreux réfugiés avaient accepté l'offre de la compagnie Zhang et s'étaient installés sur la planète Kanade où la civilisation japonaise avait pu se réinventer. Ava rêvait de s'y rendre pour y visiter les temples, les jardins zens et les villages traditionnels reconstruits presque à l'identique. On pouvait y croiser des chats, introduits sur ce monde par les colons. Sans prédateurs, ils s'étaient reproduits à une vitesse exponentielle et pullulaient. La gravité étant moindre que sur la Terre, ces félins étaient plus grands et plus élancés que leurs lointains cousins. Les chats de Kanade étaient très recherchés par la riche société pour leur sociabilité et leur beauté, même si une telle importation réduisait drastiquement leur espérance de vie.

Ava s'installa au bout du comptoir et commanda un bol de ramen, un thé vert et une salade de fruits. Elle mangea en silence tout en observant les lieux. Ils étaient froids, sans personnalité, mais semblaient propres. Elle se félicita de son choix, car la nourriture était correcte et le niveau sonore raisonnable. Elle finit les fruits, frais et sucrés. Elle n'avait pas la moindre idée de leur planète d'origine, mais s'en moqua. Elle n'avait rien mangé d'aussi délicieux depuis son départ de la Terre.

Un écran gigantesque couvrait tout le mur à droite de la porte. Des images défilaient sans que la jeune femme y fasse attention. Il ne s'agissait que de reportages montrant des paysages terriens, ou des colonies humaines. On pouvait admirer d'époustouflants panoramas, des océans, des montagnes vertigineuses ou d'immenses forêts. Les habitants de cette base au milieu de l'espace devaient apprécier cette fenêtre vers l'extérieur. Le clip sur les canyons d'Agahal, aux tons orange feu, s'interrompit pour une publicité.

— *Vous souhaitez découvrir ces merveilles de vos propres yeux ? Vous êtes las de la Terre ? Vous désespérez de trouver un emploi ? Rejoignez Zhanghill ! Signez un contrat de colon avec la compagnie et vous recevrez gratuitement un hectare de terre et les moyens de l'exploiter. Vos enfants auront le droit à une vraie éducation et vos parents seront soignés. Nos bureaux sont ouverts 24 heures sur 24, module A1. Rejoignez Zhanghill !*

Ce discours de sergent recruteur était accompagné par des images de lieux magnifiques et de gens heureux qui, en famille, se tenaient sur le porche d'une maison bâtie loin de la Terre. *Zhanghill !* Ava serra les mâchoires de colère. Évoquer cette compagnie qui employait son père la mettait toujours en rage.

△≡∧≡△

Zhanghill corporation était née peu avant la « révolution des trois » qu'elle avait contribué à déclencher. À cette époque, la Terre était toujours fragmentée en de nombreux pays qui dépendaient de l'argent des banques et des sociétés commerciales pour subsister. La crise au Japon avait démontré, si besoin était, la puissance de ces importants groupes financiers. Ces mêmes entreprises avaient également compris qu'elles étaient handicapées par leur multitude et leurs intérêts parfois divergents. La concurrence se révélait délétère pour ces monstres assoiffés de richesses, de pouvoir et de conquêtes. Lors d'un conclave tenu secrètement, les dirigeants des quatre-vingts principales compagnies terriennes s'étaient réunis. Ils avaient décidé la fusion de toutes ces sociétés en trois grands groupes, représentant trois pôles importants de l'économie mondiale. Zhanghill corporation était le produit du mariage de Zhang company – spécialisée dans l'exploitation des ressources de l'espace et la colonisation des planètes hors monde – et Hill industry – leader dans la fabrication de vaisseaux spatiaux, la conception d'armement, ainsi que dans les milices privées. Kom-All inc. réunissait les entreprises commerciales et celles maîtrisant les outils de communications. Elle se posait comme l'héritière des grandes compagnies régnant sur Internet au début du vingt et unième siècle. Damer concentra sous sa bannière les industries chimiques, celles du médicament et de la recherche. Ainsi fut créé le Triumvirat, sans heurts, sans guerres et sans morts – enfin, selon les livres d'Histoire. Cette année-là, une dizaine de patrons appartenant à des petites sociétés étaient décédés dans des accidents, ou frappés par des maladies incurables. Ces disparations avaient convaincu les autres de s'associer sans plus récriminer.

Cinq ans plus tard, le Triumvirat avait appliqué à la Terre la recette qui avait fait son triomphe. Les nations disparurent, se fondant dans un État planétaire dirigé par un président désigné par les représentants élus des différentes régions du globe. Ce semblant de démocratie permettait au peuple d'accepter son sort sans rechigner. D'ailleurs, les quelques émeutes qui avaient enflammé la France, le Venezuela ou l'Inde avaient été écrasées dans le sang par la police recrutée, entraînée et payée par Zhanghill corporation. Depuis, chacun feignait de croire que le fantoche installé à la tête du gouvernement mondial décidait des actions politiques, mais tous savaient qu'il prenait ses ordres auprès du Triumvirat, seul et vrai maître de la planète et des colonies.

Désormais, le Triumvirat gérait chaque parcelle de la vie des Terriens. Jusqu'à l'âge de seize ans, les enfants étaient scolarisés gratuitement dans des écoles publiques – toutes dirigées par Kom-All inc.

Ensuite, ils devaient payer leurs études dans des lycées onéreux. Une fois sur le marché de l'emploi, les possibilités offertes aux jeunes gens étaient simples : rejoindre l'armée terrienne, trouver un travail, ou signer chez Zhanghill un contrat de colon. Il n'y avait aucune place sur Terre pour les oiseux. Sans ressource, les chômeurs ne pouvaient pas survivre longtemps et terminaient leur vie sur des mondes lointains, réduits à une existence d'esclave.

Comme la plupart de ses concitoyens, Paul Morel n'avait guère eu le choix lorsque son directeur avait proposé d'inscrire sa fille dans un établissement Zhanghill. Il avait accepté. Toute son enfance, Ava avait rêvé de devenir océanographe. Elle voulait s'investir dans les complexes sous-marins, contribuer à la dépollution des mers ou à la préservation des espèces animales. Après des milliers d'années d'excès en tout genre, l'humanité avait enfin commencé à prendre soin de son monde originel – pour mieux empoisonner d'autres planètes, dénonçait amèrement sa mère. Seulement, Zhanghill corporation avait des plans différents pour la jeune fille. Le test Gorjun avait scellé son avenir. Cet outil statistique permettait de découvrir le métier dans lequel le postulant serait le plus efficace. Et pour Ava, il avait tranché. Elle serait officier dans la flotte spatiale de Zhanghill, à bord d'un Corporate Ship. Elle avait imploré son père afin d'échapper à ce destin dont elle ne voulait pas, mais il n'existait aucune autre solution. La compagnie avait payé ses études et faisait vivre sa famille. Elle était donc entrée à l'Académie en sacrifiant ses rêves.

△☰∧☰△

Avec un geste désabusé, Ava porta la tasse de thé à ses lèvres pour en vider le contenu tiède et sans saveur. Il ne servait à rien de se lamenter sur son sort. Dans quinze ans, elle aurait remboursé le coût de ses études et pourrait envisager une autre vie… Enfin, si elle ne s'endettait pas davantage auprès de Zhanghill. Rares étaient ceux qui parvenaient à s'arracher à l'emprise de la compagnie.

La jeune femme paya sa note et se leva. Dans moins d'une heure, elle commencerait son voyage de cadet qui clôturerait sa formation. Sa vie ne lui appartenait plus, mais ne lui avait-elle jamais appartenu ?

Décret du Triumvirat
Principes universels
Article 4
La galaxie est vaste et ses ressources appartiennent à ceux qui savent se servir.

’immense dock « D » grouillait d’animation. Des plates-formes de transbordement, chargées de caisses, planaient à une dizaine de centimètres du sol, maniées par des hommes en combinaison grise. Ils étaient tous équipés d’un exosquelette d’une conception déjà ancienne, estampillé Zhanghill bien entendu. Cet attirail de structures mécaniques doublant le squelette humain paraissait terriblement encombrant, mais permettait de soulever de lourds fardeaux sans effort. Il était devenu indispensable à la vie dans l’espace et dans les colonies.

Depuis cette vaste salle, des accès tubulaires étaient raccordés à une dizaine de vaisseaux. Les abords de la porte « 7 » étaient en pleine effervescence. Des ouvriers chargeaient les soutes d’un cargo trapu et massif sous le regard morne d’un officier assez âgé pour être le père de la jeune femme. Elle s’approcha timidement, puis se racla la gorge pour attirer son attention.

— Capitaine ?

L’homme la toisa avec une expression bizarre, puis explosa d’un rire qui ressemblait au braiment d’une mule.

— Je ne suis pas le capitaine, gamine.

— Oh, désolée… Je…

— Vous êtes qui ? Vous lui voulez quoi, au capitaine ?

— Cadet Ava Morel, répondit-elle le rouge aux joues. J'ai reçu l'ordre de l'Académie d'embarquer sur le *C.S. Marco Polo.*

— Ah, c'est vous. Bienvenue à bord, Cadet. Lieutenant John Fryer, se présenta-t-il. Je suis l'officier logistique du *Marco.*

Elle prit sans hésiter la main offerte et il lui écrasa les doigts dans une poigne ferme et chaleureuse. Il se fendit même d'un sourire bienveillant qui lui mit du baume au cœur.

— Le capitaine n'est pas là ? demanda quelqu'un derrière eux.

Ava ne put s'empêcher de béer stupidement en reconnaissant celui qui l'avait aidée quelques heures plus tôt. Sa mise un peu négligée tranchait avec son allure à la sortie du transporteur. Deux femmes l'accompagnaient, pendues à son bras. Elles portaient un maquillage évolutif qui ne cessait de changer de couleur. Ava les trouva vulgaires. Fletcher décerna à Fryer le large sourire d'un homme habitué à charmer ses interlocuteurs, mais avant qu'il ait eu le temps de se présenter, une voix sèche claqua par-dessus le brouhaha.

— Lieutenant Fletcher ! Où vous croyez-vous ?

Le lieutenant Fryer se décomposa et le coup d'œil nerveux qu'il jeta en arrière témoignait de son malaise. Celle qui venait de parler se tenait près du deuxième sas, les bras croisés sur sa poitrine plate. Sur les épaules de son uniforme gris, les cinq barrettes d'argent indiquaient son rang.

— Capitaine, c'est un plaisir de vous revoir, salua Fletcher.

Le visage dur, aux traits carrés, presque masculins, ne montra aucune émotion, pas même de l'exaspération.

— Épargnez-moi votre servilité ! Et débarrassez-vous de cette compagnie indigne d'un officier.

— Bien sûr, Capitaine. Mes chères amies, je dois vous dire adieu. Nous nous reverrons à mon retour, n'en doutez pas.

Il embrassa les deux filles à pleine bouche, puis leur glissa quelque chose dans la main. Elles le remercièrent en pouffant, avant de s'éloigner en se dandinant.

— Vous avez fini ? lança le capitaine de sa voix rauque.

Elle n'appréciait visiblement pas le comportement de l'officier, mais conservait son sang-froid devant l'équipage et les ouvriers de l'astroport.

— Toutes mes excuses pour cet écart de conduite, Capitaine, répondit-il d'un ton dans lequel pointait un fond d'ironie. Ce sont de vieilles amies et je voulais les saluer avant mon départ.

Le regard sombre de la femme se durcit et ses lèvres se serrèrent en une fine ligne.

— Que cela ne se reproduise pas, lieutenant Fletcher ! Montez à bord et lorsque vous serez en uniforme, vous viendrez vous présenter de façon officielle dans mon bureau.

— À vos ordres, Capitaine.

Elle tourna sa grande carcasse osseuse vers Ava et la toisa avec attention.

— Cela vaut pour vous, Cadet ! Allez-y ! Je vous recevrai tout à l'heure.

La jeune femme acquiesça d'un signe de tête, trop impressionnée pour parler. Elle n'avait pas imaginé se retrouver sous les ordres d'un tel officier. Fletcher, le sourire en coin, l'attrapa par le bras et l'entraîna vers le sas d'accès. Un peu sonnée, elle se laissa faire. Ils dépassèrent le capitaine qui leur accorda l'aumône d'un regard froid. Ava déglutit sous cet impact.

— Alors, quelle est votre histoire ? lui demanda Fletcher.

— Comment ça ? bafouilla-t-elle, surprise par la question.

— Eh bien, que faites-vous là ?

— Oh… Je termine ma formation d'officier de la flotte spatiale. Je dois faire un stage et…

— Et vous avez été affectée sur le *C.S. Marco Polo*. Vous avez de la chance, ce voyage sera intéressant, bien plus qu'une mission de transporteur entre colonies.

— Vraiment ? Savez-vous où nous allons ?

— Je suis l'officier en second, alors oui, j'en ai été informé. Ce que j'ignore, en revanche, c'est votre nom.

— Cadet Ava Morel… Lieutenant, conclut-elle après une brève hésitation, car ponctuer ses phrases du grade de son interlocuteur n'était pas encore devenu un automatisme.

Il dut s'en rendre compte, car son sourire s'élargit à son grand désarroi.

— Après vous, dit-il en désignant l'écoutille d'un geste ample. Ne vous en faites pas pour le protocole, vous vous y ferez. Et puis, nous ne sommes pas sur un vaisseau des Forces Spatiales Terriennes. Cependant, je dois vous prévenir. Le capitaine Bligh est du genre règlement et doigt sur la couture du pantalon, si vous voyez ce que je veux dire ?

— Je crois, oui. J'espère que vous n'aurez pas trop de problèmes, ajouta-t-elle sans réfléchir.

— Ne vous en faites pas pour ça. Tout ira bien. Attention à la marche.

Ava enjamba le seuil et pénétra à l'intérieur du cargo. Un membre de l'équipage les salua d'un signe de tête.

— Lieutenant ! Jorge Sanchez. Le capitaine m'a dit de vous montrer vos quartiers respectifs.

— On te suit, mon gars !

Après avoir conduit Fletcher à destination, l'homme mena la jeune femme jusqu'au bout du couloir qui se terminait dans un renfoncement en cul-de-sac, fermé par une porte étroite.

— C'est là ! Vous partagez la cabine avec l'aspirant. J'dois y aller, j'ai du travail.

Il s'éloigna sans même attendre son assentiment. Après un soupir las, Ava cogna discrètement au panneau, puis l'ouvrit. La pièce était plongée dans le noir.

— Lumière !

Aussitôt, une lueur jaunâtre inonda les lieux. Elle eut un hoquet de surprise choquée en découvrant l'endroit ridiculement étriqué. Une couchette superposée garnissait la cloison de droite. De l'autre côté, deux placards étaient encastrés dans la paroi. Au fond, une étroite table était accrochée au mur, juste à côté de l'accès à un minuscule cabinet de toilette. Le lit du bas était visiblement occupé ne lui laissant que le supérieur. Elle posa son bagage sur la table et en extirpa son uniforme. Elle se déshabilla rapidement, puis enfila sa tenue : un pantalon et une veste de couleur grise, ainsi qu'un polo à manches longues d'une teinte un peu plus soutenue. Ne sachant que faire d'autre, elle entreprit de ranger ses affaires dans le placard vide. Après avoir fini, elle se mit à faire des allers-retours nerveux dans la minuscule cabine. L'ouverture de la porte la fit sursauter. Un garçon entra. Les grands yeux sombres qui mangeaient son visage poupon s'écarquillèrent sous l'effet de la surprise.

— Tu… Tu dois être le nouveau cadet, bégaya-t-il.

— Ava Morel, se présenta-t-elle.

— Moi, c'est Ugo Cesare. Je suis aspirant et c'est aussi ma cabine.

— Cela fait longtemps que tu es à bord ?

— Non, pas vraiment. Le *Marco* a été affrété spécialement pour cette mission, précisa-t-il le rouge aux joues.

— Oh, d'accord. Quelle mission ?

— Le capitaine va t'expliquer, continua Ugo.

— Sûrement. Elle… Elle est comment ?

— Tu verras. Elle t'attend.

— Maintenant ?

— Oui ! Je vais te conduire.

Ava avait espéré ne pas être contrainte de cohabiter avec un homme, mais le manque de places à bord des vaisseaux spatiaux obligeait à la promiscuité. Pour éviter tout risque d'agression, Zhanghill avait instauré une loi très simple. Tout contrevenant soupçonné de viol, de harcèlement ou d'un comportement inapproprié était condamné à mort et jeté dans l'espace sans autre forme de procès. Des caméras filmaient en permanence chaque coin du vaisseau et chaque membre d'équipage portait un bracelet de communication. L'une de ses fonctions était un système d'alerte relié à la passerelle. Il suffisait d'une simple pression sur deux boutons pour l'activer. Toutes ces mesures avaient quasiment éradiqué les problèmes d'ordre sexuel au sein de la flotte spatiale.

Ava suivit son colocataire dans les coursives du *Marco Polo*. L'appareil, quoique vétuste, semblait bien entretenu. Plusieurs membres d'équipages étaient à l'œuvre, repeignant les cloisons ou effectuant des réparations.

— Nous sommes sur le pont central, précisa Ugo. La partie arrière de ce pont abrite les cabines qui s'articulent autour d'une coursive circulaire. La nôtre se situe à tribord, comme celles des sous-officiers. Les officiers sont à bâbord. Le reste des équipiers est logé au pont intermédiaire « A » dans quatre grandes chambres.

Il s'arrêta devant une porte en métal, percée d'un seul hublot. Il pressa une commande, placée sur le côté, et le panneau glissa avec le chuintement caractéristique de la dépressurisation. Ils pénétrèrent dans un vestibule étanche et durent attendre la fermeture de la première écoutille pour ouvrir la seconde.

— Ce sas permet de séparer les compartiments, en cas d'accident, précisa Ugo. À l'avant du vaisseau, tu trouveras la zone de vie, avec le mess, l'infirmerie, la salle de sport et celle de détente. Nous allons monter sur le pont supérieur. C'est là que se situent la passerelle, les transmissions, le contrôle de tir et le bureau du capitaine.

— Est-ce qu'il est grand ? Je n'arrive pas vraiment à me rendre compte de sa taille.

— Le *Marco* est un transporteur de la classe Osiris.

— Ce qui veut dire ?

— Il est de taille moyenne, avec cinq ponts. Les compartiments de stockages occupent la totalité des deux niveaux intermédiaires. Les moteurs et les soutes se situent à l'étage inférieur, ce qui permet d'évacuer le cœur de fusion, s'il y a un problème, conclut l'aspirant en grimpant l'escalier menant au pont supérieur.

— Ça arrive souvent, les… problèmes ? demanda la jeune femme sans réussir à dissimuler l'inquiétude dans sa voix.

— Tu as bien suivi les cours à l'Académie ?

— Oui, je sais, quasiment jamais, mais j'aurais aimé une réponse plus… réaliste.

— Je ne l'ai jamais constaté, admit le garçon. Mais, je n'ai pas beaucoup d'ancienneté. Ce genre d'accident, c'est la crainte de tous les équipages, parce que sans cœur de fusion, pas de vitesse intersidérale. Tu restes coincé loin de tout et sans secours, tu peux mettre des siècles à rejoindre un monde habité. Je ne te fais pas de dessin.

— Non, pas la peine, répondit-elle d'une petite voix.

Elle imaginait très bien l'horreur d'une telle situation. Elle avait lu un roman racontant comment l'équipage d'un vaisseau avait fini par s'entre-dévorer après s'être retrouvé immobilisé dans l'espace profond. Ugo tourna à gauche et s'arrêta devant une porte gris acier marquée du logo de Zhanghill corporation, souligné par le grade de capitaine.

— Sonne et attends, précisa Ugo. Je serai dans la zone de détente : étage en dessous, quatrième porte à droite.

— Très bien, merci, Lieutenant, dit-elle en se souvenant que c'est ainsi qu'on s'adressait aux aspirants.

— Oh, tu peux m'appeler par mon prénom, sourit le jeune homme. On n'est pas dans les forces… Enfin, quand le capitaine n'est pas dans les parages. Elle est très sévère.

△Ξ∧Ξ△

Le capitaine Ellen Bligh contenait sa colère grâce à un violent effort de volonté. Chris Fletcher lui balançait ses excuses avec un arrogant sourire en coin qui la mettait hors d'elle. Selon lui, s'acoquiner avec des prostituées n'avait rien de répréhensible. Et pour tout arranger, cette fouine assurait que les deux filles n'étaient pas des professionnelles.

— Ne le prenez pas comme ça, Ellen ! se plaignit-il. Ces deux demoiselles sont des amies qui habitent ici. Je ne pouvais pas les ignorer.

— Vous n'auriez pas dû vous afficher avec ces femmes devant l'équipage.

— Sans doute, mais dois-je vous rappeler que nous n'appartenons plus aux FST ?

— Je ne vois pas ce que cela change. Le règlement reste le règlement et celui de Zhanghill est strict. Dois-je vous le rappeler, lieutenant Fletcher ? Que votre oncle soit l'un des membres majoritaires du conseil d'administration ne vous place pas au-dessus des autres.

— Bien sûr, Ellen, mais je n'avais pas encore pris mon service…

— Il suffit ! Vous me devez le respect. Je vous suggère de vous adresser à moi en mentionnant mon grade.

— Bien sûr, bien sûr. Pardonnez-moi, Capitaine. Cela ne se reproduira pas. Je suis conscient du sérieux de cette mission et de la pression qui repose sur vos épaules. Je suis votre officier en second. Mon rôle est de vous soutenir au mieux.

— Je l'espère bien.

— Je voulais juste vous rappeler que nous avons été camarades à bord du *M.S. Téméraire*.

— Je n'ai pas oublié, répondit-elle d'une voix radoucie.

Elle s'en souvenait très bien. C'était même pour cette raison qu'elle avait choisi Chris Fletcher sur une très courte liste de prétendants au poste. Elle se demandait déjà si elle n'avait pas fait une erreur. Au regard des quelques dossiers qu'elle avait consultés, elle avait sélectionné le seul second possible. Les autres postulants n'étaient pas à la hauteur d'une telle mission.

— Je suis certaine que tout se passera pour le mieux, poursuivit-elle. Je compte sur vous pour gérer la discipline de façon optimale. Nos hommes n'ont rien à voir avec un équipage des FST. Ils manquent de sérieux et cherchent à tirer au flanc dès qu'un officier a le dos tourné. Cette mission prioritaire, comme vous dites, ne doit pas l'être tant que cela pour Zhanghill, puisqu'ils ne nous ont affecté que des rebuts.

— Ne soyez pas si dure, Capitaine.

— Je constate seulement les faits, répliqua-t-elle sèchement.

C'est en découvrant la liste de l'équipage du *C.S. Marco Polo* qu'elle avait mesuré toute la différence entre les Forces Spatiales Terriennes et la flotte spatiale. Elle n'avait vu que des paresseux, des chômeurs, des insolvables ou des condamnés. On les surnommait les volontaires contraints. Elle ricana intérieurement en songeant qu'elle faisait partie du lot. Elle n'avait pas vraiment eu le choix en signant ce contrat chez Zhanghill corporation.

— Je ne vous retiens pas. Assurez-vous que le chargement du vaisseau est terminé et que les caisses sont correctement arrimées dans les soutes. Ensuite, descendez en salle des machines pour activer les choses. L'ingénieur en chef m'a l'air compétent, mais je veux qu'il sente ma vigilance. Je serai sur la passerelle.

— Je ferai au mieux, Capitaine. C'est toujours un plaisir.

Le bellâtre quitta la cabine après un salut désinvolte et sans effectuer un demi-tour réglementaire. Une minute à peine après son départ, la sonnerie de la porte retentit. Bligh autorisa l'ouverture et le cadet, imposé par Zhanghill, entra dans la pièce et salua plus ou moins correctement. Le capitaine dissimula son amusement derrière un regard dur et impassible.

— Cadet Ava Morel, se présenta-t-elle.

— Repos, Cadet. J'ai été avertie de votre venue ce matin. J'aurais préféré que vous soyez mutée sur un autre vaisseau, mais je me plie aux ordres de Zhanghill. Je m'occuperai personnellement de parachever votre formation. Je n'attends de vous que trois choses : de la discipline, un comportement exemplaire et un grand sérieux dans l'exécution des tâches qui vous seront confiées. Avez-vous compris ?

— Oui, Capitaine.

— Il n'existe qu'un seul moyen pour produire un bon officier. Il doit occuper chaque poste d'un vaisseau, afin d'en connaître chaque rouage, d'être confronté à chaque problématique. C'est ce que vous ferez. Vous commencerez sur la passerelle, où je pourrai avoir un œil sur vous, ainsi je pourrai jauger vos qualités. Vous serez affectée à la navigation.

— Oui, Capitaine.

Ellen Bligh se leva et contourna son bureau d'un pas raide, accompagné d'un bruit ténu, étrangement mécanique. Elle dut lire l'étonnement dans le regard de sa subordonnée, car une ombre de sourire glissa sur ses lèvres. Elle frappa sa jambe du plat de sa main.

— Je suis équipée d'un exosquelette dernière génération qui me permet de marcher, expliqua-t-elle d'un ton cassant.

Elle fixa Ava avec intensité, comme si elle la défiait de poser une question.

— Ne me décevez pas, Cadet, précisa Ellen Bligh.

— Non, Capitaine.

— Je vous surveillerai, soyez-en certaine. Vous pouvez disposer.

Ava salua fébrilement, loupa son demi-tour, et sortit précipitamment. Bligh y fit à peine attention. Penser à son exosquelette lui broyait toujours le cœur, comme le jour où elle s'était réveillée sur ce lit d'hôpital. Un médecin assez jeune pour être son fils lui avait appris, avec un manque total d'empathie, qu'elle ne marcherait plus jamais. Sa moelle épinière avait été écrasée et sectionnée de façon irréversible. Le praticien était sorti, puis avait été remplacé par un homme en costume coûteux. L'inconnu s'était présenté comme un commercial de Zhanghill corporation. Il lui avait proposé un exosquelette ultramoderne. L'appareil lui permettrait de se déplacer presque normalement. Bien entendu, il y avait un prix à payer : un contrat qui la lierait à la compagnie jusqu'à la fin de ses jours. Ce n'était pas vraiment un choix. Avec un si lourd handicap, elle ne pourrait pas travailler et sans emploi, elle n'aurait aucun revenu si ce n'est la ridicule pension accordée aux membres des FST. Elle avait accepté et l'exosquelette s'était révélé magique. Grâce à lui, elle marchait à nouveau. L'appareil pourrait même lui permettre d'accomplir d'extraordinaires prouesses lorsque son corps et son esprit se seraient pleinement accoutumés à sa présence. Dès que son état de santé avait été stabilisé, Ellen Bligh avait reçu sa feuille de route : le commandement du *C.S. Marco Polo* pour une mission de la plus haute importance.

△≡∧≡△

Une fois dans le couloir, Ava Morel reprit péniblement son souffle. Cette entrevue avait été éprouvante, même si, en y réfléchissant bien, tout ne s'était pas si mal déroulé. Ellen Bligh donnait l'impression d'être exigeante et austère. Ava frémit en pensant au lendemain. Elle se savait nulle en navigation, et travailler sous le regard sévère du capitaine lui causait des maux d'estomac. Elle n'échapperait sans doute pas à une punition. Elle expira longuement, puis chercha la zone de détente où l'attendait Ugo Cesare. Il était bien là, accoudé à un comptoir en train de siroter un café. En la voyant, il se redressa avec un charmant sourire.

— Alors, fini ? C'était comment ? demanda-t-il avec un clin d'œil.

— Je ne sais pas… Elle est impressionnante.

— Oui, c'est sûr ! Bon, on va partir dans quelques heures. Je vais te faire visiter le *Marco* afin que tu puisses te repérer. Tu verras, rien de compliqué. C'est un petit vaisseau.

Sur cette partie du pont, l'aspirant lui désigna rapidement le mess, la salle de sport et l'infirmerie. Il ignora l'escalier montant vers l'étage supérieur, pour descendre sur le niveau intermédiaire « A ». Ugo ouvrit une écoutille conduisant dans une vaste soute. De longues rampes et étagères y avaient été installées. Un civil passait ces équipements en revue avec l'attention d'une infirmière surveillant des nouveau-nés. L'homme affichait une petite quarantaine d'années. Ses cheveux noirs étaient légèrement ondulés, ses grands yeux sombres étaient soulignés de minuscules rides qui n'enlevaient rien à son charme typique du Moyen-Orient. Il était vêtu d'un élégant costume gris et vert.

— Lieutenant Cesare, est-ce qu'il y a un problème ?

— Aucun, monsieur Reza. Je fais visiter le *Marco* au cadet Morel qui vient de nous rejoindre. Ava, monsieur Kamal Reza est un scientifique qui travaille pour…

— Je travaille au département de recherche de Zhanghill corporation. Le *C.S. Marco Polo* va me conduire sur la planète Ataahua. Nous devons y récolter des milliers de plants de tiragaatas. Dans leur langue, cela signifie « arbre nourricier » et ce nom est particulièrement bien choisi. Cette plante est incroyable. Elle produit un fruit encore plus extraordinaire. Sa peau, une fois cuite, est une source de protéines qui supplantent celles d'origine animale. Sa chair contient un sucre qui n'est pas nocif pour la santé, ainsi que des fibres très nourrissantes. Son noyau réduit en poudre fournit une farine permettant de confectionner quelque chose s'approchant du pain. Ses feuilles sont comestibles et selon ceux qui ont découvert cette merveille, leur goût ressemble à celui de l'épinard. L'intérieur des branches peut lui aussi être consommé, tout comme ses racines. Je pense qu'il sera possible de l'acclimater à d'autres mondes. Imaginez ! Nous pourrions résoudre le problème d'approvisionnement en nourriture de la plupart de nos colonies. Je suis persuadé que cette plante deviendra vitale à l'implantation de l'humanité à travers la Voie lactée.

— Et les habitants de cette planète sont d'accord pour nous aider ? demanda Ava d'un ton faussement étonné, car elle se doutait bien que l'aval des indigènes n'était pas un critère important pour Zhanghill.

— Ils sont très amicaux. Et puis, n'oubliez pas l'un des principes universels : La galaxie est vaste et ses ressources appartiennent à ceux qui savent se servir.

Elle n'aurait pas dû être perturbée par un tel cynisme, car cette philosophie était celle des Terriens depuis des siècles. Pourtant, elle ne put s'empêcher de frissonner, l'estomac noué par le dégoût. Un jour, elle avait essayé d'évoquer le sujet avec son père. Ce dernier lui avait intimé l'ordre de se taire.

— *Je travaille pour Zhanghill. Je dois respecter les principes universels et toi aussi,* avait-il déclaré.

Il n'avait pas tort. Ceux qui s'opposaient au pouvoir du Triumvirat étaient envoyés sur de lointaines planètes afin de les défricher ou de s'échiner dans des mines. Parfois, ils se retrouvaient même engagés de force dans la légion terrienne, l'une des composantes des FST.

— Et s'ils résistent ? demanda néanmoins la jeune fille.

— Dois-je vous citer le règlement de Zhanghill ? s'étonna le scientifique d'un ton doucereux.

— Je suis désolé, monsieur Reza, intervint Ugo, mais je dois continuer la visite avec Ava. Il faut qu'on soit sur la passerelle dans moins d'une heure.

— Bien sûr, bien sûr. Nous nous reverrons, Ava, et je pourrai vous en dire plus sur Ataahua, si vous le désirez.

— Ce serait avec plaisir, répondit-elle poliment tout en remerciant mentalement Ugo de l'arracher à cette dangereuse conversation.

Ils quittèrent la pièce précipitamment. Une fois à l'extérieur, Ugo l'entraîna dans l'escalier. Il pointa les portes du pont suivant en disant :

— Zone sécurisée et interdite d'accès.

— Pourquoi ?

— Je ne sais pas trop. Le chargement a eu lieu au départ du *Marco* depuis la base martienne.

— Tu n'es pas curieux ? demanda Ava.

— Si, bien sûr, mais je ne suis pas fou. Je n'ai pas envie d'être puni pour désobéissance.

Ils atteignirent enfin le pont inférieur et pénétrèrent dans la salle des machines. L'endroit vibrait d'activité. Les techniciens couraient partout, menés à la baguette par un officier imposant au crâne chauve luisant de sueur. Sa combinaison de travail était tachée de substances indéfinissables et de larges auréoles de transpiration sous les bras.

— Bordel ! Barnes, tu dois purger ce conduit. Doukoure, tu devais activer les connecteurs.

— J’y vais, j’y vais…

— Bouge-toi le cul ! Shultz, as-tu réparé le circuit AR-25 ?

— Je n’ai pas fini, Lieutenant.

— Qu’est-ce que tu fous ?

L’homme continua sur ce ton, sans même se tourner vers les nouveaux venus. Visiblement, Ugo n’osait pas l’interrompre.

— Le lieutenant Anton Korolev est l’un des meilleurs chefs ingénieurs de la flotte, mais il n’est pas commode, expliqua-t-il mezza voce. Je te présenterai à un autre moment, parce que là…

— Parce que là, je crois qu’il n’a pas le temps.

— Ouais ! Viens, rejoignons la passerelle. Je pense que nous n’allons pas tarder à quitter l’astroport.

Zhanghill corporation
Règlement général
Article 7
Toute faveur accordée par Zhanghill doit être
remboursée.

Comme ordonné par le capitaine Bligh, Ava s'était
présentée à l'officier navigateur : le sous-lieutenant Sven
Paulsen. Cet homme blond, presque albinos, avec une peau très
blanche marquée de plusieurs grains de beauté, l'avait détaillée un
moment avec une moue hautaine, ne cachant pas son mépris. Pour
lui, elle n'était qu'une novice, pistonnée pour un emploi qu'elle ne
méritait pas. Il lui désigna un siège tout en lui ordonnant de rester
silencieuse. Elle avait obéi. Depuis, elle attendait qu'il daigne lui
expliquer ce qu'il faisait.

Le capitaine et Fletcher entrèrent sur la passerelle qui foisonnait
d'activité. Tous se levèrent avec déférence pour les accueillir. Bligh
passa en revue chacun des membres de l'équipage, rectifiant d'un
geste sec la tenue de l'officier communications, puis conseillant au
pilote de se redresser. Dans un silence digne d'un tombeau, elle
s'installa dans le fauteuil de commandement, puis balaya les lieux de
son regard dur.

— Fermez les écoutilles ! Désengagez les couloirs tubulaires !

— À vos ordres ! confirma quelqu'un.

Un claquement résonna quelque part dans le cargo qui se mit à
vibrer légèrement.

— Propulseurs un quart arrière !

— Un quart arrière, répéta le pilote.

Lentement, le vaisseau se dégagea de la structure de l'astroport.

— Vitesse d'impulsion. En avant toute !

— En avant toute.

Le *Marco Polo* accéléra et la planète disparut rapidement de leur champ de vision.

— Vous avez le plan de navigation, Enseigne, dit Bligh. Vitesse intersidérale.

— Oui, Capitaine ! Vitesse intersidérale !

Une légère vibration se répercuta jusque dans les os des passagers, puis ils ressentirent une impression étrange, seule preuve physique de l'accélération. Le voyage commençait.

ΔΞΛΞΔ

Ava entra d'un pas lourd dans le mess, la tête prise dans un étau et l'estomac dans les talons. Paulsen l'avait saoulée toute la journée avec des termes abscons et des exercices de navigation auxquels elle n'avait pas compris grand-chose. Cet homme peu amène s'était révélé avare de paroles et encore plus d'encouragements. Les jours à venir allaient être très longs, elle le craignait.

Le cuisinier avait préparé plusieurs plats qui attendaient dans des tiroirs les maintenant à la température idéale. Elle en choisit un qu'elle déposa sur son plateau. Elle ajouta un dessert qui ressemblait vaguement à une crème chocolatée, puis chercha Ugo Cesare du regard. Il ne semblait pas être là. Elle fit quelques pas entre les tables, en quête d'un endroit où s'installer.

— Viens t'asseoir avec nous !

Celui qui venait de l'apostropher la détaillait avec un intérêt qui la révulsa.

— On te fait une place, renchérit Sanchez, l'homme qui l'avait conduite jusqu'à sa cabine.

Ses compères ricanèrent en lui lançant des œillades. Ce genre de comportement l'avait toujours mise mal à l'aise, car elle ne savait pas comment y répondre. Ses joues s'enflammèrent aussitôt, augmentant son trouble. Elle tenta de les ignorer et traversa la salle sans les regarder. Elle s'installa à une table vide avec son plateau et, sans lever la tête, elle plongea une cuillère dans la bouillie peu engageante qui emplissait son assiette. Trois gaillards la rejoignirent. Deux d'entre eux s'assirent à côté d'elle, l'encadrant et la serrant plus que nécessaire, tandis que le dernier se posait face à elle. Elle remarqua qu'il louchait un peu.

— Je… Je ne souhaite pas de compagnie, bafouilla-t-elle.

— C'est pas bon de rester seule à bord d'un vaisseau. Faut se faire des amis, lança Sanchez.

— Allez-vous-en ! C'est un ordre !

En désespoir de cause, elle avait avancé son grade, mais cela ne produisit pas l'effet escompté. Ils éclatèrent de rire sans bouger d'un pouce. Le bigleux se pencha vers elle avec un sourire qui se voulait engageant.

— C'est juste pour faire connaissance, c'est pas la mort.

— Faut pas jouer sa bêcheuse.

— Je n'en ai pas envie, mais si vous continuez à me harceler…

— Tu vas faire quoi ? Appeler à l'aide ? Allons, ne te couvre pas de ridicule. On ne fait rien de mal, on essaye de fraterniser c'est tout.

— Ça suffit !

Les trois hommes s'écartèrent brusquement, surpris par le ton de commandement de Fletcher. Les mains sur les hanches, il toisait les importuns avec autorité.

— Dégagez, bande de larves ! Tout de suite !

Ils obéirent sans demander leur reste, regagnant leur place initiale. L'officier s'installa en face de la jeune femme sans autre cérémonie et lui décerna un sourire chaleureux qui lui remonta le moral.

— Désolé pour ces connards. La guerre prive la plupart des vaisseaux des meilleurs éléments.

— Merci de votre aide, Lieutenant.

— Il n'y a pas de raison et puis je peux les comprendre. Vous êtes charmante.

Les joues d'Ava se teintèrent à nouveau, fonçant sa peau déjà ambrée. Gênée par le compliment, elle piqua du nez vers son assiette, plus pour détourner les yeux de cet homme trop séduisant que pour déguster ce plat insipide.

— Ne rougissez pas ou je ne réponds plus de rien.

— Vous n'êtes pas sérieux, Lieutenant, bafouilla-t-elle choquée par son audace.

— Je me moque un peu de vous, j'avoue. Pardonnez-moi, c'était trop tentant.

Furieuse de s'être laissée berner aussi facilement, elle lui adressa un regard irrité. Il se contenta de rire, avant de reprendre son calme. Il posa les coudes sur la table, les doigts joints.

— Bon, et si vous me parliez de vous, Ava Morel ?

— Que voulez-vous que je vous dise, Lieutenant ?

— Je ne sais pas… D'où venez-vous ?

— Mes parents habitent en France. Mon père est ingénieur dans un grand centre de recherche Zhanghill, en Bretagne.

— Avec ce joli teint mat et ces yeux verts, ça m'étonne.

— Ma mère est originaire de la Martinique, une île qui appartenait à la France lorsque les pays et les frontières signifiaient encore quelque chose, répondit-elle un peu sèchement.

Ava détestait qu'on fasse référence à son apparence ou à la couleur de sa peau. Au vingt-quatrième siècle, ce genre de considération n'avait plus cours depuis presque deux cents ans. Désormais, on classait les gens sur d'autres critères comme le rang social et l'importance de leur compte en banque. Sa mère disait parfois que les humains ne cesseraient jamais de juger autrui.

— La Martinique, hein ? Il me semble y avoir passé des vacances, il y a longtemps…

Un homme brun et râblé vint interrompre leur conversation en posant une main chaleureuse sur l'épaule de Fletcher. Un large sourire barra son visage.

— Arturo ? Arturo Muñoz ? J'ignorai que tu faisais partie de l'équipage, conclut-il en se levant pour donner l'accolade au nouveau venu. Assieds-toi, mon vieux. Alors ? Que fais-tu là ?

— Je servais sur le *C.S. Jacques Cartier*. Nous venions de nous raccorder à l'astroport de Vilam, lorsque j'ai reçu l'ordre de rejoindre le *Marco Polo*. Son capitaine insistait pour qu'on lui affecte un officier de sécurité.

— Ouais, je comprends. Ce voyage ne sera pas une balade de santé.

— Tu m'en dis plus ? demanda-t-il avant de lancer un regard inquisiteur à la jeune femme.

— Je suis un mufle, souligna Fletcher. Voici le cadet Ava Morel. Ava, le sous-lieutenant Muñoz est un ami. J'ai effectué deux trajets avec lui. L'un à bord du *James Cook*, l'autre sur le *Jacques Cartier*, il y a deux ans. Un homme solide, formé par les FST.

— Merci, Chris, c'était il y a longtemps. Alors ? Ce voyage ?

— Nous allons sur la planète Ataahua.

— Jamais entendu parler. Elle est habitée ?

— Oui, par des humanoïdes à l'apparence très proche de la nôtre.

— Dangerosité ?

— Aucune. Selon le rapport, ils sont très pacifiques.

— Donc, ce n'est pas pour ça qu'on a besoin de moi.

— La meilleure route pour gagner cette planète traverse la zone de conflit avec les Aezlakes, mais nous ne passerons pas par là.

— J'espère bien ! Le *Marco* est un cargo, pas un vaisseau de guerre.

— Les autres voies sont tout aussi dangereuses et très longues.

— Longues comment ?

— Interminables. Plusieurs semaines.

— Merde !

— Comme tu dis !

— D'après ce que j'ai vu, le *Marco* est un bon vaisseau. Nous y arriverons, mais… Bordel, Chris, cette foutue guerre… Je ne sais pas si nous avons les moyens de la gagner.

— Bien sûr que si ! Il faut avoir confiance dans les Forces Spatiales Terriennes, et Zhanghill soutient pleinement notre armée. Nous écraserons les Aezlakes, tôt ou tard.

— Je ne fais pas de défaitisme, se défendit aussitôt Muñoz.

— Je n'ai jamais dit ça. Mais tu le sais, il est hors de question de perdre contre les têtes d'obus.

Comme toujours, les humains éprouvaient le besoin de se moquer de l'apparence de ceux qui étaient différents. Ce surnom, faisant référence au crâne en forme de cône de ces non-humains, avait commencé à se répandre dans les Forces Spatiales Terrienne, puis sur Terre. La presse adorait l'utiliser.

— Sont-ils si dangereux que ça ? demanda Ava pour stopper le flux de paroles des deux hommes.

— Leur technologie est un peu plus avancée que la nôtre, il faut bien l'avouer, expliqua Fletcher. Ils ont défendu leur territoire, puis ont attaqué nos colonies avec une grande cruauté, massacrant femmes et enfants. Nous avons riposté en rasant plusieurs de leurs villes pour qu'ils comprennent que nous ne nous laisserions pas faire.

— Mais ça n'a pas marché, n'est-ce pas ?

— Non, mais ce n'est pas grave. Nous gagnerons cette guerre, tu peux en être sûre.

— Aucune pitié pour l'ennemi, pas vrai ? lança la jeune femme en oubliant toute prudence.

— Bravo, c'est l'esprit que l'on attend d'un employé de Zhanghill, répliqua Muñoz qui n'avait pas compris son sarcasme.

Les deux hommes continuèrent à discourir du passé en excluant Ava de la conversation, ce qui n'était pas pour lui déplaire. Elle en profita pour terminer son repas. Elle achevait sa crème au chocolat qui n'en avait ni le goût, ni même la texture, lorsque le capitaine entra. Bligh se dirigea vers le comptoir où les plateaux étaient distribués. Derrière elle, Sanchez se leva et imita sa démarche robotique. La salle pouffa. Fletcher s'autorisa un sourire et un clin d'œil à destination de Muñoz. Cette réaction choqua davantage Ava que la stupide blague de Sanchez. Selon elle, un officier devait montrer l'exemple. Le capitaine se retourna, son plateau à la main, mais les moqueurs s'étaient à nouveau assis comme si de rien n'était.

— Dis-moi, Chris, j'ai entendu dire que tu connaissais bien Ellen Bligh, demanda enfin Arturo, le sourcil froncé.

Le chef de la sécurité vouait, par définition, une grande loyauté à celui ou celle aux commandes du vaisseau et l'attitude désinvolte de Fletcher l'avait incommodé.

— Nous étions camarades sur un vaisseau de guerre, il y a des années. Elle était déjà sous-lieutenant et moi simple enseigne. Je ne prenais pas la carrière militaire très au sérieux, mais Bligh voulait devenir capitaine et rien d'autre ne comptait.

— Dans ce cas, que fait-elle sur un Corporate Ship ?

— Elle commandait le *M.S. Arès* à la bataille d'Alphard. Nous avons perdu presque cinquante vaisseaux ce jour-là.

— Je m'en souviens. Une putain de journée. Des gens bien sont morts, mais nous avons remporté la victoire.

— Ouais, les têtes d'obus ont filé la queue entre les jambes, mais cette victoire a tout de même un goût de défaite. Depuis, nous manquons sérieusement de vaisseaux. Certes, les chantiers Zhanghill tournent à plein régime, mais nous sommes en difficulté. Si les Aezlakes attaquaient maintenant…

Il haussa les épaules, il n'avait pas besoin d'en dire davantage.

— Heureusement, ils se sont abstenus, souffla Arturo. C'était il y a quoi ? Six mois ? Je suppose qu'ils ont eux aussi subi de lourdes pertes.

— Espérons, répondit sombrement Fletcher.

— Ouais… Bordel, qu'est-ce que j'ai regretté de ne plus faire partie des FST ! J'avais l'impression d'avoir déserté, d'une certaine façon.

— Tu sers la Terre d'une autre façon, Arturo.

— Le capitaine a été blessé lors de cette bataille ? s'enquit Ava avec curiosité, car elle brûlait d'en apprendre plus sur Ellen Bligh.

— Oui, très grièvement, confirma Fletcher. En fait, elle a perdu l'usage de ses jambes. Zhanghill lui a offert un exosquelette qui lui permet de marcher.

— Ah, ça explique tout, marmonna Arturo.

— Et en échange de cet appareil, je suppose que Zhanghill lui a demandé de rejoindre sa flotte spatiale, s'indigna Ava avec une colère contenue.

— Je ne vois pas le problème, répliqua Chris Fletcher. Au lieu d'être une handicapée sans le sou sur Terre, elle peut vivre une existence presque normale grâce à Zhanghill.

— N'aurait-elle pas pu retourner dans les FST, avec cet exosquelette ? s'enquit naïvement la jeune femme.

— Toute faveur accordée par Zhanghill doit être remboursée, cita Fletcher avec beaucoup de sérieux.

∆Ξ∧Ξ∆

La conversation avait sérieusement atteint le moral d'Ava qui avait rejoint sa cabine d'un pas las. La pièce exiguë était vide, ce qui lui convenait à merveille. Elle se changea en vêtement de nuit avant de se glisser sous les couvertures. Elle s'endormit instantanément.

En ouvrant les yeux, le lendemain matin, la première chose qu'elle entendit fut la respiration profonde du garçon installé sur la couchette du dessous. Elle descendit avec précaution, pour ne pas le réveiller. Elle récupéra son uniforme et s'enferma dans la minuscule salle de bains. Elle se lava rapidement, puis s'habilla en se heurtant aux murs une ou deux fois. Elle ne s'était pas encore accoutumée à l'étroitesse des lieux. Elle regagna la cabine en espérant qu'Ugo dormait toujours. Malheureusement, il était assis en caleçon sur le bord de la couchette, l'air absent.

— Je te laisse la place, bafouilla-t-elle sous l'effet de la surprise.

— T'inquiète, répondit-il avec un sourire. On ne va pas se faire des politesses. On est en coloc, va falloir s'en accommoder.

— Oui, mais…

— Ce n'est pas simple, je sais, mais je suis un gars bien, ajouta-t-il avec un clin d'œil comique.

Ava ne put s'empêcher de pouffer. Ugo en profita pour se lever. Il frissonna et enserra sa maigre poitrine dans ses bras nus.

— Ça gèle ce matin, maugréa-t-il avant de se glisser entre Ava et la couchette pour gagner la salle de bains.

— Je vais me doucher aussi, parce que Bligh n'aime pas du tout les retardataires. Si tu as le temps, attends-moi, nous irons travailler ensemble. Je serai rapide.

— D'accord, comme tu veux.

Le jeune homme n'avait pas menti, il ressortit de la salle de bains, en tee-shirt et rasé de frais, moins de cinq minutes plus tard. Il finit de s'habiller, puis ils quittèrent la cabine.

— Je vais sur la passerelle, précisa-t-il. Toi aussi, je crois.

— Oui, je vais travailler en navigation.

— Avec Paulsen ? Désolé pour toi. Il est mortellement triste. J'espère qu'il confiera ta formation à Luo Shen, un gars beaucoup plus sympa.

— Tu as raison. J'ai trouvé le lieutenant Paulsen très désagréable, mais je n'aurai pas le choix. Que dois-je savoir d'autre ? osa-t-elle demander. Des gens à éviter ? Ugo ?

Il ne lui répondit pas. Il paraissait fasciné par la jeune femme blonde arrivant en sens inverse. Il avait bon goût. Elle était de taille moyenne, mince, avec des formes séduisantes. Un léger sourire plissa ses lèvres pulpeuses en croisant Ugo et Ava, son regard vert illuminait son visage à l'ovale parfait.

— Salut ! lança-t-elle d'une voix chaude.

— Bon… Bonjour, bafouilla son malheureux colocataire.

— Bonjour, dit à son tour Ava.

La blonde s'écarta pour leur permettre de passer puis poursuivit son chemin sans se retourner. Ugo, lui, continua à l'observer avec fascination.

— Ugo, ça va ? Qui est-ce ?

— Tama… Tamara Krause, l'infirmière, bégaya Ugo.

— Une amie à toi ?

— J'aimerais bien, répliqua-t-il en rougissant furieusement.

Ava ne put s'empêcher de rire, s'attirant un regard agacé de son camarade. Il tint deux secondes avant de pouffer à son tour.

— Désolée, s'excusa-t-elle enfin.

— Tu as raison de te moquer. Je n'existe pas pour elle.

— On a tout le voyage pour changer ça, proposa-t-elle.

— Il ne sera pas assez long.

— Je t'aiderai, si tu veux.

— Tu rigoles ?

— Pas du tout ! Il ne faut jamais renoncer, Ugo.

— D'accord ! Euh, merci, Ava.

— Pas de problème, les amis sont faits pour ça, non ?

Le sourire éclatant du jeune homme lui réchauffa le cœur. Elle aurait au moins un vrai camarade sur ce vaisseau. Elle leva la main et Ugo vint la claquer en retour. Après un dernier clin d'œil complice, ils entrèrent sur la passerelle.

4

**Zhanghill corporation
Règlement de la flotte spatiale
Article 4**
La discipline est appliquée selon le bon vouloir du capitaine.

La vie à bord du *C.S. Marco Polo* se déroulait avec cette monotonie laborieuse qui caractérise les voyages spatiaux. L'équipage vaquait à ses occupations sans enthousiasme particulier. Les hommes et les femmes servant à bord accomplissaient leurs tâches en traînant les pieds et en tentant d'échapper aux corvées. Pour Ellen Bligh, ce comportement était inacceptable. Sur un vaisseau des FST, la discipline régissait le moindre instant et chacun n'était qu'un rouage constituant une mécanique parfaite. Les soldats n'aspiraient qu'à offrir le meilleur d'eux pour le bien de la collectivité. Pour lutter contre ce laxisme, elle patrouillait quotidiennement dans les coursives, surgissant là où on ne l'attendait pas pour punir les paresseux. Elle organisait des exercices de sécurité et maintenait une rigueur de fer. L'ambiance à bord s'en ressentait. Une atmosphère morose et lourde rampait entre les parois du vaisseau. Les hommes ne cessaient de se plaindre et de récriminer, de dénoncer la rigidité et le manque d'empathie de leur capitaine. Ellen s'en moquait royalement, car son but était de façonner cet équipage à son image afin de le rendre plus efficient et plus apte à affronter les pièges de l'espace.

Après deux semaines, Ava avait plus ou moins trouvé ses marques. Elle avait étudié les secrets de la navigation auprès de Sven Paulsen qui était demeuré le personnage morne et cynique des premiers jours. Les principes compliqués qu'il avait tenté de lui inculquer n'arrivaient pas à l'intéresser. Fort heureusement, elle venait de changer de poste pour découvrir la communication – une spécialité plus agréable et moins complexe. Le caractère chaleureux et sympathique de l'enseigne Damian Carter rendait cet apprentissage plus aisé.

De sa cohabitation avec Ugo Cesare était née une belle amitié, comme elle l'avait pressenti. Au début, elle avait craint cette promiscuité avec un garçon, mais il se montrait extrêmement respectueux. Ce n'était pas le cas de tous. Cet équipage de cinquante personnes ne comptait que dix femmes et malgré le règlement de Zhanghill, Ava supportait mal le harcèlement quotidien qui se traduisait par des regards, des paroles graveleuses, des sifflets, ce genre de choses. Le pire, c'est qu'il lui était impossible de se plaindre pour si peu. Elle se contentait de se replier un peu plus sur elle-même, ainsi qu'elle l'avait toujours fait. La solitude lui servait de refuge pour échapper à ses prochains, mais il était extrêmement difficile d'être isolée dans l'espace restreint d'un vaisseau spatial. Le seul qui éclairait ses journées était le lieutenant Fletcher. Il arrivait à lui faire oublier cet enfermement avec cinquante personnes qu'elle n'appréciait pas. Chris et elle se voyaient régulièrement pour déjeuner ou pour s'entraîner. Il était charmant, drôle et insistant – enfin juste assez pour qu'elle ne s'enfuie pas. Elle ignorait comment réagir avec lui. Elle adorait son sens de l'humour, aimait ses attentions et sa façon de l'écouter avec sérieux. Elle s'avouait parfois qu'il était vraiment très beau. Son large sourire éclairant son visage sombre, presque ébène, était irrésistible. Il en jouait beaucoup et cette attitude charmeuse la contrariait souvent. Elle passait outre par peur de la solitude, mais cette situation commençait à lui peser.

Après un quart de nuit monotone, Ava avait rejoint sa cabine pour profiter de quelques heures de repos. Elle s'était enroulée dans sa couverture et avait sombré dans un sommeil sans rêves. Le hurlement de l'alarme l'arracha aux limbes brutalement, le cœur heurtant dans sa poitrine.

— Qu'est-ce qui se passe ? marmonna-t-elle.

La sonnerie qui carillonnait dans tout le vaisseau se chargea de lui répondre. Elle se redressa précipitamment et se cogna la tête contre le plafond métallique.

— Ouch ! s'écria-t-elle en se laissant retomber sur le matelas.

Elle avait encore oublié que l'espace au-dessus de la couchette supérieure était très limité. Elle roula sur elle-même pour descendre du lit.

— Bordel, c'est froid ! s'exclama-t-elle lorsque ses pieds nus touchèrent le sol glacé.

Elle s'habilla rapidement, préoccupée par cet appel inattendu.

— *Tout l'équipage non retenu par son poste est prié de se rendre dans le compartiment « A-2 », immédiatement !* ordonna la voix de Muñoz dans les haut-parleurs. *Je répète. Tout l'équipage non retenu par son poste est prié de se rendre dans le compartiment « A-2 », immédiatement !*

Elle laça ses bottes tout en bâillant à s'en décrocher la mâchoire. Elle sortit dans le couloir et se hâta vers le point de rendez-vous, tout en suivant le flux des autres membres d'équipage qui paraissaient tout aussi surpris qu'elle. Ava rejoignit Ugo dans la grande salle. Elle lui toucha l'épaule pour lui indiquer qu'elle était arrivée. Son air grave l'effraya, car, par sa fonction d'aide de camp, il était bien informé.

— Sais-tu ce qui se passe ? marmonna-t-elle entre ses dents.

L'entrée de Bligh et de Fletcher empêcha Ugo de lui répondre. Le capitaine toisa rapidement la troupe, puis claqua des doigts à l'attention de Carter. Celui-ci pressa quelques touches sur la console de communication, puis hocha la tête en direction du capitaine. Désormais, sa voix serait entendue dans tout le vaisseau. Ainsi ceux qui étaient retenus sur la passerelle ou en salle des machines ne perdraient rien de l'événement. Bligh resta silencieuse pendant de longues secondes jusqu'à ce que la tension devienne palpable.

— Le lieutenant Korolev vient de vérifier ses stocks de pièces de rechange, commença-t-elle. Et, à sa grande surprise, il a découvert que de nombreuses pièces avaient disparu. Après enquête, le lieutenant Muñoz a conclu à un vol commis avant le départ du *Marco Polo* de la base de Vilam. Ce délit a été perpétré par un membre de cet équipage qui, je suppose, a revendu ces pièces au marché noir.

Un murmure choqué courut dans les rangs. Les équipiers se dévisagèrent tous, en essayant de deviner le coupable.

— Capitaine, si je puis me permettre ? intervint Tomas Jansson, le maître d'équipage. Est-ce que vous êtes sûre que…

— Pensez-vous que je vous aurais réunis ici si je ne possédais pas les preuves de ce que j'avance ? demanda Bligh d'une voix faussement flegmatique. L'un d'entre vous est un voleur. Je vais donner à ce voyou une chance de s'amender. S'il se dénonce, sa punition sera allégée.

Elle croisa les bras et patienta, espérant un sursaut de moralité de la part du coupable, mais à part quelques toux discrètes et gênées, personne ne parla.

— Je vous laisse une dernière chance, déclara-t-elle. Non ? Très bien, vous avez choisi votre sort. Lieutenant Muñoz, veuillez procéder.

L'officier sécurité avait la réputation d'être un homme rude, loyal et sans compassion démesurée. C'est pour cette raison qu'elle avait sélectionné son dossier. Elle s'en félicitait. Il n'avait pas protesté ni même hésité lorsqu'elle l'avait informé de sa décision.

Muñoz pénétra dans les rangs, accompagné par deux de ses gardes. Il fendit la foule comme un brise-glace, les équipiers s'écartant sur son passage. Il s'arrêta enfin devant Victor Davis qui esquissa un mouvement de recul. Ceux de la sécurité se saisirent de lui sans ménagement. Il se débattit en hurlant qu'il était innocent, mais ils le traînèrent vers le capitaine sans l'écouter.

— Davis ! Sachez que je ne supporte pas les voleurs, tonna Bligh. À mes yeux, ce ne sont que des traîtres, des traîtres vis-à-vis de leurs camarades, des traîtres envers la compagnie qui les paie, des traîtres à leur planète. Je n'ai aucune compassion pour de tels hommes.

— Ce n'est pas moi, Capitaine. J'vous jure. Ce n'est pas moi.

— Vous avez été vu dans les entrepôts où se trouvaient les pièces en question. Vous avez été filmé sortant de ces mêmes entrepôts, puis du vaisseau avec des colis sous le bras.

— Ce n'est pas moi, j'vous dis !

— Il suffit ! Je vous rappelle que d'après le règlement de Zhanghill, je suis le seul maître à bord, la seule loi et que j'applique la discipline selon mon bon vouloir.

— Mais j'suis innocent !

— Vous mériteriez d'être balancé dans l'espace par le sas le plus proche.

Un murmure désapprobateur courut dans les rangs. Bligh redressa le menton pour mieux fixer les mécontents qui se turent aussitôt.

— Si j'entends une seule récrimination, le contestataire partagera la sanction de Davis.

Un silence de mort ponctua cette affirmation. Ellen Bligh ne put retenir un léger sourire amusé. Elle avait commandé le meilleur équipage des FST. Les hommes du *M.S. Arès* avaient payé un lourd tribut à la bataille d'Alphard, très peu avaient survécu. Et aujourd'hui, elle se retrouvait empêtrée avec des bons à rien. Elle faillit ordonner la mort du voleur, juste pour ne pas accorder satisfaction à la meute, mais décida de se contenter de la punition prévue pour ce type de délits.

— Malheureusement, reprit-elle, notre équipage est trop restreint pour que j'applique une telle sanction. Victor Davis, je vous condamne à vingt coups de flagelleur.

Un bruissement choqué salua cette sentence et, une fois encore, ce fut Tomas Jansson qui vint au secours de l'infortuné.

— Capitaine… Il faudrait étudier ces preuves et…

— Contestez-vous mon autorité ?

— Non, Capitaine, mais vingt coups… N'est-ce pas exagéré ?

— Voulez-vous en prendre la moitié à votre compte ?

Jansson se contenta de secouer la tête de gauche à droite, avec un air désolé. Ava pouvait à peine respirer en imaginant ce qui allait suivre. Vingt coups de flagelleur ! Elle n'avait assisté à une telle punition qu'une seule fois, à l'Académie. Le contrevenant avait abusé de la drogue et avait été sanctionné de cinq coups. Ce spectacle horrible était tellement ancré dans sa mémoire qu'elle n'arrivait pas à concevoir un châtiment de vingt coups.

— Je m'en doutais, poursuivit Bligh froidement. Lieutenant Muñoz, c'est à vous.

— Maintenant, Capitaine ?

— Non, l'année prochaine ! Bon sang, Muñoz ! Êtes-vous stupide ou le faites-vous exprès ?

— À vos ordres ! se renfrogna le chef de la sécurité. Günther ! Fukuda !

Les deux hommes poussèrent Davis jusqu'à un pilier de soutènement d'où pendaient déjà des menottes. Le malheureux tenta mollement de résister pendant qu'ils lui attachaient les poignets sans trop de ménagement. Arturo Muñoz s'avança avec, à la main, une sorte de fouet aux lanières noires et luisantes. Le flagelleur était un instrument de torture mis en place sur les vaisseaux spatiaux pour maintenir la discipline. La menace de sa morsure cuisante dissuadait les potentiels contrevenants. Le chef de sécurité laissa tomber les mèches vers le sol, les secouant pour activer le revêtement énergétique.

— Un ! énonça-t-il froidement.

Le fouet siffla dans l'air. Il heurta les épaules nues de Davis avec un horrible bruit, mélange de cinglement et de décharges électriques. L'homme grogna sous le coup.

— Deux !

À nouveau, ce bruit écœurant, à nouveau ce gémissement. Et puis un autre. Et puis, encore un autre et un autre. Davis se mit à hurler, ponctuant chaque impact d'un cri perçant, insupportable. Ava se surprit à serrer si fort ses mains dans son dos qu'elles lui faisaient mal. Davis était un connard, répugnant, envahissant et odieux la plupart du temps, mais il ne méritait pas un tel châtiment.

— Quinze !

Les lanières entamèrent à nouveau la chair à vif. Le pauvre Davis n'avait même plus la force de crier, il se contenta d'un dernier coassement, avant de perdre connaissance. Il s'effondra, pendant lamentablement au bout de ses chaînes. Muñoz lança un regard à Bligh, comme pour lui demander l'autorisation de stopper cette punition. Elle resta impassible. Ava en fut horrifiée. Jusqu'à présent, elle avait éprouvé de l'admiration et de la fascination pour le capitaine, mais aujourd'hui, elle ne savait plus que penser. Comment cette femme pouvait-elle se montrer si insensible ? Avec une imperceptible hésitation, le chef de la sécurité poursuivit sa triste besogne, faisant claquer les lanières dans l'air.

— Seize !

Le sifflement résonna fort dans le silence complet qui régnait dans la salle. Ce bruit avait quelque chose d'obscène.

— Ça suffit ! lança quelqu'un.

Ce cri fut repris par un autre, puis par plusieurs équipiers qui réclamaient que cette torture soit interrompue. Muñoz chercha à nouveau le soutien du capitaine.

— Je ne vous ai pas dit d'abandonner, Lieutenant.

— Il va mourir, implora Jansson. S'il vous plaît, Capitaine…

— Oui ! Épargnez-le ! lança Sanchez.

Plusieurs membres de l'équipage crièrent grâce à leur tour, mais Ellen Bligh ne parut pas s'en émouvoir.

— Continuez, Muñoz, ordonna-t-elle d'une voix dénuée de passion.

— Capitaine, je vous en prie, insista Jansson.

— Cet homme est un voleur et la discipline est le socle de la flotte Zhanghill, intervint Fletcher. Le capitaine a décidé de son sort, alors retournez dans le rang, Jansson.

Ce dernier fixa le premier lieutenant avec incrédulité. En deux semaines, Chris Fletcher s'était offert une réputation sympathique. Tous l'appréciaient. Il était amical, savait plaisanter et se mettre au niveau de tous. Les hommes aimaient son attitude virile. La plupart des femmes étaient attirées par ce séducteur au sourire franc, ce qui agaçait beaucoup Ava. Sa prise de position fit reculer le maître d'équipage, comme s'il avait été frappé. Il baissa la tête en signe de reddition.

— Lieutenant Muñoz, qu'on en finisse, ordonna Chris.

L'homme poussa un soupir imperceptible, puis arma son bras pour abattre son instrument de torture sur le dos du puni.

— Dix-sept !

Ellen Bligh se renfrogna. L'intervention de Fletcher venait d'entamer son autorité. Il clamait à la face de cet équipage indiscipliné qu'elle ne possédait pas assez de poigne pour les mater. Elle devrait y remédier. Elle regrettait déjà de l'avoir choisi pour second. Cette fouine louvoyait avec l'habileté d'un politique pour ne déplaire à personne. C'est ainsi qu'il progressait dans la hiérarchie, elle n'en doutait pas. Elle nota mentalement de protéger ses arrières de ce Brutus en puissance.

Enfin, le vingtième coup fut infligé et le soulagement de l'équipage fut perceptible. Le médecin et un infirmier se précipitèrent pour détacher le malheureux dont le dos sanguinolent soulevait le cœur d'Ava. Une fois installé sur un brancard, il fut emmené hors de la pièce dans un silence de mort.

Zhanghill corporation
Règlement intérieur
Article 10
Zhanghill prend soin de ses employés.

Le châtiment de Davis avait marqué durablement les esprits. Le malheureux était resté à l'infirmerie une semaine entière, dans un état grave. L'ambiance à bord du *C.S. Marco Polo* s'en ressentait. L'équipage se traînait, tentant d'échapper à l'œil inquisiteur du capitaine qui avait renforcé la discipline. Le bruit de ses pas saccadés résonnant dans les coursives incitait les équipiers à s'activer avec plus d'enthousiasme pour ne pas attirer son regard et éviter la sanction. Fletcher participait à cette résistance larvée. Il avertissait les hommes dès que Bligh était dans les parages ou pire, lorsqu'elle avait prévu une inspection. Et, en petit comité, il la critiquait ouvertement. Sa cote d'amour était au beau fixe. L'équipage lui avait pardonné son intervention lors de la punition de Davis. Il avait expliqué, d'un air contrit, qu'il avait voulu désamorcer une situation explosive. Chris Fletcher était de ces gens qui savaient mener leur barque et louvoyer pour s'attirer la sympathie des foules. Son ambition restait raisonnable, mais focalisée sur un but qu'il estimait atteignable. À travers son engagement dans la flotte spatiale, il traçait son chemin vers la direction de Zhanghill. Si la mission du *C.S. Marco Polo* était un succès, il profiterait des retombées positives. Au contraire, si elle se soldait par un échec, Chris reporterait habilement la faute sur la seule responsable : Ellen Bligh. Il méprisait cette femme qui avait perdu son poste dans les FST en se sacrifiant bêtement. Au sein de Zhanghill, elle ne possédait aucun soutien politique et il serait facile de la déstabiliser, voire de la ridiculiser. À leur retour, il dénoncerait les abus du capitaine pour récolter tous les lauriers de l'aventure. Chris ne regrettait pas d'avoir activé l'aide de son oncle pour obtenir ce poste de second. Le frère de sa mère siégeait au conseil de la compagnie dont il était l'un des membres majoritaires. Fletcher n'usait de son appui qu'en de rares occasions. Son propre père lui avait toujours dit de ne pas abuser des soutiens de bienfaiteurs.

Bligh avait affecté Ava en salle des machines sous la supervision d'Anton Korolev. Ce dernier avait aussitôt refilé la corvée au premier maître Paula Galahardo. Cette femme à la silhouette masculine faisait preuve d'un sens de l'humour particulier, un peu gras, comme si elle essayait de faire oublier son genre. Ava trouvait dommage de recourir à une telle ruse pour mieux s'intégrer. Paula ne cessait de la bousculer, ne cachant pas son mépris pour les élèves officiers, des privilégiés parachutés dans des postes qu'ils ne méritaient pas.

Depuis le matin, Ava surveillait les écrans de température du moteur trois, sur ordre de Paula. Et comme presque chaque jour, depuis le départ de Vilam, elle s'ennuyait ferme. Elle somnolait à moitié, épuisée par une nuit peuplée de cauchemars qui la perturbaient souvent depuis la punition de Davis. Le souvenir de ces abominables claquements la hantait. Paula la réveilla d'une tape derrière la tête.

— Sois attentive à ce que tu fais, bordel !

— Je suis…

— Regarde ce cadran, là !

— Eh bien ? s'énerva Ava qui ne remarquait rien de particulier.

— Il a baissé d'un point. Tu dois compenser en appuyant ici. Putain, écoute ce que je te dis ! Ces abrutis de gamins officiers, jamais capables de faire le taf.

Ava s'exécuta sans répliquer, même si elle en avait très envie. Elle ne voulait pas se mettre cette femme à dos. Aussitôt, le cadran incriminé se stabilisa sur la valeur requise.

— Tu vois, ce n'est pas compliqué ! Tu crois vraiment que parce que tu viens de l'Académie, tu sais déjà tout ? Tu sais que dalle !

— Eh bien, je ne serai pas ingénieur ! La belle affaire !

Elle se délecta de l'expression choquée de la technicienne que l'arrivée de Korolev empêcha de répliquer.

— Paula, va faire la vérif au pont « B ».

— Encore ?

— Fais pas chier ! Emmène le cadet, si tu veux !

— Ouais ! Allez, viens ! lança le sous-officier. Je vais te confier un travail important.

Elles grimpèrent donc jusqu'au niveau intermédiaire « B » sans échanger un mot, malgré l'envie d'Ava de demander des explications. Paula ouvrit la fameuse zone sécurisée et interdite ce qui excita la curiosité de la jeune femme. À l'intérieur, des dizaines de caissons baignés par une faible lueur se dressaient, parfaitement alignés, le long des cloisons. Sans attendre, la technicienne se dirigea vers le premier et d'une pression, elle activa un écran de contrôle.

— Qu'est-ce que c'est ? demanda Ava.

— T'es cruche ou quoi ? Ce sont des modules de cryogénisation, bien sûr. Regarde !

Elle désigna la surface vitrée, rétroéclairée par une douce lumière bleutée, et Ava recula en découvrant le visage figé d'un homme.

— Qui sont-ils ?

— Qu'est-ce que j'en sais, moi ! Des voyageurs. Ils coûtent beaucoup moins cher comme ça.

— Mais nous devons récupérer des plantes sur Ataahua, alors…

— Tu veux un conseil ? Ne te pose pas tant de questions. Tu bosses pour Zhanghill, alors tu fais ce qu'on te dit, point ! C'est peut-être des colons pour cette planète, ou des soldats pour s'en emparer. Ce n'est pas important. Notre mission est de nous assurer qu'ils arrivent en vie à destination, quelle qu'elle soit.

— D'accord, soupira Ava.

— Donc, on doit venir tous les jours vérifier que tout va bien.

— Ils ne sont pas monitorés à distance ? s'étonna-t-elle.

— Le *Marco* n'est pas un vaisseau prévu pour ça. Bien sûr, s'il y a un défaut d'alimentation, on le saura, mais si ce sont des fluctuations à l'intérieur du module, non. Bref, je t'explique, continua Paula en brandissant sa tablette. Tu notes les résultats de l'écran de contrôle individuel là-dessus. Si tout va bien, comme ici, le voyant restera au vert. Si, les données suggèrent un problème potentiel, il sera orange et si ça craint vraiment, il passera au rouge. Pour l'orange, tu rendras compte à Korolev en revenant en salle des machines. S'il y a du rouge, tu contactes immédiatement le toubib, puis tu avertis Korolev qui devrait débouler en petites foulées.

— C'est déjà arrivé ?

— On a eu un mort. Le numéro 201.

— Combien il y en a ?

— Quatre cents.

— Tant que ça !

— Ouais ! Viens, passons au suivant. Vas-y, je te contrôle après.

Ava s'exécuta, notant les différents chiffres de l'état du module et de son occupant.

— Bien, t'as tout compris. Je retourne en salle des machines. Amuse-toi bien et fais gaffe aux fantômes !

— Quoi ?

— On a toujours une drôle d'impression dans un tel compartiment. Ce n'est pas pour rien qu'on les surnomme des sarcophages, hein. Allez, bon courage ! conclut la technicienne en la gratifiant d'une grande tape sur l'épaule.

Ava la regarda sortir avant de s'autoriser un rictus méprisant.

— Des fantômes ! Cette idiote essaye de me faire peur. Je suis sûre qu'elle va revenir me faire « bouh » tout à l'heure.

Sans plus attendre, elle se dirigea vers le module suivant. Elle perdit un peu la notion du temps en accomplissant cette tâche répétitive et peu intéressante. Au début, elle avait regardé les visages pour tenter de deviner leur identité ou leur passé, mais après le trentième, elle avait renoncé. Pour le moment, un seul s'était affiché en orange, ce qui était plutôt rassurant. Elle arrivait au fond de la salle. Il lui restait les deux rangées du milieu, puis celle de l'autre côté. Elle entendit soudain comme un bruit de pas derrière elle, puis quelqu'un se racla la gorge.

— Si tu espères me faire peur, c'est loupé ! lança-t-elle sans même se retourner.

— Je n'y comptais pas, mais je peux faire un effort si vous y tenez, répliqua une voix dure qu'elle reconnut immédiatement.

Ava pivota vivement et se figea au garde-à-vous devant le capitaine.

— Je pensais que c'était quelqu'un d'autre, bafouilla-t-elle.

— Je n'en doute pas. Puis-je savoir ce que vous faites dans cette zone sécurisée ?

— Je note les résultats des indicateurs, Capitaine. Pour les modules de cryogénisation, précisa-t-elle en s'étranglant un peu.

— Je vois. Continuez, je ne veux pas vous retarder.

— Merci, Capitaine… Euh, Capitaine, puis-je vous demander qui sont ces gens ?

— Vous pouvez, mais rien ne m'oblige à vous répondre, n'est-ce pas ? répliqua l'autre avec un rictus amusé.

— Non, c'est vrai.

— Ne faites pas cette tête, il n'y a rien de secret. Ce sont des colons.

— Mais je croyais que nous allions récupérer des arbres sur…, s'étrangla Ava, horrifiée par son audace.

— C'est ce que nous allons faire, mais pas seulement, expliqua Bligh avec un sourire en coin. Ces colons s'installeront dans une zone pas ou peu habitée de la planète. Cela fait partie de la négociation menée par les explorateurs de Zhanghill.

— Oh… Je ne voulais pas…

— Vous étiez curieuse, c'est bien normal. Je vous ai assez retardée, Cadet. Je vous laisse continuer. À bientôt.

— Merci, Capitaine.

Ellen Bligh se dirigea vers la sortie et, avant de refermer la porte, elle jeta un regard à sa subordonnée. Elle était surprise d'être aussi charmée par cette jeune femme timide. Tout au long de sa carrière, elle s'était montrée extrêmement prudente avec ses relations sentimentales. Elle n'avait eu que trois histoires à bord d'un vaisseau et chaque fois, l'autre possédait le même grade. Elle préférait éviter une quelconque accusation de harcèlement ou de favoritisme. En tant que capitaine, il lui était impossible d'entretenir une liaison avec un membre de son équipage. Certains se permettaient cet accroc au règlement, mais elle s'y refusait.

Ellen grimaça alors que ses pensées la ramenaient à une époque où elle ne portait pas ce maudit exosquelette, à une époque où elle partageait l'existence d'une femme qu'elle avait cru être sa compagne pour longtemps. Beverly était une personne pleine de charme, dynamique et forte. Cette rousse aux cheveux courts travaillait sur la base d'attache du *M.S. Arès* comme docker. Durant les quatre années de leur histoire, elles n'avaient réellement vécu que neuf mois ensemble. Cette vie en pointillé était le prix à payer lorsqu'on était militaire. Malgré cette contrainte, les deux femmes étaient extrêmement amoureuses l'une de l'autre.

△Ξ∧Ξ△

Ellen Bligh s'était réveillée dans ce lit d'hôpital, paralysée, incapable de bouger ses membres inférieurs. Les yeux fixés sur le plafond, elle essayait de contenir ses larmes. Elle aurait préféré mourir à bord du *M.S. Arès* plutôt que de devenir une chose inerte, dépendante du bon vouloir des autres. Son dernier visiteur venait de lui offrir un espoir, mais à quel prix ? Celui de sa liberté. Avait-elle le choix ? Elle savait bien que non. Elle entendit la porte s'ouvrir, puis le visage pâle et défait de Beverly apparut dans son champ de vision.

— Ma chérie… J'ai enfin le droit de te voir. Avec leur procédure administrative, ils me rendaient folle.

— Bev…, souffla-t-elle.

— Est-ce que tu vas bien ? Oh, désolée, question idiote, bafouilla sa compagne.

— Non, ça va… Je ne souffre pas.

— Ils… Ils m'ont dit que tu ne pourrais plus marcher.

— C'est ça.

— Oh, mon Dieu, Ellen…, s'étrangla Beverly au bord du sanglot.

— Tout va bien, tout ira bien, la rassura-t-elle.

— Tu sais bien que non, mais… Mais ne t'inquiète pas, je prendrai soin de toi.

— Ce sera inutile, contra Ellen avec humeur.

Elle s'en voulut aussitôt, mais l'idée même d'être un poids mort pour Beverly lui retournait l'estomac.

— Bien sûr que non, répondit bravement sa compagne. Je me suis renseignée. L'idéal serait un exosquelette. Je pourrai en acquérir un et…

— Les seuls que tu peux acheter sont ceux de classe « C1 », dédiés au port de charges lourdes. Ils sont une aide au déplacement et fonctionnent en amplifiant le mouvement. En clair, tu bouges ta jambe et l'appareillage te soutient. Seulement, je ne peux pas bouger ma putain de jambe ! acheva-t-elle amèrement.

— Je sais, le médecin m'a expliqué ça. Il faudrait un exosquelette militaire de classe « M2 » ou « M3 ».

— Tu n'auras jamais l'autorisation d'en acheter un.

— Oui, il est impossible de trouver un « M3 », mais un « M2 »… Je connais quelqu'un qui peut m'en fournir un, d'occasion bien sûr.

— Le « M2 » serait un pis-aller. Il est lourd et connecté au cerveau par un signal porteur. Si ce signal est coupé, je tomberai. Et qui réalisera l'appairage ? Il faut un spécialiste.

— Le vendeur affirme qu'il….

— Bev… Je refuse que tu te fournisses au marché noir.

— Il ne peut pas trouver de « M3 » et, de plus, il faudrait une opération chirurgicale pour connecter le système directement à ton cerveau. Nous n'avons pas le choix.

— Si, j'ai le choix. Écoute, je… Je vais accepter une proposition qui va me procurer la toute dernière génération d'exosquelette militaire : un « M5 ».

— Comment…

— Zhanghill.

— Quoi ? Tu ne vas pas accepter un cadeau de ces pourris ! Tu deviendras leur esclave, Ellen. Non et non ! Tu dois rejeter cette offre.

— Je n'ai pas le choix.

— Mais si, tu l'as. Je t'ai donné des solutions.

— Je refuse de vivre à tes crochets, de te faire courir des risques pour récupérer un appareillage qui ne fonctionnera peut-être que quelques mois.

— Tu n'en sais rien.

— Le marché noir est coutumier du fait, Bev ! Non, je vais accepter le « M5 ». Il se pose directement sur la peau, comme le « M4 », mais il est plus léger. Mon handicap serait presque invisible.

— Mais tu devras bosser pour eux.

— De toute façon, les FST ne voudront pas d'un officier diminué. Avec Zhanghill, je pourrai commander mon vaisseau même si ce ne sera qu'un cargo.

— Ellen, je refuse que tu travailles pour eux, tu m'entends ? Ce sont des monstres ! Tu sais ce qu'ils ont fait à ma famille, ce qu'ils m'ont fait !

— Cela n'a rien à voir.

— Cela a tout à voir. Si tu acceptes leur offre, ce n'est plus la peine de revenir à la maison.

— Bev, tu n'es pas sérieuse ?

— Très sérieuse, au contraire. Je ne vivrai pas avec un sbire de Zhanghill corporation.

Ellen ferma les paupières pour mieux réfléchir. Elle aurait pu jouer sur la corde sensible de sa compagne, la supplier. Après tout ce qu'elles avaient partagé, comment pouvait-elle lui donner un tel ultimatum ? Elle soupira longuement, puis rouvrit les yeux.

— Comme tu veux, répondit-elle les mâchoires contractées de colère. Tu feras livrer mes affaires à l'hôpital au plus vite. Au revoir, Beverly.

La jeune femme ouvrit la bouche pour protester, mais ne dit rien. Elle se contenta de sortir sans se retourner.

ΔΞΛΞΔ

Dix jours plus tard, Ellen Bligh avait reçu son exosquelette de classe « M5 ». L'appareillage fabriqué dans un alliage solide et léger était relié à ses muscles, ses nerfs et ses os par de minuscules tubules qui pénétraient son corps en de multiples endroits. Le système de commande était connecté à son cerveau à la base de son crâne, par trois câbles identiques. L'exosquelette soulignait sa colonne vertébrale, descendait le long de ses jambes et de ses bras. La structure gris sombre se fondait presque en elle, faisant d'elle un être proche d'un cyborg. Elle ne s'en plaignait pas, car elle avait pleinement retrouvé l'usage de ses membres.

Depuis sa rupture avec Beverly, personne n'était entré dans sa vie, personne n'avait même réveillé son cœur. Le frémissement qu'elle avait ressenti pour Ava Morel l'avait surprise. Elle chassa cette idée, car une telle liaison était tout à fait impossible.

6

Le calvaire d'Ava en salle des machines avait repris le lendemain. Paula lui confia une autre tâche déprimante dont elle essayait de s'acquitter au mieux. La technicienne travaillait non loin d'elle et ne se gênait pas pour la bombarder de remarques acerbes. La jeune femme n'en avait cure, comme souvent ses pensées vagabondaient au loin. Soudain, une déflagration secoua le vaisseau. Ava s'écrasa contre la console, le souffle coupé par le choc. Elle retrouva ses esprits quelques secondes plus tard. Paula avait cogné la cloison avec force et restait prostrée, apparemment inconsciente. Ava se précipita à ses côtés afin de lui porter secours. Elle souleva doucement le menton de la technicienne qui ne broncha pas. Du sang jaillissait de son arcade sourcilière. Une odeur de brûlé se répandait dans la salle des machines, piquant les narines et grattant la gorge. Des cris de douleur retentissaient dans la pièce et surmontant le vacarme, la voix de Korolev hurlait des ordres. Des équipiers couraient partout, pour accomplir leur mission. Un peu paniquée, Ava resta où elle se trouvait, ignorant ce qu'elle devait faire. Elle secoua à nouveau Paula dans l'espoir de la ranimer. Les yeux de la blessée papillonnèrent et posèrent sur elle un regard perdu.

— Ne bougez pas, conseilla Ava rassurée.

Elle se leva dans l'espoir d'attirer l'attention de quelqu'un qui pourrait l'aider.

— Cadet, venez ici ! appela l'ingénieur en chef.

— Désolée, je dois y aller, souffla Ava à Paula. Je vous envoie quelqu'un au plus vite.

— Morel ! hurla Korolev.

La technicienne lui fit signe d'obéir en la chassant d'un geste irrité. Ava haussa les épaules et se précipita vers le maître des lieux.

— On a besoin d'aide et on manque de bras. Il faut couper l'arrivée de refroidissant, seulement les commandes ne répondent plus. Il faut le faire manuellement et tous mes hommes sont occupés à d'autres tâches, conclut-il en lui tendant une tablette. Voici le schéma. Vous devez vous rendre ici, dans le local de maintenance. Vous devrez enclencher la valve de fermeture. Est-ce que c'est bon ?

Ava balaya l'information des yeux tentant de comprendre ce qu'il attendait d'elle. Elle déglutit douloureusement en découvrant qu'elle allait devoir ramper dans un étroit conduit sur au moins vingt mètres et négocier deux coudes à angle presque droit.

— Alors ? beugla Korolev.

— Oui, Lieutenant. J'ai compris.

— Ne traînez pas, dans ce cas. Coupez le circuit dès que vous y serez. Chaque seconde compte !

— Oui, Lieutenant.

— Doukoure ! Viens ici !

Un grand mécanicien qui pianotait frénétiquement sur une console pivota aussitôt, avant de se précipiter à leurs côtés.

— À vos ordres, Lieutenant.

— Je l'envoie débloquer manuellement les vannes de refroidissant. Montre-lui l'entrée du conduit.

— Par le conduit ? Ce serait moins dangereux d'emprunter…

— Les portes de la salle des machines sont bloquées. Impossible de savoir dans quel état est le reste du vaisseau. Nos communications sont également HS. Dois-je continuer ? ajouta Korolev d'un ton acerbe.

— Non, Lieutenant, mais… Je pourrais y aller.

Ava comprit qu'il estimait qu'elle n'était pas assez entraînée pour une telle tâche.

— J'ai besoin de vous, pas d'elle ! Assez traîné ! Allez-y !

Doukoure se contenta de hocher la tête, puis fit signe à Ava de le suivre. Arrivé à un angle de la salle des machines, il actionna en force une lourde poignée qui déverrouilla une trappe à mi-hauteur. Il réunit ses mains pour lui offrir un marchepied de fortune.

— Allez ! Tu as entendu Korolev. Magne ! lança-t-il.

— Attends ! protesta Ava. Paula est blessée. Il faut…

— Je m'en chargerai. Allez, ne traîne pas ! Ça urge, vraiment. Et fais gaffe. C'est dangereux, ajouta-t-il en lui tendant une lampe torche.

La jeune femme, surprise par cette soudaine sollicitude, le remercia d'un hochement de tête, puis posa son pied sur les paumes jointes pour se hisser dans le boyau. Elle se tortilla jusqu'à ce qu'elle se retrouve allongée dans cet espace restreint. Elle alluma sa lampe. Le cône de lumière blanche dévoila l'étroitesse de ce conduit. Elle prit une profonde inspiration avant de se mettre à ramper sur les coudes et les genoux. Très vite, elle eut l'impression que les parois se resserraient sur elle, que le plafond descendait pour l'écraser. Elle s'arrêta, le cœur battant, la respiration heurtée, une sueur âcre dégoulinant sur son visage. En proie à une panique grandissante, elle n'avait qu'une envie : reculer et s'échapper de ce piège. Allongée sur le ventre, Ava s'obligea à respirer lentement et profondément jusqu'à ce que son angoisse s'apaise. Elle déglutit, puis se redressa et recommença à avancer, ses coudes vite meurtris par le métal. Elle cogna son genou sur un rivet qui saillait légèrement. Ses yeux s'emplirent de larmes sous l'effet de la douleur vive qui lui transperça la rotule.

— Aïe ! s'écria-t-elle.

Elle reprit sa reptation dans cette chaleur intense qu'elle supportait de plus en plus mal. La transpiration coulait abondamment sur son visage, dans son dos et entre ses seins. Ses yeux la brûlaient et ses vêtements collaient désagréablement à sa peau. Elle respirait avec difficulté et la peur de rester bloquée dans cet enfer n'arrangeait rien. Elle atteignit enfin le premier coude du boyau. Elle observa la suite du conduit en se demandant comment elle allait le franchir. Elle se contorsionna tant bien que mal pour se dégager en se râpant les hanches au passage. Elle reprit son souffle en aspirant de longues goulées d'un air brûlant. Elle darda devant elle le faisceau lumineux de sa torche pour tenter d'estimer le reste du parcours.

— Merde et merde ! jura-t-elle pour évacuer sa frustration.

Le rayon de lumière venait de révéler le deuxième angle tout proche. Elle commença à avancer, mais fut clouée au sol par une douloureuse quinte de toux qui lui arracha les poumons. Elle respirait avec peine, essuya ses yeux avec rage, avant de progresser à nouveau. Le virage suivant lui parut encore plus étroit.

— Comment suis-je censée passer ? marmonna-t-elle.

Entendre sa propre voix, étouffée par les parois, lui donna la chair de poule. Elle sécha ses mains sur son uniforme, puis glissa un bras dans le tube. Elle tâtonna dans l'espoir de découvrir une prise quelconque. Elle allait renoncer, lorsqu'elle sentit au bout des doigts une aspérité à laquelle elle s'accrocha. Centimètre par centimètre, elle avança jusqu'à ce qu'elle puisse passer une épaule. L'autre se coinça dans l'angle. Le tissu de son polo se déchira et elle sacrifia un morceau de son épiderme pour s'extirper de ce piège. Péniblement, Ava continua sa progression sur le sol si brûlant que ses paumes commençaient à cloquer. Elle s'arrêta pour étudier les lieux, fouillant l'obscurité en pointant sa torche à bout de bras.

— Enfin, souffla-t-elle dans une nouvelle quinte de toux.

Elle venait de repérer sa destination : une minuscule pièce dans laquelle se trouvaient les commandes déportées du système de refroidissement des moteurs. Elle toussa à nouveau, en s'étranglant presque dans cet air raréfié.

— J'aurais dû emporter de l'eau, coassa-t-elle, la gorge aussi sèche qu'un vieux parchemin oublié.

Ava puisa dans les quelques parcelles d'énergie qui lui restait pour combler les derniers mètres et se laissa tomber dans l'espace exigu. Elle put néanmoins s'y asseoir. Elle en profita pour récupérer son souffle et essuyer son visage trempé de sueur. Le geste lui arracha une des cloques qui ornait ses paumes. Ava grimaça, puis secoua la tête pour reprendre ses esprits. Elle se traîna jusqu'au panneau de contrôle. Elle essaya de se remémorer le schéma que lui avait montré brièvement Korolev.

— Bon, je pense que c'est ça…

Avec une certaine appréhension, elle abaissa un à un les six gros interrupteurs insérés dans la console. Un « clac » lui indiqua que la trappe avait été déverrouillée. Elle l'ouvrit sans attendre et fut soulagée d'y découvrir un large commutateur. Elle l'agrippa à deux mains, mais il ne bougea pas d'un pouce.

— Saloperie de bordel de merde !

Jurer lui avait fait du bien. Elle banda ses muscles et tira en grognant de douleur lorsque le métal entama ses mains brûlées. Le levier céda enfin avec un claquement mécanique qui se répercuta le long du conduit.

— J'ai réussi, soupira-t-elle avec soulagement tout en s'appuyant contre la cloison.

Elle était à bout de forces et respirer lui déchirait les poumons. À l'idée de refaire le chemin inverse, dans cet horrible boyau, elle perdait tout courage. Elle savait que si elle restait dans cette étuve trop longtemps, elle mourrait, mais pendant quelques secondes, cela lui parut un sort enviable. Ava se secoua, puis se redressa. Une autre explosion ébranla le *C.S. Marco Polo* et l'envoya valser contre la paroi. Elle perdit connaissance.

La première chose qu'elle perçut, en revenant à elle, fut l'odeur du feu. Elle se releva tandis qu'une fumée âcre envahissait le local. Ava toussa si violemment que son estomac se contracta, l'obligeant à cracher un filet de bile qui vint grésiller sur le sol. Un nuage épais emplissait le conduit de retour. Elle n'y voyait rien. Elle récupéra sa lampe torche d'une main hésitante, rampa jusqu'à l'embouchure et darda le rayon blanc dans le boyau.

— Eh merde !

Une poutrelle de la structure s'était effondrée, bloquant irrémédiablement le passage. Elle était perdue. Elle recula sur les fesses et se pelotonna dans un coin, submergée par la panique.

— Suis-je cruche ! s'exclama-t-elle soudain. Mon bracelet !

Elle leva son poignet devant ses yeux et jura à nouveau. L'écran était fissuré et n'affichait plus rien. Elle ne pourrait donc pas appeler Korolev ou qui que ce soit à la rescousse. Et puis, l'ingénieur n'avait-il pas dit que les communications étaient en panne ? Dans ce cas, elle était vraiment perdue. Malgré tout, elle refusa de baisser les bras. Elle pressa les deux touches déclenchant le système d'alerte. Rien ne se passa. Elle renouvela l'expérience sans trop d'espoir, car comme disait sa mère : quand rien ne va, rien ne va. La voix du capitaine résonna dans le récepteur implanté dans son oreille.

— *Cadet ? Quelle est votre situation ?*

Ava porta son poignet à hauteur de sa bouche avec un soupir de soulagement.

— Capitaine ?

— *Cadet ? Votre situation ? Êtes-vous blessée ?*

— Non, Capitaine, mais il y a de la fumée partout et le conduit de retour est bloqué. Impossible de passer !

Elle n'avait pu dissimuler la panique dans sa voix.

— *Du calme, Cadet. Où êtes-vous ?*

— Je suis… Le lieutenant Korolev m'a envoyé…

— *Je vois. Ne bougez pas, je vous rappelle.*

— Capitaine ?

Mais la communication avait été coupée. La fumée s'épaississait dangereusement et l'attente s'éternisait. Ava commençait à perdre patience, lorsque la voix de Bligh résonna à nouveau dans son oreille.

— *Bien, Korolev m'a expliqué la situation. Écoutez-moi attentivement, Cadet. Vous m'entendez ?*

— Oui, Capitaine.

— *Prenez le boyau de l'autre côté. Continuez tout droit jusqu'au module de refroidissement. N'en sortez pas, sous aucun prétexte. Compris ?*

— Oui, Capitaine.

— *Avertissez-moi dès que vous y serez.*

— Impossible, Capitaine. Mon bracelet ne fonctionne plus à part le signal d'alerte.

— *Dans ce cas, utilisez-le. Compris ?*

— Oui, Capitaine.

— *Allez-y !*

À travers l'intense brouillard, Ava se dirigea vers l'entrée du second conduit. Elle se faufila à l'intérieur et rampa sans tenir compte du métal trop chaud, de l'étroitesse des lieux ou de sa difficulté à respirer. Elle se focalisait uniquement sur sa vitesse de progression. Le temps sembla s'étirer tandis qu'elle avançait péniblement, gagnée par l'envie de s'arrêter et de dormir. Son épaule nue frôla la cloison et la brûlure lui arracha un cri. Un voile passa devant ses yeux et elle faillit perdre connaissance. Elle reprit ses esprits et, sans savoir comment, elle réussit à poursuivre son chemin jusqu'à ce que le sol se dérobe sous ses mains. Elle bascula en avant et se reçut lourdement, un mètre plus bas. Le souffle coupé, elle mit quelques secondes à retrouver ses sens. Par un miracle inexplicable, elle n'avait pas lâché sa torche. Elle balaya les lieux avec le faisceau lumineux dévoilant des tubulures et des appareillages dont elle ignorait complètement la fonction.

Ava pressa les touches de son bracelet de communication comme le lui avait demandé Bligh.

— *Cadet ?*

— Je suis arrivée, Capitaine.

— *On va venir vous chercher. Ne bougez pas de là où vous êtes. Appelez-moi si la situation se dégrade. Ne paniquez pas !*

— Oui, Capitaine, bafouilla-t-elle.

Ava s'installa non loin de l'étroite écoutille d'accès à cette salle. La tentation de s'enfuir sans attendre les secours était puissante, mais pas suffisante pour oser désobéir à Bligh. De longues minutes passèrent et la jeune femme s'enfonça doucement dans l'inconscience.

ΔΞΛΞΔ

Bligh maîtrisait son impatience en attendant le compte-rendu de l'homme envoyé par Muñoz. Elle ressentait une inquiétude hors de propos pour le sort de sa jeune subordonnée. En tant que capitaine, elle n'aurait pas dû se soucier de ce cadet plus que de n'importe quel autre équipier. Pourtant, au bout de quelques minutes, elle n'y tint plus.

— Alors ? Morel est-elle sortie d'affaire ?

— Euh, je n'ai pas de nouvelles de Hirshi, Capitaine.

— Comment ça, pas de nouvelles ? Où est-il ?

— Les capteurs internes ne fonctionnent toujours pas et… Oh, merde !

— Que se passe-t-il ?

— Je… Il y a un corps humain à l'extérieur, Capitaine. C'est le signal de Hirshi. Il… Il doit y avoir une brèche dans cette partie du cargo.

— Vous ne pouviez pas vous en rendre compte plus tôt ? gronda Bligh. Bon, je prends les choses en main. Cesare, venez avec moi.

— Capitaine, protesta Fletcher, vous ne pouvez pas…

— Je peux faire ce que je veux sur mon vaisseau. Je vous confie la passerelle en mon absence.

Elle ne laissa pas à son officier en second le loisir de discuter ses ordres encore une fois. Ugo sur les talons, elle se hâta dans les couloirs. Elle rageait. La passerelle était restée sans nouvelles de la salle des machines pendant plus d'un quart d'heure avant que Korolev réussisse à rétablir les communications. Son compte-rendu avait été succinct et alarmant. Ses craintes avaient été confirmées quelques minutes plus tard par une seconde explosion. Elle avait hâte d'avoir un rapport complet sur l'état de son vaisseau.

Enfin, ils arrivèrent devant l'accès au module de refroidissement. Bligh consulta le panneau de contrôle pour examiner les indicateurs environnementaux. Rassurée, elle ouvrit la porte et sans attendre, traversa la pièce à grandes enjambées jusqu'à l'entrée suivante. À nouveau, elle afficha les informations concernant cette salle. Ce qu'elle craignait fut aussitôt confirmé.

— Ce que je soupçonnais se vérifie, déclara-t-elle avec un calme qu'elle ne ressentait pas vraiment. Il y a une brèche dans la coque, de l'autre côté de cette porte. Cesare, donnez-moi la combinaison spatiale qui se trouve dans ce placard, là.

— Oui, Capitaine ! Est-ce que... Est-ce que nous pourrons sauver Ava ?

— Ne vous en faites pas, je m'en charge.

— Ce n'est pas vous de prendre ce risque, Capitaine.

— Ni à vous. Allez, aidez-moi à enfiler ce foutu truc.

Avec la contribution d'Ugo, elle se glissa dans la combinaison spatiale. Les revers furent refermés et elle boucla définitivement la tenue en pressant une touche sur une commande de son poignet. L'aspirant lui présenta le casque qu'elle coiffa, puis il le verrouilla sur le col.

— Merci et maintenant, sortez d'ici.

— Capitaine, je pourrai...

— Rien du tout. Sortez ! Je n'ai pas besoin de vous.

— Je resterai dans le couloir, Capitaine.

— Si vous voulez, répondit-elle avec un demi-sourire.

Il lui adressa un léger signe de tête avant de quitter la pièce. Décidément, ce garçon était loyal et dévoué. Il deviendrait un bon officier avec le temps. Elle inspira profondément, puis se concentra sur l'action à venir. D'un geste, elle ferma la visière de son casque. Le sifflement de la pressurisation la rassura. Elle débloqua le filin intégré à sa ceinture et l'accrocha à un crochet de la paroi. Elle souleva le boîtier qu'elle avait transporté jusqu'ici, puis se plaqua contre la cloison à droite de la porte. Elle contracta ses muscles, puis pressa la commande d'ouverture. Aussitôt, la pièce se purgea de son atmosphère dans une tempête irrésistible qui menaça de l'emporter. Elle résista à la décompression jusqu'à ce que le vide soit complet. Maintenue au sol par ses bottes magnétiques, elle entra dans l'entrepôt traînant derrière elle le filin de sa ligne de vie. La grande salle était dévastée. Tout ce qui n'était pas attaché avait été aspiré dans l'espace à travers une imposante déchirure dans la coque. Bligh marcha jusqu'à la brèche large d'au moins deux mètres. Elle ouvrit le boîtier qu'elle portait et le sépara en deux moitiés. Elle aimanta la première à droite du trou et la deuxième à gauche, puis elle pressa la commande sur son poignet. Un bouclier énergétique s'activa, scellant la fissure. Elle espérait que cette réparation provisoire tiendrait le temps qu'elle sauve Ava Morel. Sans attendre, Bligh traversa l'entrepôt jusqu'à l'écoutille donnant sur le module de refroidissement. Elle empoigna à deux mains la large poignée qui résista une seconde avant de céder. Le lourd panneau s'ouvrit en grinçant, elle dut même l'aider en y appuyant l'épaule. Le local étant plongé dans une épaisse obscurité, le capitaine alluma les deux lampes torches situées de chaque côté de son casque. Le faisceau lumineux dansa dans cette atmosphère saturée de fumée. Elle entra dans la pièce avec précaution. Ava était calée dans un angle, adossée contre la cloison, le menton reposant sur sa poitrine. Elle ne broncha pas, même lorsque la lumière effleura son visage. Bligh la rejoignit et souleva sa tête de sa main gantée. La jeune femme avait les yeux clos. Elle la secoua sans ménagement pour la réveiller. Les paupières frémirent, puis Ava focalisa avec peine son regard sur la personne en combinaison spatiale qui se penchait sur elle.

— Debout, Cadet ! ordonna-t-elle en lui tendant la main.

Après une légère hésitation, Ava la saisit. Le capitaine l'aida à se relever. À peine sur ses jambes, elle vacilla, puis bascula vers l'avant et heurta la poitrine de Bligh qui la retint d'un bras autour de la taille. Encore étourdie par le manque d'oxygène, Ava éprouva une brève et étrange émotion à cette étreinte fugace. Elle l'oublia aussi vite qu'elle était apparue.

— Comment allez-vous, Cadet ? demanda le capitaine. Êtes-vous capable de marcher ?

— Oui… Oui, je crois…, bafouilla-t-elle.

— Dans ce cas, sortons d'ici !

Bligh l'entraîna hors du local. Ava remarqua l'ouverture vers l'espace, mais ne trouva pas la force de poser une question. S'accrocher au bras du capitaine lui prenait toute son énergie. Elles passèrent plusieurs portes, puis Bligh ferma la dernière écoutille qui siffla lorsqu'elle rétablit la pressurisation de la pièce. Elle déverrouilla les loquets bloquant son casque avant de l'ôter. Elle décerna à la jeune femme un sourire étrangement chaleureux.

— Voilà, vous êtes sortie d'affaire.

— Oui, merci, Capitaine, mais… mais pourquoi vous…

— Pourquoi suis-je venue vous chercher ? Il fallait bien que quelqu'un le fasse, non ? Nous avons été heurtés par des débris d'astéroïdes. Cet accident aurait pu détruire le *Marco Polo*. Nous nous débattions avec les problèmes qui se produisaient en cascade, lorsque j'ai reçu votre appel. J'ai demandé au lieutenant Muñoz de s'en occuper. Il a envoyé un de ses hommes pour vous récupérer, mais cet idiot n'a pas vérifié la pressurisation de cette pièce avant de l'ouvrir, précisa-t-elle en désignant l'écoutille du doigt. Il a été happé par la brèche dans la coque.

— Il… Est-il mort ? demanda Ava avec horreur.

— Oui ! Alors, j'ai décidé de venir vous chercher moi-même afin d'éviter une autre erreur qui aurait pu se révéler encore plus catastrophique. Le système de sécurité a fonctionné et a refermé cette porte. C'est une chance ! Bien, aidez-moi donc à ôter ce foutu attirail.

7

Zhanghill corporation
Règlement intérieur
Article 6
Un échec ou un manquement de la part d'un
employé de Zhanghill n'est pas acceptable.

Ava finit de s'habiller avec l'uniforme propre déposé à l'infirmerie par Ugo. Ses brûlures avaient été soignées, mais étaient encore douloureuses. Elle grimaça lorsque l'étoffe effleura sa main. Elle se baissa pour fermer ses bottes avec un grognement.

— Vous allez ressentir une gêne pendant quelques jours, mais je pense que ce sera supportable, déclara Lydie Papadakis, le médecin du bord.

Cette petite femme à l'épaisse chevelure sombre, enfermée dans un beau chignon, menait son infirmerie d'une poigne ferme, mêlée d'une bienveillance quasi maternelle que l'équipage appréciait beaucoup.

— J'ai aussi de la peine à respirer, indiqua Ava. J'ai l'impression d'avoir du gravier dans les poumons.

— Vous souffrez d'une légère intoxication due aux fumées inhalées, mais cela passera rapidement, ne vous inquiétez pas. N'hésitez pas à revenir me consulter si quelque chose ne va pas.

— Oui, Docteur.

Lydie Papadakis la gratifia d'un charmant sourire, puis lui souhaita une bonne journée. En quittant l'infirmerie, Ava eut la surprise de voir Chris qui dévalait les marches en descendant du pont supérieur. Il s'arrêta une brève demi-seconde en l'apercevant, puis se précipita vers elle. Avant qu'elle n'ait pu l'en empêcher, il l'enlaça. Il la relâcha aussitôt pour mieux la regarder.

— Tu es debout, Ava ? Oh, bordel, je suis soulagé.

— Vraiment ? répliqua-t-elle amèrement.

Pendant les longues minutes qu'elle avait passées, bloquée dans cette pièce sombre emplie d'une fumée qui la faisait suffoquer, elle avait fantasmé l'arrivée de Fletcher venant à la rescousse. L'opération de sauvetage avait bien eu lieu, mais c'est le capitaine qui avait revêtu l'armure du preux chevalier. Elle trouvait d'ailleurs que cela lui allait à la perfection.

— Bligh m'a ordonné de rester sur la passerelle, se justifia-t-il. J'étais mort d'inquiétude. Je voulais venir te voir plus tôt, mais… Tu la connais, hein ? Elle ne m'a pas lâché.

— Il paraît que le *Marco* est dans un sale état.

— Ce n'est rien de le dire. Les réparations vont durer des jours. Tu imagines comment Bligh a pris la nouvelle. Merde ! Ava, j'étais fou. C'est criminel de t'avoir envoyé dans ce foutu conduit. Ce n'était pas ton boulot !

— Il fallait bien que quelqu'un le fasse, non ? Ce n'était pas une tâche technique et je ne servais pas à grand-chose en salle des machines.

— C'est ce que je dis. Bligh n'aurait jamais dû t'y affecter.

— Cela fait partie du protocole.

— Il faut savoir s'affranchir de certaines règles, surtout sur un cargo. Bligh se croit encore membre des FST. Le *Marco* est un vaisseau civil et son obsession de la discipline devient un problème.

— Tu ne devrais pas dire une chose pareille, Chris.

— Mouais ! Tu as raison, admit-il avec un soupir. Je suis fatigué. Cela fait trente-six heures que je n'ai pas fermé l'œil.

— Bien sûr, je comprends.

Il posa une main sur son visage et caressa sa joue. Elle frissonna, surprise par ce geste de tendresse. Il se rapprocha lentement d'elle, arrêtant sa bouche à quelques centimètres de la sienne. Il leva un sourcil, comme pour lui demander son assentiment. Elle s'entendit dire oui et il l'embrassa doucement. Elle apprécia le velours de ses lèvres sur les siennes et la chaleur de sa peau. Il s'écarta avec un sourire charmant.

— J'ai eu peur de te perdre, tu sais.

— J'ai eu peur de me perdre aussi.

— Je dois filer, soupira-t-il. On se voit ce soir. En attendant, tu as gagné le droit de te reposer. Va dans ta cabine.

Sans attendre sa réponse, il s'engouffra dans l'escalier la laissant seule dans le couloir. Elle s'adossa contre la cloison, pensive. Ce baiser la bouleversait. Elle ne l'avait pas prévu, pas comme ça. L'instant avait été agréable, mais elle ne pouvait se départir d'une sorte de malaise. Elle secoua la tête et prit le chemin de la passerelle. Elle n'avait pas l'intention de se réfugier dans sa cabine alors que l'équipage entier était mobilisé.

△≡∧≡△

Il fallut quatre jours de travail acharné pour réparer le *C.S. Marco Polo*, quatre jours pendant lesquels l'équipage dormit peu. Ellen Bligh donnait l'exemple. Elle semblait se démultiplier en apparaissant partout dans le vaisseau à n'importe quelle heure. Sa silhouette menaçante encourageait les équipiers à se dépasser. Parfois, elle aidait un groupe à déplacer une charge lourde ou même à réaliser une tâche compliquée. Cet investissement stupéfia les hommes, mais personne n'osa faire de commentaire.

Après cette longue épreuve, le retour en vitesse intersidérale soulagea tout le monde. Bligh en profita pour s'intéresser à la cause de cet accident. En traversant une zone dangereuse, ils avaient heurté des débris stellaires. Ils s'en sortaient plutôt bien, car une telle rencontre aurait pu détruire le *Marco Polo*. L'équipage pestait contre ce manque de chance, mais le capitaine ne partageait pas ce fatalisme. Les cartes spatiales de cette partie de l'espace étaient suffisamment détaillées pour que leur trajectoire évite cette zone. Il y avait forcément eu faute quelque part et elle était résolue à en découvrir le responsable. Arturo Muñoz avait très vite rendu son rapport d'enquête.

Le lendemain du retour à la normale, Bligh les convoqua tous, une fois encore, dans le compartiment « A-2 ». Ils se rassemblèrent en silence, mais une nervosité palpable courait dans les rangs. L'entrée du capitaine, de Fletcher et de Muñoz fit bondir cette tension d'un cran. Bligh dévisagea les équipiers réunis en s'arrêtant sur chaque visage hostile, effrayé ou indifférent. Sa lèvre se souleva en une grimace presque méprisante.

— Vous le savez, nous venons de vivre une rude épreuve, commença-t-elle de sa voix rauque. Vous avez œuvré sans relâche pour remettre ce vaisseau en état et je vous en félicite. Cependant, cet accident n'aurait pas dû avoir lieu. Après enquête, j'ai découvert que la zone de poussière d'astéroïdes, que nous avons traversée et qui nous a si durement touchés, était cartographiée. Si tout le monde avait fait correctement son travail, rien ne serait arrivé. Le coupable est connu. Luo Shen, approchez !

L'homme s'avança en tremblant. Il déglutit avec force avant de se tordre les mains avec angoisse.

— Je… Je suis désolé, Capitaine. Je…

— Je devrais vous balancer dans l'espace pour une telle négligence, Luo. Malheureusement, je manque de navigateurs et je ne peux pas me passer de vous. Vous recevrez donc vingt coups de flagelleur.

Le condamné chancela en entendant la sentence. Comme les autres, il avait assisté à la punition de Davis et savait ce qui l'attendait.

— Capitaine, s'indigna avec courage Paulsen. Un tel châtiment…

— Lieutenant Paulsen, vous êtes son supérieur et responsable de son incompétence. Souhaitez-vous partager sa peine ?

— Euh… Non… Non, Capitaine, se dégonfla-t-il.

— Je m'en doutais. Cela vaut pour tous ceux qui protesteront. Ils recevront une partie de la punition. Muñoz, veuillez procéder !

Ava enfonça ses ongles dans les paumes de ses mains pour ne pas se boucher les oreilles alors que les hurlements du supplicié emplissaient la salle.

⊿Ξ∧Ξ⊿

Après une journée interminable, Ava se laissa tomber avec soulagement dans l'un des fauteuils de la zone de détente. Ugo l'attendait. Sans un mot, il poussa vers elle un verre de nozan – une boisson sucrée produite hors monde. Le jeune homme avait découvert qu'elle était l'un de ses péchés mignons. Elle le remercia en levant le verre, avant de le porter à ses lèvres. Le liquide ambré envahit sa bouche et elle put savourer le goût doucereux, légèrement acidulé. Pendant un instant, elle se revit sur Terre, sur le front de mer, un après-midi de printemps. Des larmes emplirent ses yeux et une boule remonta le long de sa gorge. Elle se cacha derrière son verre le temps de récupérer sa maîtrise.

— Merci, Ugo, souffla-t-elle.

— De rien ? Tu vas bien ? Tu as l'air… triste ?

— Ce n'est rien, j'ai juste un peu le cafard. La Terre me manque.

— Je comprends. Essaye de ne pas y penser, ce sera mieux.

— Oui, tu as raison. Et toi ? Comment vas-tu ?

— Je ne sais pas… Pas terrible, avoua-t-il enfin.

Ava se pencha pour poser une main rassurante sur la sienne.

— Explique-moi.

Il jeta un rapide coup d'œil autour de lui, puis murmura :

— Je… Je ne supporte plus… Ce pauvre Shen. C'est un gars bien. D'accord, il a fait une bêtise, mais ça peut arriver à tout le monde. Vingt…

— Ugo, calme-toi…

— Elle me fait peur.

— Elle vient des FST, tenta de le rassurer Ava. Pour elle, la discipline est essentielle. Je ne connais pas beaucoup Shen, mais il a fait une erreur et cette erreur a coûté la vie d'un homme.

— Oui, je sais, mais…

— Et je me sens responsable, Ugo. C'est pour me sortir d'affaire qu'il est mort. Sans la bêtise de Shen…

— Ava, tu n'es pas là lorsqu'elle prend ses décisions. Moi, je suis son aide de camp. Je dois épauler Muñoz dans ses enquêtes et elle n'a pas à s'inquiéter de la loyauté de ce type. Il n'a aucun cas de conscience, tu peux me croire. Selon lui, l'équipage est un ramassis d'incapables et de fainéants qu'il faut mater. Et elle partage pleinement son avis.

— Je te crois, mais…

— Elle me terrifie, murmura le garçon.

— Ugo, cette mission est dangereuse. Bligh est dure parce que c'est nécessaire.

— Tu ne peux pas dire ça ! Rien ne justifie de frapper un homme à mort !

— Je sais, mais pour négligence ayant entraîné la mort, je crois que la punition est pire, normalement.

— Tu sais bien que ce code est un guide qui ne doit pas obligatoirement être appliqué à la lettre, maugréa Ugo. Et puis, si ce voyage est si périlleux, pourquoi ont-ils envoyé un simple cargo ?

— Parce que les intérêts de Zhanghill l'emportent sur tous les autres, cita-t-elle avec amertume.

Ugo se renfrogna, parce qu'elle avait raison. Depuis l'existence du Triumvirat, les droits inaliénables de l'être humain faisaient partie de l'Histoire. Seul comptait le profit, et les trois compagnies majoritaires imposaient leurs valeurs. Elle grimaça. Après tout, les Terriens méritaient leur sort. Ils n'avaient rien fait lorsque, petit à petit, leur liberté avait été rabotée, puis supprimée.

Ava ne supporta pas de voir son ami malheureux. Elle posa une main fraternelle sur la sienne pour le réconforter.

— Je sais, souffla-t-il avec un sourire triste. Notre vie est…

L'arrivée de Tamara les interrompit. Ils se séparèrent promptement, comme pris en faute. Ils échangèrent un regard et faillirent exploser de rire tant la situation était ridicule. Après tout, il partageait la même cabine et les relations entre membres de l'équipage n'étaient pas proscrites. Tamara s'installa sur un siège en face d'Ava avec une grimace étonnée.

— Eh bien, tu as l'air d'aller mieux.

— Oui, c'est vrai. Ugo venait de me raconter un truc drôle, tenta-t-elle de se justifier.

— Tu as le moral, toi, lança-t-elle au jeune homme. Après ce qu'on vient de vivre, je n'ai pas envie de plaisanter.

— Il faut bien, marmonna-t-il en rougissant.

L'arrivée des amis de Tamara lui évita de se couvrir de ridicule. La timidité du pauvre garçon l'empêchait de tenir une vraie discussion avec l'infirmière, malgré les efforts d'Ava pour l'aider. Les autres s'installèrent sur les sièges libres sans prendre la peine de leur demander l'autorisation.

— Salut ! lança Doukoure. Comment vas-tu ?

— Bien, soupira-t-elle.

— Tant mieux ! Tu l'as échappé belle. Sans déc ! Je ne comprends pas pourquoi Korolev t'a envoyé. C'était chaud surtout pour une novice.

— Un autre que moi se serait retrouvé dans la même situation.

— Mais Bligh n'aurait peut-être pas bougé son cul pour le sauver, ricana Sanchez.

— Je suis sûre que si, répliqua Ava.

— Si tu l'dis !

— Elle t'a à la bonne, on dirait, ajouta Doukoure.

La conversation dériva sur l'accident, puis comme souvent, sur le capitaine et ses lubies disciplinaires. Chacun y allait de son anecdote ou de son avis. Ava préféra rester silencieuse, préoccupée par la remarque de Sanchez. Bligh avait risqué sa vie pour sauver la sienne et, maintenant qu'elle y pensait, c'était effectivement étrange. Elle se rassura en se disant que l'Académie lui aurait demandé des comptes si l'un de ses cadets, formé à grand prix, était mort sans raison. Ava reporta son attention sur ses camarades et fut frappée par une certitude : aucun d'entre eux, à part Ugo, n'aurait bougé le petit doigt pour lui venir en aide.

— Alors, les gars, quoi de neuf ? lança joyeusement Fletcher en les rejoignant.

Il poussa Sanchez d'une bourrade à l'épaule pour s'asseoir aux côtés d'Ava. Ugo recula en boudant un peu. Les deux amis n'avaient pas abordé le sujet, mais il était évident que le jeune homme n'appréciait pas Chris.

— Rien de neuf, Lieutenant. On bavarde, répliqua prudemment l'enseigne Henry Moboto.

Ce dernier était issu du rang et des Forces Spatiales Terriennes. Il avait été récupéré par Zhanghill qui lui avait fait suivre une formation de pilote. Il avait néanmoins conservé l'habitude de fréquenter la troupe. Cet homme simple, d'une petite trentaine d'années, aimait plaisanter et pouvait discuter des heures de la conquête spatiale. Un soir d'échanges passionnés, Ava s'en était étonnée. Il lui avait répondu en souriant qu'il adorait cette période de l'Histoire de l'humanité. Elle était pleine d'aventures, d'incertitudes et de héros comme il n'en existait plus. Au milieu de cet équipage qui passait son temps à se plaindre et à médire sur les autres, Henry était un fanal de quiétude dans un océan de négativité.

— Faut que vous fassiez quelque chose, Lieutenant, se risqua Barnes, un des mécaniciens.

— J'suis d'accord, ça ne peut plus durer ! renchérit Sanchez. Davis souffre encore des coups qu'il a pris.

— Et Shen ne méritait pas ça, lança Doukoure.

— Le capitaine est seul maître à bord, les gars, expliqua Fletcher. Et vous le savez !

— Peut-être, mais…

— Bligh applique le règlement à la lettre et la direction ne le lui reprochera jamais. La mission prime et le respect de la hiérarchie ne peut pas être remis en question.

— Ouais, on sait, Lieutenant, mais Shen…, commença Barnes.

— … a fait une connerie qui aurait pu tous nous tuer ! Certains capitaines l'auraient éjecté dans l'espace sans autre forme de procès.

— Le lieutenant a raison, déclara doucement Moboto.

— Insurgez-vous pour quelqu'un qui le mérite.

— Davis ne…, attaqua Sanchez.

— Davis est un voleur. J'ai vu les preuves.

— Vingt coups ! Ça a failli le tuer. Vous devez essayer de calmer le capitaine, Lieutenant. Le *Marco* n'est pas un vaisseau des FST.

— Elle est au courant, croyez-moi. Elle s'en plaint tous les jours. Je vous assure que je suis attentif à ses décisions. Je ne cesserai de m'insurger contre tout excès d'autorité.

— On a confiance en vous, Lieutenant, déclara Barnes soutenu par les autres.

— Merci, les gars. Si vous nous laissiez, ajouta-t-il avec un clin d'œil.

Ils se levèrent avec des sourires entendus et en jetant des regards amusés à Ava. Elle détestait lorsqu'il se comportait de cette façon. Il clamait à la cantonade qu'elle était déjà sa propriété. *Dans tes rêves !* songea-t-elle avec colère.

Fletcher se tourna vers Ugo, attendant qu'il libère les lieux comme les autres. Le jeune homme hésita, cherchant l'approbation d'Ava. Elle la lui donna d'un imperceptible signe de tête. Il fronça les sourcils, puis se leva et quitta la pièce sans dire un mot.

— Il est envahissant, ce garçon, soupira Chris.

— C'est mon ami et mon colocataire, riposta Ava.

— Il se montre sérieux, j'espère.

— Ce n'est pas ton problème ! Je ne t'appartiens pas.

— Pas encore, répliqua-t-il avec un clin d'œil.

— Ce n'est pas drôle, protesta-t-elle. J'avais une discussion importante avec Ugo avant que tout le monde vienne squatter. Il n'est pas possible d'être tranquille cinq minutes sur ce foutu vaisseau.

— Tu es très belle lorsque tu t'énerves, mon adorable métisse.

— Chris ! Es-tu obligé de dire un truc pareil ?

— Non, bien sûr que non. Je pourrai dire que j'aime tes longs cheveux noirs, ton allure gracile, ta fragilité…

— Tu sais ce qu'elle te dit ma fragilité ?

Il éclata de rire et malgré sa colère, elle partagea son hilarité. Elle cessa rapidement, avec une certaine amertume. Elle s'était juré de ne pas vivre ce genre de relation et pourtant…

— Et si tu me racontais ta journée, susurra-t-il.

Elle céda. La soirée continua, charmante et drôle. Comme toujours, Chris réussissait à lui faire oublier la morosité ambiante.

Après presque une heure, il lui proposa une balade dans le vaisseau. Malgré l'heure tardive, Ava accepta. Il l'entraîna jusqu'au pont inférieur et utilisa son code de sécurité pour entrer dans les serres hydroponiques. La jeune femme fit quelques pas dans la salle fraîche, appréciant l'humidité de l'air. Ce changement était le bienvenu après l'atmosphère sèche du cargo. Les rangées de plantes s'alignaient sur trois étages, diffusant une odeur de terre et de verdure. Elle inspira profondément, les yeux mi-clos.

— Merci, Chris, soupira-t-elle. Je n'étais jamais venu ici. Cette bouffée de nature est ressourçant.

— J'étais certain que cela te plairait, susurra-t-il en enserrant sa taille d'un bras possessif.

Ils déambulèrent lentement jusqu'aux bacs abritant des plants de haricots verts. Chris cueillit l'un d'eux et le lui tendit.

— Goûte, proposa-t-il.

— Je ne crois pas qu'on ait le droit…

— Je suis l'officier en second, alors je t'en donne l'autorisation. Manger des légumes crus est vraiment un luxe à bord d'un vaisseau spatial.

Ava croqua dans la gousse d'un vert puissant et apprécia le goût qui lui rappelait la Terre. Elle offrit la moitié restante à Chris qui l'avala sans protester. Il posa une main douce sur sa joue, la glissa derrière sa nuque et l'attira à lui. Il l'embrassa. Elle se tendit sous l'effet de la surprise, puis lui rendit son baiser. Il dévora sa bouche avec passion, l'envahissant de sa langue. Elle se perdit dans cet instant jusqu'à ce qu'ils reprennent leur souffle.

— Ava, Ava… J'ai envie de toi.

Elle déglutit, déstabilisée par cette déclaration. Elle se dégagea brusquement et recula jusqu'à ce que son dos vienne s'appuyer contre les bacs de tomates.

— Non, je…

— Allons, Ava, nous sommes deux adultes. Il est temps de passer aux choses sérieuses, tu ne crois pas ? Je te plais, pas vrai ?

Le changement de comportement de Chris fut comme un électrochoc. Ava prit conscience que quelque chose la dérangeait chez lui, sans qu'elle puisse mettre des mots sur son trouble. *Je ne l'aime pas*, songea-t-elle. Cette révélation fut une libération et un poids énorme s'envola de son âme.

— Non, Chris, je n'en ai pas envie.

— Tu rigoles ?

— J'ai besoin de temps, proposa-t-elle pour qu'il la laisse en paix.

— Je t'en ai déjà donné du temps. Beaucoup, je trouve, gronda-t-il avec agacement.

Elle eut peur tout à coup. Et si… Non, c'était impossible à bord d'un vaisseau spatial. Elle fit encore un pas en arrière et passa ses mains derrière son dos. Cette manœuvre lui permit de poser deux doigts sur les touches d'alerte de son bracelet. Il fronça les sourcils comme s'il devinait son geste.

— Soit ! Comme tu veux ! cracha-t-il avec agressivité.

— Ce que je veux, c'est remonter maintenant, déclara-t-elle avec fermeté malgré son cœur battant la chamade.

— Ava… Ava, voyons, on dirait que tu as peur de moi.

— Je n'ai pas peur. Je souhaite retourner dans ma cabine et dormir. Je vais réfléchir à tout ça.

— Si tu veux, soupira-t-il avec dépit. Franchement, je croyais vraiment qu'il y avait un truc entre nous.

— Moi aussi, répliqua-t-elle sèchement. Si tu voulais juste coucher, il fallait me le dire plus tôt.

Sans attendre sa réponse, elle tourna les talons et sortit de la pièce. Elle grimpa les marches vers le pont central sans même regarder si Fletcher la suivait.

8

Décret du Triumvirat
Principes universels
Article 5
L'ennemi doit être éliminé sans aucune pitié.

Comme toutes les semaines, Ava avait rendez-vous dans le bureau d'Ellen Bligh pour son évaluation, la première depuis l'accident. Pour une fois, ce n'était pas le capitaine qui la préoccupait, mais Chris Fletcher. Son comportement de la veille l'avait empêchée de dormir une bonne partie de la nuit. Elle n'avait pas osé en parler avec Ugo, même lorsque son ami avait tenté de savoir ce qui la rendait si morose. Pour la centième fois au moins, elle se demanda jusqu'où elle avait envie d'aller avec lui et ne répondit pas à cette question, comme toujours. Avec un soupir à lui fendre l'âme, elle sonna à la porte du capitaine, entra et salua.

— Asseyez-vous, Cadet. Nous allons faire le point sur ces six semaines écoulées. Je suis plutôt satisfaite de votre comportement. Vous essayez de donner le meilleur de vous dans les postes que vous avez déjà tenus. Vous n'avez pas hésité une seconde à mettre votre vie en jeu lors de l'accident et cela a été noté dans votre dossier. Cependant, vous pourriez faire mieux.

— Oui, Capitaine. Sûrement.

— Parlons de la navigation. Le lieutenant Paulsen m'a dit que vous n'avez rien compris à ce qu'il vous a expliqué. Selon lui, vous n'avez pas fait d'efforts.

— C'est faux, protesta-t-elle. C'est juste que…

— Certes, il s'agit d'une discipline compliquée. Il est néanmoins indispensable de la maîtriser si vous souhaitez devenir capitaine, un jour.

— Moi ?

— Pourquoi pas ? Vous en avez les capacités. Il faut toujours viser les postes les plus importants, Morel, souvenez-vous de cela.

— Oui, Capitaine.

— Vous allez devoir travailler plus ardemment sur la navigation, mais vous remettre entre les pattes de Paulsen ne servira pas à grand-chose. Ce n'est pas un excellent pédagogue, n'est-ce pas ?

— Non, Capitaine.

— Je me chargerai moi-même de votre instruction.

— Vous ?

— Cessez donc de m'interrompre sans cesse ! lança-t-elle plutôt gentiment.

— Désolée, répondit Ava en baissant la tête prise en faute.

— Je vous enverrai quelques exercices simples pour évaluer votre niveau. Je vous donne trois jours pour les terminer. Revenez me voir ensuite et nous en discuterons.

— Oui, Capitaine, marmonna Ava déjà terrifiée à cette idée.

— En revanche, le lieutenant Carter a fait un compte-rendu élogieux de votre travail, poursuivit Bligh comme si de rien n'était. La communication semble mieux vous convenir. Il est vrai que c'est moins technique, du moins pour ce que vous en avez vu. Si un défi particulier se présente à ce poste, je demanderai à Carter de vous convoquer.

— Merci Capitaine.

— Ensuite, vous avez été affectée en salle des machines. Le lieutenant Korolev n'est pas le plus chaleureux des hommes, n'est-ce pas ?

— Non, Capitaine.

— Selon lui, vous n'avez pas la fibre ingénieur.

— Il a raison.

— Il reconnaît néanmoins que vous vous êtes bien comportée lors de l'accident. Je suis d'accord avec lui. Vous avez assuré.

— Merci, Capitaine.

— Devenir un ingénieur ne s'invente pas, donc pour le moment, nous allons oublier cette fonction. Demain, vous vous présenterez au lieutenant Muñoz. Ces trois prochaines semaines, vous serez affectée à la sécurité. Je pense que…

— *Capitaine ! On a besoin de vous sur la passerelle !* cria la voix apeurée de Fryer dans le système de communication.

— J'arrive ! répondit Bligh en se précipitant à l'extérieur.

Ava la suivit, estimant que c'était la meilleure chose à faire. L'instant d'après, elles firent irruption sur la passerelle. Fryer, l'officier de quart, se leva prestement du siège de commandement pour lui laisser la place.

— Nos scanners ont détecté un vaisseau aezlake, Capitaine.

— Nous a-t-il repérés ? demanda Bligh avec calme.

— Impossible de le dire pour l'instant.

— Paulsen ! Déterminez une trajectoire d'évitement. Moboto, vitesse maximale ! Muñoz ! Que vos hommes se tiennent prêts !

— Capitaine, nos canons ne seront pas de taille…

— Vous croyez que je l'ignore ? Paulsen ?

— Trajectoire calculée, Capitaine.

Bligh s'installa dans son fauteuil, tandis que le *C.S. Marco Polo* filait à travers l'espace. Ava rejoignit le lieutenant Carter en essayant de ne pas se faire remarquer. Elle ne voulait rien perdre de l'événement et aurait trouvé très dur d'être renvoyée dans sa cabine. Carter l'autorisa à rester avec un sourire chaleureux. Sur la passerelle, chacun semblait retenir son souffle, espérant que l'ennemi ne les verrait pas. Les portes coulissèrent pour laisser entrer Chris Fletcher qui vint aussitôt se positionner près du fauteuil de commandement.

— Est-ce grave ? s'enquit-il à mi-voix.

— Pas encore…

— Capitaine ! intervint Muñoz. Le vaisseau aezlake a changé de trajectoire. Il se dirige droit sur nous.

— Combien de temps avons-nous ?

— Une demi-heure, peut-être moins.

— Aux postes de combat ! Muñoz ! Surveillez l'ennemi. Je veux savoir quel type de vaisseau nous allons affronter. Paulsen, affichez-moi la carte spatiale !

Elle rejoignit le navigateur et se pencha par-dessus son épaule. Elle l'écarta gentiment, puis s'installa devant la console pour étudier longuement les diagrammes de cette région de l'espace, faisant défiler les images sur l'écran ou en grossissant certaines zones, avec un calme qui glaçait le sang des moins aguerris.

— Capitaine ! s'écria Muñoz. Il s'agit d'un destroyer.

Un murmure terrifié courut sur la passerelle. Ces vaisseaux de combats, lourdement armés, surclassaient les meilleurs cuirassés des forces terriennes. Que pouvait un cargo contre un tel adversaire ?

— Merci, c'est noté. Affichez sa position sur l'écran principal, ordonna Bligh toujours avec ce sang-froid hallucinant.

Un point rouge représentant l'ennemi se mit à clignoter sur la carte de l'espace. Il se rapprochait implacablement du point blanc symbolisant le *C.S. Marco Polo*.

— Nous sommes perdus, chuchota Carter assez bas pour que Bligh ne l'entende pas.

Ava aurait voulu lui poser une dizaine de questions, mais préféra rester silencieuse. De toute façon, la puissance des vaisseaux aezlakes était connue de tous. À l'Académie, elle avait étudié ce peuple non-humain pendant une douzaine d'heures. Cette race cruelle ne faisait jamais de prisonniers et abattait même les capsules de secours.

— Modifiez la trajectoire selon mes indications, ordonna Bligh.

Moboto obéit aussitôt, mais au lieu de s'éloigner de l'ennemi, le point blanc se rapprocha dangereusement du rouge.

— Capitaine, mais qu'est-ce que vous faites ? murmura Fletcher.

— Ce qu'il faut.

— Nous ne pouvons pas les affronter, voyons. Je sais qu'ils vous ont fait souffrir, mais vous devriez oublier votre vengeance.

Bligh sursauta si violemment que tous le remarquèrent, puis elle se tourna vers son second, les mâchoires tellement serrées que les muscles étaient visibles sous ses joues devenues affreusement blêmes.

— Je vous conseille de ne pas continuer sur ce terrain, menaça-t-elle.

— Il est de mon devoir de contester vos ordres, si j'estime qu'ils sont dangereux pour l'équipage.

— Contestez autant que vous voulez, Fletcher, je m'en moque. Mon devoir est de conduire ce vaisseau à bon port et je ferai ce qu'il faut pour cela. Votre lâcheté n'est pas acceptable.

— Capitaine, vous ne pouvez pas…, protesta-t-il.

— Il suffit ! Muñoz, où est l'ennemi ?

— Cinq minutes, Capitaine.

— Chargez les canons, bouclier au maximum !

— Le voilà ! s'écria Moboto.

Un vaisseau oblong venait d'apparaître sur l'écran. Sa coque si lisse, si parfaite, sans aucune aspérité, réfléchissait le noir de l'espace, absorbait la moindre lumière. Cette aiguille qui paraissait forgée dans du métal liquide était d'une beauté menaçante. Elle étincela brièvement lorsqu'elle adopta une trajectoire d'interception. Sur la passerelle, la peur les figea tous. Le visage de Bligh se durcit, ses lèvres réduites à une fine ligne.

— Muñoz ! À mon ordre… Feu !

Les canons du *C.S. Marco Polo* crachèrent leurs munitions énergétiques qui vinrent s'écraser sur le vaisseau ennemi dont le bouclier s'irisa sous l'impact.

— Aucun dommage ! eut le temps de crier le chef de la sécurité.

Les Aezlakes répliquèrent avec un rayon crépitant qui se rua vers les Terriens.

— À tribord toute ! ordonna le capitaine.

Le cargo bascula sur le côté, mais trop lentement, beaucoup trop lentement. Frappé de plein fouet, le *Marco Polo* frémit. Pendant une fraction de seconde, les lumières faiblirent sur la passerelle. Dans un coin, un conduit explosa, lâchant un jet de vapeur. Une console prit feu. Fletcher arracha un extincteur à la paroi et attaqua les flammes, soutenu par un homme de la sécurité.

— Moboto, pleine puissance ! dit Bligh avec calme avant de presser une touche du système de communication. Korolev ! Ventilez les gaz de résidu de fusion.

— Capitaine ?

— Faites ce que je dis ! Muñoz ! Faites feu sur le nuage à mon signal.

Ils échangèrent des regards étonnés, voire inquiets, mais personne ne protesta. Sur ordre de Bligh, les canons tirèrent à nouveau. Les décharges d'énergie explosèrent au sein de la nuée qui s'enflamma.

— Vitesse intersidérale !

Le cargo disparut aussitôt dans l'espace, mais les Aezlakes ne tarderaient pas à les rattraper. Bligh revint observer l'écran du navigateur par-dessus son épaule. Elle restait silencieuse et concentrée sur l'action. Ava ne put s'empêcher de l'admirer, car elle était si terrifiée que son cœur battait comme un fou contre sa poitrine. Elle craignait presque de s'évanouir.

— Capitaine ? commença Fletcher. Qu'est-ce que…

— Plus tard ! Moboto, à mon ordre, vous passerez en vitesse d'impulsion… Maintenant !

Le *C.S. Marco Polo* décélèra brutalement à proximité d'une petite planète tellurique tournant en orbite d'une étoile rouge, qui, à cette distance, n'était rien de plus qu'une piqûre de lumière sur le velours noir de l'espace.

— Droit sur cette planète ! commanda Bligh en désignant un point au pilote.

Le vaisseau accéléra et dépassa le premier monde pour se diriger vers une géante gazeuse entourée par des anneaux dorés.

— Les Aezlakes ! Ils reviennent ! s'écria Muñoz.

L'ennemi venait d'apparaître à l'orée du système planétaire. Sans attendre, il ouvrit le feu et deux torpilles filèrent sur le *Marco Polo*.

— Contre-mesures ! ordonna Bligh.

Les containers furent aussitôt largués dans le sillage du cargo et à peine quelques secondes plus tard, ils libérèrent un nuage de particules qui leurrèrent les missiles aezlakes. Néanmoins, ils explosèrent si près du *Marco Polo* que son bouclier énergétique fut bombardé par des débris.

— Moboto, un quart de vitesse d'impulsion. Faites-nous entrer dans les anneaux.

— Capitaine ! protesta Fletcher. Le vaisseau ne pourra pas…

— Enseigne Moboto, je ne me répéterai pas, répliqua Bligh sans tenir compte de l'intervention de son second.

— Oui, Capitaine, confirma le pilote d'une voix rendue rauque par la tension.

Dans un silence absolu, le *C.S. Marco Polo* pénétra dans le champ de poussières enserrant la planète. Aussitôt, les sirènes de proximité se déclenchèrent.

— Ralentissez ! Vitesse de propulsion. Et coupez-moi cette saloperie de bruit ! s'agaça Bligh.

Bombardé par des millions de minuscules projectiles, le vaisseau vibrait de façon alarmante. Une conduite céda quelque part, mais Bligh ne broncha pas.

— Capitaine, nous avons perdu nos boucliers, s'inquiéta le chef de la sécurité.

— Oui, mais eux aussi. Nous serons à égalité. Moboto, arrêt complet ! Muñoz, tenez-vous prêt à faire feu.

L'attente commença, interminable et angoissante dans le concert des bips des machines, des soupirs et des raclements de gorges. Tous les yeux étaient fixés sur l'écran, essayant d'apercevoir le vaisseau ennemi. Le nuage de poussière ondula, se troubla, et l'ombre du bâtiment oblong des Aezlakes se profila derrière les volutes bleues.

— Là ! s'écria la première Ava.

— Feu ! ordonna le capitaine.

Les canons du *Marco Polo* crachèrent leurs projectiles à pleine puissance. Ils frappèrent les Aezlakes à de nombreuses reprises, au niveau des moteurs et de la passerelle. Une violente explosion transperça le vaisseau ennemi, suivi d'une deuxième qui le déchira en deux. Les humains poussèrent un cri de victoire libérateur.

— Continuez le tir, déclara froidement Bligh. Je ne veux pas qu'ils appellent à l'aide.

Les canons pilonnèrent les plus gros débris, jusqu'à ce qu'il ne reste que des épaves dépourvues du moindre signe de vie.

9

Zhanghill corporation
Règlement de la flotte spatiale
Article 1
Le capitaine est le seul maître à bord.

es réparations du *C.S. Marco Polo* ne durèrent que deux petites journées. Le plus long fut de colmater la brèche ouverte dans la coque par un tir des Aezlakes. Les équipes s'activèrent, en combinaison spatiale, à l'intérieur et à l'extérieur, aiguillonnées par la crainte de voir arriver des renforts ennemis. Par bonheur, aucun ne montra son nez. Enfin, le vaisseau fut en mesure de quitter le système planétaire qui les avait abrités.

Bligh avait longuement réfléchi à leurs options qui n'étaient pas nombreuses. Comme souvent au cours de sa carrière, elle avait tranché et pris seule sa décision. Il était temps d'en faire part à l'équipage et elle pariait qu'elle ne serait pas au goût de tous.

— Voilà, nous sommes en mesure de reprendre notre voyage, déclara-t-elle sans emphase. Nous nous sommes débarrassés des Aezlakes, mais cette rencontre change nos plans. Nous devions emprunter la route rouge. L'état-major de Zhanghill m'avait garanti qu'elle était dégagée. Il semblerait que cela ne soit plus le cas.

— On ne peut pas en être sûr, intervint Fletcher.

— Avant de nous abriter dans ce système, nos scanners ont eu le temps de balayer la zone. Ils ont capté toute une flotte embusquée.

— Mais si la route rouge est compromise, par où…

— Nous allons devoir courir quelques risques. Je suis certaine que notre vaisseau est capable d'encaisser quelques tempêtes ioniques.

— Capitaine ? De quelles…

— De celles qui sillonnent le passage entre les nébuleuses Scylla et Charybde. Lieutenant Moboto, veuillez suivre le plan de vol qui vient de s'inscrire sur votre console. En avant, vitesse intersidérale.

Le pilote hésita, cherchant des yeux la confirmation de cet ordre auprès du navigateur, puis de Fletcher. Ces deux nébuleuses avaient été localisées au début de l'exploration de l'espace profond. Les vaisseaux aux équipages assez déraisonnables pour braver ces masses de gaz et de particules avaient tous été pulvérisés. Entre ces deux nuages imposants, un capitaine plus audacieux que les autres avait découvert un passage qu'il avait nommé le Horn, en hommage au cap du même nom sur Terre. Cet étroit corridor était traversé par de violents orages ioniques, si bien qu'il était d'une dangerosité extrême de s'y risquer.

— Capitaine, vous n'êtes pas sérieuse, se dévoua Fletcher. Le Horn est un destructeur de navires.

— Je suis au courant, mais il est possible de le franchir. D'autres l'ont fait avant nous.

— Et combien ont été anéantis ? Nous devons…

— Quoi, contourner Scylla ? Cela nous rapprocherait beaucoup trop de l'espace aezlake. Autant tenter la route rouge.

— Et Charybde ?

— Nous ne pouvons passer ni dessus ni dessous. Les consignes transmises par Zhanghill nous l'interdisent.

— Certes, Capitaine, mais nous pouvons déborder cette nébuleuse par la droite. Il s'agit de la solution la plus sage.

— Ce sera beaucoup trop long. Le professeur Reza a été clair. Le facteur temps est essentiel à notre mission. Si nous n'arrivons pas à la bonne saison sur Ataahua, la récolte de Tiragaata sera perdue.

— Eh bien, nous patienterons, Capitaine. Le Horn…

— Et nos passagers ? Nos réserves de S4 ne sont pas illimitées.

— Je sais, mais…

— Il n'y a pas de mais, Fletcher. Je suis le seul maître à bord. Dois-je vous rappeler le règlement de Zhanghill ?

— C'est inutile, Capitaine. Je ne remets pas en cause votre autorité.

— Je l'espère, Lieutenant. Je m'attendais à ce que vous soyez un meilleur officier.

Sa critique tomba tel un couperet. Il était rare qu'un capitaine se permette de recadrer un officier devant la troupe, mais le comportement de Fletcher était inhabituel pour un second. Les yeux étincelants de colère et les lèvres réduites à une fine ligne, Chris garda le silence. Bligh resta également stoïque, mais ce calme n'était qu'une façade. Elle bouillait d'envie de punir l'insolent. La haine entre les deux était palpable et chaque équipier présent détourna le regard, feignant de ne rien remarquer.

— Moboto, qu'attendez-vous ? demanda sèchement le capitaine.

Avec un soupir imperceptible, le pilote obéit et le *Marco Polo* passa en vitesse intersidérale.

△☰Λ☰△

Ava était restée toute la journée près de la console de sécurité à écouter Muñoz, puis son adjoint Harry Moore, lui expliquer le fonctionnement des différents scanners, capteurs et divers senseurs. Les deux hommes s'étaient montrés affables et pédagogues. Elle quittait la passerelle, à l'issue de son service, avec un sentiment de satisfaction. Enfin, elle ne se sentait plus totalement déplacée à bord du *C.S. Marco Polo*. Elle sursauta lorsqu'une main se posa sur son épaule. Elle se dégagea tout en se retournant vivement.

— Chris, tu m'as fait peur !

— Désolé, pour l'autre soir, dit-il d'un air faussement contrit. On recommence à zéro, d'accord ? Nous pourrions aller faire un tour pour en parler.

— Non ! Non, pas ce soir, précisa-t-elle pour atténuer son refus.

— Pourquoi ?

— Parce que je n'en ai pas envie ! répliqua-t-elle plus sèchement.

— Ava, il y a un malentendu entre nous.

— Oui, je le pense aussi. Je croyais que tu étais un ami, je me suis sans doute trompée.

— Mais qu'est-ce que tu racontes ?

— Je suis fatiguée, Chris, alors nous aurons cette discussion une autre fois. Bonsoir !

Elle tourna les talons et dévala les marches vers le pont central. Il courut pour la rattraper. C'est le moment que choisit Ugo pour apparaître dans le couloir. Elle accéléra pour le rejoindre. Derrière elle, Chris ralentit. Elle lui fit face, les mâchoires contractées de colère. L'officier en second ne dit pas un mot. Il se contenta de dépasser les deux amis, mais le regard qu'il braqua sur Ava étincelait de fureur.

— Qu'est-ce qui se passe ? demanda Ugo dès que Fletcher ne fut plus en vue.

— Rien.

— Raconte ça à d'autres. J'ai bien vu qu'il te poursuivait ce sale type.

— Ugo…

— Ava, tu dois en parler.

— Il a juste été insistant, l'autre soir, très insistant, avoua-t-elle.

— Quoi ? Comment ça ? Viens, allons dans notre cabine, tu vas tout me dire.

— Certainement pas !

— Si tu veux que nous restions amis, tu n'as pas le choix.

— Très bien, soupira-t-elle.

Deux minutes plus tard, elle s'assit sur la couchette d'Ugo, tandis qu'il optait pour la chaise devant le bureau. Elle lui raconta les avances de Chris dans les serres hydroponiques, sa réaction lorsqu'elle avait dit non et comment il était revenu à la charge aujourd'hui.

— Je ne m'étais pas trompé sur son compte, gronda le jeune homme.

— C'est sans doute de ma faute. Je l'ai fait attendre pour rien et…

— T'es malade ou quoi ? Tu as le droit de côtoyer quelqu'un sans coucher avec lui.

— Je ne suis pas idiote, Ugo. Je savais qu'il me draguait. J'aurais dû être plus claire, mais… Je me suis rendu compte que je m'étais laissé charmer, mais que je n'étais pas amoureuse.

— Et tu en as parfaitement le droit.

— Je sais, Ugo, soupira-t-elle.

— C'est un foutu séducteur. Voilà ce qu'il est ! Je l'ai croisé avec d'autres filles comme Mélanie Peeters ou Ann Blackthorne. Il est lourd avec toutes les femmes.

— Même Tamara ? ironisa-t-elle.

— Ce n'est pas drôle, Ava ! Oui, même avec Tamara, mais elle l'a envoyé valser. Elle sort avec Henri.

— Moboto ?

— Ouais, se renfrogna-t-il.

— Oh, je suis désolée, Ugo.

— Pas grave… Henri est grand, bien bâti, sympa, plein d'humour et tout le monde l'apprécie. Moi… Moi je suis gauche et je bégaye en sa présence.

— Elle est bien bête. Tu es quelqu'un de très bien Ugo.

— Ne change pas de sujet, protesta-t-il. Tu dois arrêter de voir Fletcher.

— C'est l'officier en second, ça ne va pas être simple.

— Ne fais pas l'imbécile. Tu sais bien ce que je veux dire.

— Oui, tu as raison, soupira-t-elle. Je me suis trompée sur lui.

— C'est lui, le coupable, n'oublie pas. Je ne te laisserai plus seule avec lui, en tout cas.

— Tu es vraiment adorable ! s'exclama-t-elle en se levant pour déposer un bisou sur sa joue.

— Les amis, ça sert à ça, répondit-il en rougissant.

— Viens, allons dîner. J'ai faim. Et, avec un peu de chance, Tamara sera là.

— Tu es une grande malade, répliqua-t-il en riant.

Elle se joignit à lui et ils quittèrent la cabine ensemble. Elle sentait son cœur allégé d'un poids.

ΔΞΛΞΔ

Ava patrouillait dans les couloirs du *Marco Polo*, appréciant cette liberté. Pour une fois, elle n'était pas obligée de rester vissée sur un siège toute la journée. Arturo Muñoz se révélait être un bon professeur. Il lui expliquait le fonctionnement des divers capteurs du cargo avec pédagogie, mais ne la cantonnait pas à une veille passive des écrans. Il l'avait incorporée aux équipes effectuant des rondes dans le vaisseau, car servir dans le peloton de sécurité impliquait une action physique.

Il lui restait encore une heure avant d'être relevée, mais elle n'en avait cure. Elle se contentait de marcher, les pensées focalisées sur Chris Fletcher. Depuis qu'elle l'avait repoussé, il ne loupait pas une occasion de flirter légèrement comme s'il avait deviné que cela l'ennuyait. Il se comportait de cette façon même sur la passerelle et cette situation commençait à peser sur le moral de la jeune femme. Son sommeil s'en ressentait, comme le prouvaient les cernes qui ombraient ses yeux. Ugo lui avait conseillé plusieurs fois d'en parler à Bligh, mais elle avait rejeté cette idée avec horreur. Elle ne s'imaginait pas du tout aborder le sujet avec le capitaine.

Ava terminait sa ronde par le compartiment « B-3 » où étaient entreposées les pièces de rechange, ainsi que du matériel pour les colons cryogénisés dans les soutes du *Marco Polo*. Elle devait y contrôler les conduits d'énergie, l'arrimage des caisses, ainsi que l'état des cloisons extérieures pour détecter d'éventuelles microfêlures, avant qu'elles ne se transforment en fuite. Après quelques pas, elle s'arrêta net en percevant les murmures d'une conversation animée venant du fond du local. Elle hésita, car personne n'était censé se trouver là. Elle s'avança avec précaution, ne résistant pas à sa curiosité.

— … Bligh… normal…

Elle stoppa à nouveau en entendant le nom du capitaine. Elle se coula dans une travée et se faufila en silence entre les containers pour mieux écouter ce qui se disait.

— Je le répète ! gronda Sanchez de sa voix rauque si singulière. On ne peut pas laisser faire ça. Le détroit Horn est trop dangereux, vous pouvez me croire. Mon frère servait à bord du *C.S. Bartolomeu Dias*. Son capitaine a voulu tenter le passage, mais ils ne sont jamais ressortis de l'autre côté des nébuleuses.

— Tous les navigateurs savent qu'il faut éviter cette zone, confirma Luo Shen. On ne compte plus les vaisseaux détruits dans le Horn, c'est un vrai cimetière.

— Bligh doit changer d'avis, renchérit Barnes. Quelqu'un doit essayer de la convaincre.

— Vas-y ! On te regarde, ricana Luo.

— On devrait en parler au lieutenant Fletcher, proposa Mélanie Peeters, l'un des pilotes du *Marco Polo*.

— Ce n'est qu'un connard d'officier, pourquoi il nous écouterait ? râla Sanchez.

— Il s'est déjà opposé au capitaine, insista Mélanie.

— Je confirme, j'étais là, dit Omar Kacem. Ouais, si quelqu'un peut la faire changer d'avis, c'est lui.

— Je ne sais pas, marmonna Luo. Il ne m'a pas défendu et pendant l'attaque des Aezlakes, il s'est montré plutôt… faible. Je hais cette foutue bonne femme, mais faut avouer que sans elle, les têtes d'obus nous auraient massacrés.

— Tu ne peux pas dire ça, protesta Mélanie.

— Tu n'étais pas là.

— Toi non plus, Shen.

— Paulsen m'a tout raconté.

— Et il a raison, souligna Kacem. J'étais de service sur la passerelle, lorsque c'est arrivé. Et, franchement, Bligh a été impressionnante.

— C'est parce qu'elle vient des FST. Et c'est justement le problème, s'entêta Mélanie. Elle voudrait qu'on se comporte comme des soldats des Forces.

— Je suis d'accord avec toi ! la soutint Barnes.

— Merci ! Je pense qu'on peut faire confiance à Fletcher. On devrait vraiment lui en parler.

— Tu dis ça parce que tu le trouves sexy et qu'il te drague comme un malade, ironisa Kacem.

— Et toi, tu es jaloux.

— La ferme ! beugla Luo, le plus gradé dans la pièce. Vos bagarres de cours d'école ne vont pas nous aider. Qu'est-ce qu'on peut faire ?

— Il est aussi terrible que ça, ce détroit ? demanda Mélanie.

— Tu es pilote, bordel ! s'insurgea Kacem. Tu devrais le savoir.

— Et alors ? Je ne suis pas gradée, moi. Je n'ai pas reçu de formation, j'ai juste appris sur le tas. Et ça ne répond pas à ma question.

— Oui, c'est si terrible qu'on le raconte, grommela Luo. Imagine deux nébuleuses aussi épouvantables l'une que l'autre. Et entre les deux, un étroit passage qu'il est possible d'emprunter. Seulement, ces deux nuages de gaz se bombardent de décharges d'énergie. Les tempêtes ioniques sont si dantesques qu'elles peuvent déchirer littéralement un vaisseau en deux.

— Cette route ne devrait-elle pas être interdite ?

— Elle n'est pas recommandée, mais autorisée en fonction des circonstances, car le risque est acceptable lorsqu'il sert les intérêts de Zhanghill, cita-t-il. Le temps de voyage est considérablement réduit.

— Mais si les vaisseaux sont détruits…

— Pas tous, admit Luo. De grands capitaines ont réussi à franchir le Horn sans encombre.

— Et Bligh veut inscrire son nom sur cette liste, grogna Sanchez avec dégoût.

— Peut-être.

— Alors, que fait-on ? demanda Kacem.

— Je vais essayer de parler à Fletcher, céda Luo avec réticence. Je ne vois pas ce qu'on peut faire d'autre.

— On pourrait refuser d'obéir…, commença Barnes.

— Tu es malade ! Tu connais le règlement de Zhanghill. Nous serions tous exécutés. Je vais plaider notre cause auprès de Fletcher et, en attendant, tenez-vous tranquille.

Ils acquiescèrent à regret. La conversation touchant à sa fin, Ava fit marche arrière et s'échappa de la pièce avant d'être remarquée. Elle n'avait pas envie de les affronter. Elle grimpa l'escalier vers le pont supérieur à grandes enjambées. Ce qu'elle venait d'entendre l'avait un peu ébranlée. Le fameux Horn la terrifiait, mais Bligh devait savoir ce qu'elle faisait. Comment ne pas lui faire confiance ? Ava consulta sa montre et jura entre ses dents. Son service était fini et elle avait rendez-vous dans le bureau du capitaine dans trois minutes afin de présenter les exercices de navigation. Elle était certaine de s'être trompée, parce qu'elle ne comprenait toujours rien à ces calculs complexes. Bligh l'autorisa à entrer dès qu'elle eut sonné à la porte.

— Morel, vous êtes pile à l'heure, c'est parfait. Asseyez-vous et corrigeons ensemble ce que vous m'avez envoyé.

— Oui, Capitaine.

Pendant la demi-heure suivante, Ellen Bligh lui expliqua pourquoi elle avait fait erreur. Avec méthode, elle lui démontra les différents calculs et recherches et pour la première fois, Ava comprit ce qu'elle devait faire. Elle osa même poser quelques questions auxquelles le capitaine répondit avec précision.

— Bien, ce n'est pas si mal. Vous finirez par y arriver, conclut Bligh. Je vous donne d'autres exercices pour le prochain entretien. Disons dans trois jours, histoire de vous laisser du temps. Sauf si, bien sûr, une nouvelle catastrophe nous tombe sur le coin du nez.

— Oui, Capitaine... Euh, est-ce que... Est-ce que le Horn est aussi dangereux qu'on le dit ?

— Tout dépend de ce qu'on vous a dit.

Ava hésita. Si elle rapportait la discussion qu'elle avait surprise, les participants risquaient d'être punis et elle ne voulait pas être à l'origine d'une autre séance de flagelleur.

— Qu'entre les deux nébuleuses, il y a de nombreuses tempêtes, se contenta-t-elle de répondre.

— C'est bien résumé. En effet, les tempêtes ioniques y sont gigantesques, mais il est possible de les éviter. Cela a déjà été accompli.

— Y arriverons-nous ?

— Peut-être... Il arrive que ces orages soient moins puissants, mais impossible de savoir quand ces accalmies ont lieu. Nous verrons bien.

— Et si elles sont trop violentes ?

— Dans ce cas, nous serons contraints de faire demi-tour, mais je suis confiante, ne vous en faites pas.

— Oui, Capitaine.

Elle avait dû faire la moue, car Bligh fronça les sourcils.

— Qui vous a parlé de tout ça, Morel ?

— Personne en particulier, je vous assure.

— Très bien. Vous pouvez disposer, mais faites attention à vos fréquentations. Il est difficile de se défaire d'une mauvaise réputation.

— Je ne comprends pas…

— Chris Fletcher n'est pas forcément quelqu'un en qui vous pouvez avoir confiance.

Ava faillit s'étrangler en entendant la mise en garde du capitaine. Elle se sentit devenir écarlate.

— Il s'est juste montré gentil au début, mais… mais c'est mon officier supérieur, conclut-elle maladroitement.

Bligh leva un sourcil étonné, puis un léger rictus plissa ses lèvres.

— Certes, mais cela ne l'autorise pas à vous influencer en quoi que ce soit.

— Je sais, Capitaine. Je… Je ne me laisserai pas faire.

— Je n'en doute pas. Bonne soirée, Cadet.

Ava salua et s'échappa du bureau en se demandant ce qu'elle devait penser de tout cela.

Une fois la porte refermée, Ellen Bligh se leva nerveusement en ronchonnant à mi-voix.

— Mais qu'est-ce qui m'a pris, bordel ? Lui mentionner Fletcher, quelle idée stupide !

Elle ouvrit l'un des placards pour en sortir une bouteille de rhum arrangé. Depuis toujours, elle en emportait quelques-unes dans l'espace pour des moments où un remontant était le bienvenu. Elle se servit et fit tourner dans le verre le liquide ambré au puissant parfum, puis le dégusta à petites gorgées.

— Je deviens gâteuse avec l'âge, marmonna-t-elle.

Elle termina sa boisson, mais l'alcool ne lui fit pas oublier la belle jeune femme qui venait de quitter la pièce.

10

**Zhanghill corporation
Règlement général
Article 6**
Le risque est acceptable s'il sert les intérêts de Zhanghill.

Les nuages orange et ocre de Scylla emplissaient tout l'écran du *C.S. Marco Polo*, peignant un paysage saisissant. De temps en temps, un éclair éblouissant traversait la nébuleuse rappelant combien cet amas de poussière et de gaz était redoutable. Le vaisseau ralentit, puis infléchit sa trajectoire révélant la voisine de Scylla. Charybde bouillonnait de vagues bleue et violette qui s'entremêlaient pour former un tableau aux couleurs magnifiques. Bientôt, il fut possible d'apercevoir une zone plus sombre entre les deux nuages. Elle ressemblait à s'y méprendre à l'entrée des enfers.

— Le Horn, souffla Muñoz. Ce damné Horn !

— Je n'aurai jamais cru le voir un jour, marmonna Paulsen.

— Bordel de bordel ! s'exclama Fryer. Le Horn ! Ce foutu passage n'a pas changé. Capitaine, ce serait une bonne idée de le contourner. Je vous l'ai déjà dit, je sais, mais le *C.S. Francis Drake* a terriblement souffert en le franchissant et pourtant, c'est un vaisseau de classe Horus, un vaisseau solide comme vous le savez. Nous avons perdu de nombreux hommes et c'est vraiment par miracle que nous avons atteint l'autre côté.

— Il suffit, Fryer !

— Capitaine, il a raison, tenta Chris.

— Je ne suis pas d'accord, lieutenant Fletcher, intervint le professeur Reza. La rapidité de ce voyage est essentielle. Nous ne pouvons pas nous permettre de perdre du temps.

— Si nous explosons dans l'espace, vous n'aurez pas vos foutues plantes, Reza, gronda Chris.

— Le risque est acceptable, s'il sert les intérêts de Zhanghill, cita le scientifique.

Fletcher ouvrit la bouche pour protester, mais se ravisa. Il n'était pas judicieux de se plaindre des règlements de la compagnie.

— Voilà, tout est dit ! conclut Bligh et cette fois-ci, personne ne contesta. Fryer, vous n'avez rien à faire sur la passerelle. Professeur Reza, vous non plus. Quant aux autres, écoutez-moi bien. Le détroit Horn ne nous pardonnera aucune erreur. Il exigera votre entière attention, à chaque instant de la dizaine de jours nécessaire à cette traversée.

— Dix jours !

Ava, qui se trouvait aux côtés de Muñoz derrière la console de sécurité, n'avait pu retenir cette exclamation. Elle se recroquevilla lorsque Bligh se tourna vers elle, persuadée qu'elle allait être crucifiée par une réplique acerbe. Le capitaine se contenta d'un rictus amusé.

— Dix jours, Cadet. Si tout va bien.

Ava frissonna, tandis que son imagination lui suggérait de nombreux scénarios tous plus inquiétants les uns que les autres.

△Ξ∧Ξ△

Une journée entière fut nécessaire pour approcher le détroit à la vitesse d'impulsion. La tension sur la passerelle ne cessait d'augmenter. Elle était à son comble lorsque le passage entre les nébuleuses devint parfaitement visible. À l'intérieur de ce puits sombre, des éclairs crépitants se répétaient à une fréquence si rapide qu'il paraissait improbable qu'un vaisseau puisse se faufiler dans ce maelstrom.

— Capitaine, nous avons un problème, lança Kacem d'une voix peu assurée.

— Soyez plus précis.

Omar servait à la console technique, le lien entre la salle des machines et la passerelle.

— Le moteur surcharge, Capitaine. Les données sont délirantes.

— Cette réaction est normale à l'approche de telles nébuleuses. Moboto, réduisez l'allure. Vitesse orbitale.

— À vos ordres ! répondit le pilote.

Emplissant tout l'espace, les volutes de Charybde et de Scylla se mouvaient avec une grâce envoûtante. Ses explosions de matière se précipitaient vers le *C.S. Marco Polo* pour le dévorer. Le vaisseau semblait si minuscule, face à ces monstres dignes de ceux de la mythologie auxquels ils devaient leurs noms. Les sonneries des senseurs, perturbés par les ondes émises par les nébuleuses, carillonnaient comme pour protester à la place des humains, contraints au mutisme.

À une vitesse qui paraissait terriblement lente, le cargo franchit la bouche du détroit. Il pénétra dans ce tunnel aux murs mouvants et aux couleurs splendides. Le sentiment d'être avalé devint encore plus intense. Un silence lourd pesait sur la passerelle depuis que Bligh avait ordonné de couper le sifflement des alarmes. Le rideau d'éclairs se dressa devant eux, si puissant que sa lumière restait longtemps imprimée sur les rétines.

— Ralentissez d'un quart ! dit Bligh en se levant.

Elle s'avança vers l'écran principal, le regard fixé sur l'orage qui se déchaînait. L'une des décharges vint percuter le *Marco Polo* qui fit une violente embardée.

— Bouclier à 60 %, Capitaine ! indiqua Muñoz.

— Existe-t-il une logique dans la fréquence de ces éclairs ?

— Je vérifie, Capitaine.

— Moboto, réduisez encore à un quart de la vitesse orbitale.

— Capitaine, intervint Muñoz, je crois qu'un schéma se dessine.

— Bon travail. Affichez-moi ça !

Un graphique complexe de lignes et de chiffres s'inscrivit sur l'écran que Bligh étudia avec attention, les bras dans le dos.

— Capitaine…, commença Fletcher.

— Vous avez une solution, Lieutenant ? Non ? Dans ce cas, bouclez-la et laissez-moi réfléchir !

Le second ouvrit la bouche, mais une fois encore, il choisit de se taire. Bligh, les yeux plissés, se concentra quelques secondes avant de désigner un point sur l'écran.

— Nous allons nous glisser là, juste le long de Scylla, à vitesse très lente. Avez-vous compris, Moboto ?

— Oui, Capitaine. Je vois. Aucun problème.

— Vous êtes un excellent pilote, je vous fais confiance, lui répondit Bligh en posant une main amicale sur son épaule.

Dans le regard du jeune officier brilla toute l'admiration qu'il vouait à son capitaine. Il ferait tout ce qu'il pourrait pour ne pas le décevoir. Il se concentra avec une telle intensité que, pendant un bref instant, il parut sculpté dans le marbre. Il se pencha vers l'avant, comme si cela avait le pouvoir de le rapprocher de Scylla. Puis, comme on se lance du plus haut plongeoir, il effleura les commandes du bout des doigts. Ses mains se mirent à courir sur les touches avec dextérité. La trajectoire du *Marco Polo* s'altéra, puis frôla dangereusement le nuage pourpre et safran. Des écharpes de fumées orangées vinrent lécher la coque, voilant par moment les caméras, ce qui obligea Moboto à piloter à l'aveugle. Il ne pouvait même pas s'appuyer sur ses instruments perturbés par les radiations.

Dans un brouillard digne des rues de Londres, le vaisseau continua à progresser avec une extrême prudence dans le détroit.

◿▤◣◺◿

Dès l'entrée du *Marco Polo* dans le détroit, tout l'équipage s'était mobilisé pour combattre les effets de l'orage ionique qui sévissait. L'itinéraire pointé par Bligh leur avait permis de traverser le premier écueil jeté sur leur chemin. Après une nuit animée, les décharges d'énergie s'étaient suffisamment calmées pour autoriser un changement d'équipe. Après un court répit de cinq heures, Ava sortit de sa cabine. Elle se heurta à Ugo qui arrivait dans l'autre sens. Il avait l'air épuisé.

— Ça va ? demanda-t-elle.

— Oui, les dernières heures ont été rudes. Et toi, tu as pu te reposer ?

— Je suis tombée comme une masse. Essaye de dormir, Ugo.

— Bien sûr, répondit-il en bâillant. Sois prudente. Cet endroit me terrifie.

— Bligh nous fera passer, ne t'en fais pas.

— Tu as vraiment trop confiance en elle. D'ailleurs, je trouve que tu parles beaucoup d'elle ces temps-ci. Tu as changé d'avis ?

— Je n'avais pas vraiment d'avis, se défendit la jeune femme. Elle me faisait peur, mais avec les cours de navigation qu'elle me donne, j'ai appris à la voir différemment.

— Toute douée qu'elle soit, elle ne pourra pas nous protéger de ces éclairs, Ava.

— Je sais… Allez, j'y vais avant d'être en retard. Dors bien.

— Merci.

Elle se hâta vers la passerelle, mais la malchance lui fit rencontrer Chris au pied de l'escalier menant au pont supérieur.

— Ava ! lança-t-il avec son sourire enjôleur. Comment vas-tu ? Est-ce que tu tiens le coup ?

— Aucun souci. Toi, au contraire, tu me sembles avoir des problèmes. C'est tendu avec Bligh.

— Ce n'est rien de le dire.

— Tu la cherches un peu, non ? Tu n'arrêtes pas de l'agresser devant tout le monde sur la passerelle. Je ne comprends pas pourquoi, d'ailleurs.

— Je suis l'officier en second, c'est mon rôle. Et puis, il faut bien avouer qu'elle fait n'importe quoi. Le *Marco* n'est pas un foutu vaisseau des FST, bordel !

— Est-ce que Shen est venu te voir ?

Il leva un sourcil surpris avant de la pousser gentiment contre la cloison.

— Qu'est-ce que tu veux dire ? demanda-t-il à voix basse.

— Il voulait te parler pour que tu fasses changer Bligh d'avis au sujet du Horn.

— Comment es-tu au courant de ça ? J'espère que tu ne fais pas partie de leur groupe ridicule.

— Non, je le sais, voilà tout. Alors ?

— Il m'a parlé, oui.

— Qu'as-tu fait ?

— J'ai tenté de convaincre Bligh et Fryer a essayé, lui aussi. Il est le seul parmi nous à avoir déjà franchi le Horn. Elle l'a écouté avec attention, lui a demandé des détails… Je pensais qu'elle avait compris. Tu parles ! C'est une vraie tête de mule.

— Tu estimes que c'est une erreur ?

— Traverser le Horn ? Bien sûr que c'est une erreur ! C'est trop dangereux.

— Mais nous sommes pressés par le temps, non ?

— Tant pis pour la vitesse, soupira Chris. Bon, oublions ça, on ne peut rien y faire. Espérons seulement qu'elle ne nous fera pas tuer.

— Ne dis pas de bêtises.

— Je ne dis jamais de bêtises. Ava, je suis heureux que nous ayons pu avoir une conversation normale.

— Pourquoi pas ? répondit-elle prudemment.

— Tu m'as pardonné ?

— Sans doute…

— Tant mieux, susurra-t-il en se penchant pour l'embrasser.

Elle le repoussa plus violemment qu'elle le voulait.

— Qu'est-ce que tu ne comprends pas dans le mot : non ?

— Ava, arrête de faire l'enfant.

— Ce n'est pas croyable ! Tu penses vraiment qu'en insistant encore et encore, je finirai par céder. Tu te trompes !

— Tu n'es pas sérieuse !

— Très sérieuse. Je suis attendue, alors laisse-moi !

Elle le contourna et grimpa les marches en courant. Chris demeura immobile, stupéfait par la réaction de la jeune femme. Ava pénétra sur la passerelle, essoufflée par l'effort fourni. Bligh lui lança un regard étonné.

— Eh bien ! Quel enthousiasme pour venir travailler, Cadet !

— Je… Je pensai être en retard, Capitaine.

— Vous aviez encore… deux minutes. Rejoignez votre poste.

La porte s'ouvrit à nouveau pour laisser Chris entrer.

— Lieutenant Fletcher, l'accueillit Bligh. Joignez-vous à nous.

— Merci, Capitaine. Je viens vous relever.

— Oui, merci. Je vais aller prendre un peu de repos. Tout va bien, pour le moment. La dernière tempête ionique s'est apaisée. Vous devriez être un peu tranq…

Une éruption d'éclairs déchira le tunnel sombre qui se déployait devant eux avec une telle intensité qu'elle s'interrompit.

— À vos postes ! Bouclier au maximum !

L'une des décharges d'énergie frappa le vaisseau, puis une deuxième encore plus violente.

— Bouclier à 38 % ! cria Muñoz.

— Augmentez leur puissance !

Un autre éclair les percuta à l'arrière tribord. Sur la passerelle, une conduite explosa. Omar Kacem poussa un hurlement, puis recula en vacillant. Ava bondit en avant pour le soutenir.

— Doucement, doucement, souffla-t-elle. Attends, je suis là.

— J'ai mal…, coassa le malheureux.

— Assieds-toi sur le sol.

Elle l'aida tant bien que mal à s'allonger en essayant de ne pas regarder son visage atrocement brûlé.

— Médecin sur la passerelle ! ordonna le capitaine.

— Bouclier à 13 %, indiqua Muñoz.

— Machine arrière toute ! Moboto !

— Oui, Capitaine !

Le petit vaisseau louvoya pour échapper à de nouveaux éclairs ioniques et, pendant un instant, la manœuvre sembla fonctionner. Les réflexes du pilote leur permirent d'éviter une décharge d'énergie, puis une autre. Il continua ainsi, dans une danse incroyable. La trajectoire erratique du *Marco Polo* le rapprocha dangereusement des volutes orangées de la nébuleuse. L'une d'elles caressa la coque provoquant une vague étincelante qui courut le long des courbes du cargo.

— Nous avons perdu nos boucliers ! hurla Muñoz.

L'un des éclairs frappa le *Marco Polo* avec la puissance d'une torpille et aussitôt, une alarme se déclencha, vrillant les tympans.

— Brèche dans la coque ! s'écria Fletcher qui avait remplacé Kacem à la console technique.

— Isolez le compartiment ! Muñoz ! Affichez le graphique.

Bligh étudia rapidement les informations, puis indiqua un point au pilote. Il acquiesça d'un simple signe de tête et à nouveau, ses doigts volèrent sur les touches. Il ne disposait que des propulseurs, mais il réussit le miracle de conduire le vaisseau dans une zone qui semblait épargnée par les éclairs. Dans ce genre de tempête, il était fréquent de constater la présence de ces phénomènes. Ils n'étaient malheureusement pas permanents.

— Ici, au cœur de cet œil, nous devrions être à l'abri, du moins quelque temps. Nous allons en profiter pour réparer cette brèche. Fletcher, vous superviserez cette opération. Je veux que tout soit fait dans les règles et je préfère qu'un officier soit présent.

— Bien sûr, Capitaine. Je me rends immédiatement sur place.

Chris retrouva les hommes de Korolev près de l'un des sas. Une sortie extravéhiculaire était toujours une tâche délicate, mais dans ce genre d'environnement, elle relevait presque de la mission suicide. La gorge sèche, il s'équipa d'une combinaison spatiale, comme le reste de l'équipe.

— Doukoure, l'écoutille ! ordonna l'officier.

— Vous allez sortir avec nous, Lieutenant ?

— Je ne resterai pas dans vos jambes, si c'est ce qui vous inquiète.

— Des bras supplémentaires ne seront pas de trop, répondit l'équipier avant de déverrouiller la sécurité.

Il fit tourner la valve et le panneau glissa latéralement sur le vide. Fletcher passa le premier, s'aidant des barreaux qui encadraient l'ouverture. Ses bottes magnétiques s'activèrent dès qu'il les posa sur le revêtement métallique de la coque. Il enclencha le mousqueton de sa ligne de vie sur l'un des rails courant tout le long du vaisseau, puis tendit la main à Doukoure. En apesanteur, il n'eut besoin que d'une brève traction pour lui permettre de le rejoindre. Avec habileté, le technicien atterrit à deux mètres de lui. Fawlson et Ciren les imitèrent avec la même facilité, malgré les imposantes valises de matériel qu'ils portaient.

— Ne traînons pas, ordonna l'officier.

Il suivit les autres avec des enjambées précautionneuses, posant chaque fois sa semelle bien à plat sur la coque. La brèche se trouvait sous le vaisseau, mais l'impression de marcher la tête en bas ne dura pas. Autour d'eux, l'univers n'était que couleurs, tourbillons aux volutes orangées, mauves ou violettes. Chris n'avait jamais été à l'aise lors des exercices en apesanteur, surtout en extérieur. Son estomac se chargea très vite de le lui rappeler. Il inspira profondément pour calmer une nausée catastrophique lorsqu'on portait une combinaison spatiale.

— Bordel de merde ! jura Doukoure.

La coque avait subi une déchirure sur plus de cinq mètres, des plaques entières avaient été vaporisées.

— On en a pour des plombes, se plaignit Fawlson.

— Autant commencer, alors ! répliqua Fletcher.

Les techniciens ouvrirent les valises, magnétisées elles aussi, et s'attelèrent au travail. Un peu en retrait, Chris se contentait de passer les outils nécessaires lorsqu'on les lui demandait, tout en guettant un danger éventuel.

— Rentrez immédia…, hurla la voix de Bligh dans son oreille.

Il n'eut pas le loisir d'entendre la fin de la phrase. Un éclair claqua à une dizaine de mètres d'eux.

— À l'intérieur ! cria-t-il.

Il se mit à courir sur la coque, mais en combinaison et bottes magnétiques, ce n'était pas chose aisée. L'orage se déchaînait autour d'eux. Une décharge heurta le vaisseau, glissant sur le bouclier de proximité qui avait été réactivé. L'explosion roula telle une vague. Chris se sentit perdre pied. Il eut le réflexe d'agripper sa ligne de vie au plus près du mousqueton. Le cri de Ciren résonna dans ses écouteurs, puis celui de Doukoure. Le crépitement de la déflagration satura le système de communication et le sifflement perça ses oreilles.

Il lui fallut plusieurs secondes pour récupérer l'usage de ses sens. Doukoure se tenait à l'un des barreaux avec une seule main. Il se contorsionna pour empoigner la barre de métal avec l'autre, puis avec d'infinies précautions, il se remit debout. Le corps de Fawlson flottait au bout de sa ligne, mais le câble de Ciren ne retenait plus personne. Ce dernier s'éloignait lentement du cargo, telle une poupée désarticulée. Il n'était plus qu'une masse carbonisée de laquelle s'échappait encore l'air de son système de survie. Chris n'avait pas l'intention de risquer sa vie pour un mort. Il tracta sur son filin afin de regagner le vaisseau, puis reposa avec soulagement les bottes sur la coque. Doukoure était déjà en train de haler Fawlson. Fletcher le rejoignit et à eux deux, ils réussirent à récupérer le technicien.

— Il est vivant, soupira Doukoure.

— Oui, mais il a l'air blessé. Il faut le ramener.

— Et Ciren ?

— Regarde mieux. Il est mort. Il y a un trou de la taille d'un ballon de foot au milieu de la poitrine.

— On ne peut pas le laisser là.

— Nous n'avons pas le temps d'aller le chercher.

— Lieutenant…

— Je ne vais pas risquer des vies pour un cadavre. Allez, viens ! Occupons-nous de Fawlson.

11

Zhanghill corporation
Règlement intérieur
Article 2
Un employé Zhanghill doit obéir à tous les ordres
de ses supérieurs sans poser de questions.

Après plusieurs heures d'un travail acharné, la fissure avait été colmatée et les autres avaries avaient été réparées. Tel Sisyphe, l'équipage du *C.S. Marco Polo* n'avait pas pu réellement se reposer au cours des huit jours écoulés depuis qu'ils avaient pénétré dans la bouche d'Hadès. Malgré toutes ces épreuves, le capitaine refusait d'abandonner et s'obstinait à essayer de trouver un itinéraire viable au milieu de ces tourbillons délétères.

Ce matin, Ava œuvrait en salle des machines. Muñoz lui avait ordonné de renforcer les équipes de Korolev épuisées par le travail intensif qu'ils avaient dû fournir. La jeune femme n'était pas en meilleure forme. Ces derniers jours, sa vie se résumait à se lever, bosser, manger et dormir. Elle avait donc beaucoup de mal à se concentrer sur la tâche confiée par Paula Galahardo. Elle devait contrôler les cadrans du système de refroidissement et ajuster les niveaux en fonction des jauges. Elle réprima un bâillement et fit jouer les muscles de ses épaules pour tenter de se réveiller. Elle tenait à s'acquitter de sa besogne avec professionnalisme, consciente que la moindre variation pouvait causer d'importants problèmes au vaisseau. Ce travail était certes vital, mais terriblement monotone. Elle aurait payé cher pour une tasse de café fort. Un murmure de conversation se dirigeant vers elle l'arracha à son état somnolent. Elle se redressa pour ne pas prêter le flanc à une critique. Elle reconnut la voix grave et rauque de Korolev.

— … inquiétez pas, Capitaine, les moteurs sont tout à fait opérationnels.

— Je n'en doute pas, répondit Bligh. Ce dont j'ai besoin, c'est de plus de puissance pour renforcer les boucliers. Ce damné Horn ne veut pas nous laisser passer.

Les deux officiers n'avaient pas remarqué sa présence, derrière le panneau de contrôle et Ava n'osa pas se montrer.

— Vous le saviez, Capitaine. Ce détroit est une saloperie et le *Marco* n'est pas un vaisseau de combat.

— Certes ! Je l'ai constaté, ironisa Bligh. Pourtant, à bord du *M.S. Sekhmet*, vous m'aviez habitué à des miracles.

— Ouais, mais je n'ai pas les mêmes ressources, ici.

— Je sais, Anton. Nous devons passer, néanmoins.

— On pourrait aussi faire demi-tour, non ?

— Non, pas avant d'avoir épuisé toutes les possibilités.

— Je vais tout tenter, Capitaine, vous pouvez compter sur moi.

— Comme toujours, Anton, comme toujours.

— Ouais, putain de mission !

Bligh se mit à rire. Ava put entendre le bruit d'une claque amicale sur l'épaule, puis les deux officiers s'éloignèrent. Ainsi, Korolev avait servi dans les FST sous les ordres de Bligh. Elle trouva cette information surprenante.

ΔΞΛΞΔ

Ava s'éveilla avec difficulté, le corps moulu et la gorge pâteuse. Une migraine persistante tambourinait derrière ses tempes et ses yeux asséchés la brûlaient tant qu'elle gardait les paupières à demi fermées pour les soulager. Ugo souffrait des mêmes maux et ce matin, il restait étendu sur la couchette, le regard fixé sur le plafond.

— Tu devrais te lever, lui conseilla Ava.

— Je devrais.

— Ugo, tu vas être en retard.

— Je m'en moque ! De toute façon, nous allons mourir, lança-t-il avec fatalisme.

— Ne dis pas ça, nous sommes presque arrivés de l'autre côté, n'est-ce pas ? Il reste encore deux jours, non ?

106

— Tu rigoles ! Oublie les dix jours annoncés au début. Ça, c'était si tout allait bien. Nous n'avons parcouru qu'un quart de la distance.

Ava eut l'impression qu'on lui balançait un seau d'eau glacée à la tête. Elle chancela.

— Mais alors…, bafouilla-t-elle.

— Je n'en sais rien. Bligh n'écoute personne. Fletcher a essayé. Quasiment tous les jours, il la supplie de renoncer et il a raison. Ces foutues tempêtes sont trop fortes pour qu'on puisse passer, mais elle refuse. La dernière fois, elle a menacé de le faire enfermer s'il continuait. Je ne savais plus où me mettre, tu peux me croire.

— Nous sommes perdus, alors ?

— Oh, ça t'inquiète maintenant ? Je pensais que tu étais de son côté.

— C'est le capitaine…

— Et alors ?

— Ugo, soupira-t-elle. Elle a tellement d'expérience.

— Ben là, elle se plante. Le *Marco* a beau être un bon vaisseau, il ne pourra pas résister éternellement. Et nous ? Combien de temps pourrons-nous tenir à ce rythme ?

— Je ne sais pas…

— Nous verrons bien, pas vrai ? conclut-il en se levant. Je dois rejoindre Bligh.

— Moi aussi.

— Vas-y, j'arrive.

Elle ouvrit la porte et sursauta quand Ugo lui posa la main sur l'épaule. Elle se retourna, surprise.

— Sois prudente, Ava.

— Toi également.

Quelques minutes plus tard, Ava pénétra sur la passerelle. Elle salua Bligh qui lui répondit d'un signe de tête, puis rejoignit son poste aux côtés de Muñoz. Depuis le début de la traversée du Horn, il exigeait sa présence près de lui le plus souvent possible. Selon lui, c'était le meilleur moyen d'apprendre le métier. Cela ne lui déplaisait pas, car elle pouvait assister aux événements. Il n'y avait rien de pire que d'être coincée dans sa cabine sans savoir si un danger vous fonçait dessus. Elle salua le chef de la sécurité avant de s'autoriser un regard vers l'écran principal. Elle retint son souffle, bouche grande ouverte devant le spectacle incroyable. Le *Marco Polo* se faufilait entre des écharpes de nuages incarnats projetés par Scylla.

— Ne vous inquiétez pas, murmura Muñoz. Les éclairs ont diminué en intensité, ces dernières heures. Le capitaine veut en profiter pour tenter de forcer le passage. Restez à côté de moi et observez.

— Bien, Lieutenant.

Une décharge d'énergie, venant de nulle part, frappa la coque juste sous la passerelle, irisant le bouclier.

— En avant ! commanda Bligh.

L'éclair suivant ne fit qu'effleurer les moteurs. Muñoz laissa échapper un discret soupir de soulagement qu'Ava entendit distinctement. Cela la terrifia, car le chef de la sécurité n'était pas un homme facilement impressionnable.

— Bordel, je croyais que cette foutue tempête devait se calmer, marmonna-t-il entre ses dents.

— Attention ! cria Fletcher.

Derrière le voile de brouillard rouge orangé, une silhouette sombre venait d'apparaître. Cette masse métallique était trop proche pour qu'ils aient une chance de l'éviter.

— Barre à bâbord toute ! s'écria le capitaine.

Le *Marco Polo* se déporta lentement vers la gauche, mais l'épave continuait de se rapprocher inexorablement.

— Renforcez le bouclier avant !

Un autre éclair explosa à bâbord, ratant le *Marco Polo* d'un cheveu, mais la déflagration fut suffisamment puissante pour le secouer et modifier sa trajectoire. La silhouette fantomatique se rapprochait, dévoilant les lignes d'un ancien vaisseau terrien. Sur la passerelle, quelqu'un poussa un hurlement tandis que le cargo mort depuis longtemps emplissait tout le champ de vision.

— Marche arrière toute ! beugla le capitaine.

Moboto fit voler ses doigts sur les commandes, avec une célérité impressionnante, mais en pure perte. Le *Marco Polo* avait besoin de plus de place et de temps pour décélérer. Il continua à glisser vers l'obstacle qu'il heurta dans un crissement de métal terrifiant. Ava fut propulsée contre la cloison, la tête la première. Un pic de douleur explosa dans sa tête et un liquide poisseux dégoulina sur son œil, sur son visage, puis envahit sa bouche. Elle dut perdre connaissance pendant quelques secondes.

Les alarmes et des cris d'effroi résonnaient sur la passerelle plongée dans l'obscurité. Bligh avait été projetée au sol qu'elle avait heurté durement. Sonnée, elle tenta de se relever sans succès. Son exosquelette ne répondait plus. La panique se déversa sur elle. Sans cet appareillage, elle redeviendrait paralysée. De plus, elle ignorait l'état de son vaisseau. Après un tel choc, la coque devait être éventrée et ils allaient perdre tout leur oxygène. Il fallait parer au plus pressé. Elle pressa son bracelet de communication et appela :

— Korolev ? Vous m'entendez ? Situation ? demanda-t-elle avec sang-froid. Korolev ? Nous n'avons plus de puissance, ici. Bordel ! Sarlan, êtes-vous entier ?

Adam Sarlan était l'un des opérateurs de la console technique.

— Oui, Capitaine, répondit-il d'une voix voilée.

— Est-ce que vous pouvez rétablir ce foutu courant ?

— Non, Capitaine, je…

Les lumières de secours s'allumèrent, baignant la pièce d'un halo rougeâtre. La colère et la frustration s'emparèrent de Bligh, toujours épinglée sur le plancher comme une vulgaire tortue retournée.

De son côté, Ava s'assit péniblement en essayant de retrouver ses sens. Elle frotta le sang qui maculait son visage, puis nettoya ses paumes poisseuses sur sa veste. Elle aperçut Bligh étendue sur le sol. Avait-elle été blessée ? Dans le capharnaüm de l'accident, personne ne s'inquiétait de son état. Malgré un poignet douloureux, la jeune femme réussit à se lever, puis traversa la passerelle en chancelant. Elle offrit sa main au capitaine qui lui adressa un regard irrité.

— Je ne suis pas sûre de pouvoir, coassa Bligh.

— Essayez !

Le capitaine empoigna l'avant-bras de la jeune femme qui s'arc-bouta. Pendant un instant, Ava crut que Bligh n'y parviendrait pas, puis lentement, elle réussit à se mettre debout. Elle vacilla et dut s'agripper à l'épaule de sa subordonnée. La jeune femme vit des larmes dans ses yeux bruns.

— Merci, souffla-t-elle.

Bligh fit un pas précautionneux, puis un autre, avant de se hâter vers la console technique. Elle écarta Sarlan pour vérifier par elle-même l'état du *Marco Polo*.

— Rapport ? demanda-t-elle, tout en essuyant d'une main distraite le sang sur son menton.

Elle se l'était ouvert en heurtant le plancher, et venait seulement de se rendre compte de cette égratignure. Elle s'autorisa enfin un soupir de soulagement. Elle avait vraiment cru à un dysfonctionnement de son exosquelette, mais cette panne momentanée devait être due à la liaison entre l'appareil et son cerveau. Le choc avait dû court-circuiter la connexion. Elle serait avisée de consulter le docteur Papadakis pour un check-up complet.

— Nous sommes immobilisés, Capitaine, répondit Muñoz. Des appels faisant état de blessés arrivent de tout le vaisseau.

— Le bouclier ?

— Il a résisté, mais il est à 5 %.

— Selon cette console, les moteurs ont souffert, mais seront réparables si ces maudits éclairs nous laissent en paix, précisa Bligh.

— Nous ne pouvons pas rester là, Capitaine, intervint Fletcher. Nous ne pouvons pas encaisser une nouvelle décharge.

Il s'était installé au poste de pilotage pour remplacer le malheureux Moboto qui gisait sur le sol, sans connaissance, électrocuté par une surcharge de son écran.

— J'en suis consciente.

— Il faut partir d'ici, sinon…

— Nous déplacer avec des boucliers en si mauvais état est tout aussi suicidaire.

— Je vous l'avais dit, commença Chris.

Bligh le fit taire d'un seul regard meurtrier, puis pressa le bouton du système de communication.

— Korolev, rapport !

— Pas trop le temps, Capitaine !

— La priorité aux boucliers, Lieutenant. Nous devons être en mesure d'encaisser le prochain éclair.

— Ouais, j'vous fais ça.

— Parfait, je ne vous dérange pas plus longtemps. Muñoz, je veux que cette passerelle redevienne opérationnelle et le plus vite possible. Faites évacuer les blessés et qu'on envoie un remplaçant pour Moboto. Fletcher, dès qu'il sera arrivé, faites le tour du vaisseau pour recenser tous les problèmes.

— Moi, Capitaine ?

— Il y a un autre Fletcher dans l'équipage ?

— Non, Capitaine.

— Morel vous accompagnera.

— Oui, Capitaine, s'étrangla la jeune femme sous l'effet de la surprise.

△Ξ∧Ξ△

Allongée sur le dos et les avant-bras dans la cloison, Ava déclipsa son trentième relais de la journée. Il lui explosa dans la main à l'instant où elle le toucha. La douleur fut telle qu'elle s'évanouit. Un éclair – le troisième depuis l'accident – venait de frapper le *Marco Polo* de plein fouet. L'équipage à bout de forces continuait de s'acharner pour réparer le cargo. Ils luttaient tous contre le temps et les éléments. Fletcher dirigeait l'équipe créée pour remplacer tous les relais défectueux à travers tout le vaisseau, manœuvre essentielle pour réactiver les boucliers.

En entendant le cri de la jeune femme, il se précipita dans la pièce. Il l'attrapa par les pieds pour la tirer vers le centre, puis se pencha sur elle pour prendre son pouls.

— Ava ! Ava, réponds-moi ?

Elle battit des paupières, puis rouvrit péniblement les yeux. Elle découvrit le visage inquiet de Chris juste au-dessus d'elle.

— Ava ? Réponds-moi !

— Je vais bien, déclara-t-elle bravement.

— Je n'en ai pas l'impression. Ta main est brûlée. Je vais t'envoyer à l'infirmerie.

— Non ! Tu as besoin de tout le monde.

— Je peux me débrouiller sans toi.

— Qu'est-ce qui s'est passé ? demanda Ava.

— Nous avons été frappés par un éclair. Notre bouclier est mort.

— Alors, si nous sommes à nouveau touchés…

— Le *Marco* ne résistera pas.

— Dans ce cas, je reste ! Et tant pis pour ma main. Aide-moi à me relever.

Fletcher s'exécuta. Elle chancela un peu, mais réussit à demeurer debout. Le choc avait masqué la douleur, mais la brûlure se réveillait. Tout son bras irradiait de souffrance par vagues. Elle serra les dents pour ne pas gémir. Chris lui caressa la joue du bout des doigts.

— Tu m'as fait peur, soupira-t-il.

Elle était trop épuisée pour réagir. Elle se contenta de hocher la tête en signe d'assentiment.

△Ξ∧Ξ△

Après trois heures d'un travail obstiné, le *C.S. Marco Polo* fut enfin en mesure de se dégager du piège. Dans la solitude de son

111

bureau, Bligh étudia leur situation. Elle dut admettre, la mort dans l'âme, qu'il n'était plus possible de continuer. Le vaisseau n'y résisterait pas. Elle inscrivit rapidement sa décision dans le journal de bord, puis regagna la passerelle. Les visages creusés par la fatigue se tournèrent vers elle, transpirant l'espoir et la peur. Elle faillit changer d'avis, juste pour le plaisir de voir leurs têtes.

— Paulsen, calculez une trajectoire vers la sortie en vous basant sur les données du lieutenant Muñoz. Moreau, dégagez-nous de là.

Pierre Moreau remplaçait Moboto, toujours à l'infirmerie dans un état critique. Le jeune pilote pianota aussitôt rapidement sur les commandes. Le vaisseau manœuvra lentement, se faufilant entre les écueils. Il fut frôlé par quelques éclairs, mais rien de dangereux après tout ce qu'ils avaient déjà enduré. Étrangement, s'arracher au Horn ne leur prit qu'une dizaine d'heures. Bligh en éprouva une frustration contenue impossible à exprimer. C'est le moment que choisit Kamal Reza pour pénétrer sur la passerelle. Il s'arrêta un court instant pour observer la voûte étoilée de la galaxie, puis son visage se crispa de colère.

— Vous n'aviez pas le droit de renoncer ! vociféra-t-il en se tournant vers le capitaine.

Bligh lui décerna un regard à geler l'enfer, puis répliqua sèchement :
— Vous devriez vous calmer.
— Me calmer ? La récolte des tiragaatas doit commencer très bientôt.
— Quand ?
— Je ne peux pas l'affirmer avec précision, mais si nous ratons le moment, nous devrons patienter et j'ignore pendant combien de temps.
— Vous êtes d'une réelle utilité, Reza, ironisa Bligh.
— Vous n'avez pas le droit...
— Il suffit ! Je suis la seule à décider à bord de ce vaisseau.
— Vous devez suivre et faire appliquer les directives de Zhanghill, Capitaine. Dois-je vous rappeler le règlement ?
— Et moi ? Je suis l'unique maître à bord. Le Horn est trop instable. Nous n'avons plus le choix. Nous devons contourner Charybde par la route la plus longue. Il n'y a pas à discuter.
— Capitaine...
— Vous allez quitter les lieux sur-le-champ, Reza, parce que je ne suis vraiment pas d'humeur à écouter vos piaillements. Morel !

Vous appartenez à la sécurité, non ? Alors au lieu de vous tourner les pouces à ne rien faire, raccompagnez cet intrus jusqu'à sa cabine !

— Oui, Capitaine, s'étrangla la jeune femme surprise d'être ainsi interpellée.

Elle traversa la passerelle, prit le scientifique par le bras et tenta de l'entraîner vers la sortie. L'homme résista et se dégagea en la repoussant furieusement. Ava avait repris son service malgré sa main bandée. Le choc fut comme un coup de poignard et elle ne put réprimer un cri sourd.

— Faites attention, gronda-t-elle.

— Capitaine ! protesta Reza sans tenir compte d'Ava. Vous n'avez pas le droit. Je me plaindrai à la compagnie et vous serez sanctionnée.

— Je suis morte de trouille, ricana Bligh. Morel, sortez-le immédiatement !

Ava planta ses doigts dans le biceps de l'importun dans l'espoir de le conduire à l'extérieur, mais il ne bougea pas, la toisant avec mépris. Une bouffée de colère l'envahit. Il était hors de question qu'elle se couvre de ridicule, sur la passerelle, sous les yeux de Bligh. Elle s'empara de la matraque accrochée à sa ceinture et sans hésiter, elle lui décocha un léger coup sur les reins. Elle s'était entraînée plusieurs heures avec Zach Murphy sur le maniement de cette arme faisant partie de la panoplie portée par les hommes de la sécurité et s'était montrée plutôt douée. C'était la première fois qu'elle en usait réellement et le cri de surprise poussé par Reza lui prouva qu'elle en maîtrisait le fonctionnement.

— Êtes-vous folle ? s'écria-t-il.

— Le capitaine vous a dit : dehors ! Alors vous allez sortir ou je recommence, cracha-t-elle avec autorité.

Bligh masqua un sourire amusé. Elle ne s'était pas trompée sur la jeune femme. Sous son apparente fragilité, elle dissimulait un tempérament de battante. Reza marmonna une insulte, puis se laissa conduire hors de la passerelle. Dès que la porte se fut refermée, il se dégagea brusquement.

— Ce que vous venez de faire est inadmissible, Cadet ! Je suis le représentant de Zhanghill corporation.

— Sans aucun doute ! Cependant, le capitaine vous ordonne de rejoindre votre cabine. Dois-je vous y accompagner ou le ferez-vous tout seul ?

— Mais quelle mouche vous pique ! Je n'aurai jamais cru qu'une jeune fille intelligente comme vous…

— Je ne suis pas une jeune fille ! Je suis un officier de la flotte de Zhanghill et mon capitaine m'a commandé de vous remettre dans votre cabine.

— Vous êtes surtout une idiote, répliqua-t-il avant de s'éloigner en pestant.

12

Zhanghill corporation
Règlement intérieur
Article 7
Le comportement d'un employé de Zhanghill
doit être irréprochable.

Après la traversée manquée du Horn, le *C.S. Marco Polo* filait désormais à pleine vitesse le long de la nébuleuse Charybde. Le voyage se déroulait sans incident majeur. Ellen Bligh avait mis à profit ces trois semaines pour planifier une maintenance complète de tous les systèmes. L'équipage avait beau se plaindre, loin de ses oreilles, il fallait bien obéir.

Le capitaine se montrait d'ailleurs encore plus intransigeante qu'à l'accoutumée. Elle ne pardonnait plus aucune erreur, même la plus minime. Les punitions pleuvaient, tout comme les coups de flagelleur. Les équipiers s'indignaient dès qu'ils en avaient l'occasion. Ils se réunissaient au mess pour échanger sur la tyrannie de Bligh. Ils fuyaient la présence des officiers pour mieux s'apitoyer sur leur sort. Fletcher était le seul supérieur qui trouvait grâce à leurs yeux. Il discutait et riait avec eux. Il les aidait même à désobéir aux ordres. En petit comité, il expliquait que Bligh se vengeait sur eux de son échec lors de la traversée du Horn, qu'elle était aigrie par son handicap et avide de reconnaissance. Cette prise de position faisait de lui un homme populaire et Chris aimait être apprécié. Il adorait plaire, surtout aux femmes. À bord, elles lui tournaient autour comme des abeilles attirées par un pot de confiture.

Depuis deux jours, un nouveau problème était venu empoisonner la vie des passagers du *C.S. Marco Polo*. Cela avait commencé par des équipiers se plaignant de céphalées ou de nausées. Le médecin avait tout de suite suspecté une défaillance du système environnemental. Korolev avait d'abord protesté, arguant que les outils de diagnostics auraient alerté en cas d'incident. Malgré tout, il avait lancé une vérification complète et avait constaté que la qualité de l'air se détériorait sans qu'il puisse l'expliquer.

— Bordel, Korolev ! s'emporta Bligh lors du briefing. Est-ce que vous pouvez me dire pourquoi vous n'avez rien vu plus tôt ?

— Les décharges d'énergie du Horn ont grillé plusieurs composants, grommela l'ingénieur en chef. Tout est déréglé.

— Vous pourrez réparer ?

— Les détecteurs ? Ouais, peut-être.

— Peut-être ?

— Davis nous a délestés de composants essentiels, Capitaine. Je ferai ce que je peux, mais faut trouver ce qui cloche.

— Comment ?

— À l'ancienne, Capitaine. Il faut découvrir cette fuite.

ΔΞΛΞΔ

Comme quelques autres membres de la sécurité, Ava fouillait le vaisseau à la recherche d'une brèche dans la coque, certainement minuscule puisqu'elle avait échappé aux capteurs. Elle avait passé la journée à chercher et n'avait rien découvert. En entrant dans sa cabine, avec l'impression que son crâne était enserré dans un étau, elle ne souhaitait qu'une seule chose : dormir pendant trois jours. Elle ôta son uniforme avec des gestes lents en grimaçant. Ses muscles récriminaient sous l'effort qu'elle leur imposait. Elle utilisa ses trois minutes de douche autorisée pour se débarrasser de sa sueur. L'eau, comme les autres substances, était une denrée qu'il ne fallait pas gaspiller à bord d'un vaisseau spatial. Tout comme la nourriture, elle diminuait de façon alarmante, les obligeant à une économie de tous les instants. Enfin propre et rafraîchie, Ava enfila ses vêtements de nuit et se brossa les dents. En revenant dans la chambre, elle découvrit Ugo assis sur sa couchette le visage dans les mains. Il était affreusement pâle et paraissait au bord de l'évanouissement.

— Ça ne va pas ? lui demanda-t-elle.

— J'ai mal au crâne.

— Ça va passer.

Il se contenta d'un grognement.

— Viens ! intima-t-elle. Allez, debout.

— Non…

— Viens, je te dis !

Il se laissa faire et elle l'entraîna vers l'infirmerie. Elle eut toutes les peines du monde à le faire avancer, et ce fut avec soulagement qu'elle ouvrit la porte. Tamara Krause était prostrée sur un fauteuil et se leva d'un bond lorsqu'ils entrèrent.

— Un problème ?

— Ugo ne se sent pas bien du tout, expliqua Ava. Il a besoin de voir le médecin.

— Lydie a enfin pu s'étendre pour dormir un peu et Ivan a été appelé en salle des machines, mais ne t'inquiète pas. Il souffre du manque d'oxygène. Aide-le à s'asseoir. Je vais lui faire une piqûre qui devrait lui faire du bien.

Ava soutint son ami jusqu'au fauteuil. Il s'y laissa tomber lourdement, la tête entre les mains. Elle se tourna vers Tamara et chuchota pour que le garçon ne l'entende pas.

— Fais vite, alors. Il ne va pas bien.

— Je sais.

— Ce n'est pourtant pas très efficace, marmonna Ava. Le médecin m'a injecté un truc ce matin et l'effet n'a pas duré longtemps.

— C'est normal. J'espère que vous allez trouver la brèche.

— Il n'y a pas de fuites, grommela Ugo les faisant sursauter toutes les deux. Selon Korolev, c'est le générateur d'air qui est défectueux.

— Merde ! s'exclama Ava. Est-ce qu'il peut le réparer ?

— Non.

— Comment ça, non ? Tu en es certain ?

— J'étais dans le bureau du capitaine, quand il le lui a dit, alors oui, je suis sûr.

— Qu'est-ce que ça veut dire ? s'inquiéta Tamara.

— Cela veut dire que nous sommes en danger. Si on n'arrive pas bientôt à destination, on risque de tous y passer. Quand tu croiseras Davis, pense à le remercier.

— Pourquoi ?

— Parce qu'il a vendu les composants nécessaires !

— Korolev est un bon ingénieur, essaya de les rassurer Ava. Il trouvera une solution.

— Tu n'en sais rien…

— Les serres hydroponiques ne peuvent pas renouveler l'air ? intervint Tamara.

— Si bien sûr. C'est même grâce à leur présence que nous survivrons, mais elles ne seront pas suffisantes. Et puis, nous manquons de vivres et d'eau. Bligh va instaurer un rationnement.

— Si elle le fait, c'est qu'elle n'a pas le choix, répliqua Ava.

— Les autres vont râler. Ils vont dire qu'elle n'a pas prévu assez de ravitaillement ou que c'est la faute de son détour par le Horn.

— Quoi qu'elle fasse, ils se plaindront.

— Depuis quand tu la défends à ce point ? s'étonna Tamara.

— Depuis que je pense par moi-même. Les autres ne font que rechigner à la tâche, récriminer, se lamenter sur leur sort. D'accord, la punition de Davis était terrible, mais il a volé des pièces utiles, vitales même. La preuve ! C'est de sa faute si on est dans cette merde.

— Peut-être, mais…, tenta d'expliquer Tamara.

— Pareil pour Luo Shen, continua obstinément Ava. À cause de son erreur, un homme est mort et sans Bligh, je serai morte aussi.

— Si elle n'avait pas voulu franchir le Horn, nous n'aurions peut-être pas de problèmes.

— Elle a reçu l'ordre de faire au plus vite. Reza l'a presque menacée sur la passerelle, lorsqu'elle a renoncé. Si elle n'avait pas tenté cette voie, cela lui aurait été reproché. Malgré tout, elle nous a sortis de là en un seul morceau.

— Zut, Ava ! Tu es vraiment de son côté.

— Je ne suis pas de son côté. Elle me terrifie la plupart du temps, mais j'en ai marre d'entendre les gens râler en permanence. Quand je surprends Chris qui entretient la fronde, ça me met hors de moi.

— Tu ne le vois plus ?

— Non, s'étrangla Ava. Enfin, moins qu'avant.

— Tant mieux ! Je ne l'aime pas, conclut Tamara. Il drague tout ce qui traîne. Il a essayé avec moi, mais je ne suis pas intéressée.

— Comment va Henri ?

La réponse avait jailli avant qu'elle n'ait eu le temps de réfléchir et en notant le regard triste d'Ugo, elle s'en voulut terriblement. Elle n'aurait pas dû retourner le poignard dans la plaie.

— Il se remet bien. Il doit sortir ce soir. En attendant, assez parlé ! Donne-moi ton bras, Ugo.

Elle appliqua l'injecteur sur son biceps et en moins d'une minute, le jeune homme retrouva quelques couleurs.

— Ça va mieux ?

— Oui, merci.

— Parfait… Zut ! Je suis appelée dans l'une des chambres. Tu peux le ramener dans sa cabine, Ava ? Il doit dormir quelques heures.

— Pas de problème. Encore merci.

Elle aida Ugo à se lever et le garçon, bien qu'un peu chancelant, lança un regard enamouré à l'infirmière. Ava le boxa gentiment dans les côtes pour l'inciter à parler.

— Merci, Tamara, je… Merci.

— De rien, Ugo, c'est mon travail.

Il se renfrogna, mais la jeune femme s'éloignait déjà. Elle se ravisa soudain, comprenant peut-être qu'elle avait blessé son patient avec sa réponse laconique. Elle revint vers lui pour lui déposer un baiser sur la joue.

— Repose-toi bien et repasse me voir. Ça me fera plaisir.

— Pro… Promis, bafouilla-t-il.

Tamara repartit, happée par son devoir. Ava et Ugo reprirent le chemin de leur cabine. À peine arrivé, Ugo se laissa tomber sur sa couchette. Il retint sa colocataire par le bras.

— Merci… Tu dois… Tu dois penser que je suis idiot, pas vrai ?

— Pourquoi dis-tu ça ?

— Tamara… Je ne suis pas capable d'aligner deux mots en sa présence.

— Mais non. Tu peux y arriver. Tu iras la saluer, demain matin. Seul. Promis ?

— D'accord, céda-t-il.

Elle allait grimper dans sa couchette, lorsqu'il la retint encore.

— Attends. Je… Tu devrais te montrer prudente lorsque tu parles de Bligh. Les autres… Ils pourraient vraiment te mener la vie dure s'ils apprenaient que tu la défends.

— Si ça peut leur faire plaisir, soupira-t-elle.

— Est-ce que tu connais Jian Willem, des communications ?

— Pas plus que ça, répondit-elle surprise par le changement de sujet.

— Avant de signer chez Zhanghill, il servait à bord du même Military Ship que mon grand frère, Tomaso.

— J'ignorai que ton frère était dans les FST.

— C'est mon demi-frère, pour être exact. Je ne le vois pas souvent. Il est parti avec son père, à l'époque et… Bref, ce n'est pas intéressant.

— Mais si, voyons ! Si tu veux m'en parler, je suis là pour t'écouter.

— C'est gentil. Pour en revenir à Jian, il a été blessé lors de la bataille d'Alphard, comme Bligh. Je ne sais pas si tu as remarqué, mais il a un bras artificiel payé par Zhanghill, bien sûr. Un militaire n'a pas assez de fric pour s'offrir ce genre de truc.

— Ah oui ? Je n'avais pas fait attention. Ce que je trouve étrange, c'est que la compagnie répare un simple soldat.

— Zhanghill a un accord avec les FST. Ils proposent leur technologie à tous les blessés, afin de les remettre d'aplomb. En contrepartie, ces soldats sont obligés de signer un contrat avec eux.

— Je l'ignorais, répondit-elle tout en songeant que Zhanghill était un vautour, prêt à se nourrir du cadavre de l'humanité. Mais, pourquoi me parles-tu de lui ?

— Parce qu'il m'a dit que Bligh était l'un des meilleurs capitaines des FST. Elle commandait le *M.S. Arès* lors de la bataille d'Alphard. Selon lui, c'était… terrible. Nos vaisseaux explosaient les uns après les autres. La défaite était inéluctable. C'est alors que l'*Arès* a foncé au milieu des bâtiments ennemis, faisant feu de tous ses canons, causant un vrai bordel. Seulement, les têtes d'obus possédaient un immense cuirassé surarmé. Ses boucliers étaient à peine égratignés par nos tirs. À lui seul, ce bâtiment était capable de détruire toute notre flotte. Jian, lui, servait à bord du *M.S. Bastet* qui venait juste d'être touché par une torpille. Au milieu des flammes, Jian a vu l'*Arès* esquiver les tirs, louvoyer entre des vaisseaux aezlakes et se diriger à pleine vitesse, droit sur le cuirassé. Bligh n'a pas hésité à l'éperonner au niveau de la salle des machines. L'*Arès* s'est désintégré, mais les moteurs de l'Aezlake ont explosé, puis une réaction en chaîne a pulvérisé le cuirassé.

— Comment Bligh s'en est-elle sortie ?

— Avant de se lancer dans cette attaque suicide, elle avait éjecté quasiment tout l'équipage non essentiel, ne gardant que quelques hommes. Ils se sont échappés juste avant l'impact. Une fois leur cuirassé détruit, les Aezlakes ont filé sans demander leur reste. Nos vaisseaux ont pu récupérer les capsules de sauvetage. Celle de Bligh avait été touchée par un débris. Faut dire qu'elle avait été la dernière à quitter le *M.S. Arès*. Elle était quasi mourante, mais les chirurgiens ont réalisé un miracle et, ensuite, Zhanghill lui a offert cet exosquelette. Sans lui, elle est paralysée. Tu imagines sa vie sur Terre, ainsi diminuée. La pension des vétérans n'aurait jamais suffi à sa survie.

— C'est fou. Et ce Jian a raconté ça aux autres, aussi ?

— Non… Il n'a pas trop d'amis. Comme c'est un ex-militaire, ces idiots l'évitent et ne comprendraient pas, de toute façon.

— Tu sais, c'est dingue quand même tous les anciens des FST que nous avons à bord.

— Comment ça ?

— Eh bien, Bligh, Fletcher, ton pote Jian, Muñoz, Moboto et Korolev.

— Korolev ?

— Oui, je l'ai entendu parler avec le capitaine. Ils ont servi ensemble sur le *M.S. Sekhmet.*

— Bligh était officier en second sur ce vaisseau, mais j'ignorai que Korolev venait des FST. Incroyable ! Et, en plus, tu as oublié Fryer dans ta liste.

— Fryer ?

— Il était sous-officier dans les Forces.

— Tu vois, encore un.

— C'est un peu normal, quand on y réfléchit. Zhanghill a un contrat avec les FST pour embaucher les anciens militaires.

— Oui, les vétérans n'ont pas le choix d'ailleurs. Leur pension est ridicule.

— Zhanghill ne fait pas ça par bonté d'âme. Même handicapé, un ancien des FST est une bonne recrue.

— Je trouve tout de même étrange qu'il y en ait autant à bord du *Marco.* Penses-tu que Bligh soit pour quelque chose dans cette désignation ?

— Peut-être bien, mais ce n'est pas très important. Elle a bien le droit de choisir des officiers en qui elle a confiance.

— Tu as raison. Il est tard, ajouta-t-elle avec un bâillement. Nous devrions dormir.

— Ouais, bonne nuit, Ava. Et merci.

Elle grimpa dans sa couchette, mais malgré la fatigue, elle n'arriva pas à trouver le sommeil. Une migraine se tenait en embuscade derrière ses yeux et son corps la brûlait. Ses pensées se perdirent vers Bligh. Quelle vie incroyable cette femme avait eue !

△Ξ∧Ξ△

Le lendemain, la situation catastrophique à bord du *C.S. Marco Polo* continua de se détériorer. Bligh avait décidé de rationner la nourriture ainsi que l'eau. Désormais, l'équipage n'avait plus le droit qu'à une douche par semaine et seulement un demi-litre de boisson par jour. Bien entendu, les équipiers récriminaient, comme toujours. Cela agaçait Ava qui acceptait ces restrictions sans se plaindre. Après tout, ils n'avaient pas le choix. Elle rejoignit Ugo au mess avec le secret espoir qu'il en saurait un peu plus.

— As-tu des nouvelles ? demanda-t-elle tout en piochant dans son assiette des morceaux de légumes indéfinissables.

— Oui, murmura-t-il en se penchant pour rester discret. Korolev confirme qu'il est impossible de réparer le générateur.

— Comment rentrerons-nous, dans ce cas ?

— Il affirme pouvoir rafistoler le générateur une fois sur Ataahua. J'espère qu'il ne se trompe pas.

— Ce serait mieux, en effet. D'après ce que m'a raconté Reza, c'est une planète primitive. Les Ataahuans ne pourront pas nous aider.

— Je n'en sais pas plus, désolé.

— Si Korolev le dit, c'est que ce doit être vrai, le rassura-t-elle en avalant la dernière bouchée de cette nourriture insipide.

— J'espère. En attendant, tous les endroits non essentiels sont fermés, afin de ne pas gaspiller l'air.

— Ça ne va pas améliorer l'ambiance.

— C'est sûr.

— Je suis de service, ce soir, soupira-t-elle en se levant. Je dois relever Murphy, au pont inférieur.

Il acquiesça d'un signe de tête las. Elle voulut s'éloigner, mais des taches de lumières se mirent à danser devant ses yeux et elle chancela.

— Ça ne va pas ? s'inquiéta son ami.

— Si, si… Juste cet air raréfié.

— Tu devrais aller consulter, Ava.

— C'est pareil pour tout le monde et puis Zach m'attend. Tout ira bien, le rassura-t-elle.

— Ce n'est pas certain.

— En parlant d'infirmerie… Y es-tu passé, ce matin ?

— Non, répondit-il en rougissant.

— Ugo !

— À quoi cela servirait-il ? Je ne suis pas du genre qui l'intéresse, tu le sais bien.

— Non, je l'ignore et toi aussi. Et si tu n'essayes pas…

— Ava, je n'y arrive pas, c'est tout. Alors, oublie !

— Pour me faire plaisir, Ugo.

— Si tu insistes, mais viens avec moi. Tu as besoin de consulter.

— Je dois prendre mon poste, mais j'irai si ça ne va pas, promis. Et je te préviendrai, comme ça tu pourras me rejoindre.

— Ce n'est pas gentil de te moquer de moi.

— Jamais ! À ce soir ?

Il opina du chef et ne cacha pas son inquiétude lorsqu'elle s'éloigna. Ava trouva cela mignon, mais elle refusait de montrer une quelconque faiblesse. À son arrivée sur le *Marco Polo*, elle avait subi les regards condescendants de ses collègues masculins qui ne voyaient en elle qu'une petite chose fragile. Elle était déterminée à leur prouver qu'elle valait chacun d'entre eux.

La jeune femme descendit l'escalier à pas mesurés, car la tête lui tournait un peu. Elle espérait qu'elle serait assez forte pour supporter les deux heures de faction qui l'attendaient. En arrivant dans la coursive, elle fut surprise de ne voir personne devant l'entrepôt des vivres. *Où est-il ?* se demanda-t-elle. Zach Murphy avait la réputation d'être quelqu'un de sérieux, cette absence était donc anormale. Ava s'approcha avec précaution de la porte… ouverte ! Toujours sur ses gardes, elle fit quelques pas à l'intérieur.

— Bordel ! Mais qu'est-ce que vous faites ! s'écria-t-elle avant de réfléchir.

Sous le regard complice de Murphy, Barnes, Davis et Kacem subtilisaient des sachets de repas lyophilisés dans les caisses de stockage pour les dissimuler dans leur uniforme. Ils se figèrent en l'entendant.

— Qu'est-ce que tu fous là, Morel ?

— Je devais te relever, tu as oublié ?

— Putain, Murphy ! s'exclama Davis.

— Qu'est-ce que tu fabriques ? continua la jeune femme. Tu voles de la nourriture ?

— Ta gueule ! grogna Barnes. On ne va pas crever la dalle parce que la grande gigue l'a décidé.

— Ouais, alors dégage et laisse-nous sortir, ajouta Davis.

— Et t'as pas intérêt à cafter, précisa Kacem.

— Tu peux prendre trois ou quatre sachets, offrit Murphy. Personne ne le saura.

— Je ne suis pas une voleuse, moi ! Et puis, tu as pensé aux caméras ?

— Elles sont débranchées. Nous ne sommes pas des idiots, lança Kacem.

— On peut se poser la question, tu ne crois pas ? répliqua-t-elle. Vous allez laisser tout ça ici et filer. Dans ce cas-là, je ne dirai rien.

— On va prendre ces trucs et toi, tu vas fermer ta bouche, gronda Barnes en faisant un pas menaçant dans sa direction.

Ils étaient quatre et bien plus fort qu'elle. Pour la première fois depuis qu'elle avait fait irruption dans cet entrepôt, elle eut peur. Elle posa les doigts sur les boutons d'alarme de son bracelet, sans quitter Barnes des yeux.

— Ou quoi ?

Murphy rattrapa Barnes et l'arrêta d'une main sur l'épaule.

— On se calme, les mecs. J'étais d'accord pour vous laisser prendre quelques sachets, mais rien de plus, hein ? Je ne veux pas avoir d'ennuis.

— Elle va nous balancer !

— J'en ai bien envie, en effet, répliqua Ava de plus en plus en colère. Nous sommes tous impliqués, là. Ce n'est pas le capitaine que vous volez, mais nous tous, bande d'égoïstes.

— Je n'en ai rien à battre ! affirma Victor Davis. L'équipage, comme tu dis, n'a pas bougé le petit doigt quand l'autre folle m'a arraché la peau du dos. Donc, pétasse, on va te saigner si tu nous empêches de passer, c'est clair ?

Murphy blêmit. Il n'avait visiblement pas envisagé que les choses tournent de cette façon. Il secoua la tête, puis se plaça aux côtés d'Ava.

— Je ne te laisserai pas faire, Davis. Ça ne rentre pas dans nos arrangements.

— Fallait y penser avant !

— Peut-être, mais de toute façon, je n'aurais jamais dû vous écouter.

— Non, marmonna la jeune femme, tu n'aurais pas dû.

— Bon, nous sommes trois et vous êtes deux… ou plutôt, un et demi, acheva Davis avec un ricanement mauvais.

— Euh, j'suis pas partant pour ça, protesta Kacem en reposant les cinq sachets qu'il avait planqués dans son uniforme. Moi, j'me casse.

Il se faufila entre Davis et la cloison, jeta un coup d'œil furieux à Ava avant de s'éloigner à grands pas.

— Deux contre deux, les provoqua-t-elle en serrant les poings.

Elle était consciente que cette réaction était stupide, voire dangereuse, mais elle refusait de leur montrer son inquiétude. Elle regrettait de n'être armée que de sa matraque télescopique. Malgré tout, elle la dégagea de sa ceinture et la déploya avec un claquement sec. Murphy l'imita.

— Si tu crois que tu m'fais peur, pouffiasse, lança Barnes. Quant à toi, Murphy, si on est coincé, on caftera. Tu paieras avec nous, tu peux m'faire confiance.

Le jeune homme recula, pris entre deux feux.

— Ne l'écoute pas, Zach, lui promit Ava. Je dirais que tu m'as aidé. Tu peux compter sur moi.

— Barnes, Davis, ne faites pas les cons, supplia Murphy. Ava et moi, on se taira si vous partez en laissant ces trucs ici.

— Je n'ai pas confiance en elle, s'entêta Barnes en sortant un couteau à cran d'arrêt de sous sa veste. Appuie autant que tu veux sur ton petit bracelet, fillette, lorsque les secours arriveront, tu seras morte.

— Ça, je ne crois pas, lança une voix dure derrière Ava.

Ellen Bligh venait de déboucher dans le couloir en compagnie de Muñoz. Les deux compères se décomposèrent en les reconnaissant. Barnes fut le premier à réagir. Il bouscula Murphy et fonça droit sur le capitaine. Elle l'attendait de pied ferme, puis s'écarta à la dernière seconde, levant le bras pour le frapper en pleine poitrine. Il fut littéralement fauché et tomba lourdement, le souffle coupé.

— Davis ! Face contre le sol, maintenant ! gronda Muñoz.

L'autre hésita, avant d'obéir à contrecœur. Il descendit sur les genoux, puis s'allongea avec un rictus mauvais. Muñoz ligota Barnes, puis jeta une paire de menottes à Murphy qui s'en servit pour entraver Davis. Il se redressa le rouge aux joues tout en lançant à Ava des coups d'œil angoissés. Bligh dévisageait la jeune femme avec intérêt.

— Vous allez bien, Cadet ? Que s'est-il passé ici ?

— Je venais relever Murphy, mais quand je suis arrivée, ils étaient en train de voler des sachets de nourriture lyophilisée. Je leur ai ordonné de tout reposer et de partir, mais ils m'ont menacée.

— Et que faisiez-vous, Murphy ? demanda Muñoz. Vous étiez de garde devant cette porte, que je sache.

— Je… Ils étaient trois et j'étais seul. Je… Je n'ai pas osé…

— Trois ? s'étonna Bligh.

— Omar Kacem s'est sauvé. Il voulait juste voler quelques sachets, pas s'en prendre à Morel ou à moi.

— Vraiment ? ironisa le capitaine. Cadet ? Est-ce ainsi que cela s'est passé ?

— Oui, Murphy s'est tout de suite rangé à mes côtés pour leur demander d'arrêter.

— Vous auriez pu donner l'alerte, comme elle l'a fait, déclara Ellen Bligh.

Zach Murphy se tourna vers Ava avec une telle expression choquée qu'elle faillit éclater d'un rire nerveux. Dès que Davis l'avait menacée de mort, elle avait pressé les boutons d'alarme. Grâce à l'implant logé dans son oreille, Bligh lui avait demandé des précisions. Elle n'avait pas bronché et personne ne s'était rendu compte de rien.

— Je… Je n'y ai pas pensé, Capitaine, bredouilla Murphy.

— Vous n'êtes pas un futé, vous. Bien, Muñoz, embarquez-moi tout ce petit monde et collez-les en cellule. Envoyez Kacem les rejoindre. Je veux deux gardes en permanence devant cet entrepôt. J'exige qu'il soit verrouillé. Je veux également un inventaire dès ce soir et un autre, tous les soirs jusqu'à notre arrivée. S'il manque une seule miette, je trouverai des responsables.

— Oui, Capitaine.

— Cadet, je vous félicite pour votre comportement. Il sera noté dans votre dossier, précisa-t-elle avec un léger sourire.

Ava, peu habituée à entendre des compliments, devint écarlate. Son plaisir fut vite douché lorsqu'elle croisa le regard de Davis que le chef de la sécurité venait de relever. Il y brillait une telle haine qu'elle faillit reculer. Muñoz et Murphy emmenèrent leur prisonnier.

— Vous étiez de garde, je crois, dit Bligh à Ava avec un sourire. Je vous envoie un binôme au plus vite.

— Oui, Capitaine.

— Vous allez devoir surveiller vos arrières dans les jours à venir, car ces deux types n'oublieront pas ce que vous avez fait. Et leurs amis non plus.

— Je n'avais pas le choix.

— Vous auriez pu prendre votre part et fermer les yeux.

— Je n'aime pas les voleurs, répliqua-t-elle durement.

— Bonne réponse. À bientôt, Cadet, ajouta-t-elle avec un rictus amusé, avant de la laisser seule.

13

Zhanghill corporation
Règlement de la flotte spatiale
Article 9
L'équipage d'un Corporate Ship doit appliquer
le règlement de Zhanghill.

Barnes fut sanctionné de vingt coups de flagelleur et Kacem, seulement de dix. Davis écopa d'une punition exemplaire : trente coups. Bligh avait estimé que sa récidive exigeait une telle sévérité. Murphy ne fut pas inquiété malgré les accusations portées par ses complices. Le capitaine lui avait accordé le bénéfice du doute, sans être dupe de son implication. La séance de châtiment en présence de l'équipage avait presque été houleuse. Les murmures choqués, puis réprobateurs, avaient couru dans les rangs. Le capitaine n'avait pas paru les entendre. Ava avait assisté à cette punition aux côtés d'Ugo, les mâchoires contractées pour supporter les cris des suppliciés.

— Pouffiasse ! Tu paieras pour ça ! lança quelqu'un derrière elle.

— On va s'occuper de toi ! gronda un autre.

Elle jeta un coup d'œil par-dessus son épaule pour essayer de deviner qui l'avait menacée, mais se heurta à un mur de visages hostiles. Enfin, la séance se termina. Sur un ordre de Fletcher, les rangs se disloquèrent. Ugo resta près d'elle, en protecteur, mais cela ne stoppa pas les insultes.

— Connasse !

— Vendue !

— On aura ta peau !

Elle serrait les poings avec une violente envie de les affronter. Elle s'arrêta, puis se retourna pour les provoquer. Ugo l'attrapa par le bras pour l'éloigner du groupe haineux.

— Ça ne sert à rien. Viens !

Elle ne résista pas. Il l'accompagna jusqu'à leur cabine et lorsque la porte se referma derrière eux, elle relâcha enfin la pression. Assise sur la couchette d'Ugo, elle cacha son visage entre les mains.

— Ne fais pas attention à eux, lui dit-il gentiment.

— Je ne les comprends pas. Ces types étaient en train de voler de la nourriture. Notre nourriture à tous.

— Oui, mais ils ont été punis et… Laisse tomber, Ava. Tu as raison, bien sûr, mais ils sont trop bêtes pour s'en rendre compte. Ils vont finir par se lasser et tout rentrera dans l'ordre.

— Vraiment ?

— J'en suis certain. Allez, essaye de dormir, d'accord ?

Elle acquiesça d'un sourire triste, avant d'escalader sa couchette. Elle se roula en boule sous sa couverture et se força à fermer les yeux.

△Ξ∧Ξ△

Ugo s'était trompé. Les haineux ne se découragèrent pas. Elle put le constater le soir même, en entrant au mess. Elle n'avait pas fait deux pas que les menaces fusèrent. Ava carra les épaules et traversa la pièce sans leur accorder une seule seconde d'attention. Elle refusait de se laisser intimider. Elle prit son repas et chercha une place, mais toutes les tables étaient occupées. Elle repéra Tamara qui déjeunait en compagnie de Henri, son petit ami.

— Bonjour, lança-t-elle en posant son plateau.

Ils échangèrent un regard, puis se levèrent sans un mot pour s'installer ailleurs. Ava soupira, irritée par un tel comportement. Elle commença à manger sans réel appétit. À la deuxième bouchée, quelqu'un la heurta et la nourriture souilla sa veste. Des rires fusèrent. Elle se retourna et vit Sanchez s'éloigner l'air content de lui. *Connard !* songea-t-elle tout en essayant de nettoyer le plus gros de la salissure. Elle reprit son repas, mais très vite quelqu'un d'autre vint cogner dans sa chaise. Ava posa lentement sa fourchette et se tourna vers la salle. Elle croisa le regard goguenard de Sarlan, le binôme de Kacem. Dans un accès de colère, Ava se leva pour affronter ses harceleurs. Un bourdonnement sourd salua son mouvement. Ce bruit se transforma en une huée étouffée et menaçante. Elle resta figée face à ses

128

camarades. Ce n'était pas la peur qui la paralysait, mais la stupeur d'assister une telle réaction. C'est le moment que choisit Ugo pour entrer et il comprit vite ce qui se passait.

— Ava ! On t'appelle sur la passerelle.

Elle traversa la pièce poursuivie par des invectives et des insultes.

— Va lécher Bligh.

— Sauve-toi, vendue !

— Salope.

— Espèce de balance.

Elle suivit son ami et s'engouffra dans le couloir. Après quelques pas, elle s'arrêta et dut s'appuyer contre la cloison pour reprendre son souffle.

— Je suis désolé, Ava, murmura le jeune homme.

— Pas grave, marmonna-t-elle.

— Tu devrais rendre compte.

— Certainement pas ! Je ne les laisserai pas me contraindre à ça.

— J'ai peur pour toi.

— Y a pas de raison.

— Si tu le dis, mais…

— N'insiste pas !

— Comme tu veux. Viens, retournons dans notre cabine.

Une fois à l'abri, Ava grimpa sur sa couchette sans un mot. Ugo essaya bien de lancer la conversation, mais elle préféra se tourner sur le côté, le nez sur la cloison. Et, dans le secret de son cocon, elle laissa ses larmes couler sur ses joues.

ΔΞΛΞΔ

Le lendemain, Ava s'éveilla avec un fort mal de crâne qui pouvait être la conséquence de ses pleurs de la veille, de sa difficulté à s'endormir ou de l'air raréfié. Elle bascula sur le dos, puis se pencha pour regarder Ugo. Son camarade avait déjà fait son lit et ses bottes avaient disparu. Il était parti sans la réveiller.

— Tu es adorable, murmura-t-elle à haute voix.

À regret, Ava se laissa tomber en bas de la couchette et se prépara rapidement, tout en bâillant à se décrocher la mâchoire. Il ne lui fallut que dix minutes pour être prête à affronter une nouvelle journée. Une fois dans le couloir, elle se retourna pour verrouiller la porte. Sa main s'immobilisa à mi-hauteur. Un cercueil avait été dessiné, à la peinture blanche, sur le panneau. Pendant une seconde, elle faillit se réfugier dans la cabine pour ne plus en sortir, mais se reprit. Elle ne leur ferait pas ce plaisir. Jamais ! Avec un effort de volonté, Ava verrouilla sa porte puis se retourna. Affronter les autres au mess, à l'occasion du petit déjeuner, était au-dessus de ses forces. Elle décida de gagner immédiatement son poste devant le fameux entrepôt qui lui valait l'hostilité de l'équipage. Elle fut rejointe dans l'escalier par Zach Murphy.

— Toi aussi, tu es en avance ? demanda-t-il après l'avoir saluée.

— On dirait. Tu as des problèmes ?

— Ce n'est rien de le dire ! Tout le monde me fait la gueule. Et toi ?

— Ils sont passés aux menaces.

— Oh, désolé. On aurait peut-être dû les laisser embarquer la bouffe.

— Certainement pas ! Ils ne me font pas peur.

— Ouais, t'as raison. Ils vont bien finir par se calmer. On arrive, ajouta-t-il en désignant la porte du menton. Salut, les gars ! On vient vous relever.

Ken Fukuda et Sarah Perez se contentèrent d'un signe de tête pour toute civilité.

— Rien à signaler, cracha Fukuda d'une voix rauque avant de rattraper Sarah qui grimpait déjà les escaliers.

— Super ! siffla Ava. Ils sont pourtant à la sécurité, ces idiots.

— Ken est plutôt de notre côté, mais n'ose sans doute pas le dire. Perez sort avec Kacem, alors… Je crois qu'elle nous en veut pour les coups de flagelleur reçus par son mec.

— Ce n'est pas de ma faute si c'est un voleur.

— Ouais…

La conversation se tarit vite. Zach était un garçon sympathique, mais Ava n'avait pas envie de parler. Les deux heures passèrent lentement, sans événements notoires.

Une fois son service terminé, la jeune femme remonta vers le pont central, tandis que Zach se rendait en salle des machines pour effectuer une dernière ronde. Elle avançait la tête baissée, épuisée par le manque d'oxygène. En arrivant péniblement en haut de l'escalier, Ava perçut une ombre. Elle leva les yeux, mais avant d'avoir pu identifier l'inconnu quelqu'un la frappa en pleine poitrine. Elle bascula en arrière, sans parvenir à se rattraper. Elle tomba et son dos heurta durement les marches, puis, emportée par le mouvement, elle culbuta et roula jusqu'en bas dans une déferlante de coups douloureux. Elle s'étala sur le plancher, avec un bruit sourd. Un tison chauffé à blanc poignardait son flanc à chaque respiration, mais elle ne s'évanouit pas. Aiguillonnée par la crainte de voir son agresseur tenter d'achever son méfait, elle essaya de se relever, mais malgré toute sa volonté, n'y parvint pas. Des larmes de souffrance coulant sur ses joues, elle se contorsionna en grognant, jusqu'à ce qu'elle se retrouve à genoux. Elle agrippa la rambarde et se tracta pour se redresser. En grimaçant de douleur, Ava escalada les marches, l'une après l'autre jusqu'au palier supérieur. Une sueur froide inondait son visage et le décor tournait de plus en plus rapidement. Seule sa ténacité lui permit de rester debout. Sans qu'elle sache comment, elle réussit à rejoindre le couloir conduisant à sa cabine.

— Ava ?

Ugo se précipita vers elle pour la soutenir.

— Que s'est-il passé ?

— Je… Je suis tombée dans l'escalier.

— Zut ! Viens, je t'emmène à l'infirmerie.

— Non, ce n'est pas la peine.

— Bien sûr que si.

— Tamara ne veut pas me parler, de toute façon. Personne ne veut.

— Tu verras le médecin. Et pour les autres, t'inquiète. Ils vont oublier.

— Tu crois ? se défendit-elle avec rage. Ils m'ont poussé !

— Quoi ?

— Dans l'escalier ! J'ai été poussée.

— Les lâches ! On va régler ça. Allez, viens !

Elle était trop faible pour lutter et se laissa conduire jusqu'à l'infirmerie. Ugo l'aida à s'asseoir pendant que Tamara les rejoignait. Elle jeta un coup d'œil à la jeune femme, puis se tourna vers Ugo.

— Je vais appeler le médecin, déclara-t-elle sèchement avant de faire demi-tour.

Ugo la rattrapa en courant et lui agrippa le bras.

— Tamara, qu'est-ce que ça veut dire ?

— Rien.

— Ne me prends pas pour un idiot !

— Tu sais ce qu'elle a fait, non ?

— Oui, elle a empêché des égoïstes de voler nos rations.

— À cause d'elle, Davis et les autres ont reçu des coups de flagelleur et, franchement, j'en ai ras le bol de soigner les victimes de la folie de Bligh.

— Donc, c'est le capitaine qui est responsable de ces punitions et pas Ava. Elle n'a fait que son devoir en stoppant des voyous qui ont même essayé de la tuer.

— Ce n'est pas vrai.

— Et là, des abrutis l'ont poussée dans l'escalier.

— Quoi ?

— Est-ce que tu me traites de menteur ?

— Non…

— Tout ça va trop loin, Tamara. Tu n'es pas d'accord ?

— Si, tu as raison. Je suis désolée, Ava, je me suis comportée comme une idiote. Ne bouge pas, je cours chercher Lydie.

△Ξ∧Ξ△

Le lendemain matin, Ugo conduisit Ava jusqu'au bureau de Bligh qui exigeait de la voir après le compte-rendu du docteur Papadakis. La jeune femme entra le cœur serré, anticipant les questions que le capitaine lui poserait.

— Cadet, vous voilà ! Alors, comment vous sentez-vous ?

— Bien, Capitaine.

— Vraiment ? Pourtant, on vous a poussée dans l'escalier.

— Non, je… Je suis tombée et…

— Est-ce que vous oseriez me mentir, Cadet ?

— Non, Capitaine. Je… Oui, on m'a poussé, lâcha-t-elle et cet aveu libéra sa parole. On ne cesse de me harceler depuis le châtiment des voleurs.

— Je vois… Avez-vous des noms ?

— Je refuse de vous les donner, Capitaine. Cette fois-ci, cela ne concerne que moi. Je ne veux pas d'une énième punition et je ne veux pas que vous interveniez. S'il vous plaît, ajouta-t-elle d'une voix moins sûre d'elle.

Au fur et à mesure du petit discours d'Ava, Bligh s'était renfrognée. Elle observait la jeune femme derrière ses doigts joints, sans dire un mot. Son visage portait les stigmates d'une grande fatigue. Cette preuve d'humanité toucha Ava qui prit conscience de la pression accumulée par sa supérieure. Cette dernière expira lentement.

132

— Bien, commença-t-elle et Ava s'attendit à un sermon. Je comprends votre point de vue et je vais respecter votre décision. Inutile d'accentuer la colère de ces idiots. Vous n'avez pas à payer pour mon… autoritarisme.

Bligh sourit en voyant la surprise se peindre sur le visage de son interlocutrice.

— Parfois, faire son devoir vous range dans le camp de l'autorité et, parfois, cela fait de vous un ennemi pour certains. Ces crétins qui vous harcèlent ne sont même pas capables de comprendre que vous avez seulement défendu la collectivité dont ils font partie. Bien sûr, si la nourriture vient à manquer, ils m'accuseront d'en être responsable.

— Je crois qu'ils le font déjà.

— Aucune importance, je ne suis pas là pour être aimée. Je suis consciente des épreuves qui vous attendent. Si vous ressentez le besoin de vous confier, ma porte vous est ouverte et vos soucis resteront entre nous.

— Merci, Capitaine.

— N'en parlons plus. Abordons votre évaluation de la semaine. Comment avez-vous trouvé votre expérience à la sécurité ?

— Intéressante, répliqua Ava avec un demi-sourire.

Elle ne s'attendait pas à la réaction de l'officier, qui éclata d'un rire étonnamment musical.

— Je n'en doute pas. Ce genre de poste donne une vision unique de la moralité d'un équipage, n'est-ce pas ?

— Oui, Capitaine, rougit Ava.

— Je vous le répète, vous avez fait preuve d'un grand courage en vous opposant à ces voleurs. J'ai également noté votre sang-froid sur la passerelle. Vous avez l'étoffe d'un officier, même si vous n'avez aucun goût pour les voyages spatiaux.

— Je vais devoir m'y faire, je crois.

— Oui, comme nous tous. Zhanghill ne vous laissera pas partir. Bien, parlons d'autre chose. Votre séjour à la sécurité étant terminé, je vous affecte au pilotage. C'est un art qui demande une formation particulière, mais il est utile que chaque officier sache se débrouiller, en cas de problème. Le sous-lieutenant Moboto est un pilote très doué et je suis certaine qu'il saura vous expliquer les subtilités de sa fonction.

— Oui, Capitaine, répondit Ava avec soulagement, car elle appréciait Henri Moboto.

— Parfait ! Autre chose à me dire, Cadet ?

— Non, Capitaine ! Enfin, si... Pensez-vous que nous arriverons à destination ?

— Bien entendu, sourit Bligh. Ce genre de désagrément fait partie des joies des voyages spatiaux. Il faut toujours être préparé pour affronter le pire, c'est toute la beauté du jeu. Vous vous y ferez.

— J'en doute, Capitaine.

— Mais si, faites-moi confiance.

— Et vous ? Vous vous y faites ? Euh, je... Je suis désolée, bafouilla la jeune femme en pensant à la blessure de Bligh.

— De quoi donc ? Ne vous en faites pas pour moi, Cadet. Je ne vous retiens plus, ajouta-t-elle. Vous prendrez votre service demain auprès de Moboto.

14

Zhanghill corporation
Règlement général
Article 2
Zhanghill respecte et applique les principes universels édictés par le Triumvirat.

Les menaces avaient continué à fuser quelques jours sur le passage d'Ava, avant de s'apaiser. L'équipage ne lui avait pas pardonné, mais ses persécuteurs étaient trop fatigués pour dépenser leurs forces à la tourmenter. La vie à bord du *C.S. Marco Polo* ne cessait de se détériorer. L'air de plus en plus vicié causait des nausées, de graves céphalées, et avait envoyé cinq équipiers à l'infirmerie, sous respirateur.

Malgré une migraine tenace, Ava prit son service sur la passerelle aux côtés de Moboto. Cela faisait trois jours qu'il tentait de lui enseigner la technique de pilotage de façon théorique. Henri s'était révélé un excellent pédagogue, ainsi qu'un homme charmant. Il paraissait ne pas lui tenir rigueur de la dénonciation des voleurs. Il lui indiqua le siège près du sien avec un sourire chaleureux, puis, de sa voix de velours, il lui rappela la procédure pendant quinze longues minutes.

— Bon, maintenant la théorie c'est bien, mais la pratique, c'est mieux, conclut-il en s'écartant pour lui laisser les commandes.

— Tu… Tu es sérieux ? demanda-t-elle.

— Il faut bien commencer un jour, tu ne crois pas ? Il n'y a aucun risque, tu ne peux pas faire de bêtises.

— Très bien… Espérons, murmura-t-elle.

Elle s'installa face à la console et posa ses doigts sur les commandes. Elle sentit un frisson courir le long de sa colonne vertébrale. Maîtriser ainsi la puissance du *Marco Polo* lui procura un sentiment si extraordinaire qu'elle en oublia l'étau qui lui enserrait le crâne. Fletcher, l'officier de quart à cette heure de la journée, s'approcha d'elle. Il garda les yeux fixés sur l'écran principal pendant quelques minutes, puis posa une main sur son épaule pour attirer son attention.

— C'est incroyable, n'est-ce pas ?

— Oui, j'avoue.

— Est-ce que tu vas bien ?

— À part ce mal de crâne, oui, plus ou moins.

— Nous en sommes tous là. Ava, je suis désolé, ajouta-t-il à voix basse.

— De quoi ?

— Je n'ai pas remarqué que tu étais harcelée. Tu aurais dû venir m'en parler.

— Comment…

— Bligh m'en a fait le reproche.

Ava leva les yeux vers lui, choquée par cet aveu. Son inquiétude n'avait rien d'authentique, mais était provoquée par la remontrance qu'il avait reçue. Elle allait répliquer lorsque Bligh entra sur la passerelle en compagnie du professeur Reza. Ce dernier promenait sa morosité sur le vaisseau depuis qu'ils avaient renoncé à franchir le Horn. Le regard du capitaine balaya les lieux, comme à son habitude. Il s'arrêta brièvement sur Ava et une ombre de sourire glissa sur ses lèvres.

— Rapport, Lieutenant, demanda Bligh à Fletcher.

— Nous sommes en approche du système ataahuan, Capitaine. Nous devrions sortir de la vitesse intersidérale dans une petite heure.

— Parfait ! déclara-t-elle avant de stopper près d'Ava. Tout va bien, Cadet ?

— Oui, Capitaine.

— Je vois ça. Très bien, continuez comme ça. Moboto, vous reprendrez les commandes dans vingt minutes.

Il acquiesça en se raidissant au garde-à-vous. Piloter le vaisseau était une expérience exaltante, mais sous l'œil inquisiteur d'Ellen Bligh, cela devint une épreuve stressante. Ava n'osait pas se retourner, mais sentait le regard de sa supérieure lui perforer le dos.

Elle fut soulagée lorsque Moboto lui demanda de s'écarter. Elle resta près de lui pour assister aux manœuvres d'approche.

Le *C.S. Marco Polo* réduisit sa vitesse à l'orée d'un système composé de cinq mondes. Il dépassa deux petites planètes telluriques, puis une géante gazeuse, avant de se diriger vers un globe enserré par des anneaux de poussière irisés de bleu.

— Ataahua, enfin ! s'exclama Reza. Pilote, les coordonnées d'atterrissage sont…

— Personne ne donne d'ordres sur ma passerelle, Reza ! le coupa Bligh. Moboto, vous connaissez déjà le plan de vol. Veuillez l'appliquer.

— À vos ordres, Capitaine !

Reza avait froncé les sourcils, furieux d'être rembarré devant l'équipage, mais eut l'intelligence de ne pas insister. Il se contenta de dévorer des yeux son objectif. Le vaisseau dépassa lentement le large cercle de débris formant cet anneau aux couleurs magnifiques, pour se diriger vers la surface recouverte aux deux tiers par un immense océan d'un bleu profond. Un unique chapelet de petites îles en forme de longue virgule perturbait l'uniformité de l'hémisphère sud. Le seul continent de la planète dessinait une tache sombre au milieu de l'indigo de la partie nord. Bientôt, il fut possible de voir le vert intense d'une forêt, puis celui plus acidulé de vastes plaines.

Le *C.S. Marco Polo* entama une procédure d'approche, ce qui surprit Ava. À l'Académie, elle avait appris que les vaisseaux de la compagnie privilégiaient l'envoi de navettes pour les échanges avec une civilisation étrangère. Elle souffla la question à l'oreille de Moboto qui lui répondit que le cargo avait besoin d'effectuer de nombreuses réparations qui ne pourraient pas être réalisées dans l'espace. Il ajouta que le chargement des centaines de plants de tiragaatas serait également plus aisé si le vaisseau était posé à la surface.

La descente du *Marco Polo* se déroula sans incident majeur, grâce à la dextérité du pilote. En se rapprochant du sol, d'immenses plages de sable blanc se dévoilèrent. Enfin, des traces de civilisations apparurent, sous la forme de routes et de villes disséminées le long de l'océan. Le vaisseau se stabilisa à mille mètres au-dessus de l'eau et fonça vers un haut plateau dominant la mer. Il s'immobilisa, puis descendit vers une vaste zone dégagée qui ressemblait à s'y méprendre à une piste d'atterrissage.

— Attention à l'impact ! avertit le capitaine.

Dans un déferlement de poussière, le *C.S. Marco Polo* se posa dans le concert des sonneries stridentes générées par les systèmes d'alarme. Le choc secoua brièvement le vaisseau. Ava relâcha sa respiration, rassurée que l'opération se soit déroulée sans aucun problème.

— Coupez les moteurs ! ordonna Bligh avec calme. Et faites taire ce damné bruit !

L'arrêt de ces sirènes qui perforaient les tympans fut ressenti presque physiquement, remplaçant le vacarme par un silence palpable.

— Parfait, nous voici posés ! Selon les rapports de l'équipe précédente, l'atmosphère convient aux humains. Muñoz ! Confirmez cette information.

— Aucun problème, attesta-t-il après quelques secondes.

— Enfin une bonne nouvelle ! Bien, appelez Korolev pour qu'il procède au renouvellement de l'air. Nous avons tous besoin de respirer sans contraintes. Fryer, je vous confie la passerelle. Faites en sorte que Korolev entame immédiatement les réparations. Je veux que le *Marco Polo* soit comme neuf le plus rapidement possible.

— À vos ordres !

— Fletcher, vous descendrez avec moi. Vous aussi, Muñoz. Prenez deux de vos hommes. Armement léger.

— Pas plus, Capitaine ? Je tiens à assurer votre protection…

— Les Ataahuans sont amicaux, Lieutenant. Il est inutile de donner l'impression que nous venons en conquérants.

— Bien, Capitaine. Je vous attends près du sas.

— Faites donc ça ! Morel, vous m'accompagnez aussi. Après tout, prendre contact avec une population étrangère fait partie de votre formation.

— Capitaine, intervint Reza d'un ton outré, j'espère…

— Bien sûr, joignez-vous à nous, professeur, soupira Bligh avec lassitude. Plus on est de fous… Uniforme de parade, dans dix minutes devant l'écoutille du pont central. Que personne ne soit en retard !

△Ξ∧Ξ△

Fouler le sol d'un nouveau monde était une expérience unique que Bligh avait déjà vécu un grand nombre de fois. Pourtant, elle éprouvait toujours la même secrète excitation à cette idée. Les bras croisés derrière son dos, elle attendait que les membres de cette mission soient tous arrivés avec une patience et un détachement parfait. Personne n'aurait pu deviner la fébrilité qu'elle ressentait.

Fletcher fut le dernier à les rejoindre. Elle ne fit aucune réflexion et se contenta d'ordonner l'ouverture du sas. Le sifflement caractéristique de la dépressurisation retentit dans la pièce, puis l'écoutille glissa lentement sur le côté. Une bouffée d'un air frais, pur et chargé de senteurs iodées envahit la coursive. Bligh inspira à pleins poumons, savourant avec délice cette merveilleuse sensation encore plus délectable après ces semaines, confinés dans une atmosphère raréfiée. L'instant d'après, elle franchit le sas, descendit la rampe et posa le pied sur Ataahua. Une végétation rase, parsemée de buissons épineux et odorants recouvrait le plateau. Un étrange revêtement bleu ardoise, scintillant sous la lumière du soleil, tapissait le sol. Elle se baissa pour l'effleurer du bout des doigts et leva un sourcil étonné. C'était légèrement rugueux, dur, froid et certainement pas naturel. Elle se releva pour observer les lieux, mais cette matière semblait être la seule trace de civilisation visible autour d'eux. Les locaux ne devaient pas exploiter cet endroit battu par les vents parfois violents qui balayaient le continent.

Les autres membres du détachement l'avaient suivie et s'étaient égaillés sur le plateau. Grisés par le bonheur d'être à l'air libre, ils avaient oublié toute prudence. Reza était le plus enthousiaste. Il dépassa tout le monde en courant avec une expression de pur ravissement sur le visage. Il se baissa vers l'un des buissons pour cueillir une branche chargée d'étroites feuilles vert bouteille et de petites fleurs céladon. Il huma leur parfum.

— Les découvreurs de ce monde l'ont baptisé « atathym », en référence au thym. Ils ont pratiquement la même odeur, mais celle-ci est plus puissante, plus suave.

— Ce n'est pas la raison de notre venue, professeur, le coupa Bligh.

— Certes, mais j'aimerais qu'on prenne quelques plants. Vous donnerez des ordres pour…

— Nous verrons cela une autre fois. Muñoz, trouvez-nous un chemin pour descendre du plateau.

Deux minutes plus tard, l'un des hommes de la sécurité héla son supérieur pour indiquer qu'il avait découvert un accès. Il ne s'agissait pas d'un sentier ou d'un escalier, mais d'une plate-forme accrochée à un mât qui paraissait trop fragile pour supporter un tel poids.

— Un ascenseur ? marmonna Fletcher. Je croyais qu'ils étaient primitifs.

— Vous n'avez pas dû lire le rapport attentivement, Lieutenant. Selon les explorateurs de Zhanghill, les Ataahuans possèdent une étrange technologie.

— Certes, Capitaine. Ce document dit surtout qu'ils ignorent le fonctionnement de cette technologie. Ils se contentent d'utiliser ce qui a été inventé par leurs ancêtres. Ils seraient bien incapables de créer de tels appareils.

— Je crois que vous exagérez, Lieutenant. Ils ont choisi un mode de vie tourné vers le respect de la nature. Je veux que chacun d'entre vous reste extrêmement prudent. Nous ne savons rien de ces gens, de leur science, ou de leurs armes. Nous avons une vague idée de ce qu'ils emploient, mais pas de ce qu'ils dissimulent. La règle lors d'un contact avec une civilisation étrangère est de ne rien prendre pour acquis et, surtout, ne pas sous-estimer l'adversaire. En attendant, découvrons si ce monte-charge fonctionne.

Sans s'inquiéter du regard éberlué des autres, le capitaine grimpa sur la plate-forme qui ne bougea pas. Sur la partie accrochée au mât, une lumière s'afficha, invitant à presser ce qui devait être une commande.

— Rejoignez-moi, ordonna-t-elle.

Depuis ce socle suspendu dans le vide, la vue qui s'offrait à eux coupait le souffle. Au loin, les vagues de l'océan se succédaient à intervalles réguliers avant de s'écraser sur une large plage de sable blanc. Dans le repli d'une colline, une ville aux murs brillant sous le soleil se déployait. L'horizon était occupé par un arc opalescent créé par les anneaux enserrant la planète. Ils traversaient le ciel d'un bleu limpide, offrant ainsi un panorama extrêmement dépaysant.

Une fois tout le détachement entassé sur la plate-forme, Bligh pressa la touche lumineuse. L'étrange ascenseur commença à descendre doucement le long de la paroi, en silence et sans aucun à-coup. Ils arrivèrent en bas sans presque s'en rendre compte. Le capitaine posa le pied sur une sorte de terrasse recouverte de la même substance que la zone d'atterrissage. Une route brillante passait juste devant cette gare et menait à la ville qu'ils avaient aperçue depuis le sommet du plateau. Fletcher s'accroupit sur la chaussée pour caresser le sol.

— Quelle étrange matière ! Une idée de ce que c'est ? demanda-t-il.

— Ce n'est pas mon domaine de prédilection, répondit Reza, mais je dirai qu'il s'agit d'un polymère d'une grande sophistication… d'une très grande sophistication. Nous devrions interroger ces gens pour connaître la méthode de fabrication. La commercialisation d'un tel revêtement serait intéressante pour Zhanghill.

— Vous avez oublié ? Selon le rapport, tout ça a été créé par leurs ancêtres et ils ignorent…

— Nous verrons sur place, coupa Bligh. Zhanghill a pu se tromper ou nous tromper, à moins que les Ataahuans aient voulu dissimuler quelques secrets. Je le répète. Soyons prudents.

— Que faisons-nous ?

— Nous allons rejoindre cette ville. Un peu de marche nous fera le plus grand bien.

— Ce ne sera peut-être pas nécessaire, Capitaine, intervint Muñoz. Regardez !

Il pointait un groupe de véhicules qui se dirigeait droit sur eux à une vitesse étonnamment rapide.

— Attendons-les, dit Bligh en croisant les bras.

Les étranges engins ataahuans n'étaient que des planches longues de trois mètres environ et suffisamment larges pour que les indigènes se tiennent debout, l'un derrière l'autre, avec l'aisance d'un surfeur des plages hawaïennes. Elles survolaient le sol sans émettre le moindre son. Aucun moteur n'était visible et Bligh ne put s'empêcher de s'interroger sur leur fonctionnement. Elle se promit de questionner les Ataahuans à ce sujet, tandis que les trois véhicules stoppaient à quinze mètres des Terriens. Aussitôt, les passagers du premier sautèrent au sol et se déployèrent de chaque côté de la route. Ces soldats portaient une tenue identique et une arme sur la cuisse, mais leur posture n'avait rien de menaçant. De la seconde plate-forme descendirent cinq civils qui vinrent vers eux. Les Ataahuans étaient des êtres étonnants, grands, minces et élégants. Leur peau ambrée, presque dorée, brillait sous le soleil. De longs cheveux couleur bronze ou argent cascadaient sur leurs épaules. Leurs larges yeux sombres, ombrés par des cils cuivrés, fixaient les Terriens avec intensité. Une petite arrête cartilagineuse, en forme d'échelle, qui courait le long du nez jusqu'à la racine des cheveux était la seule différence majeure avec les humains. Ils étaient surtout incroyablement beaux, d'une grâce envoûtante qui captait l'attention. Chris Fletcher eut un hoquet de surprise en découvrant la femme du groupe. La pureté de son visage, la perfection de son corps souple, le mystère de son regard coupaient le souffle. Sa robe moulante, coupée dans une matière chatoyante, mettait ses formes en valeur. L'homme qui se tenait à ses côtés n'avait rien à lui envier. Ses larges épaules et ses pectoraux impressionnants tendaient le tissu de sa chemise. Son pantalon, noir et luisant, épousait à la perfection ses jambes musclées. Il possédait une beauté virile, empreinte d'une certaine gentillesse. Le couple s'arrêta devant Bligh et s'inclina avec grâce.

— Bonjour, amis de la Terre, salua la femme avec une voix musicale, presque sans accent. Mon nom est Imava'i, fille de Wailana'u, roi d'Ataahua.

— Bonjour, amis de la Terre, déclara l'homme. Je suis Tutera'u, fils de Tamata'u, premier guerrier d'Ataahua.

— Bonjour, amis d'Ataahua. Je suis le capitaine Ellen Bligh, envoyée par la Terre pour négocier avec vous. Si je puis me permettre, je suis surprise de vous entendre parler si bien notre langue.

— Les Terriens qui nous ont rendu visite, la dernière fois, sont restés plusieurs mois.

— Et cela vous a suffi ? s'étonna le capitaine.

— Votre langage n'a rien de compliqué, expliqua Imava'i avec simplicité.

— Vraiment ?

— Oui, bien sûr. Celui des X'tirnis est bien plus complexe.

— Les X'tirnis ?

— Un autre peuple venant des étoiles. Vous ne les avez sans doute pas encore rencontrés.

— Et connaissez-vous les Aezlakes ?

— De réputation, seulement, mais ce n'est guère le moment d'en parler. Vous êtes revenus comme l'avaient promis les premiers Terriens. Nous commencions à nous impatienter.

Sa franchise avait quelque chose d'étonnamment rafraîchissant, surtout en étant originaire d'un monde où chacun dissimulait le fond de sa pensée.

— Nos planètes sont très éloignées, répliqua Bligh.

— Je comprends. Quoi qu'il en soit, vous êtes les bienvenus sur Ataahua. Mon père vous attend. Il a hâte de discuter des modalités de notre accord. Vous partagerez le pahahi avec nous. Vos hommes pourront monter sur le troisième véhicule.

— Bien sûr. Fletcher et Morel, vous m'accompagnerez.

Imava'i toisa le capitaine avec intérêt, sans doute surprise qu'elle impose ses choix, puis observa les autres Terriens avec attention. Son regard ne fit qu'effleurer Ava, mais s'arrêta sur Chris. Sans un mot, elle se dirigea vers la plate-forme et sauta dessus. La planche en suspension ne broncha pas sous son poids. Fletcher fut le premier à la rejoindre, puis il tendit une main charitable à Bligh. Elle ignora l'aide proposée, la jugeant insultante. Le fourbe ne perdait pas une occasion de lui rappeler sa faiblesse. Ava allait les suivre lorsque Muñoz l'arrêta.

— Vous n'avez pas oublié ce que je vous ai enseigné lorsque vous étiez à la sécurité, n'est-ce pas ?

— Non, répondit-elle prudemment tout en se demandant ce qu'il lui voulait.

— Protégez-la, compris ?

— Oui, Lieutenant, acquiesça la jeune femme avant de sauter sur la planche qui ne broncha pas sous son poids.

Les Ataahuans attendirent que tout le monde soit installé, puis les plates-formes firent demi-tour avant de filer à bonne allure vers la ville.

15

Décret du Triumvirat
Principes universels
Article 6
Pourquoi payer ce qui peut être acquis par la ruse ou par la force ?

Debout sur cet étrange véhicule, que les Ataahuans nommaient un pahahi, Ava tentait de garder son équilibre. Il n'y avait rien pour se tenir et, même si la plate-forme absorbait les chocs, cet exercice était déconcertant. Ils négocièrent un virage serré et la jeune femme eut la surprise de découvrir que ses pieds étaient comme soudés au plancher par un phénomène inexpliqué, sans aucune technologie visible. Ava brûlait d'en apprendre davantage sur cette culture, sur leurs avancées scientifiques, sur leur langage, sur la faune et la flore de ce monde aussi belles que ses habitants. Elle s'enivrait de la pureté de l'air. Sur Terre, l'atmosphère restait viciée malgré les purifidrones – ces machines sillonnant le ciel de la Terre pour neutraliser la pollution. Comment faisaient les Ataahuans pour bannir toute contamination ?

Ils dépassèrent un bouquet d'arbres à la ramure rouge, veinée de noir, bruissant dans la brise légère et purent enfin découvrir la capitale. Les demeures en bois vernis, toutes de plain-pied, brillaient sous le soleil. Elles arboraient toutes des couleurs différentes, formant un patchwork de teintes nuancées. Ils entrèrent dans la cité par une large artère pavée d'une matière gris perle ressemblant à de la pierre fusionnée. L'avenue était bordée d'arbres à grandes feuilles et de parterres de fleurs colorées. Les habitants les saluèrent de la main avec un enthousiasme qui ne semblait pas feint. La princesse leur répondit avec simplicité. Les pahahis franchirent enfin une enceinte basse et s'arrêtèrent devant un bâtiment d'un blanc éblouissant dominant une vaste place.

— Le roi vous attend, Capitaine Bligh, annonça Imava'i en les invitant à descendre des plates-formes.

— Je vous accompagne. Muñoz, restez ici avec vos hommes.

— Capitaine…, protesta le chef de la sécurité.

— Ne discutez pas. Fletcher, Reza et vous, Morel, vous venez avec moi.

À nouveau, Imava'i se contenta de pencher doucement la tête, comme si elle étudiait ce caprice. Elle désigna le palais d'un geste gracieux, signe qu'elle acceptait son escorte. Ils franchirent le grand portail décoré de fresques colorées d'une splendeur pleine d'élégance, presque irréelle. Ils débouchèrent dans un patio ombragé et arboré. Face à la porte se dressait une estrade sur laquelle était installé un haut siège en bois verni. En bas de cette tribune, des bancs étaient disposés en arc de cercle, laissant juste une allée pour accéder au trône.

— Mon père vous attend, capitaine Bligh, déclara la princesse en désignant l'homme imposant qui les observait.

Il y avait quelque chose de royal dans l'attitude de cet Ataahuan à l'âge indéfinissable. Il se dégageait de lui de la force, une insolente vitalité et un charisme conquérant.

— Bonjour, amis de la Terre, tonna-t-il d'une voix grave. Je suis le roi Wailana'u, fils du roi Vari'u. Je suis heureux de vous voir. Ceux qui sont venus avant vous m'avaient promis votre retour.

— Nous avons tardé, roi Wailana'u, j'en suis désolée, mais nos mondes sont très éloignés. Je suis le capitaine Bligh et je représente les intérêts de la Terre.

— Vous êtes les bienvenus. Nous allons pouvoir entamer les négociations, mais peut-être, préféreriez-vous vous reposer ? Votre voyage a dû être éprouvant.

— Ce ne sera pas nécessaire, répondit Bligh.

— J'en suis heureux. Asseyez-vous, ajouta-t-il en désignant les bancs.

Le capitaine obéit sans protester. Reza s'installa près d'elle, tandis que Fletcher se posait de l'autre côté de l'allée, obligeant Ava à le rejoindre.

— Alors, amis de la Terre, avez-vous réfléchi à notre demande ?

— Roi Wailana'u, je viens vous proposer nos conditions. Je détiens les pleins pouvoirs pour négocier avec vous.

— J'en suis heureux. Dites-moi, Capitaine, les Terriens ont-ils localisé le monde dont nous vous avons parlé ?

Bligh demeura impassible. Elle avait toujours excellé lorsqu'il fallait dissimuler ses pensées, ce qui faisait d'elle une redoutable joueuse de poker. Lors de la visite des premiers explorateurs de la Terre, les Ataahuans n'avaient eu qu'une seule exigence. Ils avaient fourni la description de leur planète d'origine. Selon leurs croyances, ils y retourneraient un jour avec l'aide de vaisseaux étrangers. Les négociateurs de Zhanghill avaient assuré qu'ils pouvaient retrouver ce paradis perdu. Bligh allait devoir convaincre le roi que c'était bien le cas.

— Cette quête est en partie responsable de notre arrivée tardive, roi Wailana'u. Le monde que vous cherchez se situe à de nombreuses années-lumière.

— Vous l'avez trouvé ? s'enthousiasma le souverain.

— Nous le pensons, oui. J'ai toutes les données que vous pourrez consulter, bien entendu.

— Si vous avez découvert Whenua'ao, alors le peuple d'Ataahua vous sera toujours redevable. Les Al'aos, les élus, sont prêts à vous accompagner.

Bligh faillit se troubler. Elle n'était pas à l'aise avec les implications de cette partie de la mission, mais lorsqu'elle s'exprima, son visage n'en laissa rien paraître.

— Je dois être franche avec vous, roi Wailana'u. Un tel nombre de voyageurs nécessiterait un plus gros vaisseau que le mien. Votre monde est trop éloigné pour risquer un bâtiment adéquat si loin derrière les lignes ennemies.

— Si vous ne comptez pas tenir parole, pourquoi êtes-vous là ?

— Il existe un moyen pour emmener vos Al'aos sur ce monde lointain.

— Vous venez de dire le contraire.

— Nous disposons d'une technologie qui permet de… d'endormir les voyageurs, expliqua succinctement Bligh. Ainsi, ils ne dépensent aucune nourriture, ne consomment pas d'air.

— Vous voulez les cryogéniser ?

— Vous connaissez ce concept ? s'étonna-t-elle.

— Nous sommes un peuple simple, proche de la nature. Nous refusons de dévaster notre environnement, de contaminer les eaux, l'océan, le ciel, les sols. Notre technologie ne détruit pas, elle nous permet de vivre avec plus de confort. Nous sommes également attentifs à notre consommation. Nos scientifiques pourraient aisément développer un vaisseau semblable au vôtre, capable d'explorer les étoiles, mais ce serait trop polluant. Nous souhaitons rester à l'écart des guerres de cette galaxie. Nous accueillons les voyageurs, comme vous, à condition qu'ils se montrent respectueux de nos traditions.

— Nous le sommes, en effet, mais nous ne serons pas que des visiteurs. Vous avez accepté l'installation de quatre cents colons en compensation des quatre cents Al'aos.

— Je n'ai pas oublié ma parole, Capitaine. Un endroit, au sud de ce continent, sera parfait pour leur établissement.

— Bien.

— Ils devront promettre de vivre selon nos préceptes.

— Ils le feront, roi Wailana'u. Puis-je me permettre de vous poser une question ?

— Faites.

— Ne craigniez-vous pas d'être attaqué ? Si un peuple agressif découvrait votre monde, comment vous défendriez-vous ?

— Ataahua est capable de se protéger.

— Comment ?

— Vous êtes nos amis, capitaine Bligh, mais pas suffisamment pour que je vous révèle nos secrets. Le comprenez-vous ?

— Bien sûr, je ne voulais pas vous offenser.

— Vos excuses sont acceptées.

— Cependant, je représente la Terre et nos colons. Qu'ils soient potentiellement en danger n'est pas satisfaisant.

Le roi sourit dévoilant des dents blanches, plus larges que celles des humains.

— Ne soyez pas inquiète. Nous ne vénérons pas la technologie, mais nous l'utilisons lorsque c'est nécessaire. Nous faisons juste en sorte qu'elle ne soit pas destructrice.

— C'est noté, roi Wailana'u.

— Une fois vos colons éveillés, les Al'aos prendront leur place. Ce paiement est acceptable.

— Mon gouvernement estime que cette compensation n'est pas suffisante.

— Et qu'exigent les Terriens ? se rembrunit le souverain.

— Ceux venus avant moi ont évoqué un arbre qui pousse sur votre monde : le tiragaata.

— L'arbre nourricier ?

— Oui, c'est ça ! s'exclama Reza.

Bligh se tourna vers lui pour le fusiller du regard. Impassible, le roi ne parut pas avoir entendu cette intervention.

— Les autres terriens ont en effet montré leur intérêt pour cet arbre.

— Et vous aviez accepté de nous en donner.

— C'est exact, mais je n'ai pas compris pourquoi.

— Nous nous installons sur de nombreuses planètes à travers la galaxie. La végétation n'est pas toujours adaptée pour les estomacs humains. Les plantes terriennes mettent beaucoup de temps à s'acclimater et à fournir suffisamment de nourriture pour les défricheurs. Cet arbre pourrait sustenter des centaines de milliers de colons.

— Le tiragaata est un miracle, c'est vrai. Nous vous offrirons de nombreux fruits.

— Ce n'est pas ce qui a été négocié ! s'insurgea Reza. Les humains venus avant nous ont déjà ramené des fruits, mais les graines n'ont rien donné.

À nouveau, le roi ignora le scientifique. Son regard restait focalisé sur Bligh.

— Il a raison. Vous aviez promis des plants en échange de la recherche de cette planète et du transport de vos quatre cents compatriotes.

— Implanter une plante étrangère sur un autre monde ne fait pas partie de nos façons, Capitaine.

— Certes, mais vous aviez donné votre parole, roi Wailana'u.

— Si vous voulez emporter des plants de tiragaatas, vous devrez rester de nombreuses semaines sur Ataahua. Cette plante est robuste, mais ne peut être ôtée de terre qu'à un seul moment de son cycle de vie.

— Nous le savons ! s'exclama Reza. Si cette période n'est pas respectée, il meurt. Nous avons effectué des essais sur les deux plants offerts aux explorateurs.

— Je suppose que la saison est passée, ajouta Bligh.

— En effet.

— Eh merde ! s'exclama Bligh.

Sa réaction fit rire Wailana'u et les autres Ataahuans. Le capitaine resta impassible, puis s'autorisa un demi-sourire.

— Comme vous le disiez, il semblerait que nous ayons un peu trop traîné. J'espère que notre présence ne sera pas trop envahissante.

— Vous êtes les bienvenus sur notre monde, Capitaine, tout comme vos colons. Nous vous demandons seulement de ne pas contrevenir à nos règles. Et ceci n'est pas négociable.

— Vous pouvez compter sur nous, roi Wailana'u. Nous nous conformerons à vos lois. Nous aurons besoin de guides pour que le professeur Reza puisse sélectionner des plans de tiragaata. Et, bien sûr, il faudra accompagner nos colons sur les terres que vous leur offrez.

— Cela sera accompli.

— Nous devons également réparer notre vaisseau qui a subi quelques avaries pendant le voyage. Si vous avez des ressources à nous vendre…

— Nous vous les donnerons de bon cœur, Capitaine. Vous pourrez aussi disposer de nos ingénieurs.

— J'ignorai que vous aviez des ingénieurs.

— Je pense que vous ignorez beaucoup de choses à notre sujet, Capitaine.

— Certainement, mais nous ne demandons qu'à apprendre. En attendant, j'accepte votre aide avec reconnaissance, roi Wailana'u.

— Je vous en prie, Capitaine. Bien, n'en parlons plus. Puisque cela est acquis, venez, amis de la Terre. Un grand banquet a été préparé en votre honneur.

△≡∧≡△

Le repas qui suivit fut un événement mémorable. Il se déroula dans une vaste salle, ouverte sur l'extérieur, éclairée par une douce lumière diffusée par les piliers de soutènement et des décorations en forme de ramures incrustées dans le plafond. Les invités se répartirent de chaque côté du roi autour d'une table triangulaire, taillée dans une pierre noire, veinée d'or, ressemblant à du marbre. On posa devant eux des plats débordants de crustacés, de coquillages, de poissons grillés ou panés. De nombreuses sauces, plus délicieuses les unes que les autres, garnissaient différents bols en nacre. Des pains odorants et moelleux s'entassaient dans des panières. Des beignets de légumes étaient empilés sur des assiettes. Des lamelles de poisson cru, mélangées à des pétales de fleurs, baignaient dans un jus épicé. Des saladiers emplis d'une céréale proche du riz côtoyaient des jattes contenant une salade de feuilles tendres, des boulettes de viandes marinées, des cubes de fromage trempant dans une huile aromatisée et encore une dizaine d'autres aliments.

Les Ataahuans mangeaient joyeusement, partageant les plats, se servant généreusement, tandis que des musiciens jouaient de douces mélodies. Ils insistaient pour que les Terriens goûtent à tout et guettaient leurs réactions. Ils tapaient du bout des doigts sur la table, pour marquer leur approbation, lorsque leurs invités appréciaient le mets. Ils se montraient des hôtes très agréables et Ava ne se souvenait pas d'avoir participé à un tel repas depuis la mort de sa grand-mère.

Elle était installée entre Bligh et Fletcher. Ce dernier dévorait la belle Imava'i des yeux, lui décochant son sourire le plus séduisant dès qu'il en avait l'occasion. La princesse ne semblait pas insensible à son charme et tous deux discutaient avec beaucoup d'entrain. En face d'Ava, le premier guerrier Tutera'u leur jetait des regards peu amènes. Elle avait essayé d'engager la conversation, mais il avait à peine répondu. Contrairement à sa compatriote, il ne parlait pas très bien la langue des Terriens ou n'avait aucune envie de le faire. Entre eux était installé un jeune Ataahuan. Il n'avait pas encore ouvert la bouche, comme si son âge lui interdisait de s'imposer.

— Je me nomme Ava Morel, se présenta-t-elle doucement. Et vous ?

— Je suis Kalan'u, fils de Wailana'u, répondit-il à voix basse.

— Vous êtes le prince ? s'étonna-t-elle.

— Je ne suis que le quatorzième enfant du roi.

— Le roi a beaucoup d'enfants ?

— Bien sûr, j'ai trente-trois… non, trente-cinq frères et sœurs ?

— Vraiment ?

Cela l'amusa, puis avec ce charmant sourire qui caractérisait les Ataahuans, il servit à la jeune femme un verre d'un liquide blanc nacré qu'elle n'avait pas osé goûter jusqu'à présent. Elle s'était contentée de consommer de l'eau très pure ainsi que de délicieux jus de fruits. Elle porta avec précaution le breuvage à ses lèvres et le trouva délectable. La saveur suave et légèrement sucrée tapissa son palais, apportant une merveilleuse fraîcheur. Elle but une longue rasade avant de reposer son verre que Kalan'u remplit aussitôt. Une douce euphorie l'envahit et elle sourit sans même s'en rendre compte.

— Je suis désolée de poser cette question, dit-elle sans prendre le temps de réfléchir, mais le roi doit avoir plusieurs épouses pour avoir autant d'enfants.

— Épouses ? Je ne connais pas ce mot.

— Eh bien, lorsqu'un homme et une femme se marient… se vouent fidélité pour toujours devant un prêtre ou un magistrat.

— Mais qui accepterait une chose pareille ? Aucun Ataahuan ne peut appartenir à un autre.

— Vous ne vivez pas ensemble ? Je veux dire, en couple ?

— Cela peut arriver, pendant quelques jours, mais chacun ici habite dans sa propre maison. Nous nous voyons lorsque nous le souhaitons. Les enfants sont généralement élevés par leur mère, jusqu'à ce qu'ils soient assez âgés.

— Mais vous portez le nom de votre père…

— Oui, bien sûr. Nous vivons chez notre mère, tout le monde sait donc qui elle est. Il est important d'affirmer l'identité de notre père. Cependant, il arrive que certains d'entre nous préfèrent porter le nom de leur mère. Nous sommes libres de nos choix.

— Je vois, répondit-elle un peu bêtement, avant de vider à nouveau son verre pour cacher son trouble.

— Chaque peuple vit différemment, indiqua le jeune Ataahua avec sagesse.

— C'est bien vrai. Et comment se passe la succession des biens ?

— Les biens ? Oh, vous voulez dire les possessions ? Seuls quelques bibelots sont vraiment à nous, parce que ce sont des souvenirs. Tout le reste appartient à la communauté, ainsi personne ne manque jamais de rien.

— Vous voulez dire que vous n'êtes pas propriétaire de vos maisons, par exemple, s'étonna-t-elle.

— Pourquoi le serions-nous ?

Elle ne trouva rien à répondre, tant cette philosophie était à mille lieues de celle prônée par le Triumvirat.

— Je vous envie, s'entendit-elle soudain dire. La vie sur votre planète semble particulièrement douce.

— Ataahua est généreuse avec nous et nous prenons grand soin d'elle. Je vous ferai visiter, si vous le désirez.

Elle chercha l'avis d'Ellen Bligh des yeux pour obtenir son approbation. Cette dernière l'observait avec une telle attention qu'elle se sentit rougir.

— Profitez de votre temps libre comme vous le souhaitez, Cadet.

— Merci, Capitaine.

— Je vous en prie, conclut-elle en vidant son verre de wapiro.

Le repas se poursuivit jusqu'à la nuit tombée, le ciel sombre à peine éclairé par l'arc ivoire des anneaux qui captaient la lumière diffuse de leur soleil, comme la Lune le faisait sur Terre. Après les multiples plats auxquels ils purent goûter, de nombreux desserts furent servis : des fruits juteux et sucrés, des crèmes acidulées, des biscuits craquants et des gâteaux spongieux. Les invités n'avaient plus faim, mais aucun ne résista à ces douceurs après des semaines confinées dans un vaisseau à manger des aliments sans saveurs.

Enfin, on les conduisit jusqu'à une vaste demeure, disposant de plusieurs chambres. Ava allait rejoindre la sienne, lorsque le capitaine lui fit signe de la suivre à l'extérieur. Elle en profita pour aspirer un grand bol d'air, pour s'éclaircir les idées. Le wapiro – ce liquide nacré qu'elle avait bu en quantité non négligeable – devait être une sorte d'alcool, car elle se sentait pâteuse et les pensées confuses.

— Je vous félicite, Cadet. Vous avez montré une belle disposition à la diplomatie. Continuez à entretenir votre relation avec ce jeune prince. Je veux en apprendre davantage sur cette planète, sur la culture de ces gens et sur leur technologie. Cette dernière est discrète, mais présente et mystérieuse.

— Oui, les pahahis sont étonnants.

— Ce n'est que la partie émergée de l'iceberg. Ces gens nous cachent des choses.

— Sûrement…

— Ne vous êtes-vous pas posé de questions pendant le banquet ?

— Non, pas vraiment.

— Tous ces plats, il a fallu du temps pour les préparer. Comment savaient-ils que nous allions nous poser aujourd'hui ?

— C'est vrai… Qu'est-ce que cela veut dire, Capitaine ?

— Aucune idée, mais je ne veux pas de mauvaises surprises. Je compte sur vous pour enquêter.

— Nous allons réellement les conduire sur un autre monde ?

— En effet, répondit sèchement Bligh, comme si le sujet la troublait. Ils remplaceront les colons que nous allons réveiller.

— Zhanghill a vraiment cherché leur… paradis ? s'étonna Ava, sans réussir à masquer sa méfiance tant cela lui semblait impossible.

Le capitaine hésita suffisamment longtemps pour qu'elle devine une complication.

— Zhanghill a besoin des tiragaatas. Ces arbres nourriciers pourraient régler de nombreux problèmes d'installation sur nos colonies. Ils sont sans prix. Lors de la visite de nos explorateurs, le roi Wailana'u a été très clair. Il permettrait la collecte des plans à condition que nous conduisions ces quatre cents Ataahuans sur cette planète qu'il nomme Whenua'ao. Il a fourni des descriptions et des caractéristiques extrêmement précises pour nous aider à la retrouver.

— Et ça a marché ?

— Je l'ignore, avoua Bligh d'une voix sourde. J'ai posé la même question au responsable de Zhanghill qui est venu me confier cette mission. Il m'a répondu que je n'avais pas à le savoir.

— Mais, ne devons-nous pas nous rendre sur cette planète ?

— En quittant Ataahua, nous sommes attendus sur plusieurs colonies pour y déposer les plans, puis sur Terre afin que les labos de Zhanghill puissent y étudier la plante.

— Mais…

— Les Ataahuans ? Ils seront cryogénisés, alors quelques semaines de plus ou moins ne changeront pas grand-chose. Notre destination, après la Terre, me sera communiquée à ce moment-là, pas avant.

— Vous avez l'air de douter, souffla Ava de peur que cette conversation soit entendue.

— Bien sûr que je doute ! Dois-je vous rappeler que nous travaillons pour Zhanghill ? Ce sont des pourris, prêts à tout pour du fric. Ce qui m'a le plus étonnée, c'est qu'ils prennent la peine de répondre à la demande d'un dirigeant non-humain. Et puis, j'ai compris. L'emplacement d'Ataahua, derrière la ligne de front, interdisait d'envoyer une flotte de guerre, pas tant que le conflit avec les Aezlakes n'est pas terminé. Ils ont donc contourné le problème en acceptant l'exigence du roi et, bien sûr, en implantant des colons sur cette planète. À mon avis, la spécialité de ces gens n'est pas la plantation de pomme de terre.

— Je vois, bafouilla la jeune femme, troublée.

— Le Triumvirat n'aime pas la concurrence. Il refuse que des cultures non-humaines puissent perdurer dans la zone d'influence de la Terre. Il faut être conscient que nous, les Terriens, commettons de nombreux génocides.

Ava ouvrit la bouche pour répondre, mais n'osa pas exprimer ses pensées. Elle n'aurait jamais imaginé que Bligh lui dise une chose pareille.

— Vous ne me croyez pas ? Je peux vous assurer que je dis la vérité. J'ai participé à ce genre de massacre. Les Aezlakes ne sont pas les seuls responsables de la guerre actuelle.

— Mais que pouvons-nous faire ?

— Pas grand-chose, Cadet. Le Triumvirat est tout-puissant et Zhanghill… Je n'ai guère eu le choix, précisa-t-elle en frappant sur sa jambe. J'avais besoin de cet exosquelette.

Bligh secoua la tête, prenant conscience qu'elle parlait trop.

— Je pense que cette foutue boisson devait être alcoolisée. Je ne sais plus ce que je dis.

— Oui, je crois… pour la boisson, ajouta précipitamment Ava.

Ellen Bligh pouffa et le son de son rire avait quelque chose d'étrange qui lui donna la chair de poule.

— Je compte sur vous pour ne pas répéter cette conversation, Cadet. À personne !

— Bien entendu, Capitaine.

— Je vais marcher un peu.

— Voulez-vous que je vous accompagne ? proposa Ava.

Bligh hésita. Elle en mourrait d'envie. Elle désirait entraîner la jeune femme vers l'océan, nager nue avec elle, dévorer ses lèvres. Elle inspira profondément avant de laisser échapper son souffle en un soupir presque désespéré.

— Non, ce ne serait pas une bonne idée. Allons, à demain, Ava, et dormez bien.

Elle s'éloigna de sa démarche saccadée, sans regarder en arrière. Si elle l'avait fait, elle aurait pu voir l'expression songeuse de celle qui occupait ses pensées et, peut-être, aurait-elle changé d'avis.

16

Décret du Triumvirat
Principes universels
Article 9
La loi de la Terre ne s'applique pas aux non-humains.

Le lendemain, Ava s'éveilla étonnamment reposée. Elle ne se souvenait pas d'avoir aussi bien dormi, en tout cas depuis très longtemps. Ce matin, ils devaient visiter une forêt de tiragaatas. Elle jaillit du lit, excitée par la perspective de voir cette planète incroyable de plus près. Elle s'habilla à la hâte et rejoignit la pièce commune. Un petit déjeuner l'y attendait. Elle choisit une sorte de galette épaisse qu'elle dévora en la faisant passer avec un verre de jus de fruits. Elle se léchait encore les doigts en sortant de la maison, persuadée que le capitaine lui reprocherait son retard. Elle se contenta de répondre à son salut d'un léger signe de tête.

La demeure qui leur avait été offerte se trouvait non loin de la plage, avec une vue époustouflante sur l'océan qu'Ava n'avait pas eu le loisir d'admirer la nuit dernière. Elle fit quelques pas pour mieux contempler ce sublime paysage. L'arrivée de Fletcher perturba cet instant. Il les rejoignit sans se presser, ce qui agaça Kamal Reza.

— À votre rythme, Lieutenant ! Bon, puisque tout le monde est là, qu'attendons-nous ?

— Notre guide, répondit sèchement le capitaine.

— Quelle perte de temps tout cela ! Pourquoi diable devons-nous pactiser avec ces non…

— Je ne veux plus entendre un seul mot de ce genre, ordonna Bligh. Sur ce monde, nous sommes des invités.

L'arrivée d'Imava'i et de Kalan'u empêcha le scientifique de répliquer. Le visage de Fletcher s'illumina en voyant que la princesse serait de la balade. Il s'inclina avec grâce et la belle lui sourit.

— Je suis désigné pour vous accompagner partout sur la planète, pendant tout votre séjour, annonça le jeune Ataahuan.

— Et j'ai décidé de me joindre à vous, ajouta Imava'i.

— Votre présence est un plaisir et un honneur, susurra Fletcher.

— Si nous y allions, coupa le capitaine, que les roucoulades de son second agaçaient visiblement.

— Bien sûr ! Les pahahis sont là. Nous en aurons besoin pour sortir de la ville, indiqua Kalan'u.

Les véhicules survolèrent le chemin jusqu'à la mer qu'ils longèrent à une belle vitesse. Le visage fouetté par les embruns, Ava affichait un large sourire de contentement, savourant cette merveilleuse sensation. Ils contournèrent la cité, puis quittèrent l'étendue de sable blanc pour emprunter une route serpentant au milieu de champs cultivés. Quelques Ataahuans y travaillaient avec l'aide d'engins utilisant la même technologie que les pahahis. Les douces collines offraient un paysage reposant. Les senteurs des plantes alentour emplissaient l'air, comme si ce monde était encore jeune et vierge de toute civilisation. Les cultures disparurent et leurs véhicules entreprirent de traverser une plaine émeraude, à l'herbe rase.

Après une heure de trajet, ils s'arrêtèrent à la lisière d'une forêt clairsemée. Sur l'invitation de Kalan'u, ils descendirent sous les arbres qui leur offrirent une ombre bienvenue à cette heure de la journée. Les humains pénétrèrent sous la canopée pour mieux profiter de la beauté de la végétation : de grandes fougères vert sombre, des buissons chargés de fleurs roses ou mauves, un tapis de mousse parsemé de petites fleurs blanches. Les troncs lisses étaient largement espacés, mais les branches souples qui hérissaient les sommets s'entremêlaient pour dissimuler le ciel.

— Où sont les tiragaatas ? demanda Reza.

Kalan'u fronça les sourcils, choqué par le ton déplaisant du scientifique qui perturbait la sérénité des lieux. Ava avait déjà eu le temps de remarquer que les Ataahuans se montraient respectueux des autres et fut, elle aussi, affectée par l'impolitesse de Reza.

— Il existe une clairière non loin d'ici où s'épanouissent les tiragaatas, déclara Kalan'u en s'adressant à Bligh.

— Je pensais visiter une plantation, répondit-elle.

— Nous ne façonnons pas la nature.

— Vraiment ? ironisa Reza. Nous avons longé de nombreux champs cultivés, tout à l'heure.

— Ils ne sont pas cultivés, ni ensemencés, ni quoi que ce soit. Les plantes poussent là et nous récoltons leurs graines ou leurs fruits. C'est ce que vous avez vu. Comme je le disais, nous laissons la planète choisir ce qu'elle souhaite nous offrir.

— Une méthode absolument pas efficace.

— Nous ne recherchons pas l'efficacité. Ce que nous prodigue Ataahua nous suffit.

— Je pense surtout que vous vous moquez de nous. Ce que nous avons traversé ressemblait à des champs. Aucune plante ne pousse ainsi sans une aide extérieure.

— Sur votre monde, peut-être ! répliqua Kalan'u avant de s'enfoncer sous les bois pour clore cette discussion.

Imava'i n'avait pas pris part à cet échange. Elle était restée en arrière pour dialoguer à voix basse avec Fletcher et une sorte de bulle semblait les isoler des autres. Intriguée, Ava ralentit pour essayer de capter les mots partagés.

— Cadet ! appela Bligh.

Elle obéit avec une certaine frustration, car elle n'avait pu assouvir sa curiosité.

— Rattrapez-le ! souffla le capitaine en désignant le jeune Ataahuan du menton. Vous avez établi un lien avec lui, alors entretenez cette affinité. Essayez de devenir son amie. J'ai besoin de plus d'informations.

Ava acquiesça, un peu gênée à l'idée de jouer les espionnes, puis accéléra le pas pour rejoindre Kalan'u.

— Merci de nous emmener sur place, lui dit-elle.

— Je suis heureux de le faire. Ce sera une expérience enrichissante.

— Ne tenez pas compte des réflexions idiotes de certains. Nos sociétés sont très différentes.

— Je le comprends bien. Nous aurons l'occasion d'en parler pendant votre séjour chez nous. Je veux tout savoir de votre monde et de ce qui se passe dans la galaxie.

— Et moi, je veux tout apprendre au sujet d'Ataahua. J'adore votre planète ! Tout y est si beau, si calme…

— Je vous enseignerai avec plaisir les secrets de notre vie.

L'instant d'après, ils débouchèrent dans une clairière parsemée d'arbres hauts d'un mètre cinquante, croulant sous de longues gousses brunes.

— Les tiragaatas, déclara Kalan'u.

Sans dire un mot, Reza se précipita vers les spécimens les plus proches. Il tourna autour du premier, soulevant les fruits, caressant les feuilles. Il sortit sa capsule – cet ordinateur de poche qui ne le quittait jamais – et commença à prendre des notes ainsi que de nombreuses photos. L'Ataahuan désigna de longues tiges souples, d'un vert intense, qui se développaient au pied des troncs.

— Ce sont les pousses, celles que vous désirez. Il faut attendre pour les prélever, car ce n'est pas la bonne saison.

— Oui, je sais, grogna le scientifique. À ce sujet, je souhaiterais également emporter plusieurs arbres adultes pour mieux étudier leur cycle de vie.

— Ce ne sera pas possible.

— Pourquoi ça ? Ne vous inquiétez pas, nous possédons les moyens techniques nécessaires.

— Parce que nous ne tuons pas les arbres.

— Voilà bien une affirmation ridicule. Ces arbres ne seront pas tués, voyons.

— Ils ont choisi de s'implanter à cet endroit. Il est interdit de perturber leur vie.

— Admettons, nous en reparlerons.

— Non ! La négociation a déjà eu lieu, s'entêta Kalan'u.

— Je ne pense pas que la décision revienne à un gamin de votre âge, mais soit. N'en parlons plus. Est-ce le seul endroit où l'on peut trouver ces arbres ?

— Bien sûr que non ! répliqua le jeune Ataahuan un peu moins gentiment.

— Je dois tous les recenser.

— Je vous y conduirai, mais nous avons le temps. Vous serez ici pendant de nombreux cycles.

— Malheureusement.

— Vous n'aimez pas Ataahua ?

— Ces arbres sont essentiels pour les Terriens et être obligé d'attendre me contrarie.

— Attendre fait partie de la vie.

Reza haussa les épaules et s'éloigna pour examiner d'autres arbres tout en marmonnant que ces conneries l'agaçaient.

— Ne faites pas attention à lui, souffla Ava.

— Chacun est libre de ses pensées, mais tous doivent se montrer respectueux.

— Je suis d'accord avec vous, mais le monde des humains…

Elle s'interrompit. Comment expliquer à ce garçon le dogme du Triumvirat, de Zhanghill et de la majorité des gens de sa planète ?

— Nous sommes différents, conclut-elle piteusement.

— Oui, c'est évident. J'ai hâte que vous me parliez de votre civilisation et j'ai hâte de vous faire découvrir la mienne. J'ai un peu observé les Terriens lors de leur précédente visite. J'étais jeune, mais je m'en souviens très bien. Vous êtes un peuple étrange qui semble avide de profits et de conquêtes. Vous êtes aussi des gens pleins de curiosité, mais est-ce pour mieux exploiter ceux que vous rencontrez ?

— Ne dites pas ça…

— Vous, cependant, avez l'air différente. Votre intérêt pour moi et pour ma culture paraît authentique. Je vous fais confiance.

— Merci, répondit-elle en rougissant.

— Si vous avez vu ce que vous désiriez voir, Reza, nous allons rentrer, intervint Bligh. Vous aurez tout le temps pour faire vos recherches.

— Allez-y, je vais rester un peu. Je saurai retrouver mon chemin.

— Je ne dois pas vous laisser seul, soupira Kalan'u. Imava'i, peux-tu les raccompagner ? Je demeurerai ici avec cet homme.

— Bien sûr, acquiesça-t-elle avec un sourire charmant.

Bligh fronça les sourcils, en femme qui n'aime pas être contredite. Néanmoins, elle ne pouvait pas imposer sa volonté sur ce monde qui n'était pas le sien. Elle céda avec un soupir.

— Soit ! Morel, tenez compagnie à Reza. Les autres, vous rentrez avec moi.

Ava acquiesça, un peu surprise de la confiance accordée par le capitaine. Elle attendit que le reste de l'équipe eût disparu sous les arbres pour reporter son attention sur le scientifique qu'elle commençait à détester. Outre son arrogance, son mépris affiché pour leurs hôtes était insultant. Reza prenait des photographies, scannait les plantes et enregistrait des informations sur sa capsule. Il n'avait sans doute pas remarqué le départ des autres. Kalan'u s'approcha de la jeune femme et lui attrapa délicatement le poignet. Elle sursauta et leva un regard inquiet vers lui. Le charmant sourire qu'il lui adressa la rassura. Il l'entraîna à l'écart jusqu'à un buisson imposant couvert de fleurs d'un rouge saisissant qui bruissaient d'insectes. Il plongea la main au milieu, cueillit un fruit jaune vif et l'ouvrit en deux.

— Vous devriez goûter cela, c'est excellent.

Elle prit l'une des moitiés et huma la senteur acidulée qu'exhalait la chair luisante. Sa prudence fit rire son compagnon qui mordit à pleines dents dans le morceau qu'il avait conservé. Elle l'imita. La pulpe se déversa dans sa bouche, douce et sucrée. C'était absolument délicieux. Elle dévora le reste du fruit et lécha le jus qui maculait ses doigts.

— Heureux de voir que vous aimez. Venez, promenons-nous un peu et laissons-le travailler.

— Je suis d'accord.

Ils continuèrent à déambuler sous les frondaisons, abandonnant le scientifique à ses recherches. Kalan'u parla à Ava de sa planète, décrivant sa météo, son océan et sa végétation. Il lui désigna des fleurs, des insectes ou des fruits qu'elle dégusta avec délice. Le dernier qu'il lui offrit possédait une pulpe presque liquide qui déposa un film apaisant sur sa gorge, comme une grosse cuillère de miel. Elle ferma les paupières pour savourer cette impression.

— Il faut rentrer, s'exclama soudain l'Ataahuan.

Elle ouvrit les yeux et constata que le ciel s'assombrissait. Le soleil plongeait lentement vers la ligne d'horizon. Il allait faire nuit et son guide paraissait troublé, comme s'il venait seulement de remarquer le déclin du jour.

— Oui, bien sûr, mais c'est dommage. La lumière est magnifique à cette heure de la journée.

— Dépêchez-vous ! s'énerva Kalan'u. Les tarakona-ngerus ne vont pas tarder à sortir de leur antre.

— Les quoi ?

— Ce sont des prédateurs. Comment diriez-vous dans votre langue ? Chat-dragon, je crois.

— Chat-dragon ? pouffa Ava qui imaginait un animal digne des mangas qu'elle lisait enfant.

— Il n'y a rien de drôle. Ils sont agressifs et dangereux. Allons, hâtons-nous.

Prise en faute, la jeune femme suivit son guide à travers la forêt pour rejoindre la clairière. Il courait presque, le regard aux aguets et son attitude acheva de l'inquiéter. Elle fut rassurée de voir Reza, indemne, qui étudiait un fruit du tiragaata. Il l'avait ouvert et il triturait sa chair avec la pointe de son couteau.

— Professeur, l'appela Ava. Nous devons partir.

— Je n'ai pas terminé, grommela le scientifique.

Elle allait répliquer vertement, lorsque le jeune Ataahuan l'arrêta d'une main sur le bras.

— Ne bougez pas, chuchota-t-il.

Elle allait lui demander pourquoi, mais s'interrompit net en apercevant un animal rouge feu qui se glissait entre les troncs. Il ressemblait effectivement à un félin de la taille d'un jaguar. Son échine était hérissée de piquants d'un noir luisant. Sa tête était enserrée d'une collerette de larges écailles couleur sang. Il découvrit ses crocs dans un rictus menaçant et commença à se couler vers Reza, comme un chat qui s'approche silencieusement d'un oiseau imprudent. Un bruit léger attira l'attention d'Ava qui porta sa main à sa bouche pour étouffer un cri. Deux autres animaux se glissaient sur la gauche de la clairière, opérant un mouvement de tenaille pour fondre sur le scientifique qui ne s'était toujours rendu compte de rien. Kalan'u sortit un cylindre métallique d'une poche sur sa cuisse. Il pressa un bouton et le tube se déploya en une sorte de lance à la pointe luisante. Il la fit tournoyer entre ses mains, l'orientant devant lui.

— Restez derrière moi, Ava !

La jeune femme dégaina son pistolet à impulsion, l'arme de service portée en mission par chaque membre de l'équipage.

— Non ! N'utilisez pas ça ! ordonna l'Ataahuan avec force.

Il s'avança dans la clairière. Reza sursauta en remarquant sa lance. Il lâcha le fruit qu'il tenait avec une expression de terreur.

— Vous êtes mala…

Le premier tarakona-ngeru bondit vers sa proie qui ne l'avait pas encore vu. Kalan'u bougea avec vivacité et élégance, cueillant le félin en plein élan. Il feula de douleur, puis recula secouant la tête avec rage.

— Va-t'en ! dit le jeune Ataahuan à l'animal en le menaçant de son arme. Et vous, rejoignez Ava !

Reza commença à protester, puis se figea en remarquant les deux autres fauves. Il dégaina son pistolet et avant que Kalan'u ait pu l'arrêter, il tira. Le plus petit des chats-dragons roula dans la mousse tapissant la clairière. Le bruit de la détonation résonna sous les arbres.

— Ne restons pas là ! s'écria l'Ataahuan avec suffisamment de peur dans la voix pour que les deux humains lui obéissent.

Une seconde après, des hurlements s'élevèrent de toute la forêt. Ava attrapa le scientifique par le bras et l'entraîna vers l'endroit où était garé le pahahi. Kalan'u, qui les suivait de près, s'arrêta juste à temps pour frapper le tarakona-ngeru qui fondait sur lui. Il te toucha au flanc et l'animal s'effondra.

Ava poussa un soupir de soulagement en voyant que la plate-forme était toujours là. Elle bondit dessus, imitée par un Reza à bout de souffle. L'Ataahuan les rejoignit et le pahahi décolla, fonçant vers la ville. Derrière eux, une bonne cinquantaine de chats-dragons surgirent de la forêt. Ils les suivirent sur quelques centaines de mètres à une vitesse étonnante. Enfin, ils ralentirent et s'arrêtèrent. Ils poussèrent de longs feulements, puis firent demi-tour vers le rideau protecteur des arbres.

— Mais qu'est-ce que c'était que ça ? protesta Reza.

— Vous n'auriez pas dû tirer, accusa Kalan'u. Tuer les tarakona-ngerus n'est pas autorisé.

— Vraiment ? Vous l'avez bien fait, vous !

— Non ! Mon tao ne fait que les assommer. De plus, nous n'utilisons pas ce genre d'armes. C'est interdit par nos lois. Le roi n'appréciera pas ce qui s'est passé.

— J'ai été mis en danger et notre capitaine sera contrarié. Vous ne devriez pas laisser des animaux aussi nuisibles infester vos forêts. Le *Marco Polo* pourra vous aider à rendre cet endroit plus sûr.

— Plus sûr ? Comment cela ?

— En organisant une grande chasse.

— Vous n'êtes pas les maîtres sur Ataahua. Vous ne détenez aucun pouvoir. Vous n'êtes ici que parce que nous vous le permettons, alors écoutez-moi bien. Nous vivons en bonne intelligence avec les autres espèces de notre monde. La nuit, la forêt leur appartient. Nous n'aurions pas dû être là.

— C'est ridicule !

— Professeur, nous n'avons pas à juger nos hôtes, s'énerva Ava.

— Vous n'avez pas à me dicter mes actes, Cadet. Je me plaindrais de vous auprès de Bligh. Votre batifolage avec l'indigène a failli me faire tuer.

— Vous ne manquez pas d'air, répliqua la jeune femme.

Kalan'u accéléra et le pahahi fila à toute allure. Le vent de la nuit, plus froid, cinglait leur visage et l'impression de vitesse avait quelque chose de vertigineux. L'appareil entama un virage si serré qu'il se retrouva presque sur la tranche. Les passagers restèrent soudés à la planche, grâce au champ magnétique, mais l'expérience donnait la chair de poule. Une deuxième courbe les fit basculer de l'autre côté, puis ils débouchèrent sur le front de mer. Quelques minutes plus tard, le pahahi s'arrêta brutalement devant la maison offerte aux Terriens. Reza fut le premier à descendre. Il se tourna vers Kalan'u et pointa sur lui un doigt accusateur.

— Je me plaindrai au roi !

Ava bondit à son tour sur le sol et vint se planter devant le scientifique.

— Vous devriez vous calmer !

— Pardonnez-moi, Ava, intervint Kalan'u d'une voix douce. Je dois partir. Je vous souhaite une bonne nuit.

Sans attendre la réponse de la jeune femme, le pahahi s'éloigna avec le faible chuintement qui le caractérisait. Reza cracha sur le sol avec mépris.

— Quel peuple de primitifs !

— Professeur, vous oubliez que nous ne sommes que des invités sur cette planète. Nous devons nous plier à leur façon de vivre, sinon vous n'aurez pas vos arbres.

— Cadet, je vous ferai punir pour votre insolence.

— Si cela vous fait plaisir. En attendant…

— La ferme, petite idiote ! Je hais cette situation. Je n'ai pas envie de composer avec ces non-humains. Nous aurions dû venir avec des vaisseaux de guerre. Le capitaine doit…

— Que devrais-je faire ?

Ils sursautèrent en entendant la voix dure et froide de Bligh.

— J'ai failli me faire tuer parce que ce sauvage incompétent…

Elle saisit le scientifique par le col et, aidée par son exosquelette, elle le souleva presque du sol.

— Si je vous surprends encore une fois en train de clamer une chose pareille, je vous enferme à fond de cale.

— Comment osez-vous ?

Elle lui décerna un regard si glacial qu'il frémit. Elle le reposa avec suffisamment de force pour le faire trébucher.

— Disparaissez !

Il dut lire dans ses yeux quelque chose d'effrayant, car il s'éloigna sans demander son reste.

— Quel abruti ! lança le capitaine. Bien, Cadet, j'attends votre rapport. Expliquez-moi ce qui s'est passé dans les moindres détails.

Ava narra l'attaque des tarakona-ngerus, la défense de Kalan'u et le comportement de Reza. Elle n'omit rien, insistant sur les déclarations insultantes du scientifique. Bligh patienta en silence, puis saisit la jeune femme par le bras pour l'entraîner vers la plage.

— Vous allez m'écouter attentivement, Cadet, signifia-t-elle lorsqu'elle fut certaine qu'il n'y avait personne aux alentours. Reza n'est pas le seul à penser ainsi. Il s'agit là de la philosophie de Zhanghill et vous le savez. Si cette planète ne s'était pas trouvée si loin derrière la ligne de front, si nous n'avions pas été en guerre avec les Aezlakes, ce sont des navires des FST qui seraient venus ici. Ils auraient éradiqué la population, comme cela a déjà eu lieu de nombreuses fois, et les Terriens se seraient emparés de ce dont nous avons besoin. Cette fois-ci, Zhanghill a décidé d'employer la ruse et continuera jusqu'à ce que la guerre actuelle soit gagnée.

— Et si nous perdons, Capitaine ?

— Perdre n'est pas envisageable. Nous combattrons jusqu'à ce que l'ennemi soit éliminé ou que la Terre soit réduite à néant.

— Mais pourquoi ne pas tenter de faire la paix avec les peuples que nous rencontrons, Capitaine ?

— Parce que nous ne pouvons pas cohabiter avec des civilisations qui ont ou auront un jour la capacité de nous détruire.

— Mais pourquoi les non-humains voudraient-ils nous détruire ?

— Pour s'assurer que nous ne le ferons pas les premiers.

— Je ne comprends pas.

— Nos schémas de pensées sont si différents de ceux des civilisations extraterrestres, Cadet. La seule chose qui est certaine, c'est que dans l'esprit de chaque être vivant, l'autre est un danger. J'ai lu un vieux livre, datant du début du vingt et unième siècle, écrit par un auteur chinois, qui expose bien mieux que moi ce principe. Liu Cixin donne une réponse au paradoxe de Fermi et appelle sa théorie : la forêt sombre. Je vous résume son explication rapidement. Chaque civilisation est un chasseur, armé d'un fusil, qui marche dans une forêt noyée dans la brume. Il ignore si la personne en face de lui est un tueur ou un malade impuissant. Il n'a donc pas d'autre choix que de tirer le premier pour éviter d'être abattu.

— Mais les Ataahuans sont la preuve que c'est faux. Ils sont accueillants et ne sont pas un danger pour nous.

— Pas encore.

— Capitaine…

— Pas encore, j'insiste. Notre rencontre peut causer une sorte de révolution chez eux, une explosion technologique. Ils peuvent se sentir obligés de se défendre, d'inventer des armes pour se protéger.

— Vous n'êtes pas sérieuse !

— J'avoue que cela me semble improbable, mais nous ignorons beaucoup de choses à leur sujet, sur leur monde ou sur leur technologie. Cette dernière est sûrement plus évoluée que nous le pensions. Je compte sur vous pour en apprendre davantage.

— Pour mieux les éradiquer ? répliqua amèrement Ava.

— Non, Cadet, pour nous tenir prêts. N'oubliez pas que la vie des quatre cents colons encore cryogénisés dans les soutes du *Marco Polo* est sous ma responsabilité.

— Je sais, Capitaine, mais…

— Mais ?

— Ces informations seront transférées à Zhanghill ! Et la compagnie les utilisera pour les détruire.

— Croyez-vous que j'aie le choix ?

— Ce n'est pas juste.

— Non, en effet. Vous êtes une jeune femme bien, mais vous devez vous endurcir où vous ne survivrez pas longtemps. Zhanghill n'accepte pas les humanistes. Les derniers que j'ai rencontrés sont en train de trimer et de crever sur une planète plutôt inhospitalière.

Ava baissa la tête, prise en faute. Elle savait bien que le capitaine avait raison, mais elle refusait de sacrifier les Ataahuans. Il ne lui avait fallu qu'une seule journée pour tomber amoureuse de ce peuple.

— Je ferai ce que je pourrai pour les épargner, précisa soudain Bligh à voix basse.

La jeune femme releva les yeux, surprise par cette réponse.

— Je ne suis pas un monstre, vous savez.

— J'en suis convaincue ! répliqua Ava dans un élan du cœur.

— Vous êtes bien la seule à bord, dans ce cas. Même votre ami Ugo me regarde comme si j'étais une tortionnaire psychopathe.

— C'est faux, je vous assure. Il vous admire, comme beaucoup d'entre nous.

— Oh, vraiment ? lança le capitaine avec un sourire en coin.

— Vous avez sauvé son frère.

— Je n'en ai aucun souvenir.

— Il est dans les FST. Il a participé à la bataille d'Alphard. On m'a raconté ce que vous y avez fait.

— Je me suis comportée en idiote.

— Vous avez remporté la victoire.

— La victoire ? Vous plaisantez ! Ça n'avait rien d'une victoire. Le nombre de morts, de vaisseaux détruits… Non ! C'est ce qu'on appelle une victoire à la Pyrrhus. Personne n'a gagné. Surtout pas moi, conclut-elle amèrement.

— Mais nous, si, murmura Ava. Et tous ceux qui sont restés en vie parce que vous avez tout risqué pour pulvériser ce vaisseau.

— Oui, et je me retrouve, ici, à la merci d'un appareillage. S'il tombe en panne, je serai clouée au sol comme une stupide tortue retournée. Zhanghill aurait trouvé un autre capitaine pour réussir cette maudite mission. Elle n'a rien de compliqué.

— Je ne parlais pas de la mission. Je suis heureuse de vous connaître et que ce soit vous, notre capitaine, acheva Ava en rougissant.

Bligh se demanda ce qu'elle voulait dire, éprouvant une bouffée d'espoir qu'elle écrasa vite. Il était hors de question de se laisser embarquer dans une aventure avec un membre de son équipage. Cependant, elle hésita quelques secondes. Cette indécision, qui n'était pas habituelle chez elle, la perturba.

De son côté, Ava se sentait soulagée d'avoir osé prononcer ces compliments. Ils s'étaient bousculés dans son esprit et elle avait parlé avant même de réfléchir à la portée de sa déclaration. Elle prenait conscience que, ces derniers jours, elle avait souvent pensé à Ellen Bligh. Elle avait commencé à la connaître et à l'apprécier pendant les cours de navigation qu'elle lui avait donnés, mais les choses avaient évolué depuis leur arrivée sur ce monde. À plusieurs reprises, le capitaine s'était livré et cette brève vision de sa personnalité fascinait la jeune femme.

— Merci pour votre soutien. Je n'étais pas d'accord pour vous embarquer, Cadet, mais j'avoue avoir eu tort à ce sujet. Vous travaillez avec beaucoup de passion et vous avez un réel don pour écouter les gens. Allons, assez discuté. Allez vous reposer.

— Oui, Capitaine…

Ava s'éloigna, se demandant si elle devait rester. L'attitude de Bligh indiquait clairement son désir de demeurer seule. Elle retourna donc vers la maison, les pensées et le cœur en ébullition.

17

Zhanghill corporation
Règlement intérieur
Article 3
Un employé de Zhanghill sert avant tout les intérêts de la compagnie.

Bligh avait tenu à être présente pour le réveil des premiers colons. Elle patientait donc, pendant que Lydie Papadakis déclenchait la résurrection des voyageurs cryogénisés. La faible lumière bleutée s'amplifia, puis se teinta d'une nuance plus chaude, tendant sur l'orangé. L'homme à l'intérieur du caisson restait immobile, figé dans un sommeil contre nature. Une paupière se mit à frémir, puis un muscle trépida sur sa joue. Soudain, il ouvrit brusquement des yeux hagards, cherchant un sens à ce qu'il voyait. Bligh avait déjà voyagé de cette façon et se souvenait parfaitement du sentiment horrible ressenti au réveil, la brûlure qui se répandait dans son corps, ses nerfs en feu, et l'impression d'avoir été arraché à la mort elle-même. Papadakis pressa une dernière touche et le couvercle se sépara en deux moitiés qui coulissèrent. L'homme tomba vers l'avant, tendant sous son poids les sangles qui le maintenaient en place. Le médecin appuya doucement sur sa poitrine pour le redresser.

— Ne bougez pas, dit-elle. Tout va bien. Vous êtes à bord du *C.S. Marco Polo* et vous êtes en train de vous réveiller. Est-ce que vous m'entendez ?

— Oui…, geignit l'inconnu. Oui.

— Bien. Essayez d'ouvrir les yeux.

L'homme ne réagit pas pendant quelques secondes, puis enfin, il souleva les paupières, révélant un regard vert qui avait beaucoup de peine à se focaliser sur quelque chose. Papadakis fit passer une petite lumière devant ses yeux jusqu'à ce que ses pupilles en suivent le cours.

— Sommes… Sommes-nous arrivés ?

— Oui. Fermez vos poings. Bien… Je vais vous détacher. Ivan et vous, Fukuda, retenez-le si besoin.

Elle pressa une dernière touche qui libéra les entraves de son patient. Celui-ci faillit à nouveau basculer vers l'avant, mais se redressa seul et posa un pied hors du module de cryogénisation.

— Bienvenue à bord ! Ellen Bligh, capitaine du *C.S. Marco Polo*.

L'homme se tourna vers elle, les sourcils froncés.

— Merci, grogna-t-il.

— Votre nom, insista-t-elle.

— Vincent Barlon, chef des colons d'Ataahua.

— Docteur, puis-je l'emmener ? interrogea Bligh.

— Aucun problème.

— Dans ce cas, je vous laisse, Docteur. Réveillez l'équipe première, comme dans vos consignes. Je vais m'entretenir avec monsieur Barlon.

— J'aimerais m'habiller avant, protesta l'homme.

— Fukuda, accompagnez-le dans le vestiaire, puis dans mon bureau.

Quelques minutes plus tard, Vincent Barlon la rejoignit, rasé de frais, douché, et vêtu d'une combinaison vert foncé. Il inclina brièvement la tête pour la saluer, tandis qu'elle lui désignait le fauteuil en face d'elle. Il s'y assit et croisa les bras.

— Eh bien, Capitaine, que me voulez-vous ? Est-ce qu'il y a un problème pour l'installation sur cette planète ?

— Aucun, pour le moment.

— Heureux de l'entendre. Je me rendrai dès demain, avec mon équipe, dans la région offerte par les non-humains.

— Pas si vite, Barlon. J'ai besoin de savoir deux ou trois trucs avant de vous permettre d'y aller.

— Quoi donc ?

— Premièrement, je veux connaître votre ordre de mission… Le vrai, bien sûr.

— Je ne vois pas…

— Ne me prenez pas pour une idiote ! Vous n'êtes pas venu uniquement pour installer une communauté.

— Je n'ai pas à vous répondre.

— Je suis le seul maître…

— Vous êtes le seul maître à bord de votre vaisseau, si je puis me permettre. Moi, je suis le chef des colons et mes ordres ne sont pas pour vous.

— Seulement, Barlon, vous êtes encore sur le *Marco Polo*. Si je le décide, je vous renvoie au frigo et on n'en parle plus.

— Vous n'oseriez pas.

— Vous voulez parier ?

L'homme hésita, toisant le capitaine avec plus d'attention. Il fit la moue, avant de soupirer.

— Non, je ne suis pas fou. Il n'y a rien de secret, de toute façon. Vous vous doutez bien que notre mission est un peu plus complexe que d'installer quelques fermes. Nous devons en apprendre plus sur cette planète : technologie, moyen de défense, population…

— Et préparer une invasion, n'est-ce pas ?

— Ouais, c'est ça. La Terre ne peut pas conquérir ce monde tout de suite, pas tant que cette foutue guerre n'est pas terminée. Ensuite, il faudra gagner un peu plus de terrain et repousser la frontière. Une dizaine, une vingtaine d'années peut-être. En tout cas, le jour J, nous serons prêts.

— Et vous trahirez les Ataahuans.

— Bien entendu ! Qu'est-ce que vous croyez ?

— Je crains que votre conscience vous empêche de les attaquer, le moment venu.

— Aucun risque, je vous assure. Nous sommes des anciens des Brigades de Zhanghill. Nous sommes tous volontaires.

— Zhanghill peut désigner quatre cents vétérans pour une telle mission. J'ai des doutes.

— Allons, ne jouez pas les naïves. Nous sommes vingt agents de Zhanghill. Les autres sont des colons ordinaires. Ils ne vont pas râler, ce monde est plutôt paradisiaque. Ils auraient pu tomber sur pire.

— Vingt ans à mentir, pour ensuite trahir vos voisins. Je ne vous envie pas cette mission.

— Ni moi la vôtre. Selon ce que je sais, vous allez embarquer quatre cents sauvages pour servir de travailleurs dans un environnement hostile.

— Vous en savez plus que moi, dans ce cas. Je recevrai mon plan de vol les concernant, après avoir rejoint la Terre, déclara Bligh d'une voix atone.

— Vous deviez bien vous douter de quelque chose, pas vrai ? Zhanghill ne fait pas dans la charité.

— Admettons. Dites-m'en plus ?

— Je ne dispose pas de plus d'information. Votre destination est une planète hostile pour les humains, mais les Ataahuans ont des capacités physiques supérieures. Ils dureront plus longtemps. Donc, si c'est tout ce que vous vouliez savoir, Capitaine, je vais y aller, ajouta-t-il avec une dose de mépris.

— Soyez prudent, Barlon. Les choses ne sont pas ce qu'elles paraissent, ici. On nous a vendu Ataahua comme un monde primitif. Il est vrai qu'ils vivent en harmonie avec la nature, qu'ils n'ont pas d'agriculture au sens propre du terme. Ils pêchent, mais je ne pense pas que cela soit à grande échelle. Ils élèvent des ruminants pour utiliser leur lait. Ils ne tuent pas les animaux, pas même les fauves.

— Ils seront faciles à conquérir, dans ce cas.

— Peut-être pas.

— Que voulez-vous dire ?

— Il y a plusieurs indices qu'il existe une technologie avancée sur ce monde.

— Vous venez de dire le contraire.

— Je sais. Voilà pourquoi vous devrez vous montrer prudent.

— Bon, avancée à quel point ? s'inquiéta l'homme.

— Très avancée si j'en crois leurs véhicules, par exemple.

— Ont-ils des armes ?

— Ils possèdent des armes de poing. Je n'ai rien vu d'autre, mais cela ne veut pas dire qu'ils n'en disposent pas.

— Certes… Dans ce cas, notre présence sera utile. Nous essayerons d'en savoir plus pour que nos vaisseaux ne tombent pas dans un piège.

— Si vous le dites ! Bien, je ne vous retiens pas, Barlon. Rejoignez vos hommes.

△≡∧≡△

Le trajet en grand pahahi avait duré presque quatre heures. Ces véhicules étaient heureusement équipés de plusieurs fauteuils, permettant un voyage plus confortable. Fletcher était assis aux côtés d'Imava'i qu'il dévorait des yeux. Cette non-humaine était splendide, avec des attributs féminins qui le mettaient en émoi. Malgré sa longue expérience en matière de séduction, il n'arrivait pas à deviner ce qu'elle pensait. Un instant, elle semblait fascinée par lui et celui d'après, elle ne le regardait même pas.

Leur véhicule avait traversé des paysages somptueux : des forêts, des prairies, des collines. Il avait pu apercevoir des villages nichés au creux de vallons. À part la route recouverte de cet étrange polymère, il n'y avait aucune trace de technologie. Ils ralentirent à l'approche d'un fleuve qu'ils longèrent quelques minutes jusqu'à un pont. Cet ouvrage n'était qu'une large chaussée qui enjambait les flots de façon tout à fait improbable. Fletcher aurait voulu étudier le matériau utilisé, mais le pilote du grand pahahi se contenta de survoler ce pont avant d'emprunter une route qui dominait une vaste zone inondée, couverte d'une herbe d'un vert intense. Imava'i désigna le paysage de sa main gracieuse en déclarant :

— Beaucoup de reihis poussent ici. Les humains pourront facilement l'exploiter.

— Pourquoi ne le faites-vous pas ?

— C'est trop loin de la première ville.

— Vous auriez pu construire un village.

— Oui, il y en avait un autrefois, là où nous vous conduisons.

— Et pourquoi n'y habitez-vous plus ? s'inquiéta Fletcher.

— Les gens se sont lassés d'être si loin de tout. Il ne subsistait que six familles. Elles ont accepté de déménager afin de remplir le contrat passé avec votre peuple. Cette région vous est offerte. Ce fleuve sera la frontière de votre colonie.

— Très bien, nous vous en sommes reconnaissants, marmonna l'officier.

— Resterez-vous avec eux ?

Il lui jeta un regard étonné, n'ayant pas anticipé cette demande.

— Non, je dois repartir avec le vaisseau, mais je suis désigné pour les aider à s'installer.

— Je comprends. Vous serez très loin de Vaaha, notre capitale.

— Est-ce gênant ?

— Nous ne nous verrons pas, répondit-elle avec un sourire.

Il sentit son sang s'accélérer sous la puissance de son regard.

— Nous trouverons bien un moyen.

— Si vous le souhaitez, peut-être bien. Je n'ai pas encore pris ma décision, ami de la Terre.

— Je peux tenter de vous y aider, susurra-t-il en effleurant sa main.

— Ne soyez pas présomptueux, siffla-t-elle en la retirant aussitôt.

Fletcher comprit la menace et inclina doucement la tête. Le grand pahahi longeait désormais une chaîne de montagnes basses à sa droite. Sur leur gauche, une longue plaine herbeuse descendait vers la mer. Après une large courbe, la route bifurqua vers l'océan en se faufilant entre les replis du terrain. Ils découvrirent un village adossé à une colline et faisant face à l'étendue liquide. Le véhicule s'arrêta au centre de la petite vingtaine de maisons. L'endroit était désert. Imava'i sauta au sol, aussitôt rejointe par les deux soldats qui l'avaient accompagnée. Fletcher fit signe à Barlon, puis descendit à son tour. Le colon observa les lieux d'un long regard circulaire qui n'affichait aucun intérêt particulier pour ce qu'il voyait.

— Je vous laisse visiter, Terrien, déclara Imava'i. Fletcher, si vous le souhaitez, il y a une chose que je veux vous montrer.

— Barlon ?

— Je n'ai pas besoin de vous, le congédia-t-il.

Chris haussa les épaules. Il se moquait de l'avis de cet abruti. D'un pas léger, il rejoignit la belle Ataahuane.

— Je suis tout à vous.

— Je l'espère bien.

Elle lui prit le bras et l'entraîna vers la plage. Le sable était si blanc qu'il lui blessait presque les yeux. Ils marchèrent jusqu'à la lisière des vagues qui venaient mourir sur cette terre. Elle se tourna vers lui, si belle et si exotique. Elle leva une longue main et caressa doucement son visage.

— Je souhaite que tu sois mon amant, Fletcher.

Il faillit hoqueter de surprise face à cette offre dénuée d'artifice.

— Dans ce cas, appelle-moi Chris. C'est mon prénom.

— Très bien, Chris, et si tu me montrais comment les Terriens embrassent…

**Zhanghill corporation
Règlement de la flotte spatiale
Article 7**
Tout comportement sexiste, tout harcèlement ou toute agression sexuelle seront punis de mort.

Ce matin, Ava fêtait son deuxième mois sur Ataahua. Bligh lui avait confié les relations avec les locaux, ainsi que la sécurité du professeur Reza qui parcourait la planète en tous sens pour recenser les plants de tiragaatas. Elle éprouvait une réelle aversion pour le scientifique, mais n'aurait échangé sa place pour rien au monde. Kalan'u jouait toujours les guides et elle appréciait énormément la compagnie de l'Ataahuan. Il lui avait appris de nombreuses choses sur leur mode de vie si agréable, respectueux des autres et de la nature. Il lui avait fait découvrir des plantes, des fruits, des animaux et des lieux époustouflants de beauté. Ce monde était tellement parfait que la jeune femme rêvait de s'y installer, tout en sachant que c'était impossible. La veille, Reza était retourné à bord afin de préparer la collecte future des arbres nourriciers, ce qui avait permis à Kalan'u de lui faire une proposition qu'elle n'avait pu refuser. Ils avaient embarqué, à l'aube, sur l'un des petits bateaux effilés qu'utilisaient les Ataahuans. Elle avait rêvé de découvrir les mers de cette planète depuis l'instant où le *Marco Polo* avait survolé le bleu saphir des océans.

La fragile embarcation glissa sur l'eau pour venir s'écraser au creux de la vague. Elle escalada le rouleau suivant qu'elle chevaucha quelques minutes. À l'intérieur, Ava s'accrochait au plat-bord avec force même si Kalan'u lui avait promis qu'elle ne risquait rien. D'ailleurs, elle pouvait sentir le grésillement de l'anneau invisible d'énergie qui l'enserrait. L'Ataahuan l'avait convaincue de participer à une pêche traditionnelle à bord d'un vaa, une sorte de pirogue mue par la même force inconnue utilisée par les pahahis. Sa longue coque taillée dans un bois luisant volait presque au-dessus de l'eau à une vitesse que la jeune femme trouvait hallucinante. Le vent jouait dans ses cheveux et une brume humide cinglait son visage. Elle se laissa emporter par l'exaltation de l'instant et cria sa joie à gorge déployée.

— Tu aimes ? demanda Kalan'u en riant.

— C'est génial ! Merci !

— Nous serons bientôt sur la zone de pêche.

— Je m'interroge. Tu m'as affirmé que vous ne tuez pas d'animaux, mais les poissons sont aussi des êtres vivants, non ?

— En effet, mais il s'agit d'un don de la planète.

— Je ne comprends pas.

— Nous vivons en harmonie avec la nature, sommes un tout avec la planète et les formes de vie qu'elle abrite. Nous mangeons parfois de la viande et du poisson, c'est vrai, mais jamais nous ne tuons pour cela.

— Comment faites-vous ?

— Chaque être vivant doit mourir, un jour ou l'autre. Lorsque ce moment arrive, il vient s'offrir pour que d'autres puissent consommer leur chair.

— Tu te moques de moi.

— Non, bien sûr que non. Comment t'expliquer ? Il y a quelques mois, mon grand-père maternel a réuni sa famille. Il nous a embrassés, puis nous a révélé que c'était le temps du whakare. Il nous a dit adieu, puis a quitté la ville. Il s'est dirigé vers la forêt, car c'est là que l'appelait Ataahua.

— Et ensuite ?

— Il est mort, Ava, et les tarakona-ngerus ont consommé sa chair. Les oiseaux nécrophages se sont nourris de ce que les fauves avaient laissé, puis les insectes. Ce qui restait a engraissé la terre.

— Je ne comprends pas.

— Nous possédons un sens particulier qui nous prévient de notre décès prochain et nous suivons cet appel, qui nous conduit vers un endroit où notre cadavre sera utile. Les animaux ont ce même sens et viennent mourir près de nous pour que nous puissions consommer leur chair. Nous n'en mangeons qu'en de rares occasions. Le banquet lors de votre arrivée en était une.

— C'est… bizarre.

— C'est ainsi que fonctionne l'harmonie.

— Et si un Ataahua est victime d'un accident, que se passe-t-il ?

— Nous déposons son corps dans la nature, afin qu'il soit absorbé.

— Et pour les poissons ?

— Tu verras… Nous serons bientôt arrivés.

Le vaa franchit une dernière vague et de l'autre côté de cette montagne liquide, les flots étaient étrangement calmes, tel un lac à peine agité par une douce brise. L'eau était si claire qu'elle pouvait deviner le fond, couvert de coraux. Plusieurs pirogues se trouvaient sur place. Kalan'u ralentit afin qu'elle puisse assister aux opérations. Un Ataahua se tenait debout à la proue de son bateau et il jeta quelque chose qui se déploya avant d'atterrir sur l'eau. La membrane flotta quelques minutes sans que rien se passe. Ava entendit une sorte d'étrange mélodie et elle tendit l'oreille, étonnée par ce son. Le jeune Ataahuan se contenta d'un sourire tout en pointant son doigt sur le filet qui surnageait sur l'océan. Les questions d'Ava restèrent coincées dans sa gorge. Des dizaines de poissons sautaient hors de l'eau pour venir atterrir sur cette pellicule singulière. La musique cessa et le pêcheur dut activer une commande quelconque, car son filet se rétracta. Il le ramena à l'intérieur de la pirogue sans difficulté.

Quelques minutes plus tard, les vaas firent demi-tour et cinglèrent vers la côte. Ava se tourna vers Kalan'u qui n'avait pas suivi ses congénères.

— C'était… étonnant ! Qu'est-ce que vous utilisez pour obliger les poissons à se suicider ?

— N'as-tu pas écouté ce que je t'ai dit ? Nous ne les forçons pas. Le son que tu as entendu est diffusé sous l'eau afin d'avertir les poissons de notre présence. Ils choisissent de se sacrifier ou pas.

— Allons, c'est impossible.

— Je ne suis pas un menteur.

— Je sais, mais… C'est juste incroyable.

— C'est cela, l'harmonie.

— Mais si vous ne voulez pas tuer d'animaux, pourquoi en manger ? À la fin du vingt et unième siècle, un grand mouvement tourné vers la nature a presque réussi à éradiquer la consommation de viande et de poisson. Le végétarisme a été soutenu par une découverte capitale. Nos chercheurs sont parvenus à créer des protéines animales en laboratoire. Aujourd'hui, la viande est produite en usine. Seuls les gens très riches peuvent se payer des steaks prélevés sur de vraies bêtes.

— Où est l'harmonie ? s'étonna Kalan'u. Nous ne mangeons que ce que nous offre Ataahua.

— Nous sommes trop différents, sourit Ava. Votre mode de vie me surprend tous les jours, mais je le trouve… apaisant.

— Tu seras toujours la bienvenue ici. Ton esprit n'est pas bloqué par tes croyances comme celui des autres humains. Tu nous écoutes et tu tentes de nous comprendre. Si tu souhaites rester, mon père acceptera de t'accueillir.

— Oh, Kalan'u, merci. J'adorerais. C'est impossible, mais j'adorerais.

— Pourquoi est-ce impossible ?

— Parce que je n'ai pas le droit. N'en parlons plus, tu veux bien ?

— Je me plie à tes désirs. Accroche-toi, nous allons voler sur l'eau.

◿≡∧≡◺

Ava s'étira avec délice, s'arrachant au sommeil avec la satisfaction de quelqu'un qui a bien dormi. Elle repoussa la fine couverture pour apprécier l'air doux sur sa peau. Enfin, elle ouvrit les yeux, souriant déjà à l'idée d'une nouvelle journée sur Ataahua, la tête encore pleine des souvenirs de l'incroyable balade sur l'océan. Kalan'u ne l'avait ramenée sur la grève qu'au crépuscule et le coucher de soleil à bord de la pirogue avait été un moment de pure magie.

À peine debout, elle se précipita jusqu'à la large fenêtre pour ne pas rater le lever de soleil. Le ciel d'un bleu sombre était traversé par la nacre des anneaux enserrant la planète. Lentement, la lumière rouge de l'étoile qui se levait teintait l'arc blanc d'écharpes pourpres, offrant une image irréelle ressemblant à s'y méprendre aux œuvres de Paul Raum, un peintre de la fin du vingt-deuxième siècle. Ava resta de longues minutes à admirer ce spectacle féerique dont elle ne se lassait pas, puis se précipita sous la douche. Elle enfila son uniforme d'été et rejoignit le patio où, comme tous les matins, l'attendait un petit déjeuner. Elle dévora une délicieuse salade de fruits, accompagnée par du fromage blanc. Elle avala une tasse d'infusion, ressemblant à un thé fort. Ensuite, elle emballa dans une serviette quelques galettes et des rihuas – des fruits orange vif, particulièrement juteux.

En la reconduisant la veille au soir, Kalan'u s'était excusé. Il avait quelques obligations familiales qui nécessitaient sa présence. Ava était donc libre comme l'air et elle avait bien l'intention de profiter de cette journée de vacances. Elle aurait pu flâner sur la plage, mais elle avait abusé de ce privilège ces derniers jours. Elle préféra une promenade en ville. Les mains dans les poches, elle déambula sur les larges artères qui circulaient entre les maisons. L'une des particularités de cette cité étrangère était le manque de boutiques. Les Ataahuans ne possédaient rien, puisqu'ils disposaient de tout ce dont ils avaient besoin. Seules trois petites échoppes ouvraient leur porte aux clients qui souhaitaient offrir quelques babioles à des amis, des mères, des aimés. Elles se situaient sur une place ombragée par de grands arbres. Kalan'u lui avait expliqué que lorsque la ville s'était étendue jusqu'à cet endroit, personne n'avait voulu couper ces sentinelles du temps. Les maisons s'étaient construites autour, avec l'harmonie qui caractérisait ce monde. Ava avait tout de suite adoré ce lieu et était heureuse d'y revenir. Elle s'y promena quelques minutes, avant d'entrer dans l'une des boutiques. Elle y acheta un collier ciselé dans un coquillage, puis un bracelet de petites pierres polies. Elle offrirait le premier à Kalan'u afin de le remercier de ses efforts constants et le second à sa mère, quand elle retournerait chez elle. Elle salua le commerçant, un Ataahuan âgé et souriant, puis sortit. Dans l'échoppe suivante, elle acquit une sculpture taillée dans une matière ressemblant à de l'ivoire, qu'elle dédiait à son père. D'un pas léger, elle emprunta un chemin plus étroit qui rejoignait la plage. La mer lui manquait déjà. Elle ôta ses chaussures et gagna un rocher plat sur lequel elle s'installa. L'instant d'après, elle se perdit dans la contemplation du paysage en écoutant le bruit des vagues. Ce son lui rappelait la Terre et la Bretagne de son enfance, même si Ataahua s'apparentait plus aux îles dont sa mère était originaire.

— C'est une belle planète, n'est-ce pas ?

Ava sursauta en reconnaissant la voix d'Ellen Bligh. Cette dernière la rejoignit sur son perchoir et s'assit à côté d'elle.

— Capitaine…

— Vous vous souvenez de moi, je suis étonnée, railla-t-elle. Je ne vous ai pas beaucoup vue à bord du *Marco Polo*.

— Ma mission était de…

— Je vous taquine, Cadet. Vous avez fait un excellent travail, même Reza en convient. Selon lui, tout est pratiquement prêt pour attaquer la récolte des tiragaatas.

— La période idéale commence dans trois semaines, Capitaine.

— Aurons-nous de l'aide ?

— Kalan'u me l'a promis.

— Formidable ! Le jeune Ataahuan vous a-t-il appris quelque chose d'intéressant sur ce monde ?

— Oui, il m'a parlé de leurs coutumes, de la flore et de la faune…

— Et la technologie ?

— Je n'ai rien découvert, Capitaine. Dès que je lui pose la question, il élude la réponse.

— Soyez plus précise.

— J'ai essayé d'en apprendre plus sur les pahahis, ou sur sa lance, ou encore sur les matériaux utilisés pour construire leurs demeures. Il répète que cela existe depuis toujours et refuse de m'en dire plus.

— Sont-ils armés ? Cette planète possède-t-elle une défense ?

— Il ne veut pas en parler. Il se contente de dire que nous ne risquons rien, ici.

— Je vois. Espérons que Fletcher ou Barlon auront été plus chanceux. En attendant, continuez d'enquêter à ce sujet, mais sans vous mettre l'Ataahuan à dos.

— Bien sûr, Capitaine.

— En parlant de Fletcher, l'avez vu ces derniers temps ?

— Non, Capitaine. Il est toujours avec les colons, dans l'isthme de Pamalaan.

— J'ai visité ce bout de terre. Un bel endroit en effet. Je me demande pourquoi ils nous l'ont offert et pourquoi ils ne l'exploitent pas. Avez-vous une idée ?

— Selon Kalan'u, seules quelques familles y vivaient. Elles ont accepté de déménager pour nous laisser la place. Et, comme pour le reste, il ne veut pas m'en dire plus.

— Pensez-vous qu'ils cachent quelque chose ? Une sorte de piège, peut-être.

— Non, ils ne sont pas capables d'une telle duplicité. Ils ne sont pas humains, après tout. Nous ne devrions pas estimer l'action des autres selon notre propre échelle de valeurs. Enfin, de valeurs c'est vite dit, conclut-elle avec amertume.

— J'ai lu votre rapport, Cadet. Vous semblez avoir une haute opinion de ces gens. Vous allez devoir reprendre quelques phrases pour que cela ne soit pas aussi flagrant. Une fois cette petite erreur rectifiée, je parie que le service de xéno-ethnologie de Zhanghill trouvera cela très instructif. Le compte-rendu de la première mission n'était pas autant détaillé que le vôtre. Ce document ne parlait que des richesses de la planète, pas de sa civilisation.

— Je suppose que Zhanghill s'en moque.

— Vous supposez bien.

— On ne peut pas leur permettre de détruire ces gens, Capitaine. Leur culture incroyable est basée sur le respect des autres et de la nature. Ils ne connaissent pas les mauvais sentiments comme la jalousie, l'envie, la trahison ou l'esprit de vengeance. Ils ignorent la guerre. Nous ne pouvons pas laisser Zhanghill éradiquer ce mode de vie. Je… Il n'est pas correct d'y installer une colonie. Cela m'inquiète.

— Voilà une déclaration bien audacieuse.

Ava se sentit rougir. Elle avait oublié à qui elle s'adressait et ce qu'elle venait d'affirmer était beaucoup trop séditieux.

— Je suis désolée, Capitaine, commença-t-elle, avant de se redresser avec plus d'assurance. Pourtant, j'ai raison et vous le savez.

Une ombre de sourire glissa sur le visage rude d'Ellen Bligh.

— Voilà qui est mieux. Défendez vos convictions, Cadet, c'est important.

— La vie sur Ataahua est parfaite et la présence des Terriens va tout corrompre. Je trouve cela dommage.

— Les dirigeants de Zhanghill seront tout à fait d'accord avec vous et voudront envoyer plus de colons.

— Et que deviendront les Ataahuans ?

— Vous connaissez la réponse, alors inutile de poser la question.

— C'est… immoral.

— Certes, mais nous sommes impuissants.

Ava nota, étonnée, le pronom « nous ». Bligh avait raison, malheureusement. Elle le savait. Ses yeux s'emplirent de larmes à cette idée.

— Reprenez-vous, Cadet !

— Ce n'est pas juste.

— Non, cela ne l'est pas. Les Ataahuans pourront profiter de quelques années de répit, le temps que la guerre avec les Aezlakes soit gagnée.

— Et si nous leur disions…

— Est-ce qu'ils vous croiraient ?

— Sans doute pas, mais il reste une chance. Ils pourraient se préparer…

— Un peu de sérieux, Cadet. Vous savez bien que ce n'est pas envisageable.

— Je sais, murmura la jeune femme des sanglots dans la gorge.

— Ava, votre sensibilité vous honore, mais elle pourrait vous coûter très cher, souffla Bligh en posant une main sur celle de sa subordonnée. Soyez prudente et n'évoquez pas ce genre de convictions avec n'importe qui.

— Vous n'êtes pas n'importe qui !

— Bonne réponse, lança le capitaine en riant. Plus sérieusement, l'équipage partage les idées du Triumvirat. Pour eux, les non-humains n'ont aucun droit.

— Cela fait des semaines qu'ils viennent en permission, ici. Ils profitent du soleil, de la mer, de la nourriture offerte avec tant de générosité. Ils ne peuvent pas se montrer aussi insensibles.

— Vous croyez ? Fréquentent-ils les locaux ?

— Non, se renfrogna Ava.

— Vous trouverez deux ou trois personnes pour s'émouvoir de cette situation, pas plus. Comme tous les Terriens, ils sont racistes et soutiennent l'idée que les non-humains leur sont inférieurs.

— Capitaine, je ne peux pas admettre…

— Je suis sérieuse, Cadet. Soyez extrêmement prudente ou vous finirez dans une colonie disciplinaire et j'en serai vraiment désolée.

La voix adoucie du capitaine avait surpris Ava. Elle se tourna vers elle, sans cacher son étonnement.

— Je tiens beaucoup à vous, précisa Bligh.

Elles échangèrent un long regard en silence. Ava ressentit une étrange chaleur l'envahir, ainsi qu'un sentiment qu'elle n'aurait su décrire. Elle admirait cette femme fascinante qui l'avait tant effrayée au début.

— Ne me dites pas que vous n'aviez pas encore compris, continua l'autre. Je ne suis pas Fletcher, mais il me semblait avoir été… assez claire.

— Je ne sais pas quoi dire, bafouilla Ava.

— Rien, c'est mieux. Cela ne changerait pas grand-chose, je n'entretiens jamais de relation avec une subordonnée. C'est mauvais pour la discipline. Je tenais, néanmoins, à ce que vous... Enfin, je crois que cet endroit à une fâcheuse influence sur moi. J'aurais dû rester discrète.

— Non ! Je...

— Allons, assez parlé. J'ai rendez-vous avec le roi pour finaliser nos transactions. Un dernier détail, ne révélez rien de tout ça à votre ami ataahuan. Cela compliquerait les choses.

— Je ne dirai rien, répondit tristement Ava.

— J'ai une autre mission pour vous, Cadet. Je veux que vous retourniez dans la colonie. Essayez de découvrir ce que trafique Fletcher.

— À vos ordres, Capitaine.

— N'y allez pas seule.

— Kalan'u viendra avec moi.

— Bonne idée. Soyez discrète avec Fletcher et votre ami ataahuan.

— Bien sûr, Capitaine. Je partirai dès demain matin, à l'aube.

19

Zhanghill corporation
Règlement de la flotte spatiale
Article 5
À bord d'un Corporate Ship, seuls comptent les
intérêts de Zhanghill.

Kalan'u n'avait pas protesté quand la jeune femme lui avait demandé de l'accompagner jusqu'à l'isthme de Pamalaan. Il n'était pas encore midi lorsque le pahahi très rapide de l'Ataahuan s'arrêta sur la place centrale du village qui bruissait d'activité. Maintenant que tous les colons étaient réveillés, ils s'installaient avec enthousiasme et efficacité.

— Je dois voir les miens, Ava. Puis-je te laisser un peu seule ? Tu peux aller te promener sur la plage, si tu le souhaites.

— Bien entendu. Nous logeons ici, ce soir ?

— Oui, je m'occupe de ça aussi, ajouta-t-il en s'éloignant avec un grand sourire.

Ava déambula quelques minutes dans le village. Un peu à l'extérieur, deux hommes chargeaient une plate-forme de transbordement avec de lourdes caisses tout en jurant sous l'effort. Elle allait les rejoindre lorsqu'un troisième surgit d'un entrepôt en courant.

— Hey, on n'a pas la journée, les gars. Magnez-vous le cul !

— Hey, du calme, vieux. Nous ne sommes plus dans les Forces.

— Ça ne change rien. Allez ! Bougez-vous, on vous attend.

— On arrive, Sergent, on arrive.

Celui qui avait répondu pilota avec doigté la plate-forme de transbordement à la suite du sous-officier. Ava s'approcha de celui qui était resté près des caisses.

— Bonjour ! Je suis le cadet Morel. Je sers à bord du *Marco Polo*.

— Bonjour ! Je peux vous aider ?

— Non, je viens juste pour voir quelqu'un.

— Très bien… Et ?

— Oh, en fait je suis curieuse. Cela doit être bizarre de s'endormir et de se réveiller si loin de chez soi.

— Pas vraiment. Ce n'est pas une première, ricana l'autre.

— Ah… Vous apparteniez aux FST, n'est-ce pas ?

— Ouais, c'était avant.

— Désolée, je ne voulais pas vous blesser ou vous déranger, mais j'ai surpris votre conversation et j'ai été étonnée d'apprendre que vous étiez dans les Forces.

— Vous ne me dérangez pas, sourit l'inconnu. J'ai été impoli. C'est juste que… J'ai été démobilisé après la bataille d'Alphard et… et je n'ai pas eu le choix. On m'a proposé de signer ce contrat et j'ai accepté, pour ne pas me retrouver à la rue. Je ne suis pas le seul dans ce cas. J'ai compté une centaine de vétérans d'Alphard, ici.

— Autant que ça ?

— Ouais ! Les autres ont eu de la chance. Ils ont été virés avant cette boucherie.

— Les autres ? Vous êtes tous des anciens des FST ?

— Non, pas tous, ricana-t-il. Il doit bien y avoir une cinquantaine de civils. Faut bien qu'il y ait des gars capables de s'occuper des champs, pas vrai ? Je peux vous demander pourquoi cela vous intéresse ?

— De la pure curiosité. C'est étrange, en temps de guerres, de laisser partir autant de soldats.

— Non, pas vraiment. Il faut du temps pour reconstruire les vaisseaux perdus à Alphard. De nombreux militaires se sont retrouvés sans poste, à demi-solde. Sans compter les blessés. Beaucoup d'entre nous ont été mutilés, handicapés… Nous remettre sur pied impliquait un coût que les Forces ne voulaient pas débourser pour des hommes sans affectation. Zhanghill a payé ces soins, mais…

— Mais vous avez dû signer un contrat chez eux.

— Exact. J'ai accepté de devenir un colon. Je m'estime gagnant, précisa-t-il en désignant le paysage. C'est un vrai paradis.

— Et vous n'avez pas encore tout vu !

— Et les locaux ? Comment sont-ils ? demanda l'homme. Je vous ai vu arriver avec l'un d'entre eux.

— Ils sont amicaux et pacifiques.

— Il y en a quelques-uns, ici, qui nous aident à nous installer, mais… Barlon préfère qu'on évite de trop leur parler, si bien que j'ignore quels genres de types ils sont.

— Il est prévu que vous viviez en autarcie. Vous ne les verrez pas beaucoup, je pense.

— C'est peut-être mieux.

— Avez-vous vu le lieutenant Fletcher ?

— Lui, il n'a pas de problèmes de cohabitation.

— Que voulez-vous dire ?

— Il passe son temps avec la splendide non-humaine. Il a bien de la chance.

— Elle est son contact, ici.

— Si vous le dites.

— Et donc ? Où est-il ?

— Je l'ai vu partir vers la plage, par là…

— Merci.

Un peu intriguée par ces insinuations, Ava se dirigea vers l'océan. Elle franchit les dunes, puis descendit sur le sable. Elle ôta ses bottes, puis roula le bas de son pantalon au-dessus de ses mollets. Après une brève hésitation, elle gagna le bord de l'eau. Les vagues qui venaient mourir sur le rivage léchèrent ses orteils. Ava inspira profondément l'air iodé, les yeux fermés. Un mince sourire éclaira son visage. Elle avait presque l'impression d'être sur Terre, sur l'une des plages de son enfance et un accès de nostalgie lui serra le cœur. Elle secoua ce sentiment perturbant et rouvrit les yeux. Le colon avait désigné le sud, elle prit donc la direction des collines bleutées qui couvraient toute l'extrémité de l'isthme en suivant la grève mouillée. Malgré la mission confiée par Bligh, la jeune femme goûtait avec plaisir à cet instant de solitude. Elle ne résista pas à l'envie de se retourner pour admirer ses traces de pas sur le sable humide. Elle se revit, gamine, courant sur la plage avec ses parents. Elle rit doucement, puis reprit sa promenade en savourant cette liberté.

Après une petite heure de marche, des rochers barrèrent son chemin. Elle n'avait toujours pas rencontré Fletcher. Elle allait renoncer lorsqu'elle remarqua des empreintes qui grimpaient vers les dunes. Ava décida de les suivre au milieu de la végétation ondoyante qui laissa vite la place à un bois clairsemé offrant une ombre bienvenue. La piste s'y engageait. Elle poursuivit sa traque avec des sentiments mêlés d'excitation de la chasse et de honte. Elle déboucha rapidement dans une clairière tapissée par un gazon dense et moelleux qui diffusait une agréable fraîcheur. La piste tracée par Fletcher et Imava'i était facile à suivre. Très vite, Ava aperçut une petite cabane construite entre les arbres. Si elle croyait les empreintes de pieds, ceux qu'elle cherchait s'y étaient rendus directement. Ava hésita. Devait-elle s'approcher et découvrir ce que tramait Fletcher ou devait-elle les laisser en paix ? Bligh lui avait donné un ordre et cela réduisait ses choix. Elle ouvrit la porte avec précaution, tout en tapant légèrement au panneau pour s'annoncer. Elle s'immobilisa sous l'effet de la surprise. Dans l'un des hamacs suspendus à l'intérieur, elle trouva le couple enlacé. Une planche craqua et Fletcher se redressa brusquement. Il ne put maîtriser une grimace gênée, mais Imava'i se contenta d'un sourire de bienvenue.

— Chris, souffla Ava, choquée.

Elle fit précipitamment demi-tour, tandis que Fletcher s'extirpait du hamac. Elle l'entendit se débattre avec son pantalon alors qu'elle s'éloignait à grandes enjambées, le cerveau en ébullition.

— Ava ! Attends ! Bordel, attends-moi !

Elle lui fit face, les yeux étincelants d'une colère attisée par la gêne d'avoir fait irruption dans l'intimité des amants.

— Tu ne manques pas d'air ! cria-t-elle. Tu te rends compte des conséquences ?

— Des conséquences ?

— C'est la fille du roi et tu…

— Et toi ? Tu passes bien tes journées avec le fils du roi.

— C'est la mission que m'a confiée Bligh.

— La mission qu'elle t'a donnée, c'est d'escorter Reza, pas de traîner sur la plage, au crépuscule, avec Kalan'u.

— Qu'est-ce que tu en sais ? Personne ne t'a vu dans la capitale depuis des semaines !

— J'ai touché un point sensible ? Je suis au courant, c'est tout, mais je ne te le reproche pas. Tu fais ce que tu veux, seulement épargne-moi ta jalousie mal placée.

— Ma… jalousie ? Comment oses-tu ? Je répète que…

— Je croyais que tu étudiais leur culture, dans ce cas tu devrais savoir que les Ataahuans se moquent de ce genre de considération.

— Tutera'u ne va pas s'en moquer, lui.

— Tu ne comprends rien. Ici, ce sont les femmes qui choisissent leur partenaire. Elles décident aussi du moment et du lieu. L'homme n'a rien à dire.

— Je sais que la notion de couple n'existe pas, mais il a le droit d'être jaloux.

— J'ai posé la question à Imava'i. Elle n'a pas su me répondre. Les Ataahuans ne connaissent pas ce sentiment.

— Elle dit ça, mais…

— Je t'assure. Elle ne comprenait pas ce que je voulais dire.

— Si tu le dis. Après tout, je m'en contrefiche ! Si Bligh l'apprend…

— Qui le lui répétera ? Toi ?

— Tu fais comme tu veux, Chris, mais je pense que tu fais une erreur.

Elle n'avait pas vraiment le choix. Ellen Bligh lui avait justement demandé de découvrir ce que Fletcher faisait. Comment pourrait-elle cacher cette information ?

— Je suis ton supérieur, Cadet, alors garde ta morale !

— À vos ordres, Lieutenant ! répliqua-t-elle avant de lui tourner le dos.

Fort heureusement, il ne tenta pas de la rattraper. Ava, furieuse, pestait entre ses dents. Elle en voulait à Chris, bien sûr, même si elle avait toujours su qu'il était un dragueur invétéré, mais aussi à Bligh qui l'avait mise dans cette situation.

— Quel connard ! marmonna-t-elle.

Elle retourna vers la plage et dévala la dune pour rejoindre le sable. Elle sprinta pendant quelques centaines de mètres avant de se calmer. Haletante, elle grimpa sur un rocher et s'y assit, les genoux ramenés contre sa poitrine. Très vite, elle se perdit dans l'observation de l'horizon.

Ava était toujours là, lorsque Kalan'u la retrouva au milieu de l'après-midi. Il la rejoignit en courant et vint se planter en face d'elle, sans tenir compte de l'eau qui lui battait les mollets.

— Je te cherchais partout. Je commençais même à m'inquiéter. Est-ce que tu vas bien ? ajouta-t-il en remarquant l'expression morose de la jeune femme.

— Oui, je crois que je m'endormais un peu, bafouilla-t-elle.

— Ce n'est pas très confortable pour une sieste, ironisa-t-il. Ava, j'ai croisé Imava'i. Elle m'a dit que tu avais l'air... contrariée par sa relation avec Chris.

Elle sursauta si fort qu'elle faillit dégringoler de son rocher. Elle se rattrapa de justesse, puis bondit sur le sable. Une vague en profita pour monter à l'assaut de ses chevilles.

— Quoi ? Tu... Tu savais ?

— Bien sûr.

— Pourquoi ne m'as-tu rien dit ?

— Pourquoi l'aurais-je fait ? Et puis, je pensais que tu étais au courant.

— Non... Cela ne te dérange pas ? Après tout, c'est ta sœur.

— Je ne comprends pas.

— Eh bien, moi non plus, soupira la jeune femme.

— Viens, marchons un peu, dit-il gentiment en lui prenant le bras.

Elle rechigna pour la forme, mais il était difficile de résister à ce garçon si charmant. Ils déambulèrent quelques minutes en silence, les pieds chatouillés par l'eau tiède de l'océan.

— Je croyais t'avoir déjà expliqué notre culture, Ava. Je suis désolé.

— Ce n'est pas ta faute.

— Nous n'avons aucune notion de propriété entre les personnes. Les Ataahuanes ont le droit de choisir leurs partenaires. Elles décident du début d'une histoire et de sa fin.

— Et les Ataahuans ?

— Nous pouvons manifester notre affection, mais pas de façon directe. Si je suis intéressé par quelqu'un, je me montre gentil, attentionné. Je prouve par mille petits gestes que je suis ouvert à une relation, mais jamais je ne ferai le premier pas. Ce n'est pas mon rôle. Tu n'as rien à reprocher à Chris. Imava'i a deviné qu'elle lui plaisait et l'a séduit.

— Mais ton père...

— Mon père n'a rien à dire et la mère d'Imava'i non plus, d'ailleurs. Nous sommes des individus libres de nos choix.

— C'est difficile à appréhender.

— Votre culture l'est également.

Elle allait répondre lorsqu'une évidence la frappa. Kalan'u ne l'avait pas quittée durant son séjour sur Ataahua. Il s'était montré adorable, serviable et drôle. Selon les manières des siens, il avait tenté de lui faire comprendre qu'elle lui plaisait. Elle en resta estomaquée, ne sachant que faire, car elle ne voulait pas le blesser. Ava appréciait cette relation basée sur le respect et la camaraderie, mais il lui était impossible d'entreprendre une aventure éphémère par définition.

— L'entente entre nos deux peuples est importante pour moi. Ton amitié compte beaucoup pour moi. Je ne veux pas la perdre.

Un humain cantonné à un rôle d'ami ne l'aurait sans doute pas très bien pris, mais Kalan'u ne parut ni vexé ni choqué.

— La tienne aussi, répondit-il avec un large sourire. Tu es vraiment différente des terriens que j'ai côtoyés.

Il ne fit aucune autre allusion à son envie probable d'imiter sa sœur et Ava lui en fut reconnaissante.

△Ξ∧Ξ△

Le lendemain matin, Ava se leva tôt. Elle avait évité Chris toute la soirée et n'avait pas l'intention de le croiser aujourd'hui. Elle décida d'assister à l'arrivée de l'aube depuis la grande dune au nord du village. Elle s'installa dans une petite dépression qui la protégeait du vent. Le spectacle grandiose offert par la nature apposa un baume apaisant sur son cœur. L'horizon s'était doucement teinté d'orange, avant de virer au rose. Les couleurs avaient contaminé les anneaux comme si un coup de pinceau avait été donné sur le paysage. Enfin, presque d'un coup, le ciel afficha ce bleu azur d'une pureté incomparable. Avec un soupir, la jeune femme se leva. Il ne lui restait plus qu'à trouver Kalan'u et faire le voyage de retour vers la capitale. Le bruit d'une conversation attira son attention. Elle allait indiquer sa présence lorsqu'elle reconnut la voix de Bligh. Sans se l'expliquer, elle s'aplatit dans une petite dépression.

— Alors, Ikeda, avez-vous réfléchi ?

— Oui, Capitaine. Nous vous sommes reconnaissants de votre intérêt, mais...

— Mais ?

— Ce monde n'a rien de cauchemardesque. C'est même un paradis. Les autres veulent tenter de se fixer ici. Ils pensent que nous ne sommes pas à plaindre.

— En effet, je vous accorde qu'il y a pire.

— Ne le prenez pas mal, Capitaine.

— Ce n'est pas le cas. Je m'y attendais, pour tout vous dire. Malgré tout, je devais vous faire cette proposition.

— Et vous ? Qu'allez-vous faire ?

— Remplir ma mission. Il y aura d'autres occasions.

— Je suis vraiment désolé, Capitaine.

— Ne vous en faites pas. Je comprends parfaitement vos choix. Faites passer mon message à vos camarades. Vivez une belle vie et espérons que la prise de contrôle de Zhanghill se fasse tard et sans trop de massacres.

— Ouais… Comme vous dites ! Bon retour, Capitaine.

Ava n'avait pas bougé d'un cil pendant tout cet échange surréaliste. Avait-elle bien décodé le motif de cette discussion ? Elle n'arrivait pas à admettre ce que ces paroles sous-entendaient. Persuadée que Bligh n'apprécierait pas qu'elle l'ait espionnée, elle attendit de longues minutes avant de se glisser en bas de la dune. Elle fit un détour pour entrer en ville par l'est afin d'éviter d'être suspectée. Elle avait eu raison, car le capitaine discutait avec Kalan'u au milieu du village.

— Cadet ! l'appela Bligh.

— À vos ordres, Capitaine !

— Je suis venue vous rendre visite et voir comment avançait l'installation des colons. Marchons un peu.

Les deux femmes s'éloignèrent laissant l'Ataahuan en arrière. Kalan'u ne parut pas vexé le moins du monde.

— Alors ? Avez-vous découvert pourquoi Fletcher passe autant de temps ici ?

Ava se sentit rougir jusqu'aux oreilles. Elle hésita suffisamment pour que l'autre lui lance un regard inquisiteur.

— Oui, Capitaine, bafouilla-t-elle après une profonde inspiration. Il… Il a une aventure avec Imava'i.

— Je vois. Il n'a jamais su résister à une jolie femme. Cela risque néanmoins de poser quelques problèmes.

— Je ne pense pas.

Elle lui raconta brièvement comment les Ataahuans géraient ce genre de chose. Bligh l'écouta avec attention, sans lui couper la parole.

— Intéressant. Cependant, je resterai prudente. Je vous laisse rentrer avec votre ami ataahuan. Excellent travail, Cadet.

20

Zhanghill corporation
Règlement général
Article 1
La loi ne s'applique pas à Zhanghill.

Tout était prêt pour la récolte des tiragaatas. Les caisses de transport s'entassaient dans la cour de la demeure devenue le quartier général des Terriens. Reza se montrait encore plus insupportable qu'à l'accoutumée – ce qui était un exploit lorsqu'on côtoyait le bonhomme. Il harcelait Kalan'u pour qu'il lui envoie des bras pour l'occasion. L'Ataahuan le rassurait avec son irrésistible sourire qui, pourtant, n'avait aucune prise sur le scientifique.

Après leur discussion sur la plage, un mois plus tôt, Ava avait craint de voir s'évanouir son amitié avec Kalan'u, mais son comportement n'avait pas changé d'un iota. Son choix de repousser une relation plus intime ne semblait pas l'affecter. Elle dut se rendre à l'évidence. Le respect de l'autre était si profondément ancré en eux que des sentiments comme l'envie ou la jalousie n'existaient pas. L'idée qu'un jour, Zhanghill éradiquerait ce mode de vie lui était insupportable.

Depuis le matin, Ava supervisait le chargement des Tiragaatas sur la plate-forme permettant d'accéder au plateau. Elle essayait de ne pas montrer son désespoir. Bientôt, le vaisseau décollerait à destination de la Terre. À cette idée, son cœur se serrait. À part ses parents, rien ne l'attendait sur sa planète natale. Pire, la politique du Triumvirat lui était désormais insupportable.

— Salut, Ava ! lança Ugo en la rejoignant.

Les deux colocataires s'étaient moins vus depuis l'arrivée sur Ataahua, mais leur amitié était restée intacte. Ugo était descendu à terre plusieurs fois, à l'occasion des rotations de permission. Ils avaient passé des soirées sur la plage en compagnie de Tamara, Jian et Henry. Ces derniers s'étaient excusés de leur comportement à bord et elle avait accepté leurs regrets sans aucune arrière-pensée. Cette planète semblait avoir le don d'apaiser les âmes. Kalan'u et quelques-uns de ses amis s'étaient souvent joints à eux et ces moments s'étaient révélés magiques, si éloignés de la pression imposée par Zhanghill. Ils avaient réconcilié Ava avec l'humanité. Il y avait au moins quelques Terriens assez intelligents pour échanger avec d'autres races sans les mépriser ou rêver de les détruire.

— Salut, répondit la jeune femme sans réussir à dissimuler son humeur morose.

— Oh, ça n'a pas l'air d'aller. Tu as trop fait la fête hier soir ?

— Tu sais très bien que non, se défendit-elle. Tu étais là.

— Mais alors, qu'est-ce qui ne va pas ? Un souci avec le chargement ?

— Tout se déroule à merveille. Dans quatre jours, toutes les pousses de tiragaatas seront à bord.

— C'est parfait. La cryogénisation des Al'aos sera terminée. Il ne reste qu'une petite centaine de gars à se faire congeler.

— Ils… Ils vont survivre à ça, n'est-ce pas ?

— Bien entendu, ne t'inquiète pas. Tu as bien vu, nos colons se portent très bien.

— Oui, mais les Ataahuans ne sont pas humains.

— Les appareils ont été calibrés en conséquence, Ava. Nous ne sommes pas des amateurs.

— Bien sûr… Excuse-moi, Ugo.

— Je sais que tu n'as pas envie de partir, mais…, déclara-t-il avec une grimace contrite.

— Tu as raison : j'aime cet endroit.

— Ainsi que Kalan'u.

— Il est adorable, répondit Ava en rosissant.

— Je suis heureux pour toi.

— Ugo, je ne suis pas…, s'étouffa-t-elle en comprenant ce qu'il voulait dire. Kalan'u est seulement un ami.

— Ne t'inquiète pas, tu as bien le droit de faire ce que tu veux.

— Ugo…, s'agaça la jeune femme.

Le hululement d'une sirène lui coupa la parole et ils échangèrent un regard surpris. Leur stupéfaction s'amplifia lorsque des dizaines d'Ataahuans convergèrent en courant vers un même lieu.

— C'est quoi ce bordel ? demanda Arturo Muñoz depuis le sas de la navette.

— Je l'ignore, répondit Ava. Nous devrions aller voir.

— Bonne idée. Cesare, restez ici. Cadet, c'est vous l'experte ! Venez avec moi.

Ils suivirent le flot des habitants qui paraissaient tous nerveux et troublés. Sur cette planète, où la sérénité s'érigeait en principe de vie, cette réaction était inquiétante. Ils débouchèrent à la périphérie de la ville, dans un quartier de quelques maisons donnant sur une crique. Ava était venue à plusieurs reprises dans ce port, dont elle avait apprécié la quiétude. Sur la plage, un attroupement s'était formé autour de quatre humains : Sanchez, Davis, Barnes et Fawlson. Ces derniers menaçaient les Ataahuans avec leur pistolet à impulsion. Les locaux étaient tendus, presque agressifs. Ava ne comprenait pas ce qui avait pu arriver. Elle sentit, plus qu'elle ne vit, Muñoz dégainer son arme, prêt à bondir pour les défendre.

— Attendez, Lieutenant ! s'exclama-t-elle.

— Je ne vais pas laisser ces maudits non-humains écharper nos hommes !

— Vous devez surtout éviter un bain de sang, Lieutenant, déclara-t-elle avec force.

— Dois-je vous rappeler votre rang, Cadet ? cracha-t-il avec un regard mauvais.

— Je me contente de vous rappeler les objectifs prioritaires de cette mission. Si nous nous battons avec les Ataahuans, nous ne pourrons pas finir le chargement des tiragaatas.

— Ouais, vous marquez un point, marmonna-t-il. Que suggérez-vous ?

Ava réprima un sourire, car la question du chef de la sécurité avait dû lui râper la bouche.

— Je ne sais… Kalan'u vient d'arriver. Allons lui demander ce qui se passe. Il nous aidera.

— Si vous le dites. Je ne partage pas votre engouement pour ces gens, mais bon ! Allons donc parler à votre copain doré.

Ava grimaça d'exaspération. Elle détestait le surnom attribué par certains aux Ataahuans. Pourquoi fallait-il que les Terriens s'arrogent le droit de stigmatiser tous les peuples qu'ils rencontraient ? Elle ne dit rien, mais héla son ami. Elle eut un choc lorsqu'il lui fit face. Son visage fermé était empreint d'une tristesse et d'une dureté qu'elle n'aurait pas imaginé voir un jour. Elle le rejoignit avec Muñoz dans son sillage.

— Que se passe-t-il ? demanda-t-elle.

Elle s'étrangla sur la fin de sa phrase. Le jeune Ataahuan tenait en main le cylindre de métal qui se métamorphosait en lance et il n'était pas le seul. La moindre étincelle pouvait transformer cet instant en une bataille sanglante.

— Ces humains ont… ont assassiné l'un des nôtres, déclara Kalan'u d'une voix blanche. Je… Nous n'avons pas eu de meurtre sur notre planète depuis… Je ne sais pas, au moins six cents ans.

— C'est une blague ? lança Muñoz.

— Non, nous respectons la vie.

— Kalan'u, qui ont-ils tué ? Et pourquoi ?

— D'après ce que j'ai entendu, ils voulaient les faveurs de Vala'i, une jeune Ataahuane qui vit ici.

— Eh bien quoi ! s'insurgea le chef de la sécurité. Vos mœurs sont plutôt libres, si j'ai bien compris.

— Ce sont nos femmes qui décident de la relation, expliqua Kalan'u en tentant de maîtriser son exaspération.

— Ouais, peut-être ! Et alors ?

— Elle les a repoussés, bien sûr, mais ils étaient ivres. Ils n'ont pas accepté son choix. Ils ont voulu la forcer… la…

Il hésita à la recherche du mot adéquat.

— Ils ont essayé de la violer ! s'exclama Ava avec horreur.

— Oui ! Son frère a entendu ses cris. Il est intervenu et ils l'ont tué. Cet acte a déclenché l'alarme. Elle n'avait pas retenti depuis des centaines d'années.

— Je vois, souffla Ava. Je suis désolée. Que va-t-il se passer ?

— Rien de bon, grommela Muñoz tout en portant son poignet à sa bouche. Capitaine, nous avons un problème. Un problème grave, vous devriez venir immédiatement.

Il s'éloigna pour expliquer rapidement la situation à Bligh, puis revint vers Ava qui restait figée aux côtés de Kalan'u.

— Rejoignons les autres, ordonna-t-il. On va les protéger jusqu'à l'arrivée du capitaine.

— À vos ordres ! Kalan'u, veux-tu nous aider ?

— Je veux surtout punir ces meurtriers ! explosa-t-il.

— Ils le seront, j'en suis certaine.

Ils fendirent la foule hostile, mais contrairement à ce qui se serait passé sur Terre ou sur l'une de ses colonies, les Ataahuans demeuraient étonnamment maîtres d'eux.

— Lieutenant ! appela Barnes qui étreignait nerveusement son arme. Par ici ! Ces foutus dorés nous cherchent des crosses.

Les non-humains se dressèrent sur leur chemin, s'opposant en silence à leur avancée. Ava pouvait voir la colère de Muñoz qui s'accumulait. Elle se tourna vers Kalan'u et souffla entre ses dents :

— Aide-nous avant que ça vire au massacre.

Il acquiesça d'un discret signe de tête, puis se porta en avant. Il leva les mains et dit quelques mots dans sa langue. Ses compatriotes répondirent avec indignation, mais s'écartèrent. Ava et Muñoz rejoignirent la petite bande qui avait reculé jusqu'à l'océan. Kalan'u resta avec les siens, lançant un regard triste vers la jeune femme. Ava sentit son cœur se briser.

— Il était temps, Lieutenant, gronda Sanchez. J'ai bien cru que les dorés allaient nous écharper.

— Vous l'auriez mérité, répliqua Ava sans réfléchir.

— Hey ! Tu te calmes ! On sait que tu t'envoies en l'air avec un de ces non-humains.

— C'est faux et…

— Et on s'en cogne, coupa Muñoz. Vous avez tué un des dorés ?

— Il nous a attaqués !

— Vous avez tenté de violer une Ataahuane, accusa Ava.

— Elles couchent avec n'importe qui, alors pourquoi pas avec nous ?

— Parce que non, c'est non ! soupira-t-elle. La loi est pourtant claire.

— La loi humaine, répliqua Davis avec une grande mauvaise foi.

— La ferme ! commanda Muñoz. Vous aggravez votre cas, les gars.

— J'vois pas pourquoi, attaqua Sanchez. Je…

— Boucle-la !

Les quatre hommes obéirent, mais les Ataahuans restèrent où ils étaient, à la limite de l'hostilité. Ava se demandait pourquoi les autorités n'arrêtaient pas les coupables, puis elle se souvint des mots de Kalan'u. Le crime n'existait pas sur ce monde, alors pourquoi se seraient-ils encombrés d'une police ? Néanmoins, la tension grimpait et des menaces commençaient à bruisser. La foule s'écarta pour laisser passer Tutera'u, le premier guerrier.

— Vous, humains, êtes des assassins, gronda-t-il. Je vous arrête.

— Une seconde, mon gars, contra Muñoz. Je ne reconnais pas votre autorité. Nous allons attendre le capitaine.

— Je ne suis pas d'accord. Ici, c'est mon monde et la loi d'Ataahua s'applique.

— Je ne peux pas vous laisser faire, s'énerva le chef de la sécurité.

Ava frissonna, la situation devenait hors de contrôle. Elle s'avança pour faire face au grand Ataahuan.

— Écarte-toi, humaine.

— Je vous en prie, attendez notre capitaine. Sinon, ça terminera mal.

L'autre posa sa large main sur l'épaule de la jeune femme qui tressaillit sous l'impact. Kalan'u bondit à son secours en se portant à ses côtés.

— Elle a raison, Tutera'u. Patientons. Ils ne vont pas s'échapper.

— Soit, répondit le guerrier après deux secondes de réflexion.

Il relâcha Ava et fit deux pas en arrière, en croisant les bras. Le temps s'étira dans un silence lourd. La masse des Ataahuans s'ouvrit à nouveau pour permettre le passage de Bligh et Fletcher. Le capitaine toisa son équipage d'un regard dur, puis se tourna vers le premier guerrier.

— J'ai été mise au courant des exactions de ces hommes. Je dois les entendre.

— Je dois les emmener.

— Que comptez-vous faire d'eux ?

L'Ataahuan se troubla, surpris par la question.

— Je ne sais pas. Le roi devra décider. Nous n'avons eu aucun cas de ce genre à punir depuis des siècles.

— Je comprends. Je vous suggère de les enfermer le temps que je puisse m'entretenir avec Wailana'u.

— Oui, je vais faire ça, gronda-t-il.

— Mais avant, je dois leur parler. Me le permettez-vous ?

— Oui.

Elle le remercia d'un signe de tête, puis se dirigea vers les criminels. Fletcher la rattrapa en courant.

— Capitaine, vous ne pouvez pas leur livrer nos hommes. Ce serait une grave erreur.

— Vraiment ? Une erreur ? Si vous continuez sur ce ton, votre erreur sera dûment notée sur votre dossier.

Fletcher voulut répondre, puis se ravisa. Bligh toisa les accusés avec dureté.

— Je vous écoute, dit-elle seulement.

Les quatre hommes échangèrent des regards surpris. Ce fut Barnes qui se lança.

— On était en permission, Capitaine. On est venu traîner sur la plage et on a croisé cette dorée. Elle est venue parler avec nous, nous a proposé de partager son repas chez elle. On a accepté.

— On a mangé et bu leur espèce d'alcool sucré, poursuivit Davis. C'était une journée sympa et elle était… chaleureuse, si vous voyez ce que je veux dire.

— Non, soyez plus précis.

— Ben, elle nous servait et riait… Vous savez comment ils sont ? Bref, on a cru qu'elle nous draguait. Elles sont comme ça, les dorées, pas farouches.

— Je vois… Ensuite ?

— Ben, on a voulu l'embrasser et aller plus loin, mais elle nous a repoussés. Elle nous avait chauffés et après, elle a changé d'avis. On a pensé que c'était un jeu, quoi.

— Alors vous avez tenté de la violer.

— Non…

— Quand une femme dit non, c'est un viol, Davis.

— Ouais, mais ce n'est pas une humaine…

— Bordel ! jura Bligh. Le viol est strictement interdit par le règlement de Zhanghill. Vous le savez très bien.

— Ce n'est pas une des nôtres, précisa à son tour Barnes.

— Et ensuite ?

— Elle a crié et un doré a fait irruption dans la maison avec une espèce de lance à la main, expliqua Fawlson. Il nous a menacés. Sanchez a eu raison de le flinguer, ce connard.

— Ta gueule, abruti ! beugla l'accusé.

— Je ne vois pas vraiment de circonstances atténuantes dans votre histoire, conclut froidement le capitaine.

Elle tourna les talons et revint vers Tutera'u.

— Ils sont à vous. Je vais vous suivre et parler au roi. Je suis désolée du comportement de ces hommes.

— Je vous remercie.

ΔΞΛΞΔ

Bligh avait demandé à Ava de l'accompagner chez le roi, tandis que Muñoz et Fletcher avaient l'ordre de rester avec les accusés. Le chef de la sécurité avait protesté, mais le capitaine avait balayé ses inquiétudes d'un geste agacé de la main. Wailana'u se trouvait dans son jardin, en train de soigner ses fleurs. Il se tourna vers son fils et lui posa une question. Ava devina qu'il souhaitait connaître la raison de l'alarme. Kalan'u le rejoignit. Le souverain se redressa, la mine sévère. Ils échangèrent rapidement dans leur langue, puis le roi poussa un long soupir. Il fit signe aux terriennes de s'approcher.

— Mon fils m'a narré ce qui s'est passé, Capitaine. Je suis extrêmement contrarié. Nous n'avons pas connu de meurtre ou de viol depuis des siècles.

— Je l'ai appris, roi Wailana'u. Je vous exprime tout mon regret pour les agissements de ces hommes. Je m'en estime responsable.

— Chacun est comptable de ses propres actions. Je ne vous incrimine aucunement, Capitaine.

— Merci. Qu'elle est la peine prévue pour ce genre de fait ?

— Il n'y en a pas, puisque de tels actes ne sont jamais perpétrés. Nous ne pratiquons pas la peine de mort ni les châtiments corporels. Faire souffrir un individu n'est pas envisageable.

L'Ataahuan secoua la tête comme si ce geste détenait le pouvoir d'éloigner cette idée perturbante.

— Cela fait plusieurs siècles, roi Wailana'u, mais vous ne pouvez pas avoir oublié les sanctions appliquées à cette époque.

— Selon nos archives, dans le cas d'actions violentes, le contrevenant était exilé sur l'archipel Elaa'pao, à l'ouest. Ces îles sont inhabitées et sauvages. Malheureusement, aujourd'hui, cette décision n'aurait pas un même impact, n'est-ce pas ? Rien ne vous empêcherait de les récupérer.

— En effet, soupira Bligh. Ce sont de mauvais sujets, mais nos lois m'y obligeraient. Notre règlement est, lui, prévu pour juger les coupables de crimes. Le responsable d'un viol est condamné à mort. Un assassin également. Je sais que cela heurte vos convictions, mais notre peuple a un passé violent. De telles mesures sont indispensables pour discipliner les gens. Confiez-les-moi, roi Wailana'u. Ils seront punis, je vous en donne ma parole.

— Je vous crois, Capitaine, mais mes sujets me croiront-ils ?

— Si vous voulez pendre ces meurtriers, je vous laisserai faire.

— Non ! Non, confirma d'une voix plus basse l'Ataahuan. Nous ne pouvons pas faire une telle chose. Vous avez raison, prenez vos hommes et partez ! Partez vite. Nous allons accélérer l'embarquement des Al'aos, si vous le permettez.

— Bien entendu.

— Kalan'u, je te charge de cette mission.

— Oui, père. Nous aurons fini au matin.

— Je n'en doute pas.

Le roi posa ses deux mains sur les épaules de Kalan'u dans un geste très solennel. Le jeune Ataahuan répondit au sourire de son père, puis baissa la tête avec respect. Il appuya son front sur la poitrine du souverain et ce dernier baisa le haut de son crâne.

— Tu seras endormi dès cette nuit, mon fils. Je dois donc te dire adieu. Tu manqueras à notre peuple, à tes amis, à tes frères, à tes sœurs, à ta mère et à moi. Sache que nous sommes tous très fiers de toi. Tu seras un bon leader pour les Al'aos.

— Merci, père. Adieu, père. Vous me manquerez tous aussi, mais j'accomplirai mon devoir avec honneur.

— Va, mon fils ! Que ta vie soit belle et tes enfants nombreux.

— Adieu, mon père. Que ta vieillesse se déroule dans l'amour de tes enfants, ajouta-t-il en s'inclinant.

Les deux Ataahuans s'enlacèrent avec tendresse, puis Kalan'u sortit du palais entraînant les humains dans son sillage. Ava rattrapa son ami et l'arrêta dès qu'il fut à l'air libre.

— Tu fais partie des Al'aos ?

— Oui, c'est un grand honneur.

— Kalan'u, non ! Tu aurais dû me le dire.

— Je croyais l'avoir fait, mais pourquoi cela te trouble-t-il ?

— Je...

Elle s'interrompit, n'osant pas lui avouer ses doutes sur les projets de Zhanghill. Elle ne pouvait pas lui garantir la sécurité des Al'aos.

— Ne t'inquiète pas, déclara doucement son ami. Je ne te tiens pas pour responsable des agissements de ces humains.

— Non, ce n'est pas...

— Elle est seulement surprise, s'interposa Bligh. Votre père a raison, vous serez parfait. Je vous laisse rassembler les derniers volontaires. Venez, Cadet.

Ava se figea, furieuse de cette intervention. Elle ouvrit la bouche pour passer outre l'interdiction du capitaine, mais Kalan'u s'éloignait déjà en courant.

— Avez-vous perdu l'esprit ? lança Bligh.

— Capitaine ! Vous savez très bien que… On ne peut pas…

— On ne peut pas quoi ? Reprenez-vous !

— Zhanghill a certainement menti, Capitaine. Ils n'ont pas trouvé le monde des Al'aos. Ils ne l'ont même pas cherchée, à mon avis.

— Vous avez sûrement raison, mais il n'y a rien que vous puissiez faire. Si vous faites capoter cette opération, vous serez condamnée et envoyée sur une planète pénitentiaire.

— Je m'en moque !

— Ne soyez pas idiote ! Je ne vous laisserai pas gâcher votre vie.

— Et vous, Capitaine ? Vous pourriez…

— Non, je ne peux pas. Et cette discussion est terminée. Selon le règlement, je devrais en faire mention sur votre dossier. Je n'en ferai rien, mais je ne veux plus entendre un mot à ce sujet. Nous devons récupérer nos hommes.

— Qu'allez-vous faire d'eux ?

— Les passer par-dessus bord, c'est tout ce qu'ils méritent.

— L'équipage…

— Sera furieux, oui, j'en suis consciente. Vos camarades ne partagent pas votre engouement pour les Ataahuans.

— Ils ont tort.

— Peut-être… Cadet, je ne vais pas vous faire un cours d'Histoire, mais pendant des siècles, nous nous sommes battus parce que nous n'avions pas la même couleur de peau ou la même religion. Découvrir que nous n'étions pas seuls dans l'univers a changé cela. Désormais, notre racisme a trouvé une autre cible : les non-humains. Tous les non-humains. Si je ramène ces meurtriers sur une base terrienne, ils seront épargnés, car tuer des non-humains n'est pas un crime.

— Ce n'est pas juste.

— En effet, mais nous ne pouvons rien y faire.

Ava abandonna la discussion. Elle suivit Bligh, en silence, en pensant à l'avenir de son ami ataahuan. Qu'allait-il advenir de lui et des quatre cents autres passagers ?

21

En montant à bord du *C.S. Marco Polo*, Ava ressentit une violente angoisse. Elle avait l'impression d'étouffer, emprisonnée dans cet espace trop étroit. Après des mois sur ce monde paradisiaque, le vaisseau ressemblait à l'enfer. Elle sentait les odeurs de machine, mêlées à celles de corps humains vivants en vase clos. Tout lui paraissait étriqué, encombré et sale. Elle contrôla un haut-le-cœur, tout en portant sa main à sa bouche. Bligh se hâtait déjà vers le poste de commandement de sa démarche saccadée. Elle stoppa avant d'entrer sur la passerelle.

— Morel, prenez un peu de repos. Vous l'avez bien mérité.

— Merci, Capitaine.

— Vous avez bien agi, sur Ataahua. Grâce à vous, cette situation explosive a été désamorcée. Muñoz s'apprêtait à faire un carnage et personne ne sait comment les Ataahuans auraient réagi, une fois attaqués.

— C'est vrai. Ils ont été très choqués par cette violence. Je ne les avais jamais vus comme ça.

— Je peux les comprendre. Bon, ce qui est fait est fait. Vous pouvez disposer, Cadet.

Bligh entra sur la passerelle, laissant Ava seule dans le couloir. Elle hésita quelques secondes avant de se décider. Elle se hâta jusqu'aux ponts inférieurs, puis gagna les soutes abritant les unités de cryogénisation. Le médecin et ses infirmiers s'activaient sans relâche pour préparer les Ataahuans à cette procédure. Ils étaient déshabillés, puis installés dans les tubes. Autrefois, les voyages spatiaux s'effectuaient de cette façon et Ava espérait ne jamais y avoir recours. Elle aurait eu l'impression d'être enterrée vive.

— Docteur, le capitaine souhaiterait savoir…, mentit-elle.

— Dites-lui que tout avance comme prévu.

— Dans combien de temps cela sera-t-il terminé ?

— Les vingt derniers sont à côté.

Ava remercia d'un signe de tête, puis gagna la pièce contiguë. Comme elle l'avait anticipé, Kalan'u était encore éveillé. Le cœur battant, elle se dirigea vers lui.

— Tu vas vraiment partir avec nous ?

— Oui, c'est mon choix.

— Tu ne sais pas ce qui t'attend.

— Non, mais l'aventure sera belle. Je suis heureux que tu viennes me dire adieu.

Ava ne pouvait se résoudre à laisser une telle chose arriver. Elle ignorait ce que Zhanghill avait programmé pour les Al'aos, mais elle n'avait aucune confiance en la compagnie. Elle devait le prévenir. Elle s'en voudrait toute sa vie si elle restait silencieuse, complice de ce qui se tramait.

— Kalan'u, je dois te dire…

— Ava !

Fletcher se tenait sur le seuil, le visage dur, comme s'il avait compris ce qu'elle prévoyait. Elle ne le laisserait pas la bâillonner. Elle saisit l'Ataahuan par les épaules et le fixa dans les yeux.

— Renonce ! Nous ne sommes pas dignes…

Chris l'attrapa par le bras et la tira en arrière, plutôt brutalement.

— Remontez sur la passerelle, Cadet !

— Non ! Ils doivent…

— Dehors ! Fukuda, faites-la sortir immédiatement.

— Expliquez-moi ce qui se passe ! intervint Kalan'u.

Il avait perdu son attitude passive et sa posture était celle d'un guerrier, comme un peu plus tôt sur la plage.

— Rien qui te concerne, répondit Fletcher. Ava est un officier et n'a rien à faire ici. Nous, les Terriens, obéissons aux ordres.

— Il me semble qu'elle souhaite me dire quelque chose d'important.

— Elle est juste furieuse de t'avoir négligé et d'avoir loupé l'occasion de s'envoyer en l'air. Elle s'en veut beaucoup.

— Je ne vous crois pas !

Pendant ce temps, Ava continuait de lutter avec rage contre l'homme de la sécurité qui la tractait vers l'autre pièce. Il la poussa brutalement pour permettre à la porte de se refermer derrière eux. Kalan'u voulut contourner Fletcher qui l'arrêta en posant une main sur sa poitrine. Aussitôt, les Ataahuans présents se portèrent à ses côtés pour le défendre, prouvant qu'ils pouvaient être des guerriers lorsque c'était nécessaire. Chris se promit d'inciter Zhanghill à la prudence. La conquête de cette planète ne serait peut-être pas aussi facile que prévu. Il recula d'un pas pour mieux fixer son interlocuteur dans les yeux.

— Ton père serait furieux s'il apprenait ton comportement. Veux-tu remettre en question le transport des Al'aos ? Cela nous est indifférent. Nous avons les arbres, maintenant. Si vous renoncez à votre part du marché, aucun problème.

Kalan'u s'immobilisa, le visage contracté de colère – une émotion qu'il était rare de voir chez un Ataahuan. Il lui fallut plusieurs secondes pour retrouver son calme.

— Je ne renonce à rien, mais je veux parler à Ava.

— Nous sommes à bord du *C.S. Marco Polo*. Ici, c'est le règlement de Zhanghill qui prime. Elle n'a plus de temps à te consacrer.

Fletcher se tourna vers les deux autres membres de la sécurité qui le suivait.

— Assurez-vous qu'il soit cryogénisé rapidement.

— Il est le fils du roi, vous ne pouvez pas lui parler ainsi, lança un Ataahuan.

— Réfléchis bien à ce que tu vas décider, Kalan'u, menaça l'officier en second sans tenir compte de l'intervention.

— Recule ! ordonna le prince à son compatriote. Nous avons pris le risque de faire confiance à ces humains. Nous sommes les Al'aos. Nous avons choisi d'accepter cet honneur en connaissance de cause. Je ferai ce qu'il faut.

— Parfait ! Günther, je vous le confie, précisa Fletcher avant de quitter les lieux.

Près de l'escalier, Ava luttait contre la poigne de Fukuda, sans réussir à se libérer.

— Rejoins les autres, lui ordonna Chris.

L'homme obéit sans discuter. À peine relâchée, Ava se précipita vers la porte, mais Fletcher l'intercepta. Il la repoussa sans ménagement contre la cloison.

— Arrête de te comporter en idiote ! Que comptais-tu faire, exactement ?

— Lui dire de ne pas faire confiance à Zhanghill ! Lui dire que lui et les siens sont en danger.

— C'est bien ce que je pensais. Tu as vraiment perdu l'esprit.

— Chris, qu'est-ce que la compagnie a prévu pour eux ? Tu dois le savoir !

— Je n'en sais rien et si je le savais, je ne te le dirais pas. Tu n'as pas à le savoir. Ce que tu dois comprendre, néanmoins, c'est que ton comportement va finir par t'apporter de gros problèmes.

— Je m'en moque ! Les Ataahuans sont des êtres exceptionnels. Ils ne méritent pas…

— Ce sont des non-humains !

— Tu ne disais pas ça en couchant avec Imava'i

— C'était une expérience très agréable que tu aurais dû tenter, si tu veux mon avis.

— Je me contrefiche de ton avis !

— Calme-toi, Ava. Vraiment ! Cette scène ne sert à rien.

La jeune femme se renfrogna. Elle savait bien qu'il avait raison, mais cette injustice la mettait hors d'elle. Elle se reprochait également de n'avoir rien dit à Kalan'u pendant leurs semaines sur Ataahua. Elle s'était montrée lâche et c'est sa couardise qui lui brisait le cœur.

— Sans doute…, souffla-t-elle avec lassitude.

Ava s'arracha à sa poigne, avant de remonter vers la passerelle. Elle se sentait si fatiguée, déçue, perdue et furieuse contre elle-même, car elle se rendait complice de ce crime annoncé.

△Ξ∧Ξ△

Les tragiques événements de la veille avaient précipité leur départ. Le roi Wailana'u avait annulé le banquet d'adieu prévu et Bligh s'en félicitait. Elle aspirait à retrouver l'espace et en finir avec cette mission. Elle avait donné l'ordre de décoller avec un enthousiasme à peine dissimulé. Dans un nuage de poussière, le robuste vaisseau s'était arraché sans difficulté à l'attraction de la planète. Ces mois de repos forcés avaient été mis à profit pour offrir au *C.S. Marco Polo* une nouvelle jeunesse. Korolev avait d'abord protesté, arguant que sur ce monde primitif, loin de tout astroport, il serait impossible d'effectuer des réparations de fond. Il s'était trompé. Tout en refusant de parler de leur technologie, les Ataahuans avaient pu fournir tout ce que l'ingénieur en chef avait réclamé.

Le capitaine inspira profondément en retrouvant les étoiles. Sa vie était liée aux vaisseaux, pas à cette mascarade. En se retournant, elle croisa le regard triste d'Ava Morel. Elle grimaça légèrement. Fletcher lui avait rendu compte du comportement de la jeune femme qui avait voulu alerter Kalan'u. Cette réaction était certes courageuse, mais inconsidérée. Le pire, c'est que le rapport de son officier en second l'obligeait à consigner cette conduite dans son dossier. Barlon avait laissé entendre le sort funeste qui attendait les Al'aos. Cette sensation d'impuissance la mettait hors d'elle. Malgré elle, Bligh posa la main sur sa cuisse pour palper l'exosquelette sous son uniforme. Elle serra les mâchoires de colère. Elle détestait se sentir esclave de Zhanghill.

— Lieutenant Moboto, en avant toute !

Le pilote possédait déjà les coordonnées du retour. Il enclencha aussitôt les moteurs et le *Marco Polo* s'éloigna de la planète. Dans quelques heures, il s'élancerait dans l'espace profond.

— Je serai dans mon bureau. Morel, venez avec moi.

— Capitaine, intervint Fletcher. Pour Barnes et les autres, que faisons-nous ?

— Nous en discuterons tout à l'heure. Vous aussi, Muñoz. Je veux connaître votre opinion.

— À vos ordres ! répondirent les deux hommes.

Dès que la porte se referma derrière elles, Bligh se retourna pour fixer sa subordonnée dans les yeux. Ava devait s'attendre à une sérieuse remontrance, tout à fait méritée d'ailleurs. Elle aurait pu s'installer dans son fauteuil, afin d'asseoir son autorité, mais préféra s'adresser à la jeune femme avec amitié et empathie.

— J'ai eu vent de votre comportement au pont inférieur, Cadet, déclara-t-elle avec fermeté.

— Capitaine, je…

— C'est totalement inadmissible !

— Ce qui est inadmissible, c'est ce que nous faisons !

Ava ressentit une violente bouffée de chaleur en prenant conscience de ce qu'elle venait de crier. Au lieu de lui faire la morale,

Bligh recula d'un pas, puis se retourna pour fixer le hublot. Le silence s'installa dans la petite pièce. La jeune femme se retint de se justifier. Elle serrait ses mains pour maîtriser leur tremblement.

— Ava, dit enfin le capitaine sans quitter l'espace du regard. Sous l'égide du Triumvirat, l'humanité court à sa perte. Nous considérons les autres civilisations comme des ennemies ou des proies. Les planètes ne sont que des lieux à exploiter. Vous le savez et moi aussi.

— Mais ?

— Mais, que voulez-vous faire ? s'exclama Bligh en lui faisant face. Libérer les Al'aos ?

— Oui ! Je ne sais pas ce qui les attend, mais vous devez le savoir.

— Soit, je les ramène sur Ataahua. Le roi ne l'acceptera pas. Je devrais lui avouer la vérité.

— Pourquoi pas ?

— Allons, vous n'êtes pas sérieuse ? Premièrement, les Ataahuans pourraient nous attaquer.

— Ils sont non-violents.

— Vous en êtes sûre ? Vraiment sûre ? Avez-vous remarqué leur comportement sur la plage ? Leur posture avait changé. Elle était celle d'un guerrier, vous pouvez me croire. Parlons de leur technologie. Korolev a été incapable d'expliquer le fonctionnement des pahahis. Les Ataahuans peuvent posséder une défense planétaire dont nous ignorons tout. Je n'ai pas le droit de risquer la vie de mon équipage ni d'ouvrir un éventuel autre front en pleine guerre contre les Aezlakes.

— Les Ataahuans n'ont pas de vaisseaux spatiaux. Si cela avait été le cas, ils n'auraient pas eu besoin de nous.

— Peut-être, mais confronté à une menace, une culture peut connaître une explosion de son évolution.

— Capitaine…

— Admettons qu'ils ne nous attaquent pas. Nous repartons sans les Al'aos, mais avec les colons. Que diront les dirigeants de Zhanghill ?

— Ils peuvent bien dire ce qu'ils veulent ! Après ces mois sur cette planète, j'ai pris conscience de l'abjection de notre société. Le Triumvirat nous opprime.

— Ava, je n'ai pas l'âme d'une révolutionnaire et vous non plus d'ailleurs, sinon vous auriez tout avoué à Kalan'u beaucoup plus tôt.

Vous vous inquiétez pour les Al'aos, parce que votre ami fait partie du voyage.

La jeune femme baissa la tête, prise en faute, car cette remarque était la stricte vérité.

— Vous avez raison. J'aurais dû me préoccuper du sort des autres et cette idée me hante terriblement.

— Elle me hante aussi, avoua Bligh.

Elles échangèrent un long regard, conscientes de leur impuissance.

— Cela ne sera pas noté dans votre dossier, Ava. Vous êtes quelqu'un de passionné. Je ne veux pas nuire à votre avenir.

— Quel avenir ? Accomplir d'autres missions de ce genre ? Transporter des colons de planète en planète ? Des colons ? Ce sont plutôt des esclaves. Mon avenir est de demeurer sous la coupe de Zhanghill toute ma vie.

— C'est notre lot à tous, répliqua amèrement Bligh en posant inconsciemment sa main sur son exosquelette.

Elle se morigéna intérieurement en se disant qu'elle devait perdre cette stupide habitude. Les mots d'Ava avaient touché un point sensible. Ils étaient si proches de ce qu'elle pensait, si proches de ce qu'elle avait envie de faire.

— Je sais, c'est impossible, soupira la jeune femme. Mon père me l'a toujours répété. Je… Je vous remercie, Capitaine, vous auriez pu me punir pour mon comportement.

— En effet. Ava, méfiez-vous de Fletcher. Sa famille est haut placée dans la hiérarchie de Zhanghill. Il a de l'ambition et sait louvoyer pour obtenir ce qu'il désire sans faire de vague ni prendre de risques. Cet homme n'est pas fiable.

— Je sais, avoua-t-elle d'une voix misérable.

— Je suis désolée. Bien, nous en avons fini. Retournez sur la passerelle et envoyez-moi Fletcher.

— Oui, Capitaine, et… merci.

Bligh se contenta d'un signe de tête. Ava sortit les épaules basses, désespérée pour Kalan'u.

Une fois seule, Ellen laissa échapper un long soupir. Elle ne s'était jamais posé trop de questions lorsqu'elle appartenait aux FST, mais depuis qu'elle travaillait pour Zhanghill… La sonnerie de la porte résonna et elle autorisa l'ouverture. Fletcher et Muñoz entrèrent. Ils saluèrent tous les deux.

— Vous vouliez nous voir, Capitaine ?

— En effet ! Nous devons parler des violeurs.

— C'est une accusation un peu trop… forte, déclara Fletcher.

— C'est pourtant ce qui s'est passé, non ?

— Les Ataahuanes sont… faciles. Ils ont pu se méprendre.

— Lieutenant, non c'est non et ils savaient très exactement ce qu'ils faisaient. Selon la loi du Triumvirat, ce délit est puni de mort.

— Lorsqu'il s'agit d'une humaine, Capitaine. Vous ne pouvez pas condamner ces quatre gars pour avoir voulu… jouer avec une non-humaine, protesta Muñoz.

— Ce sont aussi des meurtriers.

— Ils se sont défendus, insista le chef de la sécurité.

— Ne tergiversez pas. Ce sont des criminels et leur punition doit être exemplaire.

— Si vous êtes trop sévère, cela se retournera contre vous, Capitaine, avertit Fletcher. Comme le disait Muñoz, ils s'en sont pris à des non-humains. Les règles sont différentes.

— Se retourner contre moi ? Pourriez-vous être plus précis, Lieutenant ?

— L'équipage est… perturbé. Les sanctions du voyage aller sont dans tous les esprits.

— Je l'espère bien ! Nous ne sommes pas sur un vaisseau de croisière. La discipline doit être maintenue, sinon ce sera l'anarchie.

— Je suis d'accord, Capitaine, intervint Muñoz. Vous le savez, je vous soutiens à cent pour cent sur les problèmes de discipline.

— Mais ?

— Mais vous ne pouvez pas condamner à mort des gars pour avoir tué un non-humain, quel qu'il soit.

— Je ne peux pas ? s'enquit-elle d'une voix lourde de menaces.

— Vous savez ce que je veux dire, Capitaine. Zhanghill vous crucifiera pour une telle décision.

Bligh ne répondit pas, prenant le temps de la réflexion. Certes, Muñoz avait malheureusement raison. La vie d'un non-humain ne comptait pas.

— Soit ! concéda-t-elle. Trente coups pour chacun d'entre eux. Et ce n'est pas cher payé.

— Capitaine…, protesta Fletcher.

— Je ne changerai pas d'avis. Ils doivent prendre conscience que le viol et le meurtre ne sont pas admis à mon bord. Je sais ! Ils n'ont pas agressé des humains, inutile de me rebattre les oreilles avec cet argument. Mais qui sera leur prochaine victime si nous ne faisons rien ?

— Capitaine, si vous punissez les gars à cause des Ataahuans, cela pourrait exploser, s'obstina Fletcher. Selon le règlement, les humains priment, quoi qu'ils fassent.

— Mon autorité prime, Lieutenant.

— Qu'ils soient mis aux arrêts dans ce cas ! Ils sortiront de leur quartier uniquement pour travailler. Notre équipage est trop restreint pour laisser des hommes inactifs.

— C'est une bonne idée, mais j'insiste pour les trente coups de flagelleur. Il n'y a pas à revenir là-dessus. Je réfléchis également à une punition plus… sévère pour Sanchez.

— Sanchez ?

— Fawlson a avoué qu'il était le meurtrier.

— Capitaine…

— Je connais vos arguments, mais un violeur est un violeur. Un assassin est un assassin. Il est inutile de tergiverser. Point, fin de la discussion. Mettez cela au point pour ce soir.

— C'est vous qui décidez, Capitaine, grommela Fletcher.

— Comme vous dites !

— Parlons du voyage de retour. Quelle route comptez-vous prendre ?

— La même qu'à l'aller. Nous ne pouvons pas courir le risque de mettre en péril les plans de tiragaatas en empruntant le Horn.

— C'est plus sage, en effet, Capitaine.

— Heureuse de voir que vous approuvez, Lieutenant, ironisa Ellen. Je ne vous retiens pas.

22

Ava avait déjà les yeux ouverts lorsque le réveil sonna. Ces derniers jours, elle dormait mal. Elle souffrait de l'ambiance délétère régnant à bord du *C.S. Marco Polo*. La punition exemplaire des quatre criminels avait marqué les esprits. Barnes se trouvait toujours à l'infirmerie et selon les rumeurs, il avait peu de chances de survivre au traitement infligé. Fawlson se remettait lentement et Davis avait déjà repris le travail. Bligh avait ordonné que Sanchez soit enfermé dans une cellule en attendant de décider de son sort. Elle souhaitait qu'il soit exécuté pour meurtre, même si Fletcher s'y opposait.

La douceur de la vie sur Ataahua manquait à beaucoup et le retour à la réalité leur pesait. La jeune femme partageait cette tristesse. Les mois vécus sur cette planète avaient été si merveilleux qu'elle n'arrivait pas à les oublier.

— Tu es réveillée ? demanda Ugo.

— Ouais…

— Tu passes en premier sous la douche ?

— Non, vas-y…, souffla-t-elle avec lassitude.

— Ça ne va pas ?

— Si, si… J'en ai marre de ce voyage.

— Tu n'es pas la seule, tu sais.

— Ouais…

Ugo se hissa sur la pointe des pieds pour atteindre la couchette supérieure. Elle se pencha sur une épaule pour mieux lui parler.

— Tu m'inquiètes, Ava, murmura-t-il avec empathie.

— Il n'y a pas de raison, Ugo.

— Ton ami ataahuan te manque ? demanda-t-il avec une pointe de jalousie dans la voix.

— Non… Oui, mais ce n'est pas mon petit ami, juste un camarade que j'aime beaucoup. Tout comme toi.

— Tu n'es pas obligé de me le dire.

— C'est la vérité ! Si tu ne veux pas me croire…

— Ava, je te crois, la coupa Ugo, mais tout le monde se vante d'avoir couché avec un ou plusieurs Ataahuans. Et ils sont tous persuadés que…

— Que j'en ai profité comme les autres ?

— Oui, mais je te crois.

— Et toi, Ugo ? Est-ce que tu frimes aussi ? répliqua-t-elle un peu sèchement.

— Non ! Bien sûr que non ! Je… Je suis amoureux de Tamara, as-tu oublié ?

— Excuse-moi.

— T'inquiète.

— Comment ça se passe avec elle ?

— Bien… Nous sommes amis, maintenant, même si elle sort toujours avec Henri, expliqua-t-il avec dépit.

— Oh, Ugo ! Je suis désolée.

— Non, ce n'est pas grave. Je me suis fait une raison. Je dois vraiment me préparer.

Il battit en retraite vers la salle de bains dont il émergea, quelques minutes plus tard, en uniforme et les cheveux encore humides.

— Bligh m'attend, je dois y aller, s'excusa-t-il.

— À ce soir, Ugo. Nous dînons ensemble, n'est-ce pas ?

— Bien sûr, répondit-il avec un grand sourire.

Ava bondit sur le sol, se rappelant soudain qu'elle allait être en retard. Pour le voyage du retour, Bligh l'avait affectée définitivement à la sécurité, ce qui l'arrangeait. Elle appréciait son travail sous les ordres de Muñoz.

Après un passage rapide sous la douche, elle s'habilla, puis sortit en coup de vent de sa cabine. Elle grimpait l'escalier lorsque l'alarme retentit. L'instant d'après, la jeune femme fut projetée contre la cloison sans en connaître la raison. Son crâne cogna si violemment qu'elle resta étourdie pendant quelques secondes. Elle se reprit et rejoignit la passerelle. Les portes étaient bloquées. Elle actionna l'ouverture d'urgence et pesa sur les vantaux pour les écarter. La pièce était envahie par une fumée âcre et épaisse. Elle entendait les râles des blessés et le hurlement des sirènes. Ava se rua vers les commandes d'évacuation manuelle des fumées qu'elle enclencha sans hésiter.

— Arrêt total des machines, Capitaine, s'écria Moboto.

Lentement, l'air fut assaini et dans le halo rouge des lumières de secours, il fut possible de découvrir l'ampleur des dégâts. Plusieurs consoles avaient grillé, des blessés étaient étendus partout.

— Sarlan ! Rapport ! beugla Bligh.

— Je ne sais pas, Capitaine, répondit le malheureux qui soutenait une main grièvement brûlée. Si je devais deviner, je penserais à une surcharge d'énergie. La passerelle n'a plus d'alimentation ni de communication interne.

— Fletcher, allez voir en bas. Je veux savoir ce qui se passe ! Morel, ne restez pas plantée là. Foncez à l'infirmerie. Vous avez une plaie à la tête. Faites-vous soigner et envoyez-nous un médecin. Allez !

Ava emboîta le pas à l'officier en second tout en portant une main à son crâne. Elle la retira poisseuse de sang et grimaça autant de surprise que de douleur. Deux minutes plus tard, elle fit irruption dans l'infirmerie qui, elle aussi, était en grand désordre. Lydie Papadakis se précipita vers elle.

— Vous êtes blessée, venez par ici.

— Docteur, vous êtes demandée sur la passerelle.

— Calmez-vous, j'y vais immédiatement. Tamara, veuillez soigner cette plaie.

— Oui, Docteur.

L'infirmière s'exécuta aussitôt tandis que Papadakis se ruait dans le couloir.

— Ne t'inquiète pas, la rassura Tamara. Lydie a servi sur un vaisseau des FST pendant des années. Elle saura ce qu'il faut faire. Ne bouge pas… Voilà, j'ai terminé. Ménage-toi ces prochains jours, si tu le peux bien sûr. Sais-tu ce qui s'est passé ? Ça commence à faire beaucoup ! Je n'ai jamais vu ça, un voyage avec autant de problèmes.

— Tu me rassures, marmonna Ava.

— On a la poisse !

— Je vais retourner sur la passerelle.

— Tu devrais te reposer, mais bon. Je ne peux pas t'en empêcher. Fais attention.

Ava leva un pouce pour toute réponse et se précipita à son poste.

△Ξ∧Ξ△

La porte se referma sur John Fryer, le dernier des officiers à rejoindre la réunion d'état-major voulue par Ellen Bligh. Les heures passées avaient été rudes, mais pour le moment, le *Marco Polo* était sorti d'affaire.

— Docteur ?

— Un seul blessé grave, Capitaine. Anders Thorsson a eu la jambe écrasée par une caisse mal fixée. Je ne sais pas si je réussirai à la sauver.

— Et Barnes ? Quel est son état ? demanda Fletcher.

Bligh serra les dents, car le sort de ce délinquant n'était vraiment pas une priorité.

— Il est toujours dans le coma, répondit succinctement Lydie Papadakis.

— Korolev ? Avez-vous une idée de ce qui s'est passé ?

— Ouais, j'en ai une. Je n'y croyais pas, mais Muñoz partage mon avis. D'ailleurs, il n'y a pas d'autre explication.

— Et si vous nous faisiez part de vos lumières ?

— C'est un sabotage, Capitaine. J'ignore le réel but du coupable, mais il n'avait pas anticipé la gravité de son acte. Du moins, je l'espère.

— Vous savez qui est le fautif ?

— Korolev et moi pensons qu'il ne s'agit pas d'un gars de l'ingénierie. Il n'aurait pas été aussi stupide.

— Qui alors ?

— Les images de surveillance ont été détruites.

— C'est gênant.

— Ouais, mais le coupable a oublié la sauvegarde automatique. Bref, je sais qui est ce foutu saboteur.

— Ne nous faites pas languir.

— Davis, mais il n'a pas pu agir seul. Il avait besoin d'un gars connaissant le système de sécurité pour supprimer ces images.

— Un de vos hommes, Muñoz ?

— C'est toujours possible, bien sûr, mais…

— Mais ?

— Ils savent tous qu'il existe des sauvegardes. Ils y auraient pensé. Non, j'ai mon idée, mais pas de preuve.

— Dites toujours.

— Omar Kacem est l'un de leurs amis. C'est l'un des opérateurs de la console technique sur la passerelle. Il avait les moyens et les connaissances pour supprimer les enregistrements.

— Je vois, mais nous ne pouvons pas le prouver, c'est cela ?

— Oui, Capitaine. Seule, la culpabilité de Davis est certaine.

— Cette fois, la coupe est pleine. Je ne serai pas aussi indulgente.

— Indulgente ? s'étrangla Fletcher.

— Oui, indulgente. J'avais le droit de sévir de façon définitive à de nombreuses reprises, Lieutenant. Cette fois-ci, je ne commettrai pas la même erreur.

— Vous ne pouvez pas le balancer par un sas, Capitaine, insista Fletcher. L'ambiance est explosive.

— Lui et son ami Sanchez seront éjectés de mon vaisseau dès demain matin.

— Sanchez ? Pourquoi…

— Pour meurtre, vous avez oublié ? Je me moque que sa victime soit un Ataahuan. Ces deux fauteurs de troubles seront exécutés, point à la ligne.

— Je vous conjure de bien réfléchir, Capitaine, insista Fletcher.

— Et selon vous, que devrais-je faire ?

— Impossible d'utiliser le flagelleur, intervint froidement le docteur Papadakis. Davis ne supporterait pas une nouvelle punition.

Bligh contracta les mâchoires de colère, ferma les yeux pour contrôler son ire, puis prit une décision provisoire.

— Enfermez-le comme son ami Sanchez. Je verrai cela plus tard, céda-t-elle. Korolev, dans combien de temps pourrons-nous partir ?

— Demain matin, je pense, Capitaine, mais…

— Mais ?

— Comme je disais, la réparation sera réalisée, mais cet incident a considérablement impacté nos réserves de S4.

— C'est-à-dire…

— Nous ne pourrons pas atteindre Vilam, Capitaine, pas dans l'état actuel.

— Il n'y a pas de colonies sur notre route ? s'enquit Fletcher.

— Je crois que si, Lieutenant, mais elles sont trop éloignées et ne disposent pas de stocks de S4.

— Nous pourrions envoyer un message pour qu'un vaisseau nous rejoigne, non ?

— Hors de question ! coupa Bligh. Nous sommes trop proches de la zone de guerre. Je ne veux pas que les Aezlakes captent notre transmission et apprennent notre vulnérabilité.

— C'est bien ce que je pensais, Capitaine, déclara Korolev. Donc, on est foutus. Ça ne servirait à rien de regagner Ataahua, ils n'ont pas de gisement de S4. J'ai vérifié quand nous y étions.

— Mais nous pourrions y retourner ? demanda Fletcher.

— Ouais, mais nous serions coincés là-bas pour un moment.

— Il y a de pires endroits pour être naufragé, fit remarquer Paulsen.

— Peut-être, mais après les agissements de Sanchez et compagnie, nous ne serons pas les bienvenus, répliqua Bligh. Et puis, je n'ai pas l'habitude d'abandonner. Korolev, je veux une solution.

— Eh bien, on peut une fois encore tout rationner. Fermer un maximum de ponts. Manger froid. Baisser les niveaux du système environnemental. Nous allons nous geler les fesses, mais ça nous permettra d'économiser un peu de puissance. Plus de douche, non plus.

— Et cela suffira ? s'inquiéta Fletcher.

— Peut-être… L'autre solution est de balancer dans l'espace ce qui nous coûte de l'énergie.

— C'est-à-dire ? osa Muñoz.

— On débranche les arbres ou les Ataahuans.

Un silence s'installa dans la pièce. Ils échangèrent des regards consternés.

— Il est hors de question de sacrifier les tiragaatas, s'exclama enfin Reza. C'est pour cela que nous sommes venus et ces arbres pourront faciliter la vie de milliers de colons.

— Nous n'allons pas tuer ces quatre cents personnes, s'offusqua Papadakis.

— Dois-je vous rappeler, Docteur, que ce ne sont pas des personnes ? Ils sont des non-humains. Le transport des Ataahuans faisait certes partie de notre accord, mais un accord n'est à satisfaire que s'il ne nuit pas aux intérêts de Zhanghill.

— C'est impossible, poursuivit le médecin en s'étranglant presque.

— Reza a malheureusement raison, marmonna Muñoz. Nous n'avons pas le choix.

— Tout à fait, renchérit Fletcher. Les intérêts de Zhanghill l'emportent sur tout le reste. Il faut débrancher les unités de cryogénisation. De toute façon, le sort des Ataahuans n'a aucune importance.

— Lieutenant…, commença Bligh d'une voix grinçante.

— Vous savez très bien qu'ils auraient sans doute été déposés sur un monde primitif, difficile à défricher, et ça, dans le meilleur des cas. Capitaine, je ne connais pas vos ordres, mais si ça se trouve, vous recevrez l'injonction de les balancer dans l'espace avant de passer nos frontières.

— En effet, vous ignorez mes ordres, riposta-t-elle sèchement. Écoutez-moi bien, vous tous. Je suis un soldat ou du moins je l'étais. J'ai éliminé de nombreux ennemis, de très nombreux ennemis, mais c'était au combat. Dans ce contexte, c'est tuer ou être tué. Cela fait partie du jeu et tous les protagonistes doivent l'accepter. Certains commandants ont eu à prendre de graves décisions, comme nettoyer des mondes habités pour permettre à nos colons de s'implanter. Par miracle, je n'ai pas été confrontée à ce genre de choix.

Bligh s'interrompit. Son regard froid ne lâchait pas ses officiers. Son second soutenait sans complexe la position de Zhanghill. En tant que capitaine, elle se devait d'appliquer le règlement de la compagnie, mais en tant qu'être humain, elle ne pouvait se résoudre à un tel meurtre. Elle refusait d'assassiner quatre cents malheureux qui n'auraient même pas le loisir de se défendre. Ils étaient endormis et ne se réveilleraient jamais. Non !

— Bien, c'est réglé alors, pérora Reza.

— Certainement pas ! Je ne commettrais pas ce crime.

— Mais, vous ne pouvez pas… Les tiragaatas…

— Seront préservés. Nous allons nous restreindre, économiser chaque miette d'énergie.

— Cela va être l'enfer ! Vous ne pouvez pas imposer ça à l'équipage pour… pour ces non-humains, protesta Fletcher.

— Nous avons tous profité de l'hospitalité des Ataahuans, surtout vous, Lieutenant.

— Et alors ?

— Je ne peux pas croire que cet équipage préférerait assassiner des êtres vivants pour sauver vos maudites plantes, Reza.

— Je suis désolé de dire ça, Capitaine, marmonna Korolev, mais les arbres dépensent peu. Même en éteignant les rampes, nous serions encore en difficulté. J'veux pas les tuer, mais… mais je ne fais que citer les faits.

— Ils sont dûment notés, tout comme votre opposition, Fletcher. J'ordonne la mise en application du protocole de restriction absolue. Tout le monde doit se regrouper dans le mess. Les chambres seront fermées. L'éclairage sera réduit au minimum dans cette pièce, sur la passerelle et dans la salle des machines. Dans le reste du vaisseau, nous nous déplacerons avec des lampes individuelles. Le chauffage sera aussi baissé… Enfin, je n'ai pas à vous expliquer tous les détails du protocole.

— Vous le regretterez, Capitaine, cracha Fletcher. Jamais Zhanghill ne vous pardonnera une telle décision.

— Si vous continuez à me menacer, Lieutenant, c'est vous qui le regretterez. Rompez, cette réunion est terminée. Korolev, mettez-vous au travail sans attendre.

— À vos ordres ! répondit-il en haussant les épaules avec fatalité.

Les officiers quittèrent son bureau un par un. Papadakis resta en arrière le temps de murmurer :

— Merci, Capitaine. Votre décision est courageuse.

— C'est surtout idiot, mais je vous remercie de votre soutien, Docteur.

23

Zhanghill corporation
Règlement de la flotte spatiale
Article 2
Le capitaine doit obéissance à Zhanghill.

Cela faisait déjà deux jours que l'équipage vivait sous le régime du protocole de restriction absolue. Pour s'y conformer, tout le monde logeait dans le mess, sur des matelas installés à même le sol. L'éclairage était réduit au minimum, tout comme le chauffage. Ava regagna sa couchette en grelottant. Elle n'aspirait qu'à se laisser tomber et dormir jusqu'au lendemain. Elle allait se glisser dans son sac de couchage, mais Ugo l'arrêta.

— Je t'ai gardé une ration, dit-il.

— Merci, c'est gentil, mais je n'ai pas très faim.

— Tu dois manger.

— Si tu insistes.

Elle prit le sachet qu'il lui tendait et avala le liquide sirupeux qui s'y trouvait. C'était sans saveur, presque écœurant. Elle haïssait ces rations de survie qui allaient les nourrir pendant les semaines à venir. Elle reposa l'emballage avec une grimace qui fit rire le jeune homme. Elle allait répliquer vertement lorsqu'elle avisa enfin l'attroupement, dans un coin sombre de la pièce.

— Que font-ils, là-bas ? demanda-t-elle.

— Je ne sais pas trop, mais je ne suis pas le bienvenu.

— Pourquoi ?

— Je pense qu'ils parlent du capitaine.

— À quel sujet ?

— Je ne sais pas, mais ça m'inquiète. Ils sont très remontés contre Bligh. Barnes est toujours à l'infirmerie. Ils racontent qu'il est déjà mort et qu'on leur cache la vérité.

— C'est idiot.

— Et, selon ces imbéciles, leur confort est plus important que la vie des non-humains. Ils lui reprochent aussi d'avoir emprisonné Sanchez et Davis… Il paraît qu'elle veut les balancer dans l'espace pour économiser de l'énergie, mais je sais que c'est faux. Je travaille avec Bligh, je serais au courant si elle avait pris cette décision.

— Tu veux dire qu'ils la blâment d'avoir enfermé Davis qui nous a mis dans cette situation ?

— Ouais… Selon eux, il est innocent. C'est ce que j'ai entendu ces derniers jours.

— Et comment expliquent-ils l'explosion ?

— Que c'est une connerie de Korolev, ou un banal incident ! Et que Bligh fait payer son incompétence à Davis.

— C'est affligeant, soupira-t-elle. En attendant, j'aimerais bien savoir ce qu'ils racontent en ce moment.

— Jamais ils ne te laisseront participer. À leurs yeux, tu es la protégée de Bligh.

— Il existe peut-être une solution.

— Je t'en prie, non ! Ne prends pas de risques inutiles…

Ugo s'interrompit lorsque Fletcher entra dans la pièce. Fawlson se leva d'un bond pour venir à sa rencontre. Ils échangèrent quelques mots, puis les deux hommes rejoignirent le groupe.

— Alors, que vouliez-vous me dire ? demanda l'officier en second.

— Nous refusons de jouer nos vies pour protéger ces maudits Ataahuans, Lieutenant, osa Kacem.

— Et nous ne voulons pas que Sanchez ou Davis soient exécutés, précisa Fawlson. Ce ne serait pas juste.

— Nous sommes des Terriens, déclara Paulsen. On ne devrait pas s'inquiéter du bien-être de quelques foutus non-humains.

— Ils sont quatre cents, tout de même, murmura Peeters, mais personne ne parut l'avoir entendue.

— Je vois. Vous n'êtes pas d'accord et alors ?

— Alors, vous pourriez faire quelque chose, Lieutenant. On vous soutiendrait.

— Si je devine correctement ce que vous voulez dire, je devrais vous faire arrêter immédiatement.

— Le règlement de Zhanghill doit primer, pourtant. Le capitaine agit de façon complètement… absurde, se risqua Shen. Elle se croit toujours dans les FST.

— Je vais faire comme si je n'avais pas entendu.

— Ne la laissez pas assassiner Sanchez et Davis, insista Fawlson. Elle a déjà tué Barnes.

— Il n'est pas encore mort.

— C'est tout comme.

— Je comprends votre colère, les amis, déclara Fletcher après deux secondes de réflexion. Cependant, une mutinerie est une chose trop grave. L'autorité du capitaine ne doit pas être remise en question, vous le savez parfaitement.

— Vous allez laisser faire, alors ? gronda Kacem.

— Il n'a pas le choix, soupira Shen.

— Tu es toujours aussi courageux, toi, répliqua Fawlson. Lieutenant, vous ne pouvez pas…

— Elle ne s'en prendra pas à Sanchez, les gars. Je l'en empêcherai, mais pour Davis… Cet abruti est responsable d'un sabotage. Je pourrai le balancer moi-même par le sas.

— C'est un complot, Lieutenant. Il est innocent.

— C'est Muñoz qui a enquêté et j'ai confiance en lui.

— Pas moi, insista Fawlson.

— Vous devriez. Je ne rapporterai pas cet échange, mais oubliez vos bêtises.

— Oui, Lieutenant, soupira Shen.

Fletcher s'éloigna avec un air songeur. La situation devenait explosive et il y vit un moyen de briller. Un sourire pensif sur les lèvres, il rejoignit la passerelle afin d'y prendre son quart. Il salua Bligh qui s'extirpa du fauteuil de commandement.

— S'il y a le moindre problème, n'hésitez pas à me réveiller, lui dit-elle.

— Bien entendu.

— Rien à signaler ? Comment réagit l'équipage ?

— Il supporte l'épreuve en silence, mais pour combien de temps ?

— Ils tiendront, grommela-t-elle. À tout à l'heure.

Il attendit patiemment que Bligh ait quitté les lieux depuis plusieurs minutes avant de demander à Damian Carter, l'officier communications, de lui laisser l'accès à sa console. Il s'installa devant le poste, coiffa les écouteurs et régla le micro pour qu'il capte le moindre murmure. Il pianota sur les touches avec dextérité afin de programmer des coordonnées d'appel. Une jeune femme apparut sur l'écran.

— Je souhaiterais parler à Josef Fletcher, chuchota-t-il pour s'assurer que personne sur la passerelle ne pourrait l'entendre.

— De la part de qui ?

— Son neveu, Chris Fletcher.

— Veuillez patienter.

L'image se figea et quelques minutes plus tard, le visage sévère d'un homme d'une soixantaine d'années se manifesta à son tour.

— *Chris, voici une heureuse surprise. Je suis ravi de te voir.*

— Moi aussi, mon oncle, comment allez-vous ?

— *Bien, mais ce n'est pas pour prendre de mes nouvelles que tu me contactes. Quel est donc ton problème ? Je suppose que tu affrontes une difficulté, alors raconte-moi. Comment se passe ta collaboration avec le capitaine Bligh ?*

— Elle n'était pas le meilleur choix pour cette mission, mon oncle.

— *Tu ne disais pas cela avant le départ. Tu étais même enthousiaste.*

— Sur papier, elle paraissait parfaite pour un voyage si loin derrière les lignes. Il ne fallait pas désigner n'importe quel capitaine de cargo. Au début, elle a plutôt assuré en nous sauvant d'une attaque des Aezlakes, mais comme je le craignais, elle a fait preuve d'une trop grande autorité.

— *C'est-à-dire ?*

— Elle a puni sévèrement certains membres de l'équipage. Certes, ils le méritaient, mais ils ne l'ont pas très bien pris. La route rouge étant compromise, elle a tenté de passer par le Horn.

— *Il s'agissait de la route la plus courte, si je ne m'abuse.*

— En effet, mais elle était trop périlleuse. Nous avons failli y rester. Elle a dû se résoudre à abandonner.

— *Voilà pourquoi vous avez mis tant de temps. Je commençais à me dire que vous aviez été détruits. Où êtes-vous désormais ?*

— Sur le chemin du retour, mon oncle. Nous avons dû attendre la bonne époque pour récolter les tiragaatas.

— *Nous savions que c'était un risque.*

— Nous avons eu une impressionnante avarie qui a déclenché une fuite de S4. Il a fallu faire un choix. Détruire les arbres…

— *Impossible !*

— Je sais, mon oncle. L'autre possibilité était de débrancher les quatre cents Ataahuans que nous transportons. J'ai tenté d'expliquer au capitaine que ces non-humains ont peu d'intérêt pour Zhanghill. Elle a refusé de m'écouter. Elle a préféré ordonner le protocole de restriction absolue.

— *Tu as en partie raison, Chris, mais en partie seulement. Nous avons besoin de ces non-humains pour exploiter un gisement de S4. La planète en question tue les humains beaucoup trop rapidement.*

— Je vois, mon oncle, mais… mais nous risquons de ne pas arriver entiers.

— *Je le conçois, mais cela fait partie des aléas de ton métier. Tu as réclamé cette mission. Tu voulais avancer dans ta carrière.*

— Certes, mais l'équipage est en colère contre Bligh. Elle a condamné à mort un gars parce qu'il aurait tué un Ataahuan avant le départ.

— *C'est en effet une décision surprenante, mais elle est le seul juge des sanctions nécessaires pour punir un coupable.*

— Je… Je crains une mutinerie, mon oncle.

— *Tu dois empêcher cela, Chris. Si tu participes, ou si tu es victime d'un tel crime, je ne pourrai pas te sauver. Zhanghill aura ta peau et tu pourras oublier ta carrière.*

— Que faire, dans ce cas ?

Josef Fletcher ne répondit pas immédiatement. Après quelques secondes, Chris craqua et demanda :

— Mon oncle ?

— *Je suis toujours là… Je réfléchis.*

À nouveau, le silence pesant de l'espace s'installa. Il dura de longues minutes, cette fois, et Chris n'osa pas le briser.

— *Bien, je vais dépêcher le* C.S. Shanghai *pour vous porter assistance. Je ferai en sorte que Bligh soit déclarée en contradiction avec les principes de Zhanghill. Elle sera placée en détention et toi, tu seras un héros, Chris.*

— Merci, mon oncle.

— *Ne me remercie pas. Tu me mets dans une situation difficile et je devrai payer l'addition.*

— Je suis désolé.

— *Tu t'en acquitteras aussi. Bien, le* Shanghai *devrait arriver à votre rencontre dans quelques jours. Il vous ravitaillera en S4 et tout devrait rentrer dans l'ordre.*

— Merci, mon…

Josef Fletcher avait déjà coupé la communication. Chris reposa les écouteurs et effaça toute trace de cette discussion.

△Ξ∧Ξ△

Bligh luttait contre une migraine persistante, conséquence du manque d'oxygène. Après six jours de protocole de restriction absolue, la survie à bord devenait une épreuve insupportable. L'équipage était au bord de la révolte, mais elle ne céderait pas. De son point de vue, cette situation exigeait une certaine résilience, ce qui n'avait rien d'insurmontable. La sonnerie du système de communication interne vint lui vriller le cerveau. Elle pressa une touche pour autoriser l'appel.

— *Une communication en provenance du* C.S. Shanghai, *Capitaine*, annonça Damian Carter.

— Passez-le-moi, gronda Bligh.

Le *Shanghai* – comme tous les vaisseaux nommés selon une ville terrienne – était rattaché aux brigades privées de Zhanghill. La mission principale de ces troupes impitoyables était de nettoyer les planètes convoitées de toute présence non-humaine. Elles défendaient les intérêts de la compagnie, quoi qu'il en coûte. Un tel appel ne présageait rien de bon.

— Ellen Bligh ? demanda l'homme mince qui apparut à l'écran.

— Elle-même ! Et vous devez être Paul Cunningham, je présume, répliqua-t-elle d'un ton neutre.

— Je constate que vous connaissez ma réputation, déclara l'autre avec un sourire satisfait qui n'éclairait pas ses yeux d'un bleu intense.

— J'ai eu l'occasion de me poser sur la planète Caartan. J'ai vu le résultat de votre… activité.

— Du bel ouvrage, pas vrai ? ironisa l'homme.

— Pas un seul rescapé. Vous devez être fier de votre talent de nettoyeur. Bien, assez parlé de nos campagnes respectives, enchaîna-t-elle sans le laisser répondre. Que voulez-vous ?

— J'ai été détourné de ma mission pour vous porter secours. Il paraît que vous refusez de débrancher quelques non-humains.

Bligh conserva un masque impassible, mais intérieurement elle bouillait de colère.

— Qui vous a contacté ? Fletcher ?

— Il a usé de son avantage.

— Son avantage ?

— Celui d'avoir un oncle possédant un certain pouvoir au conseil de Zhanghill. Votre petit trou du cul de second est passé par-dessus votre tête pour se plaindre de la situation. Si c'était moi, je le lui ferais payer.

— J'y songe.

— Tant mieux. Je connais votre réputation au sein des FST, Bligh. Je suis désolé des circonstances qui vous ont reléguée comme capitaine de cargo, mais les lois de Zhanghill sont claires. La vie des humains primera toujours sur celles de ceux qui ne le sont pas.

— Ces Ataahuans sont destinés à une mission particulière…

— En effet, ils vont travailler dans une mine de S4 sur une planète inhospitalière. Les prisonniers humains les plus résistants ne tiennent que trois ans. Vos passagers congelés devraient survivre une dizaine d'années. Cependant, en attendant mon arrivée, votre équipage risque de graves séquelles. Vous avez donc ordre de débrancher la moitié des Ataahuans. Les autres seront suffisants.

— C'est une blague, s'étrangla Bligh.

— Si le travail des deux cents restants est satisfaisant, je suppose que nous accélérerons la conquête de ce monde.

— Dans combien de temps serez-vous là ?

— Une dizaine de jours.

— Nous pouvons tenir sans tuer personne.

— Ils vous ont coupé les burnes en même temps que les jambes, à cette foutue bataille ? Je réitère mon ordre. Débranchez deux cents Ataahuans ! Maintenant !

— Je suis seul maître à mon bord, Capitaine Cunningham ! Ne me dites pas quoi faire. Nous ne sommes pas un équipage de mauviettes et dix jours sans confort, ce n'est rien.

— Certes, c'est l'article premier du règlement de la flotte. Dois-je mentionner l'article deux ?

— Ce n'est pas nécessaire.

— Bien. Nous nous verrons dans dix jours, Capitaine. Tenez bon et surveillez ce Fletcher.

— Bonne route, conclut Bligh en coupant la communication.

Elle resta immobile de longues minutes derrière son bureau. Elle allait devoir prendre une grave décision. Elle se remémora ses discussions avec Beverly. Sa compagne détestait la loi imposée par le Triumvirat et, plus que tout, elle haïssait Zhanghill corporation. Ses opinions avaient eu raison de leur couple. Bligh soupira. Elle avait accepté l'exosquelette parce qu'elle refusait une vie d'assistée, paralysée sur un lit pour le reste de son existence. Une fois l'opération terminée, puis la rééducation qui avait suivi, elle avait été convoquée au quartier général de Zhanghill. On lui avait confié le *C.S. Marco Polo* et la mission qui allait avec. En apprenant l'identité des colons qu'elle transporterait vers Ataahua, une idée avait alors germé dans son esprit, un projet totalement fou qui dormait en elle depuis longtemps, sans qu'elle en ait conscience. Elle avait étudié le dossier de plusieurs officiers disponibles. Nombre d'entre eux étaient des vétérans des FST. Elle connaissait même certains d'entre eux pour les avoir croisés au cours de sa carrière. Son plan était audacieux, mais elle pourrait les convaincre. D'ailleurs, elle n'aurait confiance qu'en d'anciens soldats. Eux seuls étaient à même de comprendre ses motivations et de partager ses rêves. Sur sa recommandation, ses officiers avaient été mutés sur le *C.S. Marco Polo*.

Quelques jours après le début du voyage, elle avait discrètement sondé ces officiers et avait été satisfaite de leur réaction. Elle n'avait rien proposé à Fletcher, car elle avait vite deviné qu'il n'était pas fiable. En découvrant Ataahua, elle avait renoncé à son plan. Cette planète était un véritable paradis et les colons avaient choisi d'y vivre. Elle ne pouvait pas le leur reprocher.

Bligh soupira. Sa conversation avec Cunningham changeait beaucoup de choses. Elle avait accompli de nombreuses saloperies durant son service dans les FST, des actes qui peuplaient ses cauchemars. Elle refusait de commettre un autre assassinat. Les Ataahuans n'étaient pas ses ennemis et ne menaçaient pas la Terre.

— Non ! prononça-t-elle à haute voix.

Elle revint vers sa console et tapa rapidement un message à l'attention des quelques personnes en qui elle avait confiance.

— Advienne que pourra, murmura-t-elle.

24

Zhanghill corporation
Règlement intérieur
Article 4
Zhanghill investit sur ses employés, ceux-ci ne
doivent pas décevoir la compagnie.

Quelques minutes plus tôt, Bligh avait convoqué Ava en lui intimant l'ordre de n'en parler à personne. Elle s'était donc hâtée jusqu'à sa cabine, tout en s'interrogeant sur cette demande étrange. En entrant, elle se figea sur le seuil, surprise de constater que plusieurs personnes étaient présentes : Muñoz, Fryer, Papadakis, Carter et Moboto.

— Merci de vous joindre à nous, Cadet, déclara le capitaine. Certes, Morel ne vient pas des Forces, mais elle partage nos convictions.

Ava se faufila près d'Henri sans oser demander de quoi il s'agissait. La sonnette retentit à nouveau et ils furent rejoints par Jian Willem, Olga Shultz, Ali Doukoure, puis Fukuda et Gunther. Ava faillit s'étrangler de stupeur quand Ugo entra à son tour, suivi une minute plus tard par Tomas Jansson. L'arrivée de Korolev fut une surprise, car l'ingénieur quittait très rarement sa salle des machines.

— Bien, nous sommes au complet, déclara Bligh. Je vous ai conviés dans mon bureau parce que j'ai confiance en vous. À une ou deux exceptions près, vous êtes tous des anciens des FST. Je connaissais personnellement la plupart d'entre vous avant ce voyage. D'ailleurs, je vous remercie d'avoir plus ou moins gardé le secret à ce sujet.

— On s'est vite dit que ce n'était pas une bonne idée, ironisa Korolev.

— Votre sens de l'humour laisse à désirer, Anton.

— Ouais, désolé.

— Vous le savez tous, les choses vont mal, reprit Bligh avec un sourire en coin. Si on oublie les conséquences de ce sabotage, ce foutu équipage gronde de rumeurs et de contestations.

— J'essaye de les calmer, intervint Jansson, mais faut dire que les punitions de ces idiots n'ont pas aidé.

— Elles étaient méritées.

— Bien sûr, Capitaine, cependant la menace qui pèse sur Sanchez et Davis n'arrange rien.

— L'un est un assassin, l'autre un saboteur. Ils consomment des ressources dont nous avons besoin. J'aurais dû les faire exécuter bien plus tôt.

— Je suis d'accord avec vous, lança Muñoz.

— J'en suis bien aise, mais ce n'est pas le sujet de cette réunion. Zhanghill nous envoie un vaisseau.

— C'est plutôt une bonne nouvelle ça, déclara Fryer.

— Je croyais que vous ne vouliez pas rompre le silence radio, osa Muñoz.

— Je ne l'ai pas fait. Fletcher s'en est chargé sans m'en parler, bien entendu.

— Il ne manque pas d'air ! s'énerva le chef de la sécurité.

— Et il est bien le seul, répliqua Bligh déclenchant le fou rire de Papadakis.

— Quel vaisseau ? questionna Korolev.

— Le *C.S. Shanghai*.

— Merde !

— Comme vous dites !

— Pourquoi est-ce un problème ? demanda Ava.

— Parce que c'est un vaisseau des brigades privées de Zhanghill, répondit Fryer. Ce n'est jamais une bonne nouvelle de les rencontrer.

— Leur capitaine m'a donné l'ordre de débrancher la moitié des Ataahuans.

— On ne peut pas faire ça ! s'insurgea Ava.

— Non, on ne peut pas, renchérit Lydia Papadakis.

— Je ne veux pas minimiser le sort de vos amis non-humains, intervint Korolev, mais Zhanghill n'aime pas les missions qui foirent.

Je pense que nos prochaines mutations n'auront rien de sympa… si nous sommes affectés quelque part.

— Que ce soit clair, coupa Bligh avec sérieux. Je n'assassinerai pas deux cents malheureux endormis.

Sa déclaration les stupéfia, car ils savaient tous que Zhanghill ne lui pardonnerait pas une telle désobéissance.

— Qu'avez-vous en tête ? demanda Muñoz.

Bligh prit son temps pour répondre. Elle avait confiance en chacun d'entre eux, mais ce qu'elle prévoyait serait difficile, voire impossible. Elle scruta chaque visage pour tenter de deviner leur état d'esprit et ne découvrit aucune faiblesse.

— Je vais détourner ce vaisseau, lâcha-t-elle avec fermeté.

— Quoi ? s'exclama le chef de la sécurité.

— Nous allons réunir l'équipage et leur donner le choix. Fuir le Triumvirat avec nous ou attendre l'arrivée du *Shanghai*.

— Je ne suis pas sûr de comprendre, Capitaine, osa Fryer.

— Je refuse de tuer les Ataahuans. S'ils sont toujours en vie à l'arrivée du *Shanghai*, je serai sans doute punie pour désobéissance, mais je m'en moque. Je serais prête à l'accepter si ça pouvait sauver nos passagers, mais je connais le sort qui leur est réservé et il n'a rien d'enviable.

— Quel est ce sort ? demanda Ava d'une voix serrée par l'émotion.

— Ils vont travailler dans une mine de S4 sur une planète très inhospitalière. Les humains y meurent trop vite, mais les Ataahuans sont plus résistants. Ils tiendront quelques années supplémentaires.

— C'est… horrible.

— Oui, ça l'est.

— Quel est votre plan ? s'enquit Papadakis. Parce que je vous connais, vous en avez sûrement un.

— Nous nous emparons du vaisseau. Nous sélectionnons ceux qui ne partagent pas nos convictions. Nous les débarquons dans la navette et ils seront récupérés par le *Shanghai*. Nous faisons demi-tour et nous retournons vers Ataahua.

— Et après ? demanda Korolev. Nous manquons de S4. Dois-je vous rappeler que cette planète ne dispose d'aucun gisement ?

— Nous aviserons.

— Les Ataahuans pourront nous aider, intervint Ava. Ils dissimulent leur technologie, mais elle existe.

— Et s'ils refusent ? contra l'ingénieur.

— Je me souviens d'un rapport secret, lorsque j'étais dans les FST, déclara Bligh. Il mentionnait des gisements de S4 dans une région, loin derrière la ligne de front. J'ai vérifié. Cette ceinture d'astéroïde est proche d'Ataahua. Selon mes calculs, nous devrions pouvoir l'atteindre.

— Admettons, Capitaine, intervint Muñoz. Et après ?

— Après avoir récupéré les colons qui voudront nous suivre, nous fuirons très loin du Triumvirat. Je l'avais envisagé au tout début de cette mission. Il n'y a plus rien pour nous sur Terre. Nous courrons à notre perte. Nous sommes exploités, puis jetés comme des moins que rien. Nos hommes se font écharper à la guerre sans aucune considération. Dès qu'ils ne sont plus utiles, ils sont vendus à Zhanghill. Et ne jouez pas les étonnés ! Vous avez tous adhéré à mon projet, lorsque j'ai abordé ce sujet à votre arrivée à bord. Je vous ai présenté mon plan et vous aviez accepté de m'accompagner.

— Accepté, c'est vite dit, grommela Fryer. Votre proposition était très théorique.

— Ne sois pas si trouillard, John, répliqua Korolev. Nous étions d'accord. En tout cas, moi je l'étais. Comme vous tous, je ne supporte plus de bosser pour Zhanghill. Seulement… Seulement, il ne s'est rien passé. Nous avons quitté Ataahua sans rien faire.

— En effet ! J'avais vu dans cette mission une opportunité puisque les colons étaient en grande partie des anciens des FST. Cependant, Ataahua leur offrait une vie si douce qu'ils ont préféré ne pas courir de risque. Il n'était pas viable de s'échapper seul, alors j'ai renoncé. J'ai eu tort ! Zhanghill ne patientera pas quelques décennies, comme je le croyais, avant d'attaquer Ataahua. Ils voudront d'autres esclaves pour leurs mines.

— Mais que pouvons-nous y faire ? s'écria Fryer. Ce n'est pas avec un cargo commercial que nous pourrons défendre une planète.

— Non, c'est certain, confirma Bligh. Et je n'ai pas l'intention de faire la guerre. Cependant, tout dépendra de notre niveau de S4 en arrivant sur place. Si nous nous retrouvons cloués au sol, nous n'aurons pas le choix et nous aurons peu de temps pour former les Ataahuans.

— Ce sera inutile, grommela Fryer. Sans technologie pour nous défendre, le *Shanghai* nous écrasera.

— Capitaine, nous pourrions réveiller Kalan'u et tout lui dire, proposa Ava. S'il existe une solution technique, il nous le dira.

— Vous en êtes sûre ?

— Oui, Capitaine. J'en suis convaincue.

— Soit… C'est ce que nous allons faire, mais discrètement. Vous, Lydie et Arturo, descendez en zone de cryogénisation. Dès qu'il sera réveillé, expliquez-lui tout. S'il confirme que son peuple peut nous aider techniquement, nous nous emparerons du vaisseau. Sinon… Sinon, nous devrons choisir entre : raccompagner ces gens chez eux avec le risque que le *Shanghai* vienne nous arrêter ou ne rien faire et plier comme d'habitude.

Un long silence suivit les paroles du capitaine. Sans l'avouer, ils partageaient tous sa défiance vis-à-vis de Zhanghill. La plupart avaient été obligés de signer un contrat avec la compagnie pour diverses raisons. De plus, rien ne les attendait sur Terre. Ils étaient tous célibataires et sans enfants. Certains, comme Ava, avaient encore des parents, des sœurs ou des frères, mais était-ce suffisant pour accepter une vie de compromissions ?

— Dès le début de ce foutu voyage, j'étais déjà d'accord sur le principe de cette mutinerie, parce que c'est le mot idoine, déclara Korolev avec sérieux.

— Oui, amusant, pas vrai ? répliqua le capitaine avec un sourire en coin.

— Hilarant ! Pour tout vous dire, je me moque un peu des non-humains. Certes, ce n'est pas très moral, mais ce sentiment n'a plus cours sur Terre depuis bien longtemps. Ce que je sais, c'est qu'après l'intervention du *Shanghai*, Zhanghill ne prendra pas de risque. Ils auront la trouille qu'on raconte ce qui s'est passé. On disparaîtra. Je parierai sur une colonie à la con, peut-être même celle qui attend vos copains dorés. Et moi, je n'ai pas envie de pourrir dans une mine de S4. Donc, j'espère que tu sauras convaincre l'Ataahuan de cracher le morceau, gamine, ajouta l'ingénieur en se tournant vers Ava.

— Il m'écoutera, affirma-t-elle avec une assurance qu'elle ne ressentait pas.

— Nous verrons cela, conclut Bligh. Retournez à vos postes. Allez réveiller Kalan'u et restez tous très discrets.

△Ξ∧Ξ△

Ava, Muñoz et Papadakis descendirent sur le pont intermédiaire. Ils étaient tous les trois équipés d'un appareil respiratoire autonome, car les systèmes environnementaux étaient réglés au minimum dans cette partie du vaisseau. Ils ouvrirent la porte verrouillée grâce au code fourni par Bligh et entrèrent vite dans la pièce, plongée dans l'obscurité. Les diodes lumineuses des unités de cryogénisation produisaient un halo fantomatique. Ava alluma sa torche et balaya les visages figés dans les sarcophages verticaux à la recherche de son ami.

— Il est ici ! dit-elle à voix basse.

Lydie Papadakis la dépassa et pressa une touche sur l'écran de contrôle et débloqua l'accès à toutes les fonctions. Dans la liste, elle sélectionna le mot « réveil ». Aussitôt, le tube s'éclaira, passant d'une lumière bleue et froide, à un ton plus chaud. Après quelques minutes, la peau de l'Ataahuan retrouva sa couleur dorée. Sa main droite trépida quelques secondes, ses paupières papillonnèrent. Il ouvrit brutalement les yeux, inspirant profondément à la recherche de l'oxygène, heureusement fourni par l'unité de cryogénisation. Il ne put dissimuler sa surprise en les voyant rassemblés. La pièce plongée dans le noir et le respirateur qu'ils portaient ne devaient pas être étrangers à sa stupeur. La vitre protégeant le tube coulissa automatiquement et Kalan'u s'étouffa, cherchant désespérément de l'air pour remplir ses poumons. Lydie lui appliqua un appareil sur le visage. Il tenta de se défendre pendant quelques secondes, encore désorienté, puis inspira plusieurs fois.

— Faudrait qu'il se magne un peu, gronda Muñoz. Si on nous découvre…

— Que… se… passe-t-il ? demanda l'Ataahuan d'une voix hachée.

— Ava, parlez-lui, souffla le médecin en s'écartant.

La jeune femme s'approcha et effleura le bras de son ami pour qu'il remarque sa présence. Il sursauta, puis tourna les yeux vers elle.

— Ava… Que… Je ne comprends pas. Sommes-nous… Sommes-nous déjà arrivés sur Whenua'ao ?

— Il n'y a pas de Whenua'ao !

Il se troubla le temps que ces paroles se fraient un chemin dans son cerveau encore embrumé par le sommeil prolongé. Il fronça les sourcils, puis tenta frénétiquement de se libérer des sangles qui le retenaient toujours.

— Attention, je vais le détacher, déclara Papadakis.

Elle pressa une touche et Kalan'u bascula vers l'avant. Muñoz et Ava l'aidèrent à s'extirper du tube. Il chancela encore quelques secondes, puis se stabilisa.

— Explique-toi, Ava, gronda-t-il.

— Il y a eu un accident, enfin un sabotage, et depuis, nous manquons de S4 pour rejoindre la prochaine base. On a proposé à notre capitaine de… de vous débrancher. Elle a refusé.

— Nous débrancher ? Nous assassiner, tu veux dire ?

— Oui ! Bligh a choisi une autre voie. Nous sommes en protocole de restriction absolue. Des ponts entiers ont été privés d'énergie ou d'oxygène. Nous dormons tous dans une seule pièce. C'est compliqué, mais c'est juste le temps de rejoindre une zone civilisée. Seulement…

Elle hésita, cherchant comment expliquer la vérité à son ami.

— Seulement ? reprit-il.

— Notre vaisseau appartient à une société nommée Zhanghill, je t'en ai parlé.

— Oui, mais je n'ai pas tout compris.

— Sur Terre, le profit est comme une religion et Zhanghill est comme… comme une nation.

Kalan'u leva un sourcil interrogatif qui déclencha un soupir agacé de Muñoz.

— Nous ne sommes pas libres de nos choix, s'excusa-t-elle. Et nos consignes sont terribles. J'aurais dû tout te dire quand il était encore temps. Je suis désolée.

— Tu m'inquiètes.

— Fletcher voulait tous vous déconnecter contre l'avis du capitaine. Il a appelé son oncle et… Bref, Bligh a reçu l'ordre de sacrifier la moitié d'entre vous.

— Je vois… Et ?

— Celui qui l'a contactée lui a révélé votre sort. Elle l'ignorait complètement, je te le jure. On devait lui communiquer les coordonnées de votre destination une fois les tiragaatas livrés. En fait, Zhanghill veut vous utiliser comme esclaves dans une mine de S4, car votre organisme est plus résistant que le nôtre.

— Mais, ce n'est pas ce qui a été négocié. Est-il possible que ce monde soit Whenua'ao ?

— Non ! Ils avaient besoin des tiragaatas, alors ils ont accepté le marché proposé par ton père, sans avoir eu l'intention de le tenir. Pour eux, la parole donnée n'a aucune importance parce que les Ataahuans ne sont pas des humains, tu comprends ? Ces gens sont des rapaces.

— Mais tu travailles pour eux.

— Je n'ai pas eu le choix. Ils ont payé mes études et je dois les rembourser avec du temps, pendant des années. Ton monde est si différent du nôtre.

— Oui, très différent. Pourquoi me réveiller ? Qu'attends-tu de moi ?

— Le capitaine ne veut ni vous tuer ni vous livrer à ces esclavagistes et nous non plus ! Nous voulons fuir la Terre, mais nous manquons de S4 et sans ce combustible, nous n'irons pas loin.

— En reste-t-il assez pour rejoindre Ataahua ?

— Oui, notre ingénieur le pense.

— Je vois… Une fois sur notre monde, que comptez-vous faire ?

— Accélérez, Cadet ! coupa Muñoz d'un ton agacé.

— Je m'y emploie, Lieutenant. Kalan'u, sans S4, nous serons bloqués sur Ataahua et à la merci des vaisseaux de la Terre. Nous pourrons vous aider à vous défendre, car ils ne renonceront ni aux tiragaatas ni aux esclaves pour leurs mines.

— Nous aider ? Je ne comprends pas.

— Nous pourrions vous entraîner, vous donner des conseils stratégiques, expliqua Muñoz. Sans vous vexer, vous n'avez pas les épaules pour entamer une guerre contre la Terre.

— Ne vous en faites pas pour nous, lieutenant Muñoz. Ataahua est tout à fait capable de se défendre seule.

— Vraiment ? Vous allez les attaquer avec vos lances ?

— Je n'ai pas à vous répondre, se braqua Kalan'u.

— Ne l'écoute pas, intervint Ava. Nous nous plierons à la décision du roi, mais… mais sans S4…

— Il faudrait que je voie sa composition, mais si votre ingénieur dit que notre planète n'en possède pas, il a sans doute raison. Ce n'est pas très grave. Nous pourrons vous offrir un motokahi.

— Un quoi ?

— Un de nos moteurs. Je ne saurais pas expliquer son fonctionnement, mais il doit être possible de l'adapter sur le *Marco Polo*.

— J'en doute, gronda Muñoz.

— Nous verrons cela sur Ataahua, mais je suis confiant. Et maintenant, que proposez-vous ?

Les trois humains échangèrent un regard surpris, sans oser parler. Curieusement, c'est Ava qui prit les choses en main.

— Si tu peux nous offrir une solution pour quitter Ataahua, alors Bligh va s'emparer du *Marco Polo*.

— Mais, n'est-ce pas son vaisseau ?

— Elle ne peut pas faire ce qu'elle veut. La moitié de l'équipage soutient Fletcher et les assassins. Ils sont furieux parce que le capitaine a décidé de les punir. Ils s'opposeront à un retour sur ta planète, surtout depuis qu'ils savent que le *C.S. Shanghai* se dirige vers nous.

— Dans ce cas, libère les miens, nous serons plus nombreux.

— Trop dangereux, protesta Muñoz. Nous manquons d'oxygène.

— Dix guerriers suffiront.

— Je contacte Bligh, grommela l'homme. Elle est la seule à pouvoir trancher.

25

Zhanghill corporation
Règlement de la flotte spatiale
Article 8
La volonté du capitaine a valeur de loi, la contester est interdit. La mutinerie sera punie de mort.

Bligh entra dans la soute de cryogénisation à peine vingt minutes plus tard, en compagnie de Korolev. Elle somma Kalan'u de réitérer ses explications, ce qu'il fit sans rechigner. L'ingénieur lui demanda des précisions sur les moteurs proposés, mais l'Ataahuan fut incapable de fournir des renseignements techniques. Soit, il ne le pouvait pas, comme il l'affirmait, soit, il ne le voulait pas. Néanmoins, il promit qu'un moteur serait adapté sur le *Marco Polo* par son peuple.

— Bien, je vais vous faire confiance, déclara le capitaine.

— Vous n'avez pas le choix, répliqua Kalan'u plus sèchement.

— Vous non plus. Bien, allons réveiller vos guerriers.

— Euh, Capitaine, intervint Muñoz. Il faudrait peut-être voir avec les autres. Je veux dire…

— Nous avons déjà prévu ce cas de figure. Il n'y a pas à se triturer le cerveau plus longtemps. On agit ! Envoyez un message discret à nos amis, mais que ceux qui sont de service restent en poste. Nous ne devons pas attirer l'attention. En attendant que les Ataahuans soient réveillés, allez chercher quelques armes. Morel, accompagnez-le. Et par pitié, ne vous faites pas remarquer ! Docteur, c'est à vous de jouer.

Le chef de la sécurité ouvrit la bouche pour protester, puis se ravisa. Il fit un signe à Ava qui le suivit hors de la pièce.

Un à un, Papadakis ranima les Ataahuans. Kalan'u leur expliqua la situation et ils se rangèrent derrière leur prince sans discuter. En un instant, ces êtres pacifiques s'étaient transformés en combattants, prêts à se battre pour leur liberté. Bligh se dit qu'ils les avaient largement sous-estimés.

— Nous avons besoin de nos armes, déclara Kalan'u.

Ils avaient eu le droit d'emporter quelques affaires personnelles, essentiellement des vêtements, des outils et leur tao, cette lance télescopique qu'ils maniaient à la perfection. Ils les déployèrent et les manipulèrent rapidement, les faisant tournoyer avec dextérité.

— Nous sommes prêts, annonça l'Ataahuan.

— Pas nous, répliqua Bligh. Korolev, nous n'y arriverons pas sans air respirable dans tout le vaisseau. Rétablissez le système environnemental, discrètement, bien sûr. Vous allez devoir agir seul. Nous vous attendrons ici.

— Doukoure me filera un coup de main. Il est de service.

— Faites vite, Anton.

ΔΞΛΞΔ

Arturo Muñoz grimpa rapidement les marches, Ava sur ses talons. Il fallait éviter de tomber sur un membre de l'équipage, acquis à Fletcher, qui aurait pu se demander la raison de leur présence dans les coursives où il était interdit de se promener sans obligation de service. Au pont central, le système environnemental était maintenu – à part dans les cabines, bien sûr. Ils ôtèrent leur masque devant la porte du bureau de la sécurité. Muñoz s'assura que le couloir était désert, puis entra. Ava referma derrière elle.

— Lieutenant, croyez-vous que nous arriverons à nous emparer du *Marco* ?

— Sans doute, oui, mais…

Il haussa les épaules avec fatalisme tout en ouvrant le placard blindé qui contenait les armes.

— Mais ?

— Et ensuite ? Vous y avez pensé ? Je comprends que la perspective de vivre tranquille sur Ataahua vous plaise, Cadet, mais moi… Pas vraiment. Je n'ai pas envie de me la couler douce à la pêche en attendant que toute la colère de Zhanghill nous tombe sur le poil.

— Mais le capitaine veut partir.

— Sans S4 ? J'avoue que je n'ai aucune confiance dans vos copains dorés, sans vous vexer.

— Et les gisements dont a parlé le capitaine ?

— Bligh est une femme exceptionnelle, Cadet, on est d'accord. Mais…

— Mais ?

— Mais avons-nous assez de S4 pour atteindre Ataahua, redécoller, puis trouver les astéroïdes en question ? Il faudra également raffiner le carburant… Bref, n'y croyez pas trop.

— Vous avez tort, Lieutenant ! Nous allons quitter la zone d'influence du Triumvirat. J'en suis certaine !

— Ouais, peut-être, mais pour aller où ? L'espace est dangereux, Cadet ! Le *Marco* n'est pas taillé pour l'exploration longue distance.

— Si vous êtes sceptique, vous pourriez rester avec les autres pour être récupéré par le *Shanghai*.

— Ce serait une belle connerie. Zhanghill fera disparaître tous les témoins de ce désastre. D'ailleurs, la compagnie ne cessera jamais de nous traquer. Vous êtes consciente de ça, j'espère ?

— Oui ! Je ne suis pas idiote, vous savez. Ce voyage a confirmé ce que je pense depuis longtemps. Je ne veux plus vivre dans un monde sous le joug du Triumvirat. Alors, si nous devons fuir toute notre vie, tant pis. Je m'en accommoderai.

— Je joue les avocats du diable, mais je partage votre opinion. Lorsque Bligh m'a parlé de son projet, avant toutes nos emmerdes, j'ai accepté sans réfléchir plus de deux secondes. Aujourd'hui, ce n'est plus comme si nous avions le choix. Allons, assez traîné ! Il y a deux sacs dans ce placard, là. Apportez-les-moi.

Il entassa plusieurs armes de poing dans ces sacs, en les rangeant avec soin pour éviter qu'elles s'entrechoquent. Le cœur d'Ava battait sauvagement sous l'effet de l'excitation et de la peur. Muñoz ouvrit la porte et glissa un regard dans la brèche.

— C'est bon, souffla-t-il. Allez-y.

Ava obéit, mais se figea en reconnaissant la silhouette de Fletcher au bout de la coursive. Il fallait agir vite, où leur mutinerie serait avortée avant d'avoir commencé. Elle posa le sac à ses pieds en espérant que, dans la pénombre, il ne le remarquerait pas. Le chef de la sécurité venait de sortir dans le couloir. Sans hésiter, Ava se colla à lui et l'enlaça. Après une seconde d'embarras, elle l'embrassa. Ce baiser ne fut qu'un effleurage de lèvres et Muñoz eut l'élégance de ne pas réagir. Par-dessus son épaule, elle vit Chris s'éloigner. Elle éprouva une brève et irrationnelle satisfaction en imaginant sa jalousie. Elle patienta encore une seconde, avant de faire un pas en arrière, le rouge aux joues.

— Je suis désolée, bafouilla-t-elle, mais j'ai aperçu le lieutenant Fletcher et…

— Bonne initiative, répondit-il avec un sourire. Allons, Bligh nous attend. Attrapez votre sac.

Ava le suivit en appréciant qu'il ne fasse aucune remarque tendancieuse. Ils dévalèrent les marches vers le niveau inférieur et l'entrepôt contenant les tubes de cryogénisation. Les autres étaient présents et tous avaient l'air inquiets.

— Vous avez pris votre temps, lança Bligh d'un ton sec.

— On a failli être repéré par Fletcher, mais Morel a eu un bon réflexe. Bref, on est là et personne ne nous a vus.

— Parfait ! Vous pouvez ôter votre masque, Korolev vient de rétablir le système environnemental. Nous devons faire vite avant que quelqu'un s'en rende compte. Nous devons nous emparer des trois points stratégiques du vaisseau en même temps, ou presque. Je m'occupe de la passerelle. Fletcher s'y trouve s'il a relevé Fryer qui devrait nous rejoindre.

Comme pour confirmer ses dires, la porte de l'entrepôt s'ouvrit pour laisser entrer l'officier.

— Bien, je disais donc que Fletcher est sur la passerelle. Moboto, Willem, Morel, Kalan'u et un Ataahuan, vous m'accompagnerez. Nous devrons agir promptement, avec le moins de violence possible, mais si elle s'avère nécessaire, je vous ordonne de ne pas hésiter. Fryer, vous descendrez en salle des machines avec quatre Ataahuans, Shultz et Cesare. Korolev vous y attend. Ugo, une fois les lieux sécurisés, vous conduirez les hommes non essentiels jusqu'au réfectoire avec l'aide de deux Ataahuans. Ne les laissez pas filer, compris ?

— À vos ordres, Capitaine !

— Muñoz, vous vous chargerez du mess avec le reste des Ataahuans, Fukuda, Günther et Jansson. Personne ne doit sortir de cette pièce. Elle nous servira de cellule.

— Bien sûr !

— Est-ce que tout le monde a compris ce qu'il doit faire ?

— C'est un bon plan, opina l'Ataahuan.

— Heureuse qu'il vous plaise.

Ava s'approcha d'Ugo. Son ami était blême et, malgré la température basse maintenue dans tout le vaisseau, ses cheveux étaient poisseux de sueur sur les tempes et la nuque.

— Ça va aller, lui souffla-t-elle.

— Tu crois ?

— J'en suis certaine. Tu vas assurer, Ugo.

— Sois prudente, d'accord ?

— Toi aussi.

— Je suis sérieux. Je… Je n'aime pas ça.

— Tout le monde est prêt ? lança Bligh. Alors, on y va. Tout membre d'équipage rencontré hors des trois objectifs doit être neutralisé.

— Neutralisé ? s'étrangla Fryer.

— Ne faites pas cette tête. Nous n'allons pas les tuer, seulement les assommer et les ligoter. Personne ne doit donner l'alerte. En avant !

Ava emboîta le pas du capitaine en route vers la passerelle. Bligh s'arrêta juste une seconde devant les portes pour croiser le regard de ceux qui la suivaient. Un sourire fugace éclaira son visage dur, puis elle pressa le bouton d'ouverture. Ils firent irruption à l'intérieur. Un cri de surprise fusa quelque part, après avoir remarqué le tao des Ataahuans. Fletcher, qui était avachi dans le fauteuil du capitaine, se redressa en fixant Bligh d'un œil exorbité. Il n'eut pas le temps de réagir. Elle était déjà sur lui, pointant une arme sur sa poitrine. Moboto fondit sur Mélanie Peeters aux commandes du vaisseau.

— Écarte-toi !

Elle hésita. Henri l'attrapa par le devant de sa tenue et la propulsa vers Willem et un Ataahuan. Ava menaçait Kacem en lui ordonnant de reculer. Il rejoignit Mélanie d'un pas chancelant. Paulsen et l'un des gardes de la sécurité furent poussés vers les prisonniers par Kalan'u, armé de son tao. L'action de l'équipe n'avait pas duré plus de cinq secondes.

— Je ne comprends pas, Capitaine, bafouilla Fletcher. Qu'est-ce que vous faites ?

— Cela ne vous regarde pas. Carter, je vous confie la passerelle. Willem et Moboto, vous restez ici avec l'Ataahuan. Morel, passez les menottes à tout le monde.

— Tourne-toi, les mains derrière le dos ! ordonna la jeune femme à Kacem.

Elle glissa les entraves autour de ses poignets comme le lui avait appris Muñoz à l'occasion de son stage. Une minute plus tard, ils étaient tous prisonniers. Bligh consulta son bracelet pour s'assurer que les deux autres équipes avaient réussi leur coup de force. Elle poussa un discret soupir. Tout allait bien.

— Direction le mess, ordonna-t-elle.

— Vous êtes finie, Bligh, gronda Fletcher. Vous serez exécutée et vos complices également.

— Nous n'allons pas sagement attendre le *C.S. Shanghai*, rassurez-vous. Les directives transmises à Cunningham par votre charmant tonton ne m'inspiraient pas confiance.

— Comment savez…

— Cunningham m'a appelé, Fletcher. Il respecte les héros de guerre, voyez-vous. La délation d'un planqué dans votre genre lui retourne l'estomac. Oh bien sûr, il obéira aux ordres reçus, mais il a eu la décence de m'avertir. Vous penserez à le remercier, lorsque vous le verrez !

— Vous ne vous en sortirez pas comme ça !

— Mais si, je m'en sortirai parfaitement. Allez, avancez !

L'officier en second tenta de se rebiffer, mais Kalan'u l'attrapa par le cou pour le conduire à l'extérieur. L'humain n'eut pas la force de lui résister. Quelques minutes plus tard, le groupe entra dans le réfectoire. L'équipage avait été rassemblé au centre, surveillé de près par les fidèles de Bligh et quelques Ataahuans. Kalan'u poussa sans ménagement Fletcher vers la foule. Étrangement, le premier à oser parler fut Charles Bernard, le cuisinier du bord.

— Est-ce qu'on peut savoir ce qui se passe, Capitaine ? Ceux-là ont déboulé ici pour nous menacer.

— Il s'agit d'une mutinerie ! cria Fletcher. Elle s'empare du *Marco Polo*.

— Expliquez-vous ! exigea Paulsen.

— Bligh veut préserver la vie des non-humains, continua Chris. C'est une traîtresse ! Zhanghill a dépêché un vaisseau pour nous secourir, mais elle redoute le châtiment qui l'attend pour ce qu'elle a fait subir à Sanchez, Davis et plusieurs autres.

— Est-ce vrai, Capitaine ? demanda Tamara. Ils envoient vraiment un vaisseau ?

— C'est exact, admit Bligh. Le *C.S. Shanghai* est en route.

— Mais alors, nous sommes sauvés.

— En êtes-vous sûre ? Vous connaissez tous Zhanghill. Vous avez tous entendu des histoires, rencontré des gens qui ont eu à endurer les décisions iniques de cette compagnie. Ils n'accepteront pas l'échec de cette mission et feront tout pour que cette histoire ne se répande pas. Ils s'arrangeront donc pour que vous n'en parliez à personne.

— C'est n'importe quoi ! rugit Reza.

— Libre à vous de penser ce que vous voulez.

— Que comptez-vous faire ? insista le scientifique.

— J'ai l'intention de retourner sur Ataahua, déclara calmement Bligh. Je ne me soumettrai plus à la dictature du Triumvirat.

— Vous ne pouvez pas nous imposer ça.

— Soyez rassuré, je vous donne le choix. Si vous ne désirez pas rester à bord, nous nous débarrasserons de vous.

— Vous allez nous tuer ? s'insurgea Fletcher.

— En ce qui vous concerne, je devrais. Cependant, je ne suis pas un assassin. Ceux qui le souhaitent pourront embarquer dans la navette. Nous vous laisserons en arrière, là où le *Shanghai* vous trouvera. Ce que Zhanghill fera de vous ne me regarde pas.

— Si nous restons, que deviendrons-nous ? demanda Tamara.

— La seule chose dont je suis certaine, c'est que nous ne reviendrons pas sur Terre et que nous serons libres.

— Libre de crever ! s'écria Fletcher.

— J'ai un plan, continua Bligh, mais je ne peux pas en faire part à ceux qui le transmettront à Zhanghill. À vous de savoir si vous voulez passer votre existence sous le joug du Triumvirat.

— Je devais me marier au retour, se plaignit Karl Tomers. Je souhaite rentrer.

— Je comprends que vous désiriez courir ce risque, répliqua le capitaine. Tout comme Tomers, chacun est libre de ses décisions. Je vous laisse une heure pour y réfléchir.

⌂ ☰ ∧ ☰ ⌂

Deux heures plus tard, l'équipage avait fait son choix. Ceux qui s'étaient rangés dès le début aux côtés de Bligh – les anciens des FST – ne changèrent pas d'avis. Ils désiraient fuir une Terre qui ne correspondait plus à leurs principes. Parmi les autres, ils furent quelques-uns à décider de rester, dont Zach Murphy et Tamara Krause. Karl Tomers avait longuement hésité, mais ne put se résoudre à abandonner sa fiancée. Il rejoignit ceux qui souhaitaient retourner sur Terre. Kamal Reza lui ne tergiversa pas. Il se plaça derrière Fletcher qu'il appréciait.

Tout ce petit monde fut conduit jusqu'à la navette sous la surveillance de quelques hommes. La tension s'était atténuée et les mutins étaient un peu moins attentifs. Chris en profita. Il se jeta sur Fukuda, lui donna un violent coup de boule qui lui brisa le nez, puis lui arracha son arme. Il la pointa aussitôt sur Bligh avec une telle expression de haine sur le visage qu'Ava frissonna. Elle avait levé son pistolet, mais n'osa pas tirer. Elle avait trop peur de blesser quelqu'un ou, pire, d'endommager la coque du *Marco Polo*.

Il y eut un bref instant de flottement, puis soudain, Bligh bondit avec la rapidité offerte par son exosquelette. Les semaines qui avaient suivi son infirmité, elle avait subi de longues séances de rééducation. Certes, elle avait fini par apprivoiser cet appareil, mais n'avait pas encore expérimenté la célérité et la force que permettait ce matériel de classe militaire. Selon le médecin chargé de son entraînement, de nombreux mois seraient nécessaires avant qu'il devienne une réelle extension de son corps. Aujourd'hui, elle pouvait juger de la justesse de ces promesses et la sensation était enivrante. Bligh atterrit devant Fletcher, dévia son bras, puis le frappa au menton d'un uppercut alimenté par sa rage. Sous la puissance de l'impact, il décolla et alla s'écraser dans les rangs de ses amis. Kacem voulut attraper l'arme qui avait glissé jusqu'à lui, mais le tao de Kalan'u vint le cueillir en pleine poitrine. Il s'écroula sans un cri. L'Ataahuan s'empara du pistolet et le tendit à Bligh. Elle l'inséra négligemment dans sa ceinture après l'avoir remercié d'un signe de tête.

— Ramassez ces deux abrutis et embarquez avant que je ne perde mon calme, clama-t-elle d'une voix dure.

Deux hommes redressèrent Fletcher qui reprenait lentement ses esprits.

— Vous vous croyez maline ? gronda-t-il avec rage. Zhanghill vous retrouvera, j'y veillerai !

— Peut-être, répondit Bligh en haussant les épaules.

— Vous serez pendue !

— Si cela peut vous faire plaisir. Je gage, néanmoins, que vous ne le saurez jamais. Si vous avez de la chance, vous serez exilé sur un monde lointain et peu accueillant. Adieu, Fletcher.

L'officier en second se dégagea des mains qui le tenaient, puis entra dans la navette en essayant de garder un minimum de dignité.

Les portes du sas se refermèrent derrière eux. Ava s'autorisa enfin à expirer. Tout cela aurait pu tourner très mal.

Quelques minutes plus tard, ils se retrouvèrent tous sur la passerelle. Bligh ordonna le largage de la navette et la regarda s'éloigner lentement. Un bref instant, elle envisagea de la détruire, mais y renonça. Comme elle l'avait dit plus tôt, elle n'était pas une meurtrière.

— Moboto, vous avez votre plan de vol. En avant, vitesse intersidérale.

— À vos ordres !

Le *Marco Polo* changea de cap avant de disparaître dans le flash de lumière induit par l'accélération. Sur l'écran principal, la navette ne fut plus qu'un point clignotant qui s'évanouit après quelques minutes. Un sentiment de soulagement, mêlé d'une étrange mélancolie, envahit Ava. Elle prenait conscience qu'il était impossible de faire marche arrière. Désormais, ils étaient des fugitifs.

26

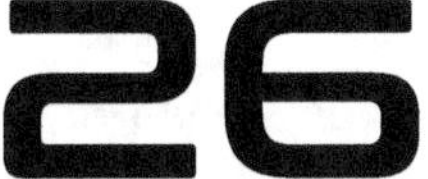

Deux jours furent nécessaires à cet équipage amputé pour achever de remettre le vaisseau en état. Après le sabotage, il restait de nombreuses tâches à accomplir. Dix autres Ataahuans furent réveillés pour prêter main-forte aux humains, réduit à seulement vingt et une personnes. Tous logèrent dans le mess, car Bligh avait conservé le protocole de restriction absolue et avait également décidé de ne pas sacrifier les tiragaatas. Ils pourraient s'avérer utiles lors de leur installation sur un monde vierge. Elle avait confié à Ava et Ugo la mission de surveiller leurs arrières par des balayages actifs de scanners et capteurs. Toutes les trois heures, ils larguaient une balise qui les avertirait du passage du *C.S. Shanghai*. Si ce vaisseau les rattrapait, le *Marco Polo* ne serait pas de taille face à ce mastodonte.

Ava bâillait derrière la console technique, poste qu'elle cumulait avec la sécurité. Cela faisait désormais cinq jours qu'ils filaient vers Ataahua. Elle trouvait cette nuit interminable et attendait qu'Ugo vienne la relever avec impatience. Bligh entra sur la passerelle et remplaça Fryer qui s'était levé du fauteuil de commandement.

— Allez vous reposer, John, dit-elle.

— Ce n'est pas encore l'heure, Capitaine.

— Certes, mais le sommeil me fuit. Autant que vous en profitiez.

— Merci, Capitaine. Rien à signaler. Aucune des balises n'a repéré le *Shanghai* et nous sommes à cinq jours d'Ataahua.

— Qu'en dit Anton ? Pourrons-nous atteindre la planète sans encombre ?

— Sans aucun problème, Capitaine.

— Une bonne nouvelle ? J'en avais perdu l'habitude, plaisanta-t-elle.

— Comme nous tous, ironisa Fryer.

— Bonne nuit, conclut Bligh avec un petit rire.

Elle fit le tour de la passerelle pour vérifier le travail de tous. Elle s'arrêta près d'Ava pour jeter un coup d'œil par-dessus son épaule.

— Vous allez bien ?

— Oui, Capitaine, répondit-elle d'un ton peu convaincu.

— Ne vous en faites pas, tout ira bien.

— Et que va-t-il advenir de ceux qui nous ont quittés ?

— Ils seront récupérés par le *C.S. Shanghai* et après… Cela n'est plus notre problème, n'est-ce pas ?

— Je me moque de Fletcher et des autres, mais certains ne sont pas de mauvaises personnes.

— Ils ont fait un choix et nous avons fait le nôtre. Comme vous avez pu le constater, la plupart de ceux qui sont restés viennent des FST. Ils me connaissaient, beaucoup avaient même servi à mes côtés. Ils savent quand une bataille est perdue. Ce que j'ignore, néanmoins, c'est vos raisons. Prendre une telle décision n'a pas dû être aisé.

— Je déteste Zhanghill depuis que je suis en âge de penser. Mon père travaille pour eux. Il est ingénieur. Je… J'ai toujours eu l'impression que notre famille leur appartenait. Je ne voulais pas de cette carrière dans la flotte spatiale, mais j'ai dû obéir. Mon père aurait été licencié et nous aurions été jetés à la rue. Vous savez ce qu'il advient des sans-emploi et des sans-abri. Ils se retrouvent dans un transporteur en direction d'une colonie. Je ne pouvais pas imposer ça à mes parents.

— C'est tout à votre honneur.

— J'espère seulement que mes parents n'auront pas à souffrir de mon choix.

— Vous ne dépendez plus d'eux, alors je pense que non, mais avec le Triumvirat…, conclut Bligh en haussant les épaules avec fatalité.

— Je sais, mais de toute façon, il était trop tard.

— En effet, je suis désolée. Vous savez, j'ai pris récemment conscience que je n'étais pas dans le bon camp. Ataahua fut un révélateur pour plusieurs d'entre nous. En tout cas, je suis heureuse que vous soyez à mes côtés.

Ava lui adressa un sourire timide, mais avant que Bligh ait le temps de poursuivre son propos, un bip sur la console les alerta.

— Le *Shanghai*, murmura Ava. La balise que nous avons accrochée à la navette vient de le détecter. Nous sommes perdus.

— Nous avons plusieurs jours d'avance, ne vous inquiétez pas.

— Comment faites-vous pour être si… confiante ?

— L'habitude, répliqua Bligh avec un clin d'œil.

△≡∧≡△

Le reste du voyage vers Ataahua fut éprouvant. L'équipage amoindri était débordé. L'aide apportée par Kalan'u et ses amis demeurait limitée, car ils ne maîtrisaient pas les différents appareils du *Marco Polo*, sans parler des problèmes de sécurité que soulevait une telle coopération. Le protocole de restriction absolue était pesant et la crainte d'être rattrapé par le *C.S. Shanghai* stressait tout le monde. Malgré ces circonstances oppressantes, l'ambiance avait diamétralement changé. Les épreuves les avaient soudés, créant de belles amitiés.

Kalan'u se tenait aux côtés de Bligh lorsque le *C.S. Marco Polo* pénétra dans le système ataahuan. Ava n'aurait pas voulu rater l'occasion d'admirer ce spectacle grandiose. La planète entourée de larges anneaux bleus brillait sur ce manteau de jais comme un joyau précieux posé sur son écrin.

— Capitaine, intervint soudain Damian Carter, on nous appelle depuis la surface.

Ils échangèrent un regard surpris, car la première fois Ataahua n'avait pas semblé capable d'une telle communication.

— Eh bien, répondez ! répliqua Bligh.

— Ici le *C.S. Marco Polo*, on vous écoute.

— Pourquoi revenez-vous, vaisseau de la Terre ?

La voix était sèche, presque dure, ce qui était étonnant pour un Ataahuan. Bligh hésita, puis se tourna vers Kalan'u.

— Expliquez-leur.

Le prince acquiesça d'un léger signe de tête, puis prononça un bref discours dans sa langue. Le capitaine grimaça, car elle aurait préféré comprendre ce qu'ils se disaient.

— Nous pouvons nous poser sur le plateau, déclara enfin Kalan'u. Mon père voudra vous voir au plus vite.

— Très bien, grommela Bligh. Moboto, vous connaissez le chemin. Faites-nous atterrir.

Ava retrouva l'atmosphère pure d'Ataahua avec bonheur. Bligh lui avait demandé de l'accompagner, ainsi que Kalan'u. Muñoz avait protesté, comme toujours, mais elle avait insisté. Une escorte trop importante pourrait être mal perçue. Une fois en bas, sur la plaine, le jeune Ataahuan récupéra un pahahi entreposé près de la plate-forme.

— Allez-vous nous dire par quel miracle votre peuple a désormais un système de communication avec l'espace ? lâcha Bligh en grimpant derrière Kalan'u.

— Nous avons toujours pu accomplir cela.

— Pourquoi ne pas l'avoir fait, la première fois ?

— Nous savions qui vous étiez et ce que vous veniez faire. Il était inutile de vous révéler trop de choses à notre sujet.

Le capitaine faillit s'étrangler en entendant cette réponse désinvolte.

— Et à quelle autre surprise dois-je m'attendre ?

— Je ne peux pas vous le dire, mais si vos intentions sont mauvaises, vous pourriez le regretter.

— Une menace ?

— Non, une affirmation.

Ils terminèrent le trajet en silence. Ava, songeuse, emplissait ses yeux du paysage. *Si seulement nous pouvions rester ici*, se lamenta-t-elle. Le pahahi traversa la ville, puis s'arrêta dans la grande cour du palais. Plusieurs guerriers les encerclèrent, leur tao pointé vers eux. Ava admira le calme de Bligh qui descendit tranquillement du véhicule. Elle la rejoignit, décidée à lui porter main-forte si nécessaire. Tutera'u fendit les rangs pour venir à leur rencontre.

— Le roi t'attend, Kalan'u. Il veut parler à l'humaine. Il n'est pas satisfait.

Ava lança un bref regard à Bligh qui restait impassible face à l'animosité palpable des Ataahuans. Ils suivirent le premier guerrier à travers le bâtiment jusqu'à la salle de réception. Wailana'u les accueillit officiellement depuis son trône et son attitude n'avait rien de cordial.

— Veuillez m'expliquer ce qui se passe ! demanda-t-il sèchement et sans préambule.

— Comme je vous l'ai dit, père, commença Kalan'u.

— Laisse la Terrienne parler !

— Nous avons eu quelques problèmes. Un accident a anéanti notre stock de S4, le carburant de nos moteurs. Pour arriver dans le premier astroport terrien, nous avions un choix à faire : détruire les arbres ou débrancher les Al'aos. Je ne pouvais pas renoncer aux tiragaatas, car il s'agissait de ma mission. Je ne pouvais pas davantage assassiner les Ataahuans.

— Bien sûr que non ! s'exclama le roi.

— Pourtant, sacrifier mes passagers était la solution préconisée par Zhanghill corporation, la société que je représente.

— Personne ne peut commander une telle chose.

— Zhanghill le peut et le fait très souvent. J'ai choisi de risquer mon équipage pour préserver les Al'aos. Quelques jours plus tard, j'ai reçu l'ordre direct d'assassiner la moitié des Ataahuans. Rassurez-vous, je ne l'ai pas fait. En même temps que cette directive, j'ai également appris le sort qui attendait réellement les vôtres.

— Je ne comprends pas, murmura le roi.

— Nous avons été trompés, intervint Kalan'u. Les humains n'ont jamais eu l'intention de nous conduire sur Whenua'ao. Et les colons qu'ils nous ont imposés sont des espions chargés de voler nos secrets et de saborder nos défenses. Ils vont nous attaquer, père, dès qu'ils auront gagné leur guerre contre les Aezlakes ou peut-être même avant. Les Terriens sont des conquérants qui massacrent tous les peuples sur leur passage.

— Et elle ? demanda le roi en désignant Bligh du menton.

— Elle leur a tourné le dos…

— Elle peut répondre elle-même, coupa le capitaine. Je désirai profiter de ce voyage pour fuir la Terre, car je ne cautionne pas leur politique. Une grande partie des colons installés ici sont d'anciens militaires démobilisés. Je voulais les sauver et partir loin avec eux.

— Pourquoi ne pas l'avoir fait et qui sont ces espions dont parle mon fils ?

— Ils sont une vingtaine, une trentaine peut-être, dissimulés au milieu des colons. Votre monde est si beau que les ex-soldats ont préféré rester sur Ataahua, plutôt que de me suivre dans une aventure hasardeuse. Et je peux les comprendre. Cette planète est un vrai paradis. En apprenant les intentions de Zhanghill, j'ai dû prendre une décision. J'ai choisi de me rebeller contre ce projet inique. Je me suis emparée de mon vaisseau et j'ai laissé en arrière tous ceux qui ne partageaient pas mes idées.

— Et vous êtes revenue.

— Je devais ramener les Al'aos et vous avertir de l'attaque prochaine. J'espère que vous êtes en mesure de vous défendre, mais quoi qu'il en soit, nous vous aiderons.

— Nous n'avons pas besoin d'aide.

— Bien sûr que si ! Un vaisseau de combat est lancé à notre poursuite et lorsqu'il arrivera ici, il vous donnera l'assaut.

— Nous ne craignons rien.

— Je vous assure que si. Le capitaine du *C.S. Shanghai* est sans pitié. Vous devez utiliser nos connaissances.

— Non, absolument pas. Vous ne pouvez pas rester et les colons humains non plus. Vous devez les emmener.

— Nous ne pouvons pas repartir, roi Wailana'u. Notre S4, le carburant de nos moteurs, est épuisé.

— Je lui ai affirmé que nos ingénieurs pourraient les aider, intervint Kalan'u. Ai-je eu tort ?

— Non, tu as bien fait. Ils seront envoyés jusqu'à votre vaisseau afin que vous puissiez quitter Ataahua le plus rapidement possible.

— C'est généreux de votre part. Néanmoins, je m'inquiète pour votre monde. Le *Shanghai* pourrait vous attaquer, détruire des villes en représailles, ou…

Le souverain la coupa en levant la main. Son visage ne montrait aucune crainte. Au contraire, il souriait comme le ferait un père envers un jeune enfant qui tremble en entendant le grondement lointain d'un orage.

— Ne vous en faites pas, nous sommes tout à fait capables de résister.

— Vous n'avez aucune idée des armes qui…

— Notre système de défense planétaire est impénétrable. Nous vous avons laissés passer parce que nous en avions décidé ainsi. Nous arrêterons le prochain vaisseau en provenance de votre monde. Nous n'apprécions pas d'avoir été trompés.

— Je ne comprends pas, commença Bligh. Votre technologie…

— N'est pas visible, je vous l'ai déjà dit. Nous sommes protégés, c'est tout ce que vous avez besoin de savoir. Peut-être devriez-vous prévenir ce vaisseau, parce qu'une attaque ne sera pas tolérée.

— Est-ce une menace ? Êtes-vous sûr d'avoir les moyens de votre avertissement ?

— Oui.

Ce mot, simple et définitif, fit courir un frisson le long de la colonne vertébrale d'Ava qui admira le sang-froid de Bligh. Cette dernière se contenta de lever un sourcil sans faire de commentaires. Le roi prit cela pour une réponse. Il fit un geste vers Kalan'u avant de se lancer dans une longue explication dans sa langue. Une fois qu'il eut fini, il toisa le capitaine avec dureté.

— Mon fils va vous raccompagner jusqu'à votre vaisseau. Les transformations nécessaires seront effectuées. Ensuite, vous vous rendrez sur l'isthme de Pamalaan et vous embarquerez les vôtres. Les humains ne sont plus les bienvenus sur notre monde.

Bligh prit quelques secondes avant de répondre, fixant l'Ataahuan dans les yeux. Elle ne se laissait jamais intimider. C'était sans doute la faute à ses longues années d'expérience. Elle dut se faire violence pour ne pas réagir, mais elle comprenait la réaction de son interlocuteur. Dans sa position, elle aurait été moins digne.

— Je vous remercie de votre aide, déclara-t-elle en s'inclinant. Adieu, roi Wailana'u.

△Ξ∧Ξ△

Le souverain des Ataahuans n'avait pas menti. Les ingénieurs non-humains se présentèrent à peine une heure après leur retour à bord du *Marco Polo*. Korolev grommela bien un peu lorsqu'ils envahirent sa salle des machines, mais leur expertise le laissa vite sans voix. Il dut convenir qu'ils n'étaient pas des sauvages ignorants, mais semblaient au contraire être plus avancés que les Terriens. Le reste de l'équipage assuma la remise en condition du vaisseau. Chacun réintégra sa cabine, le grand réfectoire fut rangé et nettoyé. Ce retour à la normale dissimulait l'étrangeté de la situation, car après tout, ils se préparaient à quitter la Terre pour toujours. Ils chargèrent également les soutes avec des vivres fournis par les Ataahuans. Ava avait justement été affectée à la répartition des provisions dans les divers entrepôts en binôme avec Kalan'u qui gérait les choses du côté des locaux. Son ami se montrait distant, se contentant de réponses brèves lorsqu'elle lui posait des questions.

255

— Merci de nous aider, tenta-t-elle une fois encore.

— C'est normal.

— Pourquoi me fuis-tu depuis ton réveil ?

— Tu connaissais la menace qui pesait sur nous, sur moi, et tu n'as rien dit.

— Je ne savais pas…

— Menteuse ! Tu ne peux pas ignorer le comportement de tes compatriotes.

— J'avais des doutes, c'est vrai, mais je ne pouvais rien te dire.

— Je croyais que nous étions amis.

— Nous le sommes.

— Non, je ne crois pas.

— Kalan'u, j'ai essayé de te prévenir, je te le jure. Tu n'as aucune idée de ce que c'est de vivre sous le poids d'un tel gouvernement. Nos libertés sont extrêmement restreintes. Les gens ont peur.

— Peut-être est-ce vrai, admit-il après quelques secondes de réflexion. Mais tu n'as pas dû essayer beaucoup.

— Nous vous avons sauvés, tout de même, s'énerva-t-elle. Maintenant, nous n'avons plus le choix. Nous sommes bannis de notre planète pour toujours.

— N'est-ce pas ce que voulait votre capitaine ? Ce n'est donc pas un très grand effort, mais peut-être le regrettes-tu ? Peut-être préférais-tu ton confort à la liberté de quelques non-humains.

— Bien sûr que non ! Kalan'u, je suis terrifiée à l'idée de ce qui va se passer ensuite. Zhanghill ne vous laissera pas en paix. À l'idée de voir ce monde dévasté, mon cœur se serre.

— Tu n'as pas écouté mon père ? Nous ne risquons rien.

— Vous avez peut-être des défenses, mais la puissance de frappe des forces spatiales est si énorme que vous ne pourrez pas résister éternellement.

— Je t'assure que si. Tu ne dois pas t'inquiéter.

— Explique-moi.

— Je ne le peux pas.

— Tu ne veux pas surtout !

— Ava, je ne mens pas. Ces défenses existent depuis très longtemps et je suis incapable d'expliciter leur fonctionnement.

La jeune femme fronça les sourcils. Elle le croyait, mais il était néanmoins évident qu'il lui cachait quelque chose et cela attisa sa curiosité.

— Où se trouvent ces défenses ? Dans l'espace ? Est-ce que, à l'époque, vous alliez dans l'espace ?

— Je ne veux pas en parler.

— Comme tu veux, se renfrogna-t-elle.

— Ava…, soupira Kalan'u. Tout cela fait partie de nos croyances.

— Je vois. C'est une sorte de… de religion, alors ?

— Religion ? Je ne connais pas ce mot.

— C'est une foi en un être supérieur qui gère nos vies et à qui on rend un culte. Chez nous, il n'y a plus grand monde pour adhérer à ces croyances. Maintenant, les humains n'ont foi que dans le profit.

— Je comprends l'analogie, mais cela ne correspond pas à ce que je te dis.

— Ce que je veux dire, c'est que tu ne peux pas être sûr que ce système fonctionne. Enfin, si je comprends bien le peu que tu me dévoiles.

— Très bien, je vais t'en dire plus, mais tu dois me promettre de n'en parler à personne.

— Tu as ma parole.

Le jeune Ataahuan hésita encore un peu, jetant des coups d'œil autour de lui pour s'assurer qu'ils étaient seuls. Cela excita la curiosité d'Ava.

— Il y a longtemps, nos ancêtres se sont installés ici, après avoir quitté Whenua'ao, notre planète mère. Elle était presque devenue impropre à la vie, à cause de notre comportement peu respectueux de la nature. Pourtant, ce n'est pas ce qui nous a obligés à fuir.

— Quoi, alors ?

— Nous avons été attaqués par un peuple étranger. Il s'agissait de pilleurs, pas de conquérants. Ils voulaient s'emparer de nos ressources avant de poursuivre leurs razzias sur d'autres mondes. Nous ne possédions pas les moyens de nous défendre face à leur technologie. Ils prirent tout ce qui était essentiel à la vie, nous laissant démunis. Sur ce monde dévasté, les morts se comptèrent par millions. Malgré cela, notre peuple a reconstruit. Nos scientifiques ont conçu des armes, mais elles se révélèrent peu fiables lorsqu'ils revinrent, cinquante ans plus tard. Les conséquences de notre piètre résistance furent dramatiques. Nos ennemis rasèrent plusieurs villes par mesure de représailles. Après cette attaque, notre planète déjà affaiblie par des siècles d'exploitation ne pouvait plus subvenir à nos besoins. Nos gouvernants décidèrent d'appliquer le plan de la dernière chance. En grand secret, ils avaient développé une flotte spatiale. Les survivants y embarquèrent et notre peuple fut contraint de fuir Whenua'ao pour toujours. Nos scientifiques promirent à la population qu'un jour, nous pourrions y retourner et la reconquérir.

— Avec les Al'aos ?

— C'est ça, sourit tristement Kalan'u. Le voyage jusqu'ici fut long. Nous avons erré pendant des générations à la recherche d'un monde idéal, capable de subvenir à nos besoins. De plus, mes ancêtres refusaient de s'imposer sur une planète où existait déjà une vie intelligente ou avec le potentiel de le devenir.

— Vraiment ? s'étonna-t-elle en songeant que les humains n'auraient pas montré une telle réticence.

— Oui, bien sûr. Ce voyage fut terrible, car notre flotte attirait les pirates qui nous attaquèrent à de nombreuses reprises. Des races évoluées nous chassèrent de leur système solaire. Et, enfin, nous découvrîmes Ataahua. En s'y installant, notre peuple prit une grave décision : celle de vivre sans technologie polluante. Nous voulions respecter ce nouveau monde et ne pas le détruire par notre présence. Mais, avant cela, nous devions nous protéger. Pendant notre long voyage, qui avait duré dix générations, nos chercheurs avaient développé de nombreuses technologies. Ils mirent en place une défense planétaire intelligente. En cas d'attaque, il sera déployé un bouclier suffisamment puissant pour encaisser tous les tirs ennemis. Le sort de Whenua'ao nous avait appris la prudence. L'un de nos dirigeants, également scientifique, inventa une arme capable de s'adapter à l'assaillant. Elle peut détruire un vaisseau ou même toute une flotte. En fait, elle peut annihiler tout ce qui nous menace.

— C'est-à-dire ?

— Je n'en sais pas plus, Ava. C'est ce que disent nos textes.

— Mais comment pouvez-vous être certains que cela fonctionne toujours ?

— Cela fait partie de notre Histoire. Nous sommes protégés.

— Pouvez-vous contrôler cette arme ?

— Pourquoi demandes-tu cela ? s'enquit-il d'un ton suspicieux.

— Si vous aviez un poste de commandement quelconque, peut-être pourriez-vous exécuter un test ou quelque chose comme ça.

— Non, cette arme est intelligente. C'est elle qui déterminera le niveau de riposte nécessaire. Peut-on cesser de parler de ça ? C'est… Ce n'est pas un sujet de discussion acceptable dans notre société.

— Comme tu veux. Je te remercie de ta confiance, cela me touche beaucoup. Et maintenant, que comptes-tu faire ?

— Je ne sais pas…

— Tu ne sais pas ?

— Je ne suis plus adapté à la vie, ici, sur Ataahua.

— Que veux-tu dire ?

— J'ai ressenti le tawhiti. Comment dirais-tu ? L'appel du lointain. J'ai vu les étoiles, j'ai utilisé votre technologie.

— Je ne comprends pas.

— Je suis contaminé par des choses qui n'ont pas leur place sur Ataahua. Je… Je vais devoir m'exiler, pour ne pas transmettre cette souillure aux miens.

— Kalan'u ! Tu ne peux pas dire une chose pareille.

— C'est la vérité.

— Dans ce cas, viens avec nous. Tu seras le bienvenu. Les Ataahuans ont tellement à nous apprendre.

— Ça, c'est certain, répondit son ami en riant.

27

Décret du Triumvirat
Principes universels
Article 1
Le profit est tout.

La transformation des systèmes d'énergie du vaisseau ne prit qu'une vingtaine d'heures. Surprise par le ton presque révérencieux de Korolev, lorsqu'il lui fit son rapport, Bligh descendit dans son antre. L'ingénieur ataahuan – cette fonction avait quelque chose d'incongru – en charge de la mission la salua gravement.

— Les réparations sont terminées, Capitaine.

— Vous garantissez que cela va fonctionner ? demanda-t-elle.

— Bien entendu, s'offusqua l'autre. J'en ai également profité pour améliorer certains de vos systèmes.

— De quoi parlez-vous ?

— Ils ont touché à notre système environnemental, à nos déflecteurs, à nos boucliers et nos scanners longue portée, grommela Korolev.

— Et que se passera-t-il si l'une de ces modifications tombe en panne ?

— Je devrais pouvoir m'en sortir. Le plus compliqué, c'est le moteur, mais je pense avoir tout compris.

— Je l'espère. J'ai confiance en vous, Anton, mais le risque…

— Capitaine, j'ai une requête à formuler, intervint Kalan'u. Cette demande devrait calmer vos craintes.

— Je vous écoute.

— Quelques-uns de mes amis et moi souhaitons venir avec vous.

— Vraiment ? Pourquoi cela ? Ce voyage sera sans retour.

— Nous le savons.

— Cependant, j'aimerais connaître la raison de ce choix.

— Nous avons ressenti l'appel du lointain. Nous… Nous ne pouvons plus rester sur Ataahua.

Bligh fronça les sourcils, pesant le pour et le contre. S'encombrer de non-humains pourrait se révéler pénible et même risqué. D'un autre côté pouvait-elle se passer de leur savoir et de leur aide ?

— Très bien, Kalan'u, j'accepte. Ceux qui le souhaitent pourront nous accompagner.

— Merci, Capitaine. Je vais prévenir les miens.

— Avez-vous une idée du nombre de volontaires ?

— Ceux qui ont été réveillés en même temps que moi. Je vous l'ai dit, l'appel du lointain est trop puissant.

— Fort bien. Anton, quand pensez-vous que nous puissions décoller pour rejoindre la colonie ?

— Demain matin, à l'aube.

— Très bien, mais ne traînez pas. Le *C.S. Shanghai* ne tardera pas.

— Je le sais bien.

— Je ne vous retarde pas davantage, conclut Bligh. Kalan'u, accompagnez-moi. Nous allons devoir gérer l'embarquement des colons et je doute que cela se passe sans encombre. Ils ne seront pas tous volontaires.

— Ne vous inquiétez pas. Tutera'u est déjà sur place avec ses guerriers.

ΔΞΛΞΔ

Le *C.S. Marco Polo* se posa sur une zone dégagée à seulement trois cents mètres du village occupé par les Terriens. Bligh, accompagnée de Muñoz et de ses hommes, gagna la place principale. Vincent Barlon se tenait au premier rang des quatre cents colons rassemblés sous la garde d'une bonne centaine d'Ataahuans armés de leur tao. Ils les surveillaient avec attention et, une fois encore, elle nota leur posture guerrière, bien loin de leur attitude pacifique habituelle. Non loin de Barlon, elle reconnut l'ex-lieutenant Ikeda. D'un bref signe de tête, il lui confirma que les anciens membres des FST obéiraient à ses ordres sans discuter. Si elle choisissait d'attaquer les Ataahuans, ils se sacrifieraient sans hésiter. D'un discret geste de la main, elle lui indiqua de rester calme.

— Bordel, Bligh ! s'écria Barlon. Est-ce que vous allez nous expliquer ce qui se passe ici ? Ces maudits dorés sont arrivés hier et nous ont menacés. On a été pris par surprise. Plusieurs personnes ont été blessées.

— C'est faux ! répliqua Tutera'u en s'avançant. Ils sont juste assommés par le tao.

— C'est très simple, Barlon, j'ai découvert le sort réservé par Zhanghill aux Ataahuans que nous avions embarqués. J'ai refusé de les sacrifier. Je rejette les lois du Triumvirat. J'ai hésité, c'est vrai, ajouta Bligh à l'adresse d'Ikeda et des autres, mais plus maintenant. Plus jamais ! Nous allons quitter l'espace terrien et nous installer loin de ce secteur, à l'abri de Zhanghill.

— Vous n'êtes qu'une sale traîtresse, mais en quoi sommes-nous concernés ? gronda Barlon.

— Les Ataahuans ne veulent plus de vous, ici.

— Dans ce cas, nous attendrons qu'un vaisseau de la compagnie vienne nous chercher.

— Ils savent que vous êtes des espions et que vous projetez de les attaquer. Vous n'êtes plus les bienvenus.

— C'est n'importe quoi.

— Votre opinion m'importe peu, lança Bligh avant de se tourner vers les anciens des FST. Mes amis, le Triumvirat vous a exploités, vous a vendus à Zhanghill, vous a envoyés loin de la Terre sans vous demander votre avis. Au nom du profit, vous avez accompli des choses horribles… Nous avons accompli des choses terribles. Une incroyable opportunité s'offre à nous. Celle de fuir tout cela. Celle de reconstruire nos vies libérées de cette influence. De créer notre propre modèle de société. Je vous l'avais proposé à votre réveil, mais vous avez choisi de ne pas risquer l'aventure et de rester sur ce paradis. J'ai respecté cela. Qui pourrait vous le reprocher ? Cependant, ce n'est plus possible. Je vous demande de me faire confiance et de tenter cette nouvelle épopée avec moi. Je sais que nous pouvons y arriver.

— Mais vous êtes folle ! s'exclama Barlon.

— Nous sommes avec vous, Capitaine ! lança Ikeda d'une voix forte.

Ce cri fut repris par beaucoup, ce qui réchauffa le cœur de Bligh. Elle venait de réussir son pari. Bien sûr, il lui faudrait gérer les contestataires, car il était impossible de se priver de leur dernière navette afin de permettre à quelques récalcitrants de rejoindre le Triumvirat.

Le tri des volontaires commença aussitôt sous la surveillance des Ataahuans et de Muñoz. Ikeda sélectionna une vingtaine d'hommes et femmes pour renforcer l'équipage amoindri du *C.S. Marco Polo*. Les sbires de Zhanghill furent isolés et escortés en salle de cryogénisation. Ils tentèrent bien de se rebiffer, mais les guerriers de Tutera'u les calmèrent avec quelques coups de tao.

Bligh espérait qu'ils pourraient échapper au *C.S. Shanghai*, car mettre un être humain en sommeil prolongé prenait du temps. Sa promenade pensive la conduisit sur la dune qui protégeait le village des vents marins. La plage se déployait et le spectacle des vagues qui s'écrasaient mollement sur le sable lui apporta un profond sentiment de sérénité. Elle en avait grand besoin. Elle croisa les bras sur sa poitrine et observa longuement l'horizon, emplissant ses poumons d'air vivifiant. Un bruit de pas l'alerta et elle pivota pour accueillir le nouveau venu.

— Ava ? Il y a un problème ?

— Non, Capitaine, je voulais voir l'océan avant de quitter Ataahua. Je regrette tellement de ne pas pouvoir rester ici. Ce monde est si merveilleux.

— Je partage votre avis, mais vos amis nous cachent trop de choses.

— Eh bien, je les comprends. Ils ne peuvent pas nous faire confiance.

— Certes…

— Quelque chose vous dérange, Capitaine ?

— Les Ataahuans nous offrent une image de pacifistes, mais ce sont des guerriers. Ça se voit à leur attitude, à leur façon de bouger et de se tenir.

— Ils refusent d'être guidés par leur hérédité.

— C'est tout à leur honneur, mais oublions ça ! Avez-vous réussi à en apprendre plus sur la fameuse défense qui protégerait cette planète ?

Ava hésita, car elle avait promis à Kalan'u de garder le secret sur ses révélations. Pourtant, elle ne pouvait pas cacher une telle information à Bligh. Après une profonde inspiration, elle lui rapporta tout ce que lui avait raconté son ami ataahuan. Le capitaine l'écouta sans l'interrompre et avec beaucoup d'attention.

— Je vois, souffla-t-elle lorsqu'elle eut fini. Ce que vous me dites ressemble en effet à une croyance. Si ce système n'existe pas, nous ne pouvons malheureusement rien y faire. Fort heureusement, nous serons partis avant l'arrivée du *Shanghai*.

— Mais qu'adviendra-t-il des Ataahuans ? Je m'inquiète pour eux.

— Que voulez-vous que je vous dise ?

— Et nous, Capitaine ? Avons-nous une chance ?

— Bien plus qu'une chance. Nous nous en sortirons, je vous le promets.

— Qu'allons-nous rencontrer dans l'espace ?

— Ça, ma chère, nul ne peut le dire. N'ayez pas peur. Ce sera une belle aventure, surtout en votre compagnie.

Ava se sentit rougir jusqu'aux oreilles, mais ne s'enfuit pas. Elle resta près de cette femme si exceptionnelle, à regarder la mer qui continuait son incessant manège de flux et de reflux. Elle prit conscience qu'en cet instant, elle était heureuse.

△☰∧☰△

Le lendemain, à la nuit tombée, les préparatifs du voyage avançaient bien. Ceux qui n'étaient pas de service profitaient des derniers instants sur ce paradis. Bligh avait demandé à Ikeda de lui faire un rapport sur les différents colons et avait choisi de s'installer sur un banc à la périphérie du village. Soudain, Jian Willem fit irruption hors du vaisseau et se précipita vers elle. Il était si blême qu'elle devina la gravité de la situation.

— Capitaine, le *Shanghai*…, s'étrangla-t-il. Il vient d'activer la dernière balise.

— Combien de temps avons-nous ?

— Selon Carter, vingt-huit heures, au mieux.

— Willem, transmettez mon ordre : nous décollons dans une heure.

L'homme acquiesça et retourna vers le *Marco Polo* en courant. Bligh rejoignit Muñoz qui régulait la file des colons attendant leur tour.

— Combien en reste-t-il ? demanda-t-il.

— Quatre-vingts, Capitaine.

— Le *Shanghai* arrive, alors tant pis pour la cryogénisation. Entassez-les dans le mess. Nous partons dans une heure.

Debout derrière Moboto, Bligh donna enfin l'ordre du départ. Elle sentit la puissance des moteurs sous ses pieds tandis que le cargo s'arrachait à l'attraction de la planète. Il s'éleva lentement dans l'atmosphère, puis gagna l'espace. En l'absence de navigateurs — ils avaient tous embarqué avec Fletcher —, Fryer assumait ce rôle au mieux de ses capacités. Bligh avait validé le plan de vol avant de le transmettre au pilote. Elle avait longuement réfléchi à une destination possible, mais il était trop tôt pour se décider. Pour le moment, elle s'était contentée de choisir une direction vers une zone inexplorée de l'espace.

Le *C.S. Marco Polo* contourna lentement Ataahua en leur offrant une dernière vue sur ce paradis. Un sourire fugace glissa sur le visage d'Ellen Bligh. Certes, cette planète était un joyau, mais cette civilisation si parfaite la rendait nerveuse. Elle était soulagée de se lancer dans une nouvelle aventure. L'espace l'apaisait toujours.

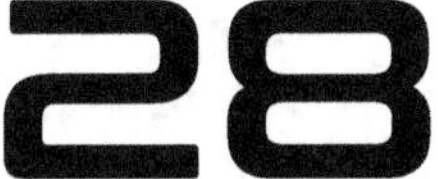

Zhanghill corporation
Règlement de la flotte spatiale
Article 3
Le capitaine doit suivre et faire appliquer les directives de Zhanghill.

Allongé sur sa couchette, Fletcher somnolait. Ils avaient été récupérés par le *C.S. Shanghai* plusieurs jours auparavant et sa rencontre avec le capitaine Cunningham ne s'était pas déroulée comme il l'avait imaginé. L'homme l'avait traité avec dédain. Selon lui, faire appel à son oncle était la preuve de sa lâcheté. Certes, il était déterminé à capturer et punir Bligh, mais n'avait pas caché son admiration pour elle. À la fin d'un discours plein d'arrogance et de morgue, le capitaine du *Shanghai* l'avait confiné dans sa cabine.

Chris s'ennuyait donc ferme. Il avait essayé de lire des romans téléchargés sur la bibliothèque du bord, mais les histoires d'elfes et de magie l'avaient laissé de marbre. Il avait tenté un classique de la littérature jeunesse qu'il avait adoré enfant, mais les péripéties de ce gamin sorcier l'avaient vite fatigué. Les polars et les thrillers ne l'intéressaient pas. Il avait finalement opté pour un livre récent en vogue sur Terre, qui décrivait les aventures d'un tribun romain juste après la mort de Jules César. Malgré le talent de l'écrivain, le sommeil l'avait submergé et la tablette reposait sur le matelas, près de sa main gauche. La sonnerie de la porte le fit sursauter. Il mit quelques secondes à focaliser son attention sur le moment présent. Il bascula sur le côté, se leva et pressa la commande d'ouverture. L'officier novice qui l'avait escorté quelques jours plus tôt, et dont il avait oublié le nom, se tenait devant l'entrée avec deux hommes de la sécurité.

— Lieutenant Fletcher, le capitaine Cunningham souhaite vous voir sur la passerelle. Immédiatement ! Veuillez me suivre.

— Souhaite, hein ? Je suppose que je n'ai pas mon mot à dire, protesta-t-il juste pour ennuyer l'agaçant gamin.

— En effet, Lieutenant ! Si vous refusez de m'accompagner de votre plein gré, je me verrai dans l'obligation de vous y forcer.

— Je plaisantais. Laissez-moi le temps de m'habiller.

— Faites vite, répliqua l'autre qui n'avait pas apprécié sa tentative d'humour.

Une poignée de minutes plus tard, Chris pénétra sur la passerelle du *C.S. Shanghai*, très différente de celle du *Marco Polo*. Ce vaisseau était dédié au combat, cela ne faisait aucun doute. Les magnifiques couleurs du système ataahuan emplissaient tout l'écran. Paul Cunningham, confortablement installé dans son fauteuil, n'offrit pas l'aumône d'un regard au nouveau venu.

— Fletcher, il semblerait qu'il y ait un problème avec votre paradis.

— Quel problème, Capitaine ?

— Nous avons détecté un bouclier énergétique qui protège la planète.

— C'est impossible, il n'y a quasiment pas de technologie sur ce monde.

— Vous êtes vraiment incompétent, Fletcher.

— Capitaine, intervint un officier, nous sommes appelés.

— Répondez !

— Vaisseau terrien, nous entendez-vous ?

— Ici le *C.S. Shanghai*, capitaine Cunningham. À qui ai-je l'honneur de parler ?

— Je suis Tutera'u, premier guerrier d'Ataahua. Vous n'êtes pas les bienvenus sur notre monde. Je vous demande de quitter notre système immédiatement.

— Aucune technologie, hein, Fletcher !

— Ils ne nous ont pas appelés lorsque nous sommes arrivés.

Le capitaine se contenta d'un rictus méprisant, puis claqua des doigts en direction de son officier communications.

— Je suis à la poursuite de mutins qui doivent répondre de leurs crimes. Je vais atterrir, arrêter Ellen Bligh, ainsi que son équipage de félons et reprendre le *Marco Polo*.

— Ils ne sont plus ici. Partez, maintenant.

— Je dois m'en assurer par moi-même.

— Je vous dis la vérité.

— Je répète. Je vais me poser et confirmer que vous ne cachez pas ces traîtres. Puis, lorsque j'en serai certain, je récupérerai les plans de tiragaatas promis par votre roi.

— Vous n'y êtes pas autorisés. Vous devez quitter notre espace immédiatement. Si vous nous attaquez, vous serez détruits.

Cunningham se tourna vers Fletcher tout en faisant un signe de la main signifiant qu'il fallait couper le son.

— Il bluffe, Capitaine, déclara Chris en haussant les épaules avec impuissance. Nous n'avons vu aucune arme capable de vous inquiéter.

— Vous n'avez pas vu grand-chose, répliqua l'autre en claquant à nouveau des doigts pour que le micro soit réactivé. Hey, l'Ataahuan, écoute-moi bien. Comme tous les Terriens, je n'aime pas les menaces. Je vais me poser et si vous êtes sage, il n'y aura pas de représailles.

— Je vous ai prévenus. Le *Marco Polo* est parti, ainsi que vos colons. Les humains ne sont plus autorisés sur notre planète. Allez-vous-en !

— Vous comptez nous attaquer avec quoi ? Vos... lances ? ironisa Cunningham.

— Je ne fais qu'énoncer les faits. Je ne désire pas qu'il vous arrive malheur, car notre peuple exècre la violence. Nous l'avons bannie de notre société. Voilà pourquoi je vous avertis.

— Si vous le dites. Moi je veux le *Marco Polo* et Bligh. Donnez-les-moi et je partirai.

— J'ai déjà répondu. Adieu.

— La conversation est coupée, Capitaine, annonça l'officier communication.

— Nous allons apprendre la politesse à ces non-humains. Repérez-moi les faiblesses du bouclier. Détruisons quelques villages, ça les calmera. En avant, vitesse lente, pilote.

— Attendez, Capitaine ! intervint Fletcher. Lorsque j'étais sur ce monde, l'un des Ataahuans a mentionné des défenses ancestrales. Je ne l'ai pas pris au sérieux, mais... mais peut-être devrions-nous être prudents.

— Et c'est maintenant que vous le dites ! Mais rassurez-vous, Fletcher, j'ai déjà affronté les Aezlakes, alors vos gentils sauvages ne vont pas m'effrayer. Si vous n'avez pas l'estomac pour supporter le combat, vous avez l'autorisation de retourner dans votre cabine, cracha Cunningham avec mépris.

Chris ne répondit pas. Imava'i lui avait raconté des histoires rocambolesques sur leurs ancêtres et sur une arme presque magique, capable d'anéantir leurs ennemis. Il avait écouté d'une oreille distraite cette… légende. Aujourd'hui, il se posait une question essentielle : était-ce réellement une légende ?

— Capitaine, appela un officier. Je crois avoir détecté le sillage du *Marco Polo*. À mon avis, ils ont une journée d'avance sur nous.

Cunningham cala son menton entre ses doigts joints telle une lame prête à trancher. Son regard glacial ne montrait aucune émotion, juste une implacable détermination.

— Le bouclier ? demanda-t-il d'une voix sèche.

— J'ai découvert une faiblesse, Capitaine, déclara une femme derrière la console de tir.

— Bien. Nous allons donner une leçon à ces sauvages. Ensuite, nous poursuivrons Bligh. Choisissez une cible significative et ouvrez le feu.

— Attendez ! s'exclama Fletcher. Il faut y réfléchir, Capitaine. Nous ignorons tout de ce peuple et…

— Et on s'en cogne ! Ouvrez le feu, j'ai dit !

L'officier obéit et les canons du *C.S. Shanghai* crachèrent leurs projectiles. Ils heurtèrent une barrière invisible qui s'irisa brièvement d'écarlate. Après plusieurs minutes de ce traitement, le bouclier s'embrasa sur une large zone, avant de s'éteindre.

— Bouclier inopérant, Capitaine.

— Parfait !

— Capitaine, un appel en provenance de la planète, intervint l'homme assis derrière la console de communication.

— Vous voyez, Fletcher. Ils vont nous supplier, maintenant, lança Cunningham avec un sourire en coin. Ouvrez la communication !

— Vaisseau de la Terre, dernier avertissement ! Vous devez quitter ce monde.

— J'en ai plus qu'assez de vos ultimatums, non-humain. Je vais vous montrer ce que c'est qu'une vraie menace ! Cranlon, préparez les torpilles. Visez une zone peuplée.

— Ne faites pas ça ! s'exclama Tutera'u.

— Vous avez raison d'avoir peur, mais il est trop tard, clama froidement le capitaine.

— Ce n'est pas pour Ataahua que je m'inquiète, répliqua le non-humain avec un calme qui pétrifia Fletcher.

L'effroi s'était lentement insinué en lui, car le premier guerrier paraissait si sûr de lui. Il n'entendait aucune crainte dans sa voix, juste la certitude d'une personne qui se sent à l'abri. Le *Shanghai* était en danger et il devait impérativement faire reculer Cunningham.

— Capitaine, vous…

— Feu !

Le vaisseau de la compagnie cracha deux torpilles qui foncèrent aussitôt vers la surface. Chris aperçut un bref flash de lumière au cœur de l'anneau de particules qui enserrait la planète et, l'instant d'après, les deux missiles furent détruits en vol. Un officier jura et soudain, l'enfer se déchaîna sur la passerelle du *Shanghai*. Fletcher fut projeté au sol, qu'il heurta durement. Une langue de feu gicla juste à une dizaine de centimètres au-dessus de ses yeux. Le hurlement des sirènes d'alarme lui vrillait les tympans. Une console explosa quelque part et un morceau de métal vint se loger dans sa cuisse. Il poussa un cri de souffrance qui passa inaperçu dans le chaos ambiant. Plusieurs blessés gisaient un peu partout. Son estomac se souleva lorsqu'il vit le visage affreusement brûlé du pilote. Des flammes jaillissaient encore des entrailles de sa console.

— État du bouclier ! hurla Cunningham pour se faire entendre.

— 5 % ! répondit quelqu'un.

— Je veux qu'on écrase ces foutus connards !

Chris comprit que le capitaine du *Shanghai* n'allait pas renoncer. C'était de la folie pure. Il rampa vers le fond de la passerelle où se trouvait le poste de pilotage de secours. Il se hissa sur le siège, activa la console, et entra une trajectoire. Du coin de l'œil, il vit un flash de lumière dans les anneaux. Un autre missile ! Sans attendre l'ordre de Cunningham, il enclencha la vitesse intersidérale. Le projectile d'énergie pure rata le vaisseau d'une fraction de seconde.

— Qu'est-ce que…, commença le capitaine. Fletcher, damné trouillard, de quel droit…

— Ce missile nous aurait détruits.

— Vous n'en savez rien. Il est hors de question de battre en retraite…

— Il ne s'agit pas de cela, Capitaine. Nous devons rattraper le *Marco Polo* et si nous sommes trop gravement endommagés, nous en serons empêchés.

— Nous en reparlerons. Ne vous croyez pas tiré d'affaire, Fletcher. Nous allons nous occuper de ces maudits mutins, mais ensuite, nous reviendrons punir ces Ataahuans. Vous avez ma parole à ce sujet.

— Et je serai avec vous.

**Zhanghill corporation
Règlement général
Article 4**
Les intérêts privés, ceux de la Nation et même ceux de la Terre, passent après ceux de Zhanghill.

L'amélioration apportée aux moteurs du *C.S. Marco Polo* fonctionnait à la perfection. Le vaisseau filait à toute vitesse vers l'inconnu. Bligh avait pris la décision de quitter l'espace cartographié par les Terriens en espérant semer ceux qui se lanceraient à leur poursuite. Elle ne doutait pas que Zhanghill mandaterait des vaisseaux pour les retrouver, parce que si cette histoire se répandait, la compagnie perdrait la face et sa place dominante au sein du Triumvirat. Elle remercia Fryer qui venait la relever pour le quart de nuit, puis sortit. Une fois dans le couloir, elle s'étira en grimaçant. Ses muscles la faisaient un peu souffrir, car elle n'avait pas ménagé ses efforts ces derniers jours. Elle rêvait d'une bonne douche, puis de quelques heures de sommeil, mais décida de passer par le mess pour saluer les membres de l'équipage qui avait encore le temps de se divertir. Elle avait pris conscience qu'elle s'était trop tenue à l'écart lors du voyage vers Ataahua et ne comptait pas renouveler cette erreur. La grande pièce, débarrassée des matelas et autres effets de couchage, était pratiquement vide. Les colons hébergés là, lorsqu'ils avaient dû fuir rapidement la planète, avaient tous été cryogénisés. Les hommes d'Ikeda s'étaient révélés efficaces et tout allait pour le mieux à bord. Bligh se dirigea vers le comptoir pour se servir un café. Elle remarqua Ava qui rêvassait dans un fauteuil. Après une brève seconde d'hésitation, elle rejoignit la jeune femme avec deux mugs à la main. Celle-ci sursauta en la voyant et esquissa le mouvement de se lever.

— Ne bougez pas, je vous en prie. Si vous permettez, ajouta-t-elle en désignant l'un des sièges.

— Bien sûr, Capitaine.

Elle s'installa dans le fauteuil confortable, puis posa les deux tasses fumantes sur la table.

— Alors, comment allez-vous, Ava ?

— Très bien, Capitaine.

— Vous en êtes sûre ?

— Je… Je n'arrive pas à me faire à l'idée que je ne reverrai jamais mes parents. Oh, je sais que personne ne m'a forcée à vous suivre et je ne le regrette pas. Je devais échapper à Zhanghill, c'est une chose que je ressens au plus profond de mon être. Cependant…

— Cependant, cela reste difficile. Je comprends.

— Merci.

— Au moins, votre ami Kalan'u nous accompagne. C'est quelqu'un de bien.

— Oui, je l'aime beaucoup. C'est quelqu'un de très attachant.

— Je pense qu'il tient beaucoup à vous.

— Je le crois aussi. Il a été déçu, lorsque je lui ai dit que je le considérai uniquement comme un camarade. Vous vous rappelez, je vous avais raconté que dans leur culture, c'est la femme qui décide.

— Il n'a pas protesté ?

— Non, ils ne fonctionnent pas comme ça.

— Votre cœur est donc libre, c'est une bonne nouvelle, susurra Bligh sans réfléchir.

Ava rosit de façon tout à fait adorable. Ellen se sentit rougir également. Elle avait déjà fait quelques allusions, mais cette fois-ci, la jeune femme ne pouvait plus se méprendre sur ses sentiments.

Et après tout, pourquoi pas ! songea-t-elle.

— Mes excuses, je n'aurais pas dû dire cela, mais cette ivresse de liberté, qui nous habite tous, m'a rendue moins prudente. Vous l'avez compris, je vous trouve… charmante. Je n'aurais sans doute jamais avoué ce sentiment si les circonstances étaient restées les mêmes. Seulement, tout est différent. Je veux que vous sachiez ce que je ressens pour vous et que… que cela ne vous engage à rien.

— Capitaine, je…

— Il est inutile de poursuivre.

Ava la fixait avec une intensité étrange qui la mettait mal à l'aise. Ellen Bligh avait toujours su repérer les femmes qui partageaient ses goûts, mais elle n'avait pas réussi à deviner ceux de cette jeune femme.

— Et si j'ai envie de poursuivre ?

— J'en serai très heureuse. Nous avons tout le temps d'apprendre à vraiment nous connaître. Qu'en pensez-vous ?

— Je suis d'accord.

Le sourire de Bligh la rajeunissait. Il se dégageait d'elle une telle énergie, un tel dynamisme, qu'il était difficile de lui résister. Ava secoua la tête, comme pour échapper à la fascination qu'elle ressentait pour Bligh. Elle l'attirait de la même manière qu'une flamme trop intense séduisait un papillon.

Le capitaine se leva, non sans l'avoir rassurée d'une main douce sur son avant-bras, puis, sans un mot, elle sortit de la pièce. Ava prit le mug de café encore chaud posé sur la table et le regard perdu dans le vide, elle dégusta la première gorgée. Le breuvage amer ne calma pas son cœur qui cognait fort dans sa poitrine.

ΔΞΛΞΔ

Ava et Ugo sortirent de leur cabine, direction le mess. Ils avaient rendez-vous avec leurs amis, Tamara, Henry, Jian, Zach et Olga. Ils ne s'étaient pas beaucoup vus ces derniers temps, car leur charge de travail ne l'avait pas permis.

— Eh bien, cela faisait longtemps, lança le garçon.

— Cinq jours depuis le départ d'Ataahua. Heureusement que les colons sont là pour nous aider, parce que sinon…

— Sinon, on se serait tué à la tâche.

— N'exagère pas.

— Les Ataahuans vont nous rejoindre, ce soir. Je ne sais pas s'ils s'intègrent bien. Leur présence a quelque chose d'étrange.

— Comment ça ?

— Pendant toutes ces semaines chez eux, ils nous ont caché qu'ils étaient si avancés technologiquement. Les copains sont d'accord avec moi pour dire qu'ils se sont moqués de nous.

— Pas du tout, les défendit-elle. Nous utilisions la plate-forme pour descendre du plateau, ainsi que les pahahis et toutes sortes d'autres appareils. Nous ne pouvions pas ignorer leur niveau de développement.

— Oui, mais… Tu as raison, concéda le garçon en haussant les épaules. On n'a pas voulu voir ce qui crevait les yeux.

— Ce n'est pas très grave. Si ?

— Non, sans doute pas.

— As-tu un problème avec les Ataahuans ?

— Non… C'est juste que… Beaucoup trouvent dérangeant d'avoir des non-humains à bord, c'est tout.

— Bordel ! Ugo, vous êtes épuisant ! s'énerva-t-elle.

— On va s'y habituer, ne t'inquiète pas.

— Franchement, je ne sais pas si je dois venir ce soir.

— Ava, allons…

— Je plaisante.

En réalité, elle pensait ce qu'elle disait. Le racisme des humains la mettait hors d'elle. Les Ataahuans étaient des êtres gentils, serviables, doux et pacifiques. Elle ne comprenait pas qu'on puisse les détester, mais elle n'insista pas, car elle ne voulait pas se fâcher avec Ugo.

Juste avant d'entrer dans le mess, ils croisèrent le capitaine qui les salua d'un sourire.

— Je vous souhaite une bonne soirée, dit Bligh. Vos amis sont déjà arrivés.

— Oh, euh…, bafouilla Ava en se sentant rougir. Vous pouvez vous joindre à nous si vous voulez.

— Je vous remercie, mais ce sera pour une autre fois.

— Bien sûr, Capitaine.

— Demain, vous viendrez dans mon bureau, Ava. Nous allons reprendre vos cours de navigation.

— Est-ce utile ? Je veux dire, je n'en ai plus vraiment besoin.

— Apprendre n'est jamais inutile. Demain, dix-huit heures. Nous n'avons pas corrigé les derniers exercices, vous les apporterez.

— Euh, oui, Capitaine.

— À demain, donc, conclut Bligh avant de s'éloigner.

Ugo la regarda disparaître avant de se tourner vers Ava qui bénit la faible lumière du couloir dissimulant ses joues écarlates.

— Incroyable, murmura-t-il. Elle s'est montrée presque humaine.

— Ne dis pas des trucs comme ça. Bligh est quelqu'un de très bien.

— Tu craques pour elle ou quoi ?

— Et si c'était le cas ?

— Eh bien, rien… Je… Tu as le droit, bien sûr.

— Encore heureux ! répliqua-t-elle sèchement.

— Bon, on y va ? bégaya Ugo après s'être raclé la gorge avec gêne.

— Ouais !

Elle allait ouvrir la porte, lorsqu'il l'arrêta.

— Attends. J'espère que je ne t'ai pas blessée. Tu as le droit d'avoir des sentiments pour qui tu veux. Et si… Je serais heureux pour toi.

— Merci, Ugo.

Cette fois-ci, ils entrèrent enfin dans le réfectoire. Leur joyeuse bande les attendait et leur fit signe de les rejoindre. Les deux amis s'installèrent avec un verre de boisson sucrée. Les discussions ne tardèrent pas à aller bon train. Ava restait un peu en retrait, troublée par ce qu'elle avait dit au sujet de Bligh. N'avait-elle pas dévoilé le secret de son cœur en provoquant Ugo ?

— Ava ? Ava ? Tu es où, là ? l'appela Jian.

— Excuse-moi, mes pensées divaguaient. Que disais-tu ?

— On se demandait combien de temps nous allions voyager. Toi qui vois souvent Bligh, sais-tu où elle veut aller ?

— Non.

— Tu ne sais pas ou elle ne sait pas ?

— Tu n'as qu'à l'interroger, Jian !

— Ne te fâche pas, c'était juste une question. Euh, es-tu libre demain ?

— Pourquoi ça ?

— On pourrait se promener, tous les deux, bafouilla le jeune homme.

— Jian… Je… C'est gentil, mais je n'aurai pas le temps et ce ne serait pas une bonne idée.

— Tu as quelqu'un ?

— Non, répondit-elle tout en songeant : *pas encore.*

À peine cette pensée eut-elle éclos dans son crâne, que la vérité s'imposa. Elle était amoureuse d'Ellen Bligh, cela ne faisait plus aucun doute. Cette révélation lui libéra le cœur. Jian se renfrogna. Le pauvre garçon avait sans doute cru avoir une chance. Elle reporta son attention sur leur petit groupe. Elle nota que Henry et Tamara n'étaient

pas assis l'un à côté de l'autre. Il lui faudrait en parler à Ugo. Olga
raconta une blague qui fit rire tout le monde. Ava les imita et rangea
ses préoccupations dans un coin de sa tête pour profiter pleinement
de la soirée.

30

Un employé de Zhanghill ne convolera pas sans en référer à la compagnie.

Bligh était plongée dans l'étude des cartes spatiales, lorsqu'on sonna à sa porte. Elle autorisa l'ouverture et eut la surprise de découvrir Ava Morel dans l'embrasure.

— Oh, je suis désolée, j'avais complètement oublié votre venue.

— Je peux revenir demain, Capitaine, répondit la jeune femme.

— Non, bien sûr que non ! Quelle idée ! Approchez et montrez-moi vos devoirs.

— Je vous les ai envoyés.

— Voyons cela… Hum, il y a du mieux, mais vous avez commis quelques bévues.

Pendant l'heure qui suivit, Bligh expliqua à Ava chacune de ses erreurs. Ses démonstrations étaient claires, parfaitement détaillées. Elle refit des exercices sous la direction de son mentor, cette fois-ci sans aucune faute.

— Eh bien, on dirait que vous venez enfin de comprendre, Ava. Je vous félicite.

— Merci, Capitaine. Puis-je vous poser une question ?

— Bien entendu.

— Savez-vous où nous allons ? Je veux dire, avez-vous un plan, une destination…

— Non, aucune pour le moment. Nous devons quitter la zone de l'espace connu et cartographié. Ensuite… Ensuite, je ne sais pas. De nombreux systèmes sont déjà prévus pour l'exploration. Il faut les oublier.

— Pour éviter d'être découvert dans quelques années.

— C'est cela. Nous devons aussi fuir les mondes habités par des races intelligentes…

— Mais trouver des planètes sur lesquelles nous pourrons survivre.

— Le tout sans nous faire repérer par des vaisseaux étrangers. L'espace n'est pas un endroit sans danger, bien au contraire.

— Vous n'êtes pas rassurante.

— Non, il vaut mieux accepter la réalité pour mieux l'affronter.

— Je comprends.

— En attendant, inutile de s'inquiéter. Selon Korolev, nos moteurs fonctionnent à la perfection. Nous avons donc le temps de nous retourner. De plus, nos poursuivants sont informés de l'état de nos réserves de S4 qui déterminent notre rayon d'action maximal. Ils abandonneront la traque lorsqu'ils estimeront que nous avons dépassé cette frontière virtuelle. Bien entendu, ils ignorent l'existence de notre moteur ataahuan. Il nous suffit de franchir cette ligne imaginaire et nous devrions être en paix.

— Et si…, Ava s'interrompit n'osant pas continuer.

— Oui, dites ce que vous avez en tête.

— Et si nous cherchions la planète des Al'aos ?

— Vous êtes sérieuse ?

— Tout dépend, bien sûr. Si elle se trouve dans la zone d'influence de la Terre, c'est impossible, mais sinon… Je suis désolée, Capitaine, c'est idiot.

— Pas forcément…, répondit Bligh d'un ton pensif. Si votre ami connaît les éléments fournis à Zhanghill pour la chercher, je pourrai entrer ces données dans l'ordinateur. Ensuite, nous verrons. Cela n'engage à rien, après tout.

— Merci, Capitaine. Et… est-ce que vous pensez que le *Shanghai* a attaqué Ataahua ?

— Connaissant Cunningham, sûrement, mais Kalan'u avait l'air confiant dans leur système de défense. Avec un peu de chance, le *Shanghai* a été détruit.

— Capitaine, vous ne pouvez pas dire ça.

— Ils n'hésiteraient pas une seconde à nous éradiquer, alors je n'ai aucune pitié pour eux, mais oublions ce sujet. Parlez-moi de vous, Ava.

— Que voulez-vous que je vous dise ?

— Ce n'est pas un interrogatoire, se mit à rire Bligh. Vous pourriez me décrire les lieux que vous aimez, ou me raconter votre livre préféré. Vous pourriez me présenter vos parents, vos amis ou votre chat.

— J'accepte, mais à une condition.

— Dites, répondit le capitaine en fronçant les sourcils.

— J'adorerais que vous fassiez de même.

— Nous verrons… Soit, ne faites pas cette tête. Je me plierai aussi à ce petit jeu. En attendant, voulez-vous un café ?

— S'il vous plaît, oui.

— Un bon point pour vous. Aimer le café est une qualité indispensable.

ΔΞΛΞΔ

Ellen Bligh consultait à nouveau les cartes spatiales de la région, sans doute pour la trois centième fois depuis le début de cette fuite déraisonnable, deux mois plus tôt. Kalan'u avait pu lui fournir les données permettant de localiser Whenua'ao. L'ordinateur avait réussi à reconstituer une partie du voyage effectué par les Ataahuans des milliers d'années plus tôt et situait leur planète d'origine loin de la zone sous domination terrienne. Cette découverte confirmait, si besoin était, le mensonge de Zhanghill. Après une longue discussion avec ses officiers, Bligh avait tranché. Le *C.S. Marco Polo* se dirigeait désormais vers la région de l'espace où devait se trouver ce paradis perdu.

— Vous voulez un troisième café, Capitaine ? demanda Ava depuis l'autre bout du bureau.

La jeune femme lui tenait compagnie, comme tous les jours depuis cette soirée où elles avaient décidé d'apprendre à se connaître. Bligh savait déjà qu'elle ne s'était pas trompée sur Ava. Elle était solaire, douce et empathique. Malgré cela, elle n'avait pas encore franchi le pas vers une vraie relation amoureuse, bridée par le poids de sa fonction.

— Bien sûr, répondit Ellen en souriant.

Ava posa la tasse sur le bureau et regarda les cartes par-dessus l'épaule du capitaine.

— Vous avez trouvé ce que vous cherchez ?

— Non. J'ai peur que notre problème soit insoluble. Tous les mondes potentiels ont déjà été répertoriés par Zhanghill, ce qui implique qu'un jour, ces pourris y débarqueront. Nous ne pouvons pas vivre avec une telle épée de Damoclès au-dessus de la tête.

— Vous cherchez une planète inconnue ? Est-ce que cela existe ?

Bligh se contenta d'une grimace pour toute réponse. Ava soupira, comprenant que leur destinée resterait en sursis.

— Et Whenua'ao ?

— Les Ataahuans ont erré dans l'espace pendant des centaines d'années et n'ont pas voyagé en ligne droite, comme vous vous en doutez. Nous ne pouvons pas faire de même. Fort heureusement, l'ordinateur a extrapolé leur point d'origine… Enfin, point, c'est un grand mot. Nous parlons plus d'une vaste zone. Nous nous en approchons, mais pour le moment, je n'ai découvert aucune planète correspondant aux critères fournis par Kalan'u.

— C'est sans espoir, alors ?

— Ne dites pas ça. Jamais ! s'exclama Bligh. Regardez !

Elle afficha les résultats des scanners longue portée d'un geste résigné. En réalité, ses pensées étaient surtout parasitées par les rapports envoyés ce matin par Fryer. Leurs ressources s'amenuisaient de façon alarmante. Ils seraient bientôt contraints à se poser seulement pour charger de la nourriture et de l'eau.

— Je ne suis pas sûre de ce que je dois voir, hésita Ava.

Bligh pressa quelques touches et une ligne rouge zigzagante s'afficha au milieu des étoiles.

— Voici le voyage des Ataahuans.

Elle zooma l'image. Plusieurs traits jaunes rayonnaient depuis un système binaire.

— Nous sommes certains qu'ils sont passés par cet endroit, continua Bligh. Avant ce système solaire, c'est le mystère. Il y a plusieurs possibilités, mais après quelques années-lumière, plus rien ne correspond. Nos informations ont été transmises à travers les siècles, les millénaires même. Depuis, les choses ont pu changer. Certes, l'ordinateur a compensé le passage du temps… Bref, je suis perdue.

Cette déclaration donna la chair de poule à Ava. Bligh était toujours sûre d'elle, cet aveu d'impuissance était terrifiant. Pour cacher son trouble, elle reporta son attention sur l'écran et fronça les sourcils.

— Je peux ? demanda-t-elle en désignant l'appareil.

— Allez-y !

Elle agrandit les informations d'une zone de l'espace.

— Je me trompe peut-être, mais ça ressemble à une anomalie.

Bligh soupira, prête à lui dire qu'elle n'avait toujours pas assimilé les subtilités de la navigation. Elle s'interrompit sous l'effet de la surprise. Elle pressa plusieurs touches et superposa les données du scanner.

— Ça alors !

— Qu'est-ce qu'il y a ?

— Si j'en crois les probabilités, Whenua'ao pourrait se trouver dans cette zone. Seulement, nos cartes n'indiquent aucun système solaire possédant des planètes viables. J'avais donc éliminé cette possibilité, mais vous venez de pointer une anomalie. Nos scanners disent exactement le contraire.

— Qu'est-ce que ça veut dire ?

— Je ne le sais pas encore, mais nous allons tirer ça au clair. Je vais convoquer l'état-major.

Dix minutes plus tard, les officiers s'installèrent dans le bureau. Muñoz avait endossé le rôle de second depuis le départ d'Ataahua et l'ancien des FST, Ikeda, l'avait remplacé à la sécurité. Kalan'u représentait les intérêts des non-humains à bord. Ava se faisait toute petite dans un coin de la pièce, même si personne ne s'était insurgé de sa présence.

— Il y a un problème, Capitaine ? demanda Muñoz.

— Bien au contraire ! Je crois avoir trouvé Whenua'ao.

— Vraiment ! s'exclama Kalan'u.

— Sur le trajet probable emprunté par les Ataahuans, nos scanners longue portée ont découvert une exoplanète qui n'existe pas sur nos cartes spatiales. D'ailleurs, je n'en comprends pas la raison. Les données reçues ne sont pas claires. Néanmoins, c'est une excellente nouvelle. Cela nous offrira du temps avant que Zhanghill atterrisse sur nos plates-bandes.

— Est-elle habitée ? s'enquit Lydie.

— Pour le moment, ils n'ont détecté aucun signe de civilisation.

— S'il s'agit de Whenua'ao, il ne devrait rester que quelques ruines…, répondit Kalan'u d'un ton étrangement pensif.

— Elle se situe à huit jours de voyage et, comme je l'ai déjà dit, ce système est hors des routes répertoriées par Zhanghill, dans un secteur indiqué vide sur les cartes que nous possédons. La compagnie planifie ses conquêtes en fonction de ces mêmes cartes. De plus, je crois que sans les améliorations apportées par les Ataahuans à nos scanners longue portée, nous n'aurions rien vu non plus.

— Donc, on peut s'y installer sans problème.

— Peut-être, Anton.

— Comment ça, peut-être ?

— S'il existe une vie intelligente sur cette planète, nous ne pourrons pas nous y poser.

— C'est dommage, marmonna Muñoz.

Le nouvel officier en second n'avait jamais caché qu'il soutenait l'idée que les Terriens devaient s'emparer de ce qu'ils convoitaient, par la force si nécessaire. Il avait servi dans les FST, puis avait passé de nombreuses années aux ordres de Zhanghill. Il avait contribué à la spoliation de planètes à plusieurs civilisations non-humaines. Sa présence dans cette mutinerie ne s'expliquait que par sa dévotion à Bligh.

— Avons-nous le moyen de le savoir avant d'y aller ? demanda timidement Ava.

— Non, pas à cette distance, répondit Bligh.

— S'il s'agit de Whenua'ao, elle sera désertée, précisa Kalan'u. Il n'était plus possible d'y vivre.

— C'était il y a longtemps, répliqua Bligh. Alors ? Que décidons-nous ?

— Tentons le coup, réagit Fryer.

Les autres le soutinrent sans hésiter une seule seconde.

— Bien ! Dans ce cas, à vos postes ! déclara le capitaine.

ΔΞΛΞΔ

L'enthousiasme qui avait suivi la découverte de cette planète inconnue était retombé comme un soufflé. Depuis trois jours, l'équipage retenait sa respiration et essayait de grappiller des informations auprès de ceux qui avaient la chance de servir sur la passerelle. Seulement, personne ne savait rien. Les scanners longue distance n'étaient pas en mesure de fournir des données claires. Depuis que sa relation avec le capitaine n'était plus un secret, Ava subissait la majeure partie de ces interrogations.

— Alors ? lui demanda sans préambule Tamara qu'elle venait de rejoindre au mess.

L'infirmière était seule en compagnie d'Olga et d'Ugo. Ce dernier lui bourra les côtes d'un coup de coude, car il savait combien cette pression incessante agaçait son amie.

— Alors, rien, Tamara.

— Tu as passé toute la journée avec Bligh, ne me dis pas que tu n'as rien entendu.

— Pas plus qu'elle et elle ne sait rien. Les données des scanners sont… bizarres pour le moment. Il faudra attendre d'être plus près pour en apprendre plus.

— C'est chiant !

— Je vais chercher des boissons, proposa Ugo, un peu mal à l'aise.

Le garçon se leva et Tamara le regarda s'éloigner.

— Il te protège avec tellement de sérieux, c'est dingue.

— Il se prend pour mon grand frère, répliqua Ava en souriant.

— Ton frère ? T'es sûre ?

— Oui, je ne suis pas celle qui intéresse Ugo à cette table.

Olga pouffa de rire et appliqua une claque sur l'épaule de son amie.

— Je te l'avais dit. T'es vraiment aveugle. Vas-y, fonce ! Ugo est mignon tout plein.

— Peut-être…

— Tu n'es plus avec Henry ? demanda Ava.

— Non, c'est fini. Il a retrouvé une ex dans l'équipe d'Ikeda. Enfin, une ex… Visiblement, il était toujours amoureux. Je n'apprécie pas le rôle de roue de secours, si tu vois ce que je veux dire. Donc, c'est du passé.

— Désolée…

— Bah, ce n'est pas grave.

Elle reporta son attention sur Ugo qui revenait avec quatre verres.

— Ugo, hein ?

Les trois filles éclatèrent de rire et en remarquant l'expression étonnée du jeune homme, leur fou rire redoubla.

— J'ai raté quelque chose ?

— Pas du tout ! répondit Tamara en pouffant. Installe-toi, Ugo, juste là à côté de moi.

Il s'exécuta et lança un regard surpris en direction d'Ava qui lui adressa un clin d'œil complice. Il fut encore plus estomaqué lorsque la belle blonde passa un bras autour de ses épaules.

— Dis-moi, Ugo, est-ce que tu connais des coins sympas dans ce vaisseau ?

— Euh… Oui, bafouilla-t-il.

— Cool, tu veux me les faire visiter ? Je m'ennuie, ici.

— On… On ne peut pas abandonner les… les filles…

— Allez-y, les encouragea Ava. Olga et moi, on va se faire une partie d'échecs.

Ugo hésita, mais Tamara se leva tout en l'attrapant par la main. Complètement abasourdi, il se laissa faire et le couple quitta le mess. La porte était à peine fermée qu'Olga éclata d'un rire nerveux qu'elle avait contenu à grand-peine.

— Pauvre garçon, il est piégé, maintenant.

— Il en rêvait depuis longtemps.

— C'est clair.

— Si Tamara n'est pas trop bête, elle fera attention à lui. Ugo est quelqu'un de bien.

— C'est vrai… Écoute, Ava, je serai bien restée, mais Anton m'attend.

— Toi et lui…

— Eh oui, tout le monde se case, ces temps-ci. Comme toi et Bligh, par exemple.

— Je ne suis pas…

— Ne te défends pas, c'est évident. En tout cas, depuis que vous êtes ensemble, elle est beaucoup plus cool.

— Elle n'a jamais été un monstre, tu sais, insista Ava en rougissant.

— Davis et les autres ne seraient sans doute pas d'accord avec toi, mais, d'un autre côté, ces connards l'avaient bien mérité.

Les deux femmes rirent encore un peu avant de quitter le mess. Ava regarda Olga se hâter dans le couloir avec un sentiment étrange. Enfin, elle se sentait chez elle au milieu de cet équipage, de cette famille. Avec un large sourire, elle prit la direction du bureau d'Ellen Bligh.

31

Zhanghill corporation
Règlement général
Article 8
Les planètes découvertes par les vaisseaux de Zhanghill appartiennent à Zhanghill.

Après cette semaine interminable, la décélération du *C.S. Marco Polo* soulagea l'équipage. Excitée par la nouvelle, Ava rejoignit la passerelle. Elle espérait atterrir sur un paradis à l'image d'Ataahua tout en sachant que les probabilités n'étaient pas en leur faveur. Whenua'ao avait été dévastée et était devenue impropre à la vie. Avec de la chance, ils auraient à domestiquer un monde rude. Pour le moment, leurs scanners n'avaient rien révélé. Ils continuaient d'afficher des informations contradictoires.

Le vaisseau dépassa un planétoïde rocheux, puis dut contourner une géante gazeuse aux volutes rougeâtres. La déception les heurta violemment lorsqu'ils virent l'objet de toutes leurs attentes. La planète se parait de couleurs ocre, sable, grise avec quelques touches de vert sombre. Ce qui ressemblait à un large désert caillouteux occupait toute la ceinture équatoriale de cette planète aride.

— Je ne détecte aucun indice de civilisation, Capitaine, annonça Ikeda derrière la console de la sécurité. Ce désert semble abriter d'immenses animaux. Les signes de vie sur le reste du globe sont dans la normalité.

— Whenua'ao…, murmura Kalan'u.

— Tu en es sûr ? s'enquit Ava.

Il secoua la tête négativement, sans répondre, le regard fixé sur l'écran.

— Cette planète est-elle habitable ? demanda Bligh.

— Oui, Capitaine, déclara Ikeda. Dans l'hémisphère nord, au-delà du désert, la température est plutôt froide. Je n'y vois que de vastes steppes et quelques nappes d'eau. Au sud, cela semble mieux. Autour d'un grand lac, il y a plusieurs forêts et des prairies qui s'étendent à l'infini. C'est sans doute l'endroit idéal pour s'installer.

— Vous n'avez pas l'air enthousiaste, répondit Bligh.

— Si j'en crois mes analyses, ce monde propose une amplitude de température peu agréable.

— Kalan'u, qu'en pensez-vous ?

— Attendez, Capitaine ! C'est incroyable ! s'écria Ikeda.

— Quoi donc ?

— Cette planète n'est pas la seule… Regardez !

Le chef de la sécurité pointait l'écran. Derrière ce globe désertique, suspendu dans l'espace, se dévoilait une autre sphère, très proche. Ce monde émeraude, bleu et mauve était captivant de beauté.

— Intéressant ! Allons voir de plus près, je veux tout savoir, ordonna Bligh.

Après quelques minutes, cette planète s'offrit pleinement à leurs yeux. Un océan séparait deux grands continents. Celui du nord était recouvert par une immense forêt, alors que le sud possédait de vastes plaines, des lacs, des rivières, des montagnes. Ce territoire semblait particulièrement accueillant.

— Eh bien, voilà ce qui explique les informations erratiques fournies par les scanners longue portée. Deux mondes ! Ikeda, voyez-vous des signes de civilisation ?

— Non, aucune preuve, Capitaine, mais il existe une importante vie animale. Elle se situe dans la normalité. Il n'y a rien d'alarmant.

— Pas de vie intelligente, sur une planète comme celle-là ! C'est improbable.

— Je ne détecte aucune construction, aucune agriculture, pas de route et aucune signature énergétique. Rien !

— Cela semble trop beau pour être vrai.

— Whenua'ao et sa jumelle, Rewera'ao.

— C'est maintenant que vous mentionnez cette deuxième planète, s'agaça Bligh.

— Ce n'était qu'une histoire, un conte, pour effrayer les enfants.

— Un conte, hein ? Bien, continuez les balayages de scanners. Je veux être certaine de ne pas tomber sur une autre surprise avant de me poser. Attendons une journée pour en avoir le cœur net. Adoptez une orbite large afin de ne courir aucun risque.

ⵠⵣⵠⵣⵠ

Ava déjeunait en compagnie de Bligh dans la cabine de cette dernière. Les deux femmes picoraient dans leur assiette de pâtes au fromage en silence, car le capitaine était plongé dans l'étude de la masse d'information transmise par Ikeda. Le *Marco Polo* avait déjà réalisé plusieurs révolutions pour traquer le plus infime signe indiquant la présence d'une vie intelligente.

— Vous voyez quelque chose d'intéressant, demanda Ava après avoir fini son plat.

— Whenua'ao semble vierge. Son atmosphère ressemble à celle de la Terre. Elle est juste un peu plus riche en oxygène. Il est plus difficile d'affirmer qu'il n'y a pas de grands prédateurs, ou de virus mortels, ou d'insectes tueurs. Nous devrons nous poser pour en savoir plus.

— Cette planète s'est régénérée, alors ?

— S'il s'agit bien de Whenua'ao, oui, il semblerait.

— Et l'autre ? Rewera'ao ? Elles sont vraiment très proches.

— Plus que la Lune l'est de la Terre, oui. Ava, je veux croire que ce monde est le bon, que nous pouvons nous y installer, que nous pouvons y prospérer, y créer une communauté, peut-être même une nouvelle civilisation. Je n'ai jamais eu l'âme d'un colon, mais je mesure aujourd'hui toute la puissance d'une telle aventure. Ai-je tort ?

— Non, vous avez raison d'espérer. Nous allons commencer une nouvelle vie, loin de la Terre, loin du Triumvirat.

— Et nous essayerons de ne pas reproduire les erreurs de l'humanité. Notre vie sera passionnante, je n'en doute pas. Venez, retournons sur la passerelle. Il est temps d'aller regarder ça de plus près.

Muñoz se leva dès que le capitaine entra. Il n'y avait pas, dans son geste, la condescendance ou l'agacement que montrait Fletcher dans une situation identique.

— Messieurs, bravo pour votre travail. Nous allons nous poser, sauf si l'un de vous y voit une objection.

— Avez-vous découvert les ruines de notre civilisation ?
demanda Kalan'u.

— Non, je suis désolée, il n'y a rien.

— Ce n'est peut-être pas Whenua'ao, dans ce cas.

— Peut-être bien, mais c'est là que nous allons nous poser.
Ikeda, trouvez-nous un endroit non loin de l'océan et d'une rivière,
si possible.

— Oui, Capitaine. Je crois que j'ai découvert le lieu adéquat.

— Affichez ça à l'écran. Très bien. Bon choix. Envoyez les
coordonnées à Moboto.

— À vos ordres.

— À vous de jouer, Lieutenant. Rapprochez-nous de cette planète.

Le pilote acquiesça d'un signe de tête et, sous la douce touche de
ses doigts, le *C.S. Marco Polo* se dirigea vers la surface. Soudain, le
vaisseau frémit comme frappé par une tempête furieuse.

— Bordel ! s'exclama Henri, d'habitude toujours pondéré.

— Que se passe-t-il ?

— Je ne contrôle plus rien, Capitaine.

— Quoi ?

— Nous allons nous écraser !

— Korolev ! appela Bligh en pressant la touche du système de
communication. Qu'est-ce qui se passe, bon sang ?

— Aucune idée !

Le *Marco Polo* franchissait déjà les hautes couches de nuages et
sur leur écran, ils purent découvrir les vallées mauves, les collines vert
émeraude, le cobalt de l'océan du continent sud. À nouveau, le sol
fut caché par d'épais cumulus blancs. Un temps, le monde sembla
avoir disparu, puis le vaisseau émergea du rideau brumeux qui
dissimulait un spectacle splendide. De hautes herbes violettes
ondoyaient dans le vent sur un mamelon qui déclinait vers la mer
d'un bleu profond. La beauté et la sérénité de ce paysage passèrent
inaperçues dans la tragédie du moment.

— Korolev ! s'écria Bligh. C'est maintenant ou jamais !

De longues secondes s'engrenèrent encore, puis la voix du chef
ingénieur retentit dans les haut-parleurs.

— Maintenant !

— Moboto !

Il s'activa sur ses commandes, mais le sol continuait à se
rapprocher à une vitesse hallucinante.

— Attention pour impact ! cria Bligh.

Ils allaient s'écraser ! Henri réussit à infléchir la trajectoire du *Marco Polo* à la dernière minute. Le ventre du vaisseau faucha les hautes herbes dans un rugissement de moteur.

— Cette colline, là ! s'écria Bligh. Le sommet est suffisamment plat, vous devriez pouvoir atterrir.

— Oui, Capitaine ! Si je peux. J'ai l'impression de piloter une enclume.

Malgré ses propos défaitistes, Moboto dirigea le cargo avec dextérité. Dans un dernier effort, il posa l'appareil dans un nuage de poussière pourpre. En silence, ils attendirent que la nature environnante se calme.

— Analyse ! ordonna le capitaine.

L'atmosphère sur la passerelle vibrait d'impatience. Certains trépignaient discrètement. Bligh tapotait sur l'accoudoir de son fauteuil. Ava, elle, restait étonnamment sereine. Elle dévorait avec avidité le paysage qui s'affichait sur le grand écran du *Marco Polo*. Ce monde étranger, avec son herbe d'une couleur puissante, improbable, mauve, la captivait. Elle se moquait de ce qu'allait annoncer Ikeda. Elle savait déjà qu'il s'agissait de son foyer. Cette planète l'attendait depuis toujours. Elle avait l'impression que son destin tintait avec joie ou que la pièce perdue d'un puzzle retrouvait sa place au milieu du dessin.

— L'air est parfaitement respirable, Capitaine, déclara l'officier de la sécurité. Nos capteurs n'ont détecté aucun virus. Cela ne veut pas dire…

— Je sais, Ikeda, je sais. Korolev ? Situation !

— On recolle les morceaux, ici, Capitaine.

— Soyez plus précis.

— Nos moteurs ataahuans sont morts. J'ai réussi à reconnecter le moteur de secours, fonctionnant au S4. Voilà pourquoi nous nous sommes posés.

— Est-ce que quelqu'un peut me dire ce qui s'est passé ?

— Pas encore, Capitaine.

— Je veux le savoir.

— À vos ordres !

— Bien, laissons Anton travailler. En attendant, nous allons explorer un peu. Muñoz, je suis désolée, mais je vous confie la passerelle. Ikeda, une petite équipe. Morel, vous m'accompagnez.

Malgré les circonstances, le trajet vers le sas fut un instant absolument exaltant. Ava se retenait presque pour ne pas courir. Ils étaient vivants et ils allaient découvrir un nouveau monde. Sur un ordre du capitaine, Günther poussa le lourd battant de l'écoutille et descendit pour sécuriser les lieux, suivi de près par Ikeda. Enfin, Bligh franchit le seuil et foula ce sol étranger. Elle marcha quelques pas au milieu de cette prairie grasse et mauve, inspirant profondément un air pur. Un parfum fleuri, d'herbe humide et de terre fraîche, lui caressa les narines. Arrivée à la limite du plateau, elle put admirer le paysage d'une douceur incomparable. Il lui rappelait un voyage en Toscane, en compagnie de Beverly. Elle chassa ce souvenir d'une époque révolue et sourit lorsque la brise lui apporta la senteur iodée de l'océan. Ava la rejoignit et elles n'eurent besoin que d'un regard pour partager cet instant particulier. L'arrivée des autres perturba cette parenthèse. Avec un imperceptible soupir, Bligh se tourna vers eux. Elle lut sur leurs visages le même ravissement qui emplissait son cœur.

— C'est magnifique, murmura Ugo Cesare.

— Je suis de votre avis. De nombreuses tâches nous attendent. Nous devons localiser un endroit, facile à défendre, où nous implanter.

— Le vaisseau peut nous abriter, proposa le chef de la sécurité.

— Un temps, oui, mais nous ne devons pas nous contenter de cela. Ce monde doit devenir notre foyer. Il faudra construire un village, trouver des végétaux consommables. Nous devrons chasser, pêcher, peut-être élever certains animaux qui nous fourniront du lait ou des œufs. En restant trop près du *Marco Polo*, nos pensées seront tournées vers l'espace. Si nous voulons survivre, nous devons nous concentrer sur la planète et admettre que notre ancienne vie est finie.

△Ξ∧Ξ△

Ce furent les équipes d'Ikeda qui se chargèrent de la reconnaissance des lieux. Des passagers furent même sortis de la cryogénisation pour la mission. Ava aurait adoré les accompagner, mais Bligh ne lui en avait pas donné l'autorisation. Malgré tout, les explorateurs étaient revenus avec d'excellentes nouvelles. Le sol riche serait idéal pour l'agriculture. Ils avaient découvert une petite rivière à moins de cinq kilomètres. En suivant son cours, ils étaient tombés sur l'océan. Ils espéraient qu'il leur fournirait une bonne source d'approvisionnement.

— Capitaine, avez-vous choisi un lieu ? demanda Ikeda.

— Je le crois, répondit Bligh.

Elle avait installé un bureau provisoire, sous le nez du vaisseau. Ce n'était qu'une caisse de transport sur laquelle elle avait posé une tablette afin d'y consulter les rapports.

— Lequel, si je puis me permettre ?

— Le numéro trois. La petite élévation non loin d'une forêt de feuillus. Nous pourrons utiliser le bois pour construire des abris et surtout, une palissade.

— Une palissade ? Nous n'avons rencontré aucun animal dangereux.

— Je préfère être prudente.

— Et en attendant ? Nous restons à bord du *Marco Polo* ?

— C'est une solution, mais le site est à combien ? Deux heures de marche ?

— Oui, Capitaine.

— Nous perdrons trop de temps.

— Nous pourrions déplacer le vaisseau.

— Je ne veux pas courir ce risque. Korolev m'a annoncé que nos moteurs sont morts. Selon lui, une sorte de radiation a grillé les systèmes. Les Ataahuans confirment qu'il est impossible de les réactiver. Nous ne pourrons donc plus nous arracher à l'attraction de la planète. Il nous reste le moteur auxiliaire, celui qui nous a permis de nous poser. En théorie, nous pourrions l'utiliser pour survoler cette planète, mais je veux conserver cette option en cas de dernier recours.

— Dans ce cas, Capitaine, nous pourrions monter l'unité de campement pour loger l'équipe de construction sur place.

— C'est une excellente idée, mais tout le monde doit participer. Nous allons déménager nos ressources sur les lieux. Au début, nous serons un peu serrés…

— C'est sûr, quatre cents types confinés dans l'unité. Nous n'aurons pas froid, ironisa-t-il.

— Des tentes pourront être montées, Ikeda. La température nocturne est plutôt douce.

— Oui, Capitaine. Si je puis me permettre, ce qui m'ennuie, c'est que Barlon et ses gars aient été sortis de cryogénisation. Ils vont nous causer des problèmes.

— Ils vont devoir s'adapter, Ikeda. Ils n'auront pas le choix. En attendant qu'ils le comprennent, vous les surveillerez. Nous ne pouvons tout de même pas les éliminer purement et simplement.

— Dommage.

— Je préfère ne pas répondre, ricana-t-elle. Ah ! Les voilà !

Les officiers constituant l'état-major venaient d'apparaître en compagnie d'Ava. Bligh leur fit signe d'approcher.

— Bien, nous devrions ouvrir une bouteille de champagne pour célébrer ce premier conseil sur Whenua'ao.

— Capitaine, si je puis me permettre.

— Je vous en prie.

— Je ne pense pas qu'il s'agisse de Whenua'ao. Vos scanners n'ont découvert aucune trace de civilisation. Ils auraient dû voir les ruines de villes, de constructions…

Il secoua la tête avec tristesse. Bligh soupira, légèrement agacée, puis décida de préserver les convictions des Ataahuans.

— Fort bien. Dans ce cas, quelqu'un a-t-il une idée pour baptiser cette planète ?

Les officiers échangèrent des regards surpris avant de lancer des propositions.

— Nouvelle terre.

— Purple.

— Notre Terre.

— Liberté.

— Chikyū ! Cela veut dire Terre en japonais, précisa Ikeda.

— Puis-je parler ? intervint Kalan'u.

— Bien entendu, répondit Bligh.

— Je veux vous aider à nommer ce monde. Je pense que nous devons aussi prendre en compte sa sœur, là-haut, déclara-t-il en désignant la planète très visible dans le ciel. Une de nos légendes raconte l'histoire de jumeaux qui restèrent liés pour toujours, malgré les épreuves qui les tourmentèrent. Olima'i était une belle jeune femme, convoitée par tous et Alima'u un guerrier réputé, rude et brave. Ils affrontèrent de grands dangers, ensemble, combattant épaule contre épaule. Je propose donc que nous choisissions le nom d'Olima'i pour notre nouveau foyer et Alima'u pour son frère qui veillera sur elle éternellement.

Après quelques secondes de silence, les humains applaudirent l'idée de l'Ataahuan.

— Je pense que nous sommes tous d'accord, trancha Bligh lorsque les clameurs se tarirent. Notre planète s'appellera Olima.

— Olima'i, corrigea Kalan'u.

— Olima me semble parfait, rectifia le capitaine et les officiers l'approuvèrent. Nous annoncerons cela à l'équipage dès que possible. Bien, maintenant venons-en à la raison de cette réunion. Nous devons nous installer. Pour cela, nous devrons ériger un village. Un lieu idéal a été découvert, mais il se trouve à deux heures de marche. Vous comprenez bien qu'il serait impossible de rester ici, et de travailler là-bas. Ikeda, vous allez constituer une équipe de bûcherons. Muñoz, vous vous occuperez de la construction de notre palissade. Carter, vous monterez les abris provisoires, puis les premières maisons. Je vous dirai plus précisément ce que je souhaite plus tard, nous avons le temps. Fryer, comme vous vous en doutez, vous gérerez le déchargement du vaisseau et l'acheminement vers notre village. Je vous adjoins Cesare pour le transport et Jansson sur place pour tout ranger. Korolev, vous allez devoir démonter tout ce qui pourra nous servir. Nous devons installer une centrale énergétique, car il est hors de question de retourner à l'âge de pierre. Enfin, je confierai l'agriculture à Pereira.

— C'était déjà sa tâche sur Ataahua, précisa Ikeda. Manuela a été formée pour ça.

— Elle devra en priorité préparer un champ pour planter les tiragaatas. Kalan'u, acceptez-vous de l'aider ?

— Bien sûr, répondit l'Ataahuan avec un air renfrogné.

— Quelque chose ne va pas ?

— Capitaine, vous commandez la destruction de nombreux arbres pour construire vos maisons, puis vous voulez polluer cette planète avec les plantes venant d'un autre monde, modifiant ainsi l'équilibre.

— En vous installant sur Ataahua, vos ancêtres ont dû faire la même chose.

— Non !

— Dans ce cas, bravo. Seulement, nous ne possédons pas les moyens technologiques d'agir différemment.

— Vous pourriez essayer. Vous pourriez vous contenter d'arbres déjà tombés, offerts par la nature.

— Si nos méthodes ne vous conviennent pas, c'est bien dommage. Je vous rappelle que personne ne vous a forcé à nous accompagner.

— Nous sommes ici, parce que vous nous avez trompés, s'entêta l'Ataahuan.

— Peut-être bien, mais nous vous avons sauvé la vie et reconduit sur votre planète.

— Cela ne sert à rien d'argumenter avec vous, se plaignit-il.

— Bravo, vous venez de comprendre la fonction d'un capitaine. Bien, en attendant, vous avez tous vos ordres, je vous souhaite donc une bonne soirée.

Les participants saluèrent à leur tour, retournant vers le vaisseau. Ava lut un appel silencieux dans le regard de Bligh et resta en arrière.

— Alors ? Que pensez-vous de tout cela ? demanda Ellen dès qu'elles furent seules.

— J'ai hâte d'y être, répliqua Ava. Je trouve tout ça très excitant.

— Oui, c'est une belle aventure. Je n'aurais jamais imaginé vivre une telle chose, mais j'avoue que ce défi est passionnant.

— Il l'est, mais… Capitaine, nous pourrions peut-être écouter Kalan'u. Je veux dire, nous pourrions éviter de reproduire les erreurs commises sur Terre.

— Ava… Je suis d'accord avec vous, mais nous n'allons pas vivre comme des primitifs. Nous devons construire un village pour nous abriter. Nous devrons cultiver cette terre pour nous nourrir. Ensuite… Ensuite, il sera temps de réfléchir à une conception plus respectueuse de la nature. Je n'ai pas l'intention de détruire ce monde, mais notre survie est ma première priorité.

— Cette planète à l'air merveilleuse. Il faut la préserver. Sur Ataahua…

— Sur Ataahua, tout semblait paradisiaque, mais nous ne possédons pas leur technologie. Nous devons faire avec ce que nous avons. Mais… Mais vous m'empêcherez de prendre de mauvaises décisions, ajouta-t-elle avec un sourire chaleureux.

— Vous pouvez compter sur moi.

Lentement, le crépuscule s'installait sur la plaine, tandis que dans le ciel, l'énorme disque lumineux de leur planète jumelle s'allumait.

— Je sais, Ava. Allons, ne parlons plus de cela. Cette nuit est trop magnifique pour ce genre de discussion. Venez, marchons un peu.

Elles descendirent de la colline à pas mesurés et se dirigèrent vers un petit étang situé à proximité. L'atmosphère bruissait des cris nocturnes d'animaux hors monde.

— On dirait des grenouilles, lança Ava.

— C'est vrai. Et là, des grillons.

— Pensez-vous que nous allons réussir à nous installer et que… et que personne nous retrouvera ?

— Oui, je veux le croire. De nombreux dangers nous attendent, mais la liberté mérite que nous prenions quelques risques.

— Peut-être aurions-nous dû affronter le Triumvirat.

— L'époque ne s'y prête pas, Ava. Les Terriens ont accepté de se soumettre et se défaire de cette domination sera difficile. Je ne les juge pas. Certes, nous aurions tous dû nous insurger contre cette dictature qui ne dit pas son nom. Nous avons préféré la fuite. Je n'en suis pas fière, mais avons-nous eu le choix ?

— Sans doute pas.

— Oublions la Terre, murmura-t-elle les yeux levés vers le ciel étoilé.

Ellen le balaya de la main avec un sourire mélancolique.

— Lorsque je regarde ce paysage sublime, un poème de Samuel O'Neill me revient en mémoire.

Plus brillantes sont les étoiles,
Quand sont brisées les chaînes,
De la contrainte et de la haine,
Et qu'enfin l'espace infini se dévoile.

Plus brillantes sont les étoiles,
Quand l'humanité s'envole,
Loin de sa planète, quel symbole !
Là, enfin l'espace infini se dévoile.

Bligh s'interrompit songeuse, avant d'adresser un sourire charmant à Ava.

— Je ne me souviens pas du reste, mais je trouve que ce texte d'un obscur poète oublié du vingt-deuxième siècle demeure d'actualité. J'ai toujours pensé que l'avenir de l'humanité se situait dans l'espace. J'étais très enthousiaste en rejoignant les FST. J'imaginais contribuer à quelque chose de plus grand que moi, que je serais une héroïne militaire, comme beaucoup d'autres avant moi. Et puis, j'ai découvert la réalité. J'ai vu des horreurs. J'ai participé à l'éradication de peuples non-humains, le tout baigné dans ce racisme ambiant. Oh, j'ai joué le jeu. Je voulais devenir capitaine. Je voulais mon vaisseau. Je voulais protéger la Terre. J'ai enfin compris que ces guerres successives n'ont qu'un seul but : faire du profit.

— Plus brillantes sont les étoiles, répéta Ava d'un ton songeur. Oui, ici, elles le sont. Et avec toi, elles le sont encore plus.

Ellen Bligh sursauta en entendant ses derniers mots. Elle se tourna vers Ava, plongeant son regard dans ses pupilles lumineuses. L'instant d'après, sans qu'elles aient eu l'impression d'avoir bougé, leurs bouches s'unirent dans un baiser tendre et passionné.

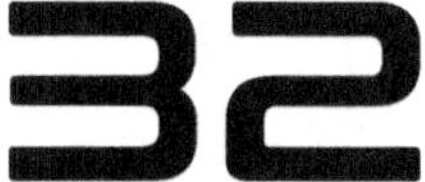

Zhanghill corporation
Règlement de la flotte spatiale
Article 8
La flotte spatiale sert les intérêts de Zhanghill.

Les colons avaient travaillé d'arrache-pied pour construire la palissade protégeant leur village. À l'intérieur, ils avaient érigé une grande maison commune ou plutôt, une vaste salle recouverte d'un toit. Elle permettait de tous les accueillir à condition qu'ils se serrent un peu. Des tentes avaient été montées pour héberger tout le monde, en attendant que chacun puisse profiter d'un logement individuel. Cela prendrait du temps et, à terme, nécessiterait sans doute d'élargir l'enceinte. Les agriculteurs avaient commencé à planter les tiragaatas et les Olimans – comme ils se nommaient désormais – croisaient les doigts, car leur survie dépendait en partie de ces arbres.

En parallèle de cette tâche immense, l'équipe chargée du transport avait quasiment terminé de tout acheminer depuis le *Marco Polo*. Bligh avait participé à la corvée en portant de lourdes caisses avec l'aisance que lui conférait son exosquelette.

Avec un grognement de fatigue, elle déposa son fardeau sous la tente servant d'entrepôt. La construction d'un bâtiment en bois était planifiée, comme énormément de choses. La liste des actions à prévoir ne cessait de s'allonger. Ellen étira ses muscles douloureux avant de retourner dans la cour. Elle fut rejointe par Ava qui la salua avec un sourire inquiet.

— Tu vas bien ?

— Oui, nous avons presque fini. Je dois juste convaincre Anton de démanteler les moteurs.

— Pourquoi refuse-t-il ?

— Il espère pouvoir réparer et repartir un jour, peut-être.

— Mais nous ne repartirons pas, n'est-ce pas ?

— Non, mais il s'accroche à cette idée. Et il n'est pas le seul. Certains se disent qu'ils pourraient tenter de retourner sur Terre dans quelques années, quand tout sera oublié.

— C'est idiot !

— Je confirme, c'est idiot.

— Les explorateurs ont découvert le chemin vers l'océan. J'aimerais les accompagner.

— Vas-y, mais sois prudente. Nous ignorons ce que peuvent cacher ces flots.

— Rien de dangereux, j'en suis certaine.

— Ton optimisme fait plaisir à voir. Étudie bien les lieux. Nous pourrions y construire un hameau et des bateaux. Je suis convaincue que nous trouverons des volontaires pour devenir pêcheurs.

— Moi, peut-être…, souffla Ava avec un sourire en coin.

— Si tu le souhaites…

— Menteuse !

— J'avoue, répondit Ellen avec un clin d'œil. Je veux étendre les plantations rapidement. Et nous avons un village à terminer. Et notre vie à construire…

— J'ai hâte.

△☰∧☰△

Trois mois plus tard, la vision d'Ellen commençait à se dessiner. Le village pouvait s'enorgueillir d'une cinquantaine de maisons en bois, de deux entrepôts et d'un puits délivrant une eau pure. La construction d'une deuxième enceinte était prévue. Elle permettrait d'accueillir un quartier résidentiel qui offrirait à tous une demeure. Le *Marco Polo* avait entièrement été vidé de ses systèmes et Anton Korolev avait installé un générateur qui fournissait de l'énergie. Un hameau avait été érigé près de l'océan, sous la direction de Jansson. Une dizaine de personnes l'avait rejoint, afin d'y devenir pêcheurs. Le premier bateau de la colonie était fièrement amarré à un ponton flambant neuf. Tous les jours, des poissons étaient transportés jusqu'à Marco Ville. C'est le nom que les Olimans avaient fini par donner à leur village.

Les explorateurs avaient également découvert d'immenses troupeaux d'imposants animaux à cornes – baptisés aurochs par les colons – qui paissaient dans les vastes prairies mauves. Ils fourniraient d'importants stocks de viande et, peut-être, seraient-il possible de les domestiquer.

L'horizon se teintait doucement d'ocre, tandis que leur étoile se couchait. Ava revenait des champs de tiragaatas. Elle aimait s'occuper de ces plantes qui les nourrissaient. Bien sûr, ils avaient découvert d'autres légumes, des arbres fruitiers, des racines qui variaient le menu, mais les fruits venant d'Ataahua ne les avaient pas déçus. Les plants s'étaient très vite acclimatés et avaient produit leurs premiers fruits deux semaines plus tôt. La colonie attendait désormais le retour de Carter après un voyage de plusieurs jours. Il devait rapporter de nombreuses pousses de végétaux dénichés lors d'une exploration précédente. Des champs avaient déjà été préparés pour les accueillir.

Une zone d'ombre subsistait dans la vie agréable de la jeune femme. Au fil des semaines, Kalan'u avait changé. Il promenait son air morose, refusant de travailler. Le ressentiment des humains vis-à-vis des Ataahuans ne cessait d'augmenter. Ava craignait que la situation finisse par dégénérer, mais n'avait aucune idée pour améliorer les choses. Elle avait plusieurs fois essayé d'aborder le problème avec son ami, mais il éludait le sujet en affirmant que cela ne servait à rien. Elle en avait, bien entendu, parlé à Ellen Bligh, mais cette dernière avait haussé les épaules pour montrer son impuissance.

En entrant dans le village, Ava vit tout de suite que quelque chose n'allait pas. L'équipe de Muñoz avait rapporté le cadavre d'un aurochs et se confrontait aux non-humains qui pointaient la bête avec des gestes véhéments.

— ... vous n'en aviez pas le droit ! cria l'un des Ataahuans.

— Il faut bien qu'on mange. Il y a plus de quatre cents personnes à nourrir, bon sang ! beugla un certain Vincent.

— Vous avez les tiragaatas, contra Kalan'u. Vous avez déjà contaminé ce monde avec un élément étranger, alors servez-vous-en.

— Ras-le-bol de bouffer ces trucs ! lança quelqu'un dans la foule de plus en plus dense.

— Ouais, on veut de la viande !

— Vous pouvez manger la viande que vous offre la planète. Attendre une mort naturelle. Ainsi, vous ne perturbez pas le cours des choses et vous ne prenez pas de vie.

— N'importe quoi !

— Nous n'accepterons plus ce genre de compromis, s'entêta Kalan'u.

— Il faudra bien, contra la voix sèche de Bligh qui venait de fendre les Olimans attroupés. Je sais que certaines de nos décisions violent vos convictions, mais nous n'avons guère le choix. Nous devons survivre. Nous avions besoin d'abris, voilà pourquoi nous avons coupé des arbres. Nous avons besoin de viande ou de poisson pour nous nourrir et pour nous préparer à l'hiver. Nous avons besoin de légumes et la plupart ne poussent pas dans cette région.

— Vous adaptez ce monde à vos besoins, alors que vous devriez adapter vos besoins à ce monde.

— Soyez raisonnable. Vous savez que c'est impossible pour le moment. Dans quelques années, oui, nous pourrons mettre en place cette civilisation proche de la nature que vous appelez de vos vœux.

— Des années ? Non ! Je ne crois pas. Vous, les humains, êtes incapables de vous préoccuper d'autre chose que votre propre personne, de votre confort, de vos appétits. Tout ce qui n'est pas vous est indigne d'intérêt. Je l'ai enfin compris.

— Personne ne vous a forcés à nous accompagner.

— Non, c'est vrai. Néanmoins, je vous préviens. Cessez de blesser cette planète.

Il ajouta quelques mots dans sa langue et les Ataahuans se dirigèrent vers la sortie du village. Ava contourna la foule pour rejoindre son ami.

— Kalan'u, attends !

— Il n'y a rien à dire, Ava ! répondit-il sans s'arrêter, l'obligeant à courir pour le rattraper.

— Je t'en prie, il doit y avoir…

— Non, il n'y a aucune issue à tout cela. Laisse-moi !

Il se dégagea et s'éloigna au pas de course. Ava poussa un long soupir navré avant de revenir vers Ellen. Celle-ci posa une main compatissante sur son épaule.

— Je suis désolée.

— Ce n'est pas ta faute. J'aurais dû comprendre qu'ils ne pouvaient pas s'adapter à notre mode de vie et le convaincre de rester sur Ataahua.

— Il ne t'aurait pas écouté.

— Et tu avais besoin d'eux pour nos moteurs, n'est-ce pas ?

— Je l'avoue.

— Nous pourrions faire un effort, tu ne crois pas. Il n'a pas tort.

— Je sais. Je partage ton opinion et même la sienne. Nous ferons des efforts, tu as ma parole, mais pas maintenant. C'est trop tôt. Notre communauté est trop fragile.

— Espérons que tout ça ne tourne pas mal.

— Oui, espérons-le.

◬Ξ⋀Ξ◬

Les choses dégénérèrent deux jours plus tard. Ava et Ellen prenaient leur petit déjeuner dans la grande salle commune. Au menu, ce matin, un thé local, du pain de tiragaata et une salade de fruits. Elles échangeaient sur leurs obligations de la journée. Ava participerait à la plantation de graines récoltées par les équipes de Carter, tandis que Bligh coordonnerait la construction d'un enclos pour des sortes de chèvres que les explorateurs avaient découvertes. Les animaux en question semblaient faciles à apprivoiser et si cela s'avérait, alors le village pourrait disposer de lait et, donc, de fromage.

Des cris et des vociférations arrachèrent les deux femmes à leur discussion. Elles échangèrent un regard consterné avant de se ruer à l'extérieur. Jansson et quelques-uns de ses hommes venaient d'arriver. Ils haranguaient leurs camarades avec colère.

— Bordel, mais qu'est-ce qui se passe, encore ? s'exclama Bligh.

Elle n'eut pas le temps d'intervenir, la foule se précipita hors de l'enceinte en hurlant et se dirigea droit vers l'est. Ava comprit immédiatement où ils se rendaient.

— Ellen, ils vont attaquer les Ataahuans.

Kalan'u et les siens, qui refusaient la proximité avec les humains, s'étaient installés au bord d'une crique donnant sur la rivière. Ils avaient construit quelques huttes avec des branches tombées et des feuilles mortes. Ils se tenaient au bord de l'eau quand la foule se rua sur eux en lançant des insultes. Ils restèrent stoïques face à cette colère, comme si elle ne les concernait pas. Cette attitude enflamma les gens et un groupe s'acharna sur l'un des abris, aussitôt imité par les autres. Certains Ataahuans déployèrent leur tao, mais Kalan'u s'interposa.

— Ça suffit ! cria Bligh en bousculant les siens. Qu'est-ce que vous fabriquez ?

— Capitaine, ils ont détruit notre bateau ! accusa Jansson avec indignation.

L'ancien maître d'équipage avait mis beaucoup de passion dans la construction de cette embarcation et la rage déformait ses traits.

— Kalan'u ? demanda Bligh

— Je n'ai rien fait de tel.

L'un de ses compatriotes vint lui parler à l'oreille. Il le prit par les épaules et la discussion entre eux devint virulente.

— Eh bien ? lança Ellen.

— Il est désolé, mais voir tous ces poissons mourir l'a mis hors de lui.

— Foutu doré ! beugla quelqu'un.

— Il faut les chasser d'ici.

— Mort aux non-humains ! hurla quelqu'un

— Ouais, à mort les dorés ! vociféra un autre.

— La ferme ! s'interposa Bligh. Qu'est-ce qui vous prend ?

Un caillou vint heurter un Ataahuan à la tête. Ce dernier poussa un cri, vacilla et tomba sur un genou. De nouvelles pierres volèrent et la foule, tel un seul homme, se précipita sur les non-humains en bousculant le capitaine qui ne put les retenir. Kalan'u et les siens firent tournoyer leur tao, foudroyant les humains.

Bligh se jeta sur la foule, agrippant chaque participant pour le rejeter en arrière. Elle enrageait. Les Terriens ne savaient-ils donc rien faire d'autre que de tuer ceux qui ne leur ressemblaient pas ? Les Ataahuans poussèrent soudain un long cri de souffrance et de colère. Un éclair d'énergie pure jaillit de l'un des taos et vint frapper le premier rang de la meute qui s'échappa en se bousculant sous l'effet de la panique. Bligh écarta deux ou trois hommes pour enfin découvrir ce qu'elle craignait. Un non-humain gisait sur le sol, du sang couleur bronze bouillonnant encore de sa gorge tranchée. Presque en face de lui se trouvaient deux cadavres terriens avec une auréole calcinée sur la poitrine.

— Je vous en prie ! s'écria-t-elle. Vous devez vous calmer. Nous sommes des amis. Nous ne pouvons pas nous combattre ainsi.

Une rage animale déformait le visage des Ataahuans. Ils n'avaient plus rien de pacifique et paraissaient prêts à massacrer tout le monde. Ellen Bligh prit conscience qu'elle ignorait la réelle puissance des taos. Ava surgit à ses côtés et elle n'eut pas le temps de stopper son aimée qui se dressa devant Kalan'u.

— Mais qu'est-ce que tu fais ?

— Je ne vais pas laisser les humains décimer les miens.

— Ils sont en colère. Celui qui a tué Jiun'u sera puni.

— Non ! Nous ne ferons pas la guerre. C'est contre nos valeurs.

Ils se tournèrent vers les siens et prononcèrent de courtes phrases, d'une voix voilée par l'émotion.

— Kalan'u ?

— Tu connais nos rituels. Occupe-toi de la dépouille de Jiun'u. Qu'il nourrisse Olima !

— Que vas-tu faire ?

— Adieu, Ava.

Puis sans un autre mot, les Ataahuans pivotèrent sur les talons et se précipitèrent vers la grève. Ils bondirent par-dessus la rivière et s'éloignèrent en courant, avec cette vélocité qui les caractérisait. Ava resta pétrifiée, partagée entre l'envie de les suivre et la tristesse de ce départ.

— Poursuivons-les ! s'écria Jansson.

— Vous en avez assez fait ! contra Bligh. Personne ne bouge. Nous allons attendre que tout le monde se calme avant de les retrouver et de négocier avec eux.

— Ils ont tué deux des nôtres

— Et vous, l'un des leurs. N'en parlons plus. Allez, dispersez-vous !

Les Olimans hésitèrent longuement, puis finirent par s'éparpiller, la tête basse, comme sous l'effet d'un alcool fort.

— Apprendrons-nous jamais ? demanda Ellen à voix basse.

— Je ne sais pas, répondit Ava en maîtrisant un sanglot.

— Tu as bien agi. Cela aurait pu tourner vraiment mal. As-tu une idée de ce qu'ils vont faire ?

— Aucune, mais le concept même de conflit est étranger aux Ataahuans.

— Réparons tout ce foutoir, Ava.

— Oui… Kalan'u m'a demandé de m'occuper de Jiun'u.

— Qu'attends-tu de moi ?

— Ugo pourrait peut-être m'aider à le transporter. Leurs rituels sont simples, mais je dois agir rapidement.

— Très bien. Fais attention à toi, d'accord ?

— Je ne risque rien.

Une fois le cadavre déposé au milieu de la forêt, à proximité de quelques terriers habités par des petits carnivores, Ugo était parti, un peu frustré par le mutisme de sa camarade. Comme le voulait la tradition ataahuane, elle était restée non loin du corps pendant ce qui correspondait à trois heures sur la planète de Kalan'u. Elle avait entendu les grattements des animaux, attirés par l'odeur de la mort, mais ne l'avait pas abandonné. Elle devait bien cela à Kalan'u et à ce malheureux, tué loin de chez lui par les Terriens.

Ava revint vers le village en début d'après-midi. Ellen était installée dans la salle commune et étudiait des plans dessinés par Ikeda. Elle leva un regard tendre et Ava la rejoignit pour s'asseoir à ses côtés.

— Tu as des nouvelles des Ataahuans ? demanda-t-elle aussitôt.

— Je n'ai envoyé personne à leurs trousses. Inutile de mettre de l'huile sur le feu.

— Je suis d'accord, mais… Que vont-ils devenir tout seuls ? Ils ne sont plus que vingt-deux.

— Ils s'en sortiront, ne t'en fais pas. Et puis, peut-être reviendront-ils.

— Mais tu ne le souhaites pas, n'est-ce pas ?

— Non, avoua Ellen. Ce n'est pas leur faute. Il semblerait que les humains soient d'incorrigibles racistes. S'ils réapparaissent, cela finira en bain de sang.

— Nous allons donc les bannir.

— Ils se sont isolés eux-mêmes, Ava. Kalan'u a compris que c'était le plus sage.

— C'est désespérant.

— Nous sommes trop différents. S'ils reviennent, je ne les chasserai pas, mais je doute qu'ils le fassent.

— C'est… J'aurais dû partir avec eux. Nous aurions pu faire un effort. Je suis persuadée que nous pourrions vivre en bonne intelligence avec les Ataahuans.

— Je sais que tu es convaincue par ce que tu dis et c'est pour ça que je t'aime.

33

Décret du Triumvirat
Principes universels
Article 2
La politique est inutile, car elle ne sert qu'à berner les foules.

Les jours avaient passé, puis les semaines. Les Ataahuans avaient disparu. Ils n'avaient laissé aucune trace de leur passage, comme s'ils n'étaient jamais venus sur ce monde. Ava en éprouvait une profonde tristesse et parfois, elle allait se promener sur la plage en espérant apercevoir son ami non-humain. Elle aurait tellement aimé savoir ce qu'il devenait.

Ce matin-là, elle s'était réveillée juste après l'aube. Elle s'était habillée et était sortie. L'air matinal était frais, mais agréable. Elle fit quelques pas dans l'enceinte, appréciant le calme de cet instant. Sur les remparts, Ugo patrouillait. Ellen Bligh avait maintenu le dispositif de sécurité, malgré la tranquillité de la région. Ava rejoignit son camarade qui sursauta en l'entendant arriver.

— Tu m'as fait peur ! protesta-t-il.

— C'est vrai que je suis effrayante. La nuit a été calme ?

— Très, comme toujours. Je me demande pourquoi on continue de s'embêter à monter la garde.

— Parce qu'il vaut mieux rester prudent, Ugo. Comment va Tamara ?

Ses deux amis avaient officialisé leur union peu après leur installation sur Olima et leur bonheur la remplissait de joie. Ensemble, ils attendirent que leur communauté s'éveille. Peu à peu, les Olimans émergèrent de leurs maisons. La journée commençait. Elle serait active comme toujours. Ava salua Ellen qui sortait de leur demeure. Celle-ci lui répondit d'un geste de la main qui se figea lorsqu'une déflagration résonna au-dessus des collines à l'est. Tous levèrent les yeux, cherchant une anomalie ou des nuages noirs annonciateurs d'orage. Ils ne virent qu'une traînée lumineuse qui scarifia le bleu du ciel.

— Qu'est-ce que c'est ?

— Bordel de bordel ! Un vaisseau ! s'écria Bligh.

Le point brillant se transforma en un fuselage étincelant, celui d'un grand vaisseau de combat. Le capitaine grimaça.

— Le *Shanghai*, souffla-t-elle. Ils nous ont retrouvés.

Avant qu'elle n'ait eu le temps d'ordonner l'évacuation du village, elle remarqua la trajectoire étrange du vaisseau.

— Ils sont en panne ! s'exclama Korolev.

— Oui, tout comme nous.

Le *Shanghai* continuait de tomber comme une pierre, sous le regard impuissant des colons. À quelques centaines de mètres du sol, il rectifia sa trajectoire, mais sans réussir à reprendre de l'altitude. Il disparut derrière un groupe de collines et un panache de fumée grimpa vers le ciel.

— Je n'ai pas entendu d'explosion, fit remarque le chef ingénieur.

— Non, je pense qu'ils se sont posés. Et connaissant la réputation de Cunningham, il nous attaquera rapidement. De toute façon, on ne peut pas courir le risque d'avoir une force ennemie à nos portes. Nous devons agir. Muñoz ! Ikeda ! Je veux cent hommes, prêts à combattre. Carter, je vous confie le village. Sécurisez-le et restez prudent.

Bligh contint un soupir inquiet. Certes, ils avaient la chance de posséder l'armement prévu pour les colons d'Ataahua. En quittant la planète, ils avaient tout récupéré et elle s'en félicitait. Les différents groupes s'étaient rassemblés et armés. Ava prit le fusil qui lui était proposé et se positionna aux côtés de ceux qui partiraient avec Ellen. Cette dernière fronça les sourcils, puis la rejoignit.

— Je préfère que tu restes ici, murmura-t-elle.

— Non, je veux t'accompagner.

— Ava, je t'en prie. Ce n'est pas le moment. J'ai besoin que tu sois à l'abri au village.

— Ellen… Je… Très bien, céda-t-elle, mais fais attention à toi.

— Promis, souffla Bligh en effleurant son biceps dans un geste qui se voulait rassurant.

Le capitaine attendit que la jeune femme s'éloigne pour se tourner vers ses hommes.

— Nous allons sans doute devoir nous battre contre les survivants du *Shanghai*. Si cette obligation est trop difficile pour vous, je vous autorise à rester à l'abri. Cependant, soyez certains que les troupes de Zhanghill n'hésiteront pas une seconde avant de vous éliminer. Si nous les laissons s'égayer dans la nature, nous serons en guerre permanente et nous ne sommes pas venus ici pour cela. Alors, oui, nous allons devoir nous montrer implacables. Notre vie en dépend.

Elle attendit quelques secondes, mais personne ne renonça. Elle les remercia d'un signe de tête avant de se diriger vers la sortie du village.

◬Ξ∧Ξ◬

À l'intérieur de l'enceinte, l'attente paraissait interminable. Ava fixait l'horizon avec appréhension, les mains agrippées aux montants de la palissade. Elle serrait si fort que ses paumes lui faisaient mal.

— Ça se passera bien, lui souffla Ugo qui était, lui aussi, resté dans le village. Bligh est un grand soldat.

— Je sais et… Attends !

— Quoi ?

— Je ne sais pas. Il me semble avoir vu quelque chose du côté de l'armurerie. Je vais voir.

— Voir quoi ? Ava !

Elle n'écoutait plus son ami et dévala l'échelle qui conduisait au chemin de ronde. Elle traversa l'espace au centre du village en courant. Du coin de l'œil, elle avait aperçu une ombre qui se coulait le long du bâtiment. Personne n'avait rien à faire là. Elle ralentit en s'approchant de l'entrepôt.

— Merde ! souffla-t-elle.

Un corps était prostré devant l'entrée béante. Elle frissonna. Il restait encore des armes dans le bâtiment, c'est d'ailleurs pour cela qu'il était gardé. Qui pouvait…

— Qu'est-ce qui se passe ? demanda Ugo qui l'avait rattrapée.

— Je ne sais pas, chuchota-t-elle en pointant son fusil devant elle. Allons voir !

— On devrait appeler des renforts.

Elle ne l'écouta pas et fit quelques pas prudents vers l'ouverture. Soudain, deux hommes armés sortirent de l'armurerie.

— Barlon ! s'exclama Ava.

Le sbire de Zhanghill et ses complices s'étaient pliés aux règles de vie de la colonie. Ils n'avaient pas vraiment le choix, isolés, loin de leur hiérarchie. Les semaines passant, les Olimans avaient oublié leur allégeance et la surveillance du début s'était relâchée. L'arrivée du *Shanghai* modifiait la situation, mais tout le monde avait négligé cette menace tapie dans leurs rangs.

L'homme ne se donna pas la peine d'expliquer sa présence sur place. Il leva son fusil et tira. Ava entendit Ugo crier, juste avant de heurter violemment le sol. Une douleur intense explosa dans son épaule et un froid glacial l'enveloppa. Tout devint noir.

△≡∧≡△

Bligh et son équipe fonçaient en direction du crash du *Shanghai*. Elle avait commandé à Muñoz de s'embusquer dans une forêt toute proche afin de tendre un piège à d'éventuels attaquants. Elle leva le poing pour ordonner à ses hommes de ralentir alors qu'ils gravissaient une dernière bosse. Un genou au sol, elle sortit des jumelles de sa poche. Elle observa attentivement les lieux et grimaça. Le vaisseau de guerre avait réussi son atterrissage d'urgence. Il reposait sur le flanc, une partie de sa coque était éventrée, mais il restait en assez bon état. L'incendie déclenché par le crash était maîtrisé. À l'extérieur, quelques membres de l'équipage tentaient de s'organiser.

— Qu'est-ce que vous en pensez ? demanda Ikeda.

— Je doute que ce vaisseau puisse redécoller un jour, mais Cunningham peut féliciter son pilote.

— Ouais, ce n'est pas bon pour nous ça, Capitaine. Il doit y avoir pas mal de survivants, si vous voulez mon avis.

— Je suis d'accord avec vous, mais ils ne sont pas là. Cunningham est un excellent capitaine. Il sait que je ne vais pas le laisser s'organiser et que sa fenêtre d'action est étroite. Ses troupes doivent déjà être en route vers le village.

— Nous les aurions croisés.

— Ou pas… Il faut les trouver et vite.

Ils observèrent les environs pendant plusieurs minutes. Ce fut Moboto qui repéra un mouvement dans les hautes herbes.

— Capitaine ! Là-bas, regardez !

Elle orienta ses jumelles sur l'endroit qu'il pointait. Pendant quelques secondes, elle ne vit rien, puis découvrit plusieurs soldats se coulant dans la prairie mauve.

— Ils se dirigent droit vers le groupe de Muñoz, marmonna-t-elle.

— Ils ne sont pas assez nombreux, Capitaine, s'inquiéta Ikeda. Ils vont se faire écraser.

— Pas si je peux l'éviter. Venez !

Ils se jetèrent dans la pente, dévalant la colline en courant, oublieux de toute prudence. Plus loin, l'affrontement avait déjà commencé.

△Ξ∧Ξ△

Fletcher s'était jeté derrière une souche dès que les premières balles avaient sifflé. Ces derniers mois n'avaient été qu'un long cauchemar. Cunningham ne cachait pas son aversion et son mépris. Il avait cantonné Chris dans sa cabine la plupart du temps. Les tirs encaissés autour d'Ataahua avaient gravement endommagé le *Shanghai*, mais Cunningham avait refusé de renoncer. À vitesse réduite, le *Shanghai* avait suivi le vaisseau des mutins. Il avait fallu réparer les nombreuses avaries. Les traces du *Marco Polo* s'amenuisant, Cunningham avait lancé des sondes sur sa piste. En découvrant la colonie sur ce monde perdu, Fletcher avait ressenti de la colère et de la jalousie. Ces traîtres pensaient-ils vraiment construire une vie loin du Triumvirat ?

Cunningham avait émis un grognement dégoûté avant d'ordonner au pilote de se placer en orbite basse. À la grande surprise de Fletcher, l'autre avait décidé de bombarder la colonie, plutôt que de se poser et d'arrêter les mutins. Il en avait ressenti une certaine frustration, mais n'avait pas protesté. Le *Shanghai* s'était rapproché de la planète et soudain, il avait été frappé par une sorte d'onde de choc. Les scanners n'avaient rien détecté, mais le vaisseau privé d'énergie avait plongé vers le sol. Cunningham avait eu beau tempêter, les moteurs étaient éteints et la chute inéluctable. À la dernière minute, l'ingénieur en chef avait pu réactiver les propulseurs de direction et le pilote avait réussi l'exploit de les poser en catastrophe. Le *Shanghai* ne pourrait sans doute plus décoller, mais Cunningham semblait n'en avoir cure. Il voulait éliminer les mutins et exécuter lui-même Bligh.

À genoux derrière un tronc tombé, Paul Cunningham gueulait ses ordres. La résistance de ces traîtres le mettait hors de lui.

— Allez ! En avant ! Je veux qu'on les massacre tous.

Une pluie de balles vint s'écraser tout autour de sa position, clouant les hommes du *Shanghai* au sol.

— Missile ! hurla-t-il.

Deux membres de son équipage se redressèrent et tirèrent. Les projectiles jaillirent de leurs tubes et explosèrent, l'un à la lisière de la forêt, l'autre plus à l'intérieur. Un ouragan de feu se déploya dans le sous-bois. Trois malheureux surgirent de leur abri, déjà en proie aux flammes. Les balles les fauchèrent en pleine course.

— À l'assaut ! cria Cunningham.

Ses troupes se redressèrent et chargèrent tout en tirant au jugé. Un tir de barrage hacha les premiers rangs et, à nouveau, les hommes du *Shanghai* se jetèrent au sol pour éviter d'être massacrés.

— Bordel, par quel miracle cette garce a-t-elle pu convaincre tous ces gens ? grogna Cunningham.

— Beaucoup des colons venaient des FST, lui apprit Fletcher.

— Comment ça ?

— J'ai aidé à les installer sur la colonie. Plusieurs m'ont dit qu'ils étaient d'anciens soldats et…

— Et c'est maintenant que vous me le dites !

— Vous ne m'avez rien demandé !

— Et l'équipage ?

— L'équipage, Capitaine ? Je ne connaissais pas les dossiers et…

— Je les ai lus, moi ! Ceux qui l'ont soutenue venaient des FST et beaucoup avaient servi avec elle. Comment a-t-on pu laisser faire ça ? Il faudra que quelqu'un paie pour cette connerie !

Cunningham se redressa pour tenter d'avoir une vue d'ensemble de la situation. Ils étaient à découvert et attaquer la position retranchée à l'abri de la forêt ne serait pas aisé. Il n'avait pas le choix. Il connaissait suffisamment la réputation de Bligh pour ne pas lui donner le temps de s'organiser. Il était temps de bouger.

— À l'attaque ! cria-t-il.

Ses hommes se jetèrent à nouveau à l'assaut de la forêt malgré les rafales qui les décimaient. Ils fondirent sur l'ennemi, l'affrontant au corps à corps. Cette fois-ci, les mutins reculèrent, débordés par le nombre, puis ils s'enfuirent. Il allait crier victoire lorsqu'un cri l'alerta.

— Y en a d'autres qui arrivent !

À travers les arbres, il aperçut un groupe armé qui fonçait sur eux. La grande gigue à sa tête ne pouvait être que Bligh. Il allait donner l'ordre de s'embusquer lorsque quelqu'un surgit à découvert en levant les bras.

— Capitaine ! J'appartiens à Zhanghill !

— Amenez-le-moi, commanda-t-il.

— Je le connais, intervint Fletcher. C'est Dobosz, le second de Barlon.

— Parlez ! lança Cunningham.

— Barlon m'envoie, Capitaine. Nous tenons le village.

— Bien…

— Suivez-moi, Capitaine. Vite !

À contrecœur, il se tourna vers Fletcher.

— Alors ? Qu'en pensez-vous ?

— C'est une bonne idée, Capitaine.

Bligh n'était plus très loin. Il ne pouvait être certain de parvenir à la contenir depuis cette position.

— Le village a des défenses, Capitaine.

— Très bien ! Allons-y, céda-t-il.

△≡ハ≡△

Ava ouvrit les yeux péniblement, une douleur sourde lui poignardait l'épaule. Le docteur Papadakis se tenait à ses côtés et soupira de soulagement.

— Vous nous avez fait peur, déclara-t-elle.

La jeune femme regarda autour d'elle. Ils étaient dans la salle commune. La plupart de ses camarades étaient assis à même le sol et affichaient un visage défait.

— Que… Que s'est-il passé ? articula Ava avec difficulté.

— Barlon t'a tiré dessus, expliqua Ugo. Lui et les siens ont attaqué Carter. Ils nous ont pris par surprise.

— Ellen va tomber dans un piège ! s'affola-t-elle.

— Oui, sans doute.

— On est plus nombreux que Barlon, comment avons-nous pu nous laisser capturer ainsi ?

— Ils ont utilisé des otages. D'ailleurs, nous ne sommes pas tous ici. Si nous tentons de nous évader, ils tueront les autres.

— Ils n'oseront pas.

— Bien sûr que si, grommela Carter qui venait de s'approcher. Barlon fait partie des brigades de Zhanghill. Il n'hésitera pas une seconde.

— Je m'en moque ! Il faut agir, s'écria Ava folle d'inquiétude.

— Il ne faut pas…, commença Ugo.

Une fusillade nourrie lui coupa la parole.

— Merde ! souffla Papadakis.

— Bligh, confirma Carter.

Ava voulut se lever, mais elle était trop faible. Elle retomba en arrière. Des larmes emplirent ses yeux à l'idée d'Ellen criblée de balles. La porte s'ouvrit brusquement. Deux hommes armés se placèrent de chaque côté de l'ouverture. La jeune femme ne les avait jamais vus. Elle remarqua le nom cousu sur leur uniforme : *C.S. Shanghai*. Le sentiment de défaite la dévasta. Elle connaissait les deux qui entrèrent ensuite. L'un appartenait au groupe de Barlon, l'autre était Omar Kacem.

— C'est elle ! grogna ce dernier en désignant Ava.

Papadakis se dressa pour la protéger, aussi rejointe par Ugo et Carter.

— Qu'est-ce que vous voulez faire ? protesta le docteur.

— On l'embarque !

— Certainement pas !

— Laissez-nous passer, sinon mes nouveaux copains là, vont ouvrir le feu.

Ava se leva péniblement et chancela. Elle serait tombée sans l'aide d'Ugo qui s'était précipité pour la retenir.

— Je vais y aller, docteur, assura la jeune femme. Tout ira bien.

— Non ! s'opposa Ugo.

— Toi, le chevalier servant, tu vas la porter, ordonna Kacem avec un rictus mauvais.

Sous la menace des deux hommes du *Shanghai*, les colons étaient impuissants. Ugo soutint Ava pour la conduire hors du bâtiment. Kacem les mena jusqu'à l'enceinte. Grimper l'escalier fut difficile, mais elle serra les dents. Elle refusait de montrer la moindre faiblesse. L'homme mince qui l'accueillit portait des galons de capitaine. Son visage en lame de couteau n'affichait aucune bienveillance.

— Fletcher, poussez-la devant, que Bligh puisse bien la voir, ordonna-t-il sans même lui parler.

Chris hésita une fraction de seconde avant d'attraper la jeune femme par le biceps. Elle ne résista pas. De toute façon, elle voulait savoir si Ellen allait bien.

— Bligh ! cria Cunningham. J'ai ici quelqu'un auquel vous tenez. Si vous ne voulez pas que je la découpe en morceau, vous allez vous rendre.

De longues secondes passèrent sans que rien ne bouge et puis la grande femme se dévoila. Ava déglutit, des larmes plein les yeux.

— Je vous conseille de ne pas la toucher, gronda le capitaine du *Marco Polo*.

— Fletcher, coupez-lui un doigt !

Deux hommes s'emparèrent d'Ava pour l'empêcher de bouger. Chris dégaina son poignard, hésitant encore.

— Tu n'as pas honte, lança la jeune femme.

— Arrêtez ! s'écria Bligh en faisant un pas vers l'enceinte.

— Trop tard, répliqua Cunningham. Fletcher, j'attends !

Chris saisit son poignet et le serra. Il l'obligea à tendre ses doigts, et posa la lame sur son auriculaire.

Un sifflement perçant déchira le silence et presque instantanément, la porte explosa.

— Qu'est-ce que…, commença Cunningham.

Un autre projectile vint frapper l'un des hommes retenant Ava. La force de l'impact le propulsa en bas de la palissade. Effrayé, le deuxième la relâcha aussitôt, tandis que Fletcher s'écartait.

— Saute ! cria Bligh.

Toute prudence court-circuitée par l'action, la jeune femme prit appui sur le haut du mur et passa de l'autre côté. Elle se laissa pendre une seconde avant de lâcher sa prise. Elle atterrit durement et roula sur elle-même. Le choc dans son épaule déjà blessée faillit lui faire perdre connaissance. Elle se redressa tant bien que mal et une douleur vive lui monta au cœur. Sa cheville devait être cassée. Malgré tout, elle se mit à courir en boitant vers Ellen.

— Tuez-la ! beugla Cunningham.

Un autre sifflement déchira le silence, ponctué par un cri de douleur. Soudain, les colons se dressèrent hors de leurs abris et foncèrent vers le village. Les hommes du *Shanghai* ouvrirent le feu. Ava trébucha et tomba lourdement sur le sol. Elle eut le temps d'entendre à nouveau l'étrange bruit avant de s'évanouir.

34

Ellen Bligh eut un coup au cœur en voyant Ava s'effondrer. Sans vraiment réfléchir, elle sprinta vers la forme étendue dans les hautes herbes. En attaquant le village, elle avait vite compris que la situation serait compliquée. Cunningham avait réussi à s'emparer de leur forteresse sans coup férir et maintenant, il était en position de force. Ce qu'elle craignait n'avait pas tardé. Il avait utilisé Ava comme otage. Ellen n'avait jamais cédé aux menaces, mais cette fois-ci, c'était différent. Il lui était impossible d'assister à la torture de celle qu'elle aimait sans réagir. Elle s'était vite résolue à offrir sa vie pour celle d'Ava, mais Cunningham n'avait pas fait mentir sa réputation. Bligh savait que rien ne pourrait l'empêcher de mutiler sa prisonnière. Elle était impuissante.

C'est à cet instant que la porte du village avait explosé. Au tir suivant, elle avait compris. Ce bruit venait des taos. Les Ataahuans ! Sans les voir, elle savait que Kalan'u devait se trouver dans les parages, prêt à défendre son amie. Elle décida de s'appuyer sur ce renfort improbable et lança l'assaut. Ava avait réussi à s'échapper, mais elle était à la merci d'une balle.

Ellen s'accroupit près de la jeune femme et poussa un soupir de soulagement. Elle était en vie !

— Moboto ! appela-t-elle en reconnaissant le pilote. Je vous la confie. Mettez-la à l'abri ! Je m'occupe de ces salopards.

— Oui, Capitaine !

Elle se redressa avec un sourire satisfait. Elle aimait beaucoup cet officier qui savait obéir sans polémiquer à l'infini. Elle le remercia d'une main sur l'épaule, puis se précipita à l'assaut. Ceux du *Shanghai* ouvrirent le feu, mais les tirs des Ataahuans fauchèrent tous ceux qui se relevaient. Malgré cela, les premiers Olimans à atteindre la porte béante furent abattus. Bligh repéra Cunningham en haut du rempart. Elle courut vers le mur et bondit vers le haut de la palissade. Elle n'avait jamais effectué ce genre de prouesse, mais savait que les exosquelettes militaires le permettaient. Son saut fut prodigieux. Elle s'agrippa en haut du mur et se projeta sur chemin de ronde. Le capitaine du *Shanghai* jura en la voyant débouler si près de lui. Il leva son pistolet, mais Ellen ne lui laissa pas le temps d'ajuster son tir et pressa la détente de son arme. La balle le percuta en plein thorax. Il regarda incrédule la tache de sang qui se répandait sur son uniforme. Il ouvrit la bouche pour la maudire, mais ses yeux se révulsèrent. Il s'écroula comme une poupée de chiffon, mort avant de toucher le sol. Ellen n'eut pas un regard pour lui. Elle se concentra sur le combat en cours. Ses hommes s'engouffraient dans l'enceinte, affrontant ceux du *Shanghai* au corps à corps. Elle repéra Ugo Cesare qui louvoyait au milieu des tirs, tout en courant vers la grande salle commune. Trois soldats tentèrent de lui couper la route. Il avait besoin d'aide ! Bligh épaula son fusil et les descendit l'un après l'autre. Le jeune homme continua sa course. Il tua la sentinelle postée devant l'entrée et ouvrit la porte. Les Olimans prisonniers se ruèrent à l'extérieur pour participer au combat.

Bligh remarqua Fletcher un peu plus loin sur le chemin de ronde. Il abattit un colon qui se dirigeait vers lui, puis enjamba le mur. Ce lâche se sauvait ! Ellen se précipita vers lui, mais il sprintait déjà vers la forêt. Soudain, une haute silhouette surgit devant lui.

Chris Fletcher se figea en reconnaissant Kalan'u. Ce maudit Ataahuan était donc resté avec les mutins et il pointait sa lance sur lui.

— Dégage ! gronda l'humain.

— Tu es mauvais, répondit l'autre, le visage crispé de colère.

— Et toi, tu n'es pas censé être non violent ?

— Vous, les humains, êtes nuisibles. Je t'ai vu. Tu allais la blesser.

— Qui ça ? Ava ? J'avais des ordres, imbécile.

— Tu étais son ami.

— Elle m'a mené en bateau, tout comme toi ! répliqua Chris.

— Tu n'aurais pas dû lui faire du mal, gronda-t-il.

— Allons, tu…

Il voulut prendre l'Ataahuan par surprise et tira. Kalan'u avait déjà bondi sur le côté, en faisant tournoyer son tao. Le coup qui désarma Chris le paralysa à moitié. Il recula, effrayé par l'expression sur le visage de son adversaire.

— Très bien, tu as gagné. Je me rends.

Kalan'u le fixait avec fureur. L'arête sur son nez venait de prendre une couleur violacée qui terrifia Fletcher. Un jour, Imava'i lui avait dit que son peuple avait connu une époque où la colère et la rage faisaient des dégâts dans leur société. Elle avait évoqué le changement de couleur de cette partie de leur visage. Comme la plupart des choses qu'elle lui avait dites, il avait écouté distraitement. Aujourd'hui, il s'en mordait les doigts.

L'Ataahuan frissonna et lentement, la tension de son corps se relâcha. Le cartilage sur son nez reprit une teinte normale.

— Le capitaine décidera de ton sort, déclara-t-il d'une voix dure.

— Merci, souffla Fletcher avec soulagement.

Pourtant, il n'avait aucune envie de se retrouver face à Bligh qui serait moins compréhensive que l'Ataahuan. La liberté était pourtant là, à quelques dizaines de mètres. Il pivota, tournant le dos à son adversaire et dégaina le pistolet qu'il avait dissimulé dans sa ceinture. Il fit semblant de trébucher, tomba à genou, et se retourna. Il n'eut pas le temps de presser la détente. Kalan'u appliqua la pointe de sa lance sur son cœur. La décharge d'énergie le cloua sur place. Il mourut en un instant.

△≡Λ≡△

Ava s'éveilla dans un sursaut douloureux. Les derniers événements lui revinrent lentement en mémoire et ce fut avec une certaine appréhension qu'elle ouvrit les yeux. Elle reconnut la salle commune. Elle était retournée à la case départ.

— Tu es réveillée ! s'écria Ugo à ses côtés. Tamara ! Elle est réveillée !

— Que… Nous sommes toujours prisonniers ?

— Non ! Le capitaine a repris le village avec l'aide de Kalan'u.

— Kalan'u ? s'exclama-t-elle. Il est revenu ? Il est ici ?

— Il préfère rester dehors, mais oui, il attend que tu sois réveillée.

— Et Ellen ?

— Elle va bien, ne t'inquiète pas.

Le docteur Papadakis apparut dans son champ de vision. Elle lui sourit avant de déclarer :

— Heureuse de vous voir réveillée. Vous devrez garder votre épaule bandée et votre bras en écharpe le temps que la blessure se résorbe. Vous vous êtes aussi cassé la cheville. Je vous ai mis une attelle reconstructive. Cela prendra quelques jours. Il vous faudra du repos.

— Merci, docteur. Quand pourrai-je marcher ? Je dois voir Kalan'u avant qu'il s'en aille.

— Je vous interdis de vous lever.

— Elle restera tranquille, ne vous inquiétez pas, précisa Ellen Bligh qui venait d'entrer.

— Très bien, Capitaine, j'ai d'autres malades, céda Papadakis avec un certain agacement.

Bligh s'assit près d'Ava et lui prit la main.

— Comment vas-tu ?

— Les antidouleurs font leur effet, je ne sens pas grand-chose. Alors, dis-moi ! Que s'est-il passé ? Combien de morts ?

— Nous comptons vingt-sept morts, dont Ali Doukoure.

— Non… Il était si gentil.

— Je sais. Nous avons dix-huit blessés graves et cinquante-cinq blessés légers.

— Tant que ça ?

— Nous avons vingt-deux prisonniers, dont quatre anciens du *Marco Polo*.

— Qui ?

— Luo Shen, Luis Mendoza et Paula Galahardo. Nous avons retrouvé Kamal Reza sur le site du crash. Ikeda vient juste de revenir. Il a laissé Moboto sur place avec des gardes.

— Que vas-tu faire des prisonniers ?

— Je n'en sais rien, encore. Nous avons aussi deux hommes de Barlon, mais cet enfoiré a été tué.

— Vingt-deux prisonniers ? Ils pourraient nous causer des problèmes, non ?

— Certes, mais… Franchement, après tous ces morts, je ne me vois pas ordonner leur mise à mort.

— Demande leur avis aux Olimans.

— Tu veux dire : un procès ?

— Oui, pourquoi pas ?

— C'est une idée, tu as raison.

— Et… Kalan'u ?

— Oui, sans lui, nous n'aurions pas repris le village et tu serais morte.

— Il est revenu, alors.

— Plus ou moins. Il veut nous parler, mais pas à l'intérieur de l'enceinte. Et il exige que tu sois présente. J'ai reporté l'entrevue à demain. Tu dois te reposer.

— Je peux très bien…, commença-t-elle avant de bâiller à se décrocher la mâchoire.

— Dors bien, ma chérie. Je reviens te voir dès demain matin.

— Je… Oui…

Ava ferma les yeux, emportée par la fatigue et les médicaments que lui avait administrés le médecin.

Ellen Bligh s'étira douloureusement en sortant de la salle commune. Il lui restait tellement à accomplir avant de s'autoriser quelques heures de repos.

— Capitaine ? l'appela Ikeda.

— Oui ?

— Tous les captifs sont enfermés dans une des maisons. Ils sont un peu serrés, mais ils devront faire avec, le temps que nous construisions une prison.

— Oui, cela me semble indispensable.

— Que comptez-vous faire d'eux, si je puis me permettre ?

— Je n'ai pas encore pris de décision. En attendant, je dois interroger Luo Shen. Je veux savoir comment ils sont arrivés ici.

Elle voulait surtout connaître le sort d'Ataahua et plus important, si Zhanghill avait été avertie de leur position.

— Je vous accompagne, Capitaine.

— Non, amenez-moi ce traître chez moi. Je préfère lui parler à l'écart des autres.

— Bien, Capitaine.

Elle traversa la place jusqu'à ses quartiers en espérant échapper aux questions qu'elle lisait sur les visages qu'elle croisait. Personne n'osa l'aborder et c'est avec soulagement qu'elle entra dans sa maison.

Elle sursauta en découvrant Korolev avachi dans un fauteuil, la tête entourée d'un large pansement et la jambe enserrée dans un kit de fracture. Muñoz se tenait à ses côtés.

— Anton, comment allez-vous ?

— Je survivrai et puis nous avons le *Shanghai* à disposition. Je pourrai peut-être réparer ses moteurs et…

— Le vaisseau est éventré, Anton. Il ne décollera pas et puis je préfère que nous nous concentrions sur notre installation. Nous n'avons pas le droit à l'erreur.

— Et si ces rats ont prévenu Zhanghill.

— Nous aviserons. Je vais interroger les prisonniers pour en découvrir davantage. En attendant, je veux que vous sondiez leurs enregistrements pour voir si Cunningham a eu le temps de rendre compte à Zhanghill.

— Bien, Capitaine, mais…

— Mais ?

— Si j'estime que je peux réparer…

— Anton, soupira Bligh avec lassitude, nous ne repartirons pas. Avoir une possibilité ne fera qu'ajouter un problème aux nombreux qui nous occupent déjà. Bien au contraire, vous allez me dépouiller ce vaisseau de tout ce qui est récupérable. Et je ne me répéterai pas.

— À vos ordres !

— Je ne vous retiens pas, messieurs.

— Capitaine, et les prisonniers ? intervint Muñoz.

— Leur sort sera décidé par tous, à l'occasion d'un procès.

— C'est une bonne idée.

— Heureuse que ça vous plaise.

— Et les Ataahuans ?

— Que personne ne les approche avant demain, suis-je claire ?

— Oui, Capitaine.

Les deux hommes sortirent, mais le répit fut de courte durée. Ikeda cogna à la porte avant de pousser Luo Shen à l'intérieur. Le navigateur, le bras en écharpe, dardait sur elle un regard haineux.

— Nous nous retrouvons, commença-t-elle.

— J'aurais préféré retrouver votre cadavre !

— Je n'en doute pas.

— Et j'aurais pissé dessus avec joie !

— Quelle élégance !

— Vous ne méritez pas plus. Vous n'êtes qu'une brute !

— La discipline est importante à bord d'un vaisseau. Elle est même vitale et cet équipage l'avait oublié. Enfin, c'est ainsi. Passons à autre chose, Luo.

— À quoi donc ? Vous allez me pendre au milieu de votre petit village boueux.

— Peut-être bien, répliqua-t-elle froidement. Néanmoins, ce n'est pas moi qui déciderais de votre sort.

— Qui donc ?

— Cela sera soumis à l'avis de tous. Je vous conseille de vous montrer coopératif, cela parlera en votre faveur.

— Qu'est-ce que vous voulez ? éructa l'homme après un court instant de réflexion.

— Racontez-moi ce qui s'est passé.

— Comment ça ?

— À bord du *Shanghai*. Êtes-vous retournés sur Ataahua ? Comment nous avez-vous retrouvés ?

— Oh, ça vous inquiète, pas vrai ?

— Je suis juste curieuse.

— J'aimerais vous cracher à la gueule, mais bon… Le *Shanghai* nous a découverts après plusieurs jours. Ça n'a pas été un accueil chaleureux. Fletcher m'a dit que Cunningham nous reprochait votre mutinerie, le comble !

— Zhanghill déteste ceux qui échouent.

— Sans doute, soupira Luo. Ensuite, le *Shanghai* a fait route vers Ataahua. En arrivant, il a été contacté par les non-humains. Ils ont interdit au vaisseau de s'approcher en affirmant que vous étiez partis et puis ils ont levé un bouclier énergétique.

— Un bouclier ?

— Cunningham était furieux parce que Fletcher lui avait assuré que ces maudits dorés ne possédaient aucune technologie.

— Ils nous ont caché de nombreuses choses, marmonna Bligh.

— Ça, on peut le dire ! Les Ataahuans ont réitéré leurs avertissements, mais Cunningham n'a rien voulu savoir. Il a attaqué. Les armes du *Shanghai* sont très puissantes et elles ont affaibli leur bouclier. Il a menacé les Ataahuans, mais ils se sont obstinés. Alors, Cunningham a ordonné d'ouvrir le feu sur la planète. C'est là que c'est devenu dingue. Des sortes de missiles ont surgi des anneaux. Ils ont d'abord détruit nos projectiles, puis le *Shanghai* a été frappé de plein fouet. Heureusement, ses boucliers ont encaissé le choc, mais ils étaient quasiment morts.

— Je vois. Ils ne bluffaient donc pas.

— Vous saviez ?

— Non, pas vraiment, mais sur le chemin du retour, Kalan'u a expliqué à Ava que son monde possédait une défense impénétrable.

— Il n'a pas menti, ce doré. À ce moment précis, un gars a repéré votre piste. Cunningham était tellement en colère qu'il n'a pas voulu renoncer. Il a ordonné la destruction d'une ville en guise de représailles. Fletcher a pris les choses en main. Comme la console de pilotage flambait, il a sauté sur celle de secours. Il nous a permis de nous échapper. Cunningham était furieux, mais il a bien dû admettre que le *Shanghai* n'aurait pas encaissé une nouvelle frappe. Il a fallu réparer tout en vous suivant à distance afin de ne pas perdre votre sillage.

— Vous avez mis le temps.

— Nos moteurs étaient endommagés et cela a réduit notre vitesse.

— Vous auriez pu attendre les renforts de Zhanghill.

— Cunningham tenait à sa réputation, il n'a pas rendu compte à la compagnie. Il voulait tous les lauriers de votre destruction. Ça rendait Fletcher complètement dingue.

— Oui, son ambition à lui en prenait un coup.

— C'est sûr, mais tout le monde s'en moque maintenant. Vous l'avez tué, pas vrai ?

— En effet… Rien d'autre à me dire, Luo ?

— Je ne crois pas.

— Ikeda ! appela-t-elle. Vous pouvez le ramener.

Bligh se laissa tomber dans un fauteuil, rattrapée par une grande fatigue. Il était déjà tard et demain, énormément de travail l'attendait. Elle ferma les yeux et s'endormit presque instantanément.

◭Ξ∧Ξ◭

Assise sur un fauteuil suspendu, Ava sortit du village. Ellen marchait à ses côtés. Ikeda et Muñoz avaient tenté de la dissuader, mais elle était restée intraitable. Elle voulait écouter les Ataahuans en toute tranquillité.

— Ça va ? Tu n'as pas trop mal ? demanda-t-elle.

— Non, répondit la jeune femme la gorge serrée.

— Tout se passera bien. D'ailleurs, le voilà !

Kalan'u venait d'émerger de la forêt, l'air grave. Il s'avança à grands pas, droit vers Ava, ignorant sciemment la présence de Bligh.

— Ava, est-ce que tu vas bien ?

— Oui, grâce à toi, si j'ai bien compris.

— Je ne pouvais pas les laisser te tuer. Ces humains sont mauvais.

— Merci. Et toi, que… Où es-tu allé ? Que deviens-tu ?

— Je suis heureux que tu ailles bien, lui dit-il avec beaucoup de douceur. Nous sommes partis vers la forêt, de l'autre côté de la mer.

— Comment avez-vous traversé ? voulut savoir Ellen.

— Il existe un pont.

— Nos détecteurs n'ont rien repéré.

— Il est érigé avec le bois des irosques, les grands arbres du continent nord.

— Et ce pont en bois est toujours là, après des milliers d'années, s'étonna Bligh.

— Le bois de ces arbres est plus dur que le plus dur des métaux.

— Vraiment ?

— Pourquoi es-tu revenu ? intervint Ava.

— Nous avons trouvé des… constructions, des vestiges de l'ancien temps. Ce monde est bien Whenua'ao. Il est encore protégé par les inventions de mes ancêtres. Son système de défense…

— … a arrêté nos moteurs, termina Bligh à sa place.

— En effet. Ce système empêche également toutes les transmissions intersidérales. Personne ne pourra venir à votre secours.

— Nous ne voulons pas être secourus, répliqua Ava.

— Vous, peut-être, mais vous pourriez changer d'avis.

— Non, certainement pas, précisa sèchement Bligh.

— En tout cas, voilà où nous sommes.

— Avez-vous trouvé des survivants ? demanda le capitaine.

— Je ne révélerai rien de ce qui se trouve dans la forêt, répondit Kalan'u. Sachez que beaucoup de mes amis ne voulaient pas vous aider. D'autres souhaitaient que tous les humains soient éliminés, mais cela va à l'encontre de nos croyances les plus profondes. Autrefois, il y a des milliers et des milliers d'années, nous étions violents tout comme vous. Nous avons évolué. Je veux croire que vous le pouvez aussi.

— Trop aimable de votre part, ironisa Bligh.

— Autrefois, nous étions deux peuples : l'un au nord et l'autre au sud. Chacun demeurait de son côté de la mer. Je propose que nous fassions de même. Restez au sud. J'exige seulement que vous ne perturbiez pas l'évolution de ce monde.

— Vous exigez ?

— Oui ! Je possède les moyens d'appuyer ma demande.

— Lesquels ? Vos taos sont puissants, je ne le nie pas, mais vous n'êtes qu'une poignée…

— Vous me menacez, Capitaine ?

Bligh recula d'un pas pour mieux observer le jeune Ataahuan. Il avait changé. Il avait perdu sa naïveté et sa nature de guerrier était beaucoup plus présente. Elle ne s'était pas trompée au sujet de ces non-humains. Ils pouvaient se montrer dangereux. Selon les dires de Luo Shen, les Ataahuans possédaient des armes capables de détruire des vaisseaux en orbite. Kalan'u affirmait avoir découvert des vestiges des temps passés et elle avait eu la preuve que ces systèmes de défense étaient toujours actifs. Elle n'allait pas entrer en guerre avec eux pour une question d'ego.

— Nous n'avons pas l'intention d'installer des industries. Nous allons pratiquer l'agriculture, la pêche et l'élevage. Nous serons obligés de couper du bois, de fabriquer des briques d'argile… Ce genre de chose. Est-ce acceptable pour vous ?

— Oui, approuva-t-il après de longues secondes de réflexion. Nous vous surveillerons.

— Soit ! Si quelque chose vous déplaît, n'hésitez pas à venir m'en faire part. Ce détail sera inscrit dans la charte de la colonie.

— C'est bien.

— Et vous, que deviendrez-vous ?

— Je vais retourner dans la forêt. Le continent nord vous est interdit.

— Vous plaisantez ?

— Non.

Bligh expira lentement avant de prendre sa décision.

— J'accepte.

— Je saurai vous rappeler votre promesse, Capitaine. Ava, je vais partir. Les Ataahuans et les humains ne sont pas faits pour vivre ensemble. Nous sommes trop différents.

— Nous pourrions…

— Tu es différente, Ava. Si tu le souhaites, tu peux m'accompagner. J'en serai très heureux.

Ava fut stupéfaite par sa proposition. Ce n'était pas dans sa culture de révéler ainsi ses sentiments.

— Je t'aime beaucoup, Kalan'u. J'adorerais visiter cette forêt et les vestiges de ta civilisation, mais…

Elle leva les yeux vers Ellen qui attendait, avec une impassibilité feinte, sa décision.

— Mais je ne peux pas t'accompagner. Ma vie est ici, avec celle que j'aime.

Une immense tristesse passa dans le regard de son ami. Il sourit, puis s'inclina légèrement.

— Je comprends. Je dois y aller, maintenant.

— Attends ! s'écria Ava.

Sans prévenir, elle se leva et, sautillant sur une jambe, elle se jeta dans les bras de l'Ataahuan.

— Te connaître est un privilège, Kalan'u. Jamais, je ne t'oublierai. Malheureusement, nous ne possédons pas votre don, votre lien avec la nature, mais… Je ferai tout pour que nous soyons plus respectueux du monde qui nous entoure.

— Oui, je sais, murmura-t-il.

— Tu me manques déjà.

Il déposa un baiser fraternel sur son front, puis s'écarta.

— Capitaine, prenez soin d'elle, je vous prie.

— J'en ai bien l'intention.

— Au revoir !

Il pivota sur ses talons, puis s'éloigna en courant. Ava chancela et s'appuya sur Bligh pour regagner le fauteuil. Elle pleurait.

— Je suis désolée, murmura Ellen.

— Ce n'est pas ta faute. Il a raison. Nous sommes trop différents.

— Merci d'être restée.

Ava lui répondit avec un sourire qui enflamma le cœur de Bligh.

ΔΞΛΞΔ

Les Olimans mirent presque deux semaines à se rétablir après l'attaque du *C.S. Shanghai*. Un seul des blessés graves n'avait pas survécu, les autres se remettaient déjà. Les rescapés du *Marco Polo* avaient décidé, à la très large majorité, de gracier les prisonniers. Il y avait eu trop de morts. En contrepartie de leurs actions, ils participaient aux nombreuses tâches de la communauté.

Tous s'étaient fait à l'idée que, désormais, ils ne pourraient plus jamais retourner sur Terre. Olima était leur planète, leur foyer et il ne tenait qu'à eux, qu'à leur travail et leur volonté de rendre ce monde confortable.

Ava s'étira dans l'air pur et froid du matin. Elle salua Henry qui descendait de son tour de garde. Il alla jusqu'à la prison, dont la construction avait été achevée la semaine dernière et ouvrit la porte. Les captifs en sortirent deux minutes plus tard sous la garde de quatre hommes en armes. Ils étaient enfermés durant la nuit et restaient surveillés dans la journée, même si cette vigilance demeurait légère. Reza lui lança un regard noir. Il faisait toujours preuve de mauvaise humeur, mais la multitude de nouvelles plantes à étudier accaparait son attention. Luo Shen lui adressa un timide signe de tête avant de se rendre vers la salle commune pour y prendre son petit déjeuner. Ava soupira, ne pouvant s'empêcher de compatir pour son ancien coéquipier.

— Bien dormi ? demanda Ellen Bligh derrière elle.

— Oui, et toi ?

— Parfaitement.

— Je suppose que tu es encore débordée, aujourd'hui.

— Je le suis, mais… J'ai envie de m'aérer un peu avant d'attaquer le travail. Je te propose de faire une petite promenade.

— Bien entendu, allons-y.

Elles sortirent de l'enceinte et se dirigèrent vers la mer le long du chemin tracé depuis leur arrivée. Ava savourait son bonheur. Jamais, elle n'avait été aussi heureuse.

— Pourquoi souris-tu ? demanda Ellen.

— Parce que je suis avec toi.

— Oh… Tu vas me faire rougir.

— C'est possible ?

— Mais oui, bien entendu.

— Alors, et maintenant… Qu'allons-nous faire, Ellen ?

— Ici, tu veux dire ? Nous allons continuer à édifier notre village, consolider notre structure énergétique en utilisant les éléments récupérés sur le *Shanghai*. Korolev m'a promis que nous pourrons exploiter un réseau d'ordinateurs dans quelques jours. Les tiragaatas se plaisent sur Olima. Nous avons domestiqué quelques aurochs. Jansson devrait finir son troisième bateau très bientôt. Bref, nous allons dompter cette planète et dans cinq cents ans, je te parie qu'ici se dressera une belle civilisation.

— Cinq cents ans ?

— Pourquoi pas ? Nous aurons disparu depuis longtemps, mais nos enfants vont perdurer.

— Nos… enfants, répéta Ava avec un sourire.

Ellen Bligh s'arrêta brusquement, prête à répliquer qu'il s'agissait d'une façon de parler.

— Avec toi, oui, s'entendit-elle répondre.

Décret du Triumvirat
Règlement intérieur
Article 12
Un employé de Zhanghill ne fera pas d'enfants
sans en référer à la compagnie.

Cinq mois plus tard, la vision d'Ellen Bligh s'était réalisée. Le village pouvait s'enorgueillir de trois cents maisons en bois, de plusieurs entrepôts, d'un puits et d'une deuxième enceinte. Le hameau bâti près de la mer avait accueilli de nouveaux pêcheurs pour le grand bonheur de Jansson. L'embryon d'une deuxième enclave se construisait à une dizaine de kilomètres afin d'abriter les éleveurs d'aurochs, ces énormes animaux qui paissaient dans les prairies mauves. Au sud, les champs de tiragaatas étaient florissants et le potager produisait de nombreux légumes. Reza soignait avec jalousie ses arbres fruitiers. Le scientifique avait fini par s'acclimater à la vie sur Olima. Il s'était marié la semaine précédente avec une jeune femme du groupe d'Ikeda. Les colons se liaient les uns aux autres et on ne comptait plus les mariages.

Ava n'avait pas revu Kalan'u ni aucun Ataahuan. Elle en éprouvait une certaine mélancolie, se demandant ce que devenait son ami. Elle rêvait de traverser cet océan et de visiter l'extraordinaire forêt qui couvrait l'autre continent. Ils l'avaient enfin localisé, un mois plus tôt. Elle avait accompagné Ellen jusqu'à un immense pont, enjambant un bras de mer. L'ouvrage très arachnéen était construit en bois, un bois plus solide que le métal. De l'autre côté de ce détroit, un mur vert se dressait si haut qu'il semblait égratigner le ciel. La forêt majestueuse barrait tout l'horizon, temple ancestral et immuable. À cette distance, elle n'avait pu estimer la taille de ces arbres impressionnants.

L'interdiction de Kalan'u était cruelle, car l'envie de fouler ce sol mystérieux avait embrasé son cœur. Ikeda avait supplié Bligh de leur permettre cette exploration, mais elle avait refusé. Elle avait donné sa parole à l'Ataahuan et cette frontière ne serait pas violée sous son commandement.

Ce matin, néanmoins, d'autres préoccupations occupaient les pensées d'Ava. Elle avait rendez-vous chez le médecin. La nouvelle clinique avait été terminée deux mois plus tôt. Elle offrait un accueil, un bureau pour le docteur, une salle de soin, une salle d'opération et une grande chambre permettant de recevoir dix patients. Tamara vint à sa rencontre avec un large sourire.

— Ava ! Comment vas-tu ? Ça se passe bien ?

— Plus ou moins, oui. J'ai des nausées atroces.

— C'est normal. Ellen ne vient pas avec toi ?

— Elle devrait arriver. Ikeda l'a appelée à la dernière minute.

— Il y a des priorités, tout de même.

— Tu la connais. Et toi, comment vas-tu ?

— Moi ? Je… C'est encore un secret. Je ne l'ai pas dit à Ugo.

— Oh ! Félicitations !

— Soyons prudents, hein.

— Quand lui avoueras-tu ? Je ne veux pas faire d'impair.

— Ce soir, répondit l'infirmière avec un grand sourire. Nous avons prévu un pique-nique sur la plage.

— Que c'est romantique ! s'exclama Ava.

Tamara et Ugo s'étaient mariés peu après l'attaque du *Shanghai*. La fête organisée à l'occasion avait permis à tous de célébrer leur victoire.

— Lydie t'attend, précisa Tamara, mais on peut la faire patienter si tu veux qu'Ellen soit présente.

— Non, je…

— Je suis là ! lança Bligh en franchissant le seuil.

Elle enlaça sa compagne d'un bras amoureux qui fit sourire Tamara. Elle frappa à une porte, l'entrouvrit, puis se tourna vers les deux femmes pour leur indiquer qu'elles pouvaient entrer.

— Ava, Ellen, installez-vous. Alors, Ava, comment vas-tu ?

— Bien, à part des nausées, mais il paraît que c'est naturel.

— Tout à fait, comme dans toutes les grossesses. Je vais t'examiner si tu veux bien. Allonge-toi. Bien… Tout est parfaitement normal. Regardez !

Elles purent admirer le minuscule petit être qui grandissait dans le ventre d'Ava. Leur fils !

— C'est… émouvant, souffla Ellen. Vraiment, Lydie, je vous remercie d'avoir accepté de réaliser cette procédure.

— La procréation maîtrisée existe depuis longtemps. Fort heureusement, la science a trouvé le moyen de développer des populations sans obliger les femmes à supporter des relations non consenties. Nous ne sommes plus à l'ère de la conquête des Amériques ni au début de l'exploration spatiale.

— Certes, mais merci tout de même.

— Cette méthode est vitale pour notre communauté, Ellen. Vous n'êtes pas les premières à en bénéficier. Plusieurs femmes ont désiré devenir mères sans avoir de compagnon. Il est tout à fait possible de créer un embryon en utilisant uniquement l'ADN de la mère, ou en le mêlant avec celui d'un autre être humain, comme dans votre cas. Damer a inventé une procédure infaillible.

— Oui, on peut faire confiance à l'un des membres du Triumvirat pour faire du profit. D'ailleurs, j'ai entendu dire qu'ils cherchaient à développer des clones en incubateur.

— C'est la vérité. Cela réglerait beaucoup de problèmes et permettrait de peupler les colonies. Nous essayons d'essaimer dans toute la galaxie en nous basant sur la population d'une seule planète. Ce n'est pas simple. Enfin, cela ne nous regarde plus. Par bonheur, nous pouvons profiter de leurs recherches pour notre bénéfice et le vôtre.

— C'est vrai. Alors tout va bien ? demanda Ellen.

— Le fœtus se porte à merveille et Ava aussi. Les nausées devraient vite disparaître. L'implant qui diffuse les médicaments t'aidant à supporter cette gestation fonctionne à la perfection.

— Merci, sourit Ava en posant les mains sur son ventre.

Elles avaient décidé d'avoir un enfant quatre mois plus tôt et Ava ne regrettait pas une seule seconde ce choix. Elles remercièrent Lydie Papadakis une dernière fois avant de sortir de la clinique.

— Bien, je suis rassurée, souffla Ellen. Je m'inquiète pour toi.

— Ce n'est pas dangereux.

— Sur Terre, non, mais ici… Si quelque chose tourne mal, Lydie sera vite limitée par nos ressources.

— Nous en avons déjà parlé, Ellen. Je veux cet enfant et toi aussi, je le sais.

— C'est vrai. Tu seras une excellente mère, ma chérie.

— Tout comme toi.

— On verra, répliqua Bligh en riant. En attendant, je nous accorde un après-midi de vacances. J'ai prévu une promenade sur la plage.

Sur Terre, c'était l'hiver, mais sur Olima, il s'agissait d'une belle journée de printemps. Main dans la main, elles marchèrent les pieds dans l'eau fraîche de l'océan. Ava se sentait pleinement heureuse, sur ce monde qui était devenu son foyer. Elle y créerait une famille avec la femme qu'elle aimait. En embarquant sur le *C.S. Marco Polo* presque deux ans plus tôt, elle n'aurait jamais imaginé une telle fin.

Épilogue

Olima
Texte de loi
Article 1
Le respect d'autrui est la pierre angulaire de notre communauté.

Les cris des enfants qui jouaient sur la place centrale du village firent sourire Ava, comme souvent. Elle leva les yeux vers la pendule accrochée au mur, surprise de constater qu'il était déjà tard. Comme tous les jours, depuis cinquante-six ans, elle rédigeait le journal de bord et n'avait pas vu le temps passer.

Cinquante-six ans ! Il lui arrivait encore de douter qu'autant d'années se fussent écoulées depuis leur venue sur Olima — elle fêterait ses soixante-seize ans dans deux semaines. Ces longues années avaient été marquées par de rudes moments ainsi que par des événements plus joyeux. Une importante partie de la planète avait été explorée afin de compléter les informations topographiques récoltées avant l'atterrissage.

Les humains avaient respecté les promesses de Bligh et n'avaient pas traversé l'océan. Les Ataahuans étaient restés dans la forêt et personne ne les avait revus. Les histoires sur ces mystérieux non-humains enchantaient les enfants, tout comme celles décrivant la lointaine Terre. Encore deux ou trois générations et tous ces récits deviendraient des légendes, Ava en était persuadée.

Cependant, elle préservait un secret que seule Bligh connaissait. Tous les ans, Kalan'u apparaissait sans prévenir, souvent lors de ses promenades sur la plage. Il prenait des nouvelles, en donnait peu, et la félicitait de l'évolution de la colonie. Elle ne suivait pas exactement les traditions ataahuanes, mais il estimait qu'elle était suffisamment respectueuse de la nature. À de nombreuses reprises, Ava avait tenté de le convaincre de revenir vers eux ou de permettre une exploration de la forêt. Il avait refusé. Ses visites avaient fini par s'espacer. La dernière avait eu lieu huit ans plus tôt.

Aujourd'hui, la petite colonie se portait bien, très bien même. Des couples s'étaient formés, des enfants étaient nés, puis des petits-enfants. Leur communauté était florissante et heureuse. Elle atteignait quatre mille cinq cents âmes.

Ava finit de noter les chiffres de la récolte d'algues puis ceux des fromages livrés par La Source-Claire. Ce troisième village, construit à une vingtaine de kilomètres à l'ouest, avait été inauguré dix ans plus tôt. Son deuxième fils, Romain, en était le maire. Sa spécialité était l'élevage des aurochs, ces gros ruminants poilus qui se laissaient manipuler par les humains comme s'ils les avaient toujours connus. Elle éteignit son ordinateur et se leva en grimaçant. Ses os et ses articulations la faisaient un peu souffrir, ces derniers temps – le fardeau de l'âge. Elle enviait Ellen Bligh qui, malgré ses quatre-vingt-douze ans, affichait une forme insolente. Son exosquelette entretenu avec soin la soutenait toujours et elle en profitait.

Ava sortit de chez elle et inspira profondément. Le vent apportait les senteurs iodées de l'océan, une odeur qu'elle adorait. Elle n'avait pas fait deux pas qu'une dizaine de gamins l'entourèrent. La plupart étaient ses arrière-petits-enfants. Elle les embrassa tous, avant de leur demander de retourner jouer, ce qu'ils firent sans rechigner. Ava les regarda s'égayer avec un sourire plein de mélancolie. Ellen et elle avaient eu trois enfants, Aidan, Romain et Audrey. Ils ressemblaient à leurs deux mères. Ils possédaient la haute taille d'Ellen, sa détermination et son sens du commandement. Ils tenaient leurs cheveux noirs, leur teint ambré et leur empathie d'Ava. Ils s'étaient tous les trois mariés et avaient deux ou trois enfants qui s'étaient mariés à leur tour.

— Grand-mère !

— Maxime ! Comment vas-tu, mon grand ?

— Bien, bien, et toi ?

— Très bien, pourquoi ? J'ai l'air si vieille que ça ?

Il se pencha pour l'embrasser sur la joue. Elle adorait ce garçon, à l'allure dégingandée, aux cheveux noirs et indisciplinés, aux grands yeux vert sombre. Il était toujours souriant et sérieux. Sa réponse le fit rire.

— Jamais, grand-mère ! Tu ne seras jamais vieille, mais je m'inquiète pour toi, bien sûr.

— Tu es gentil.

— Je te laisse, je dois retrouver Ivan en salle des machines.

Anton Korolev avait installé une centrale productrice d'énergie à l'extérieur du village, dans un vaste bâtiment. Pour cela, il avait utilisé les moteurs récupérés sur le *Marco Polo* et sur le *Shanghai*. L'ingénieur était mort dix ans plus tôt, dans son sommeil, remplacé depuis par son fils aîné. Maxime travaillait avec lui.

Il salua Ava avant de franchir la porte de l'enceinte. La vieille dame sourit à nouveau en voyant Valéria courir vers son père. La gamine de onze ans possédait les mêmes dispositions que Maxime pour l'ingénierie. Elle reprit son chemin vers le centre du village. Ellen s'y trouvait en pleine discussion avec Victor Carter, le chef des explorateurs et le petit-fils de Damian.

— Ma chérie, lança-t-elle. Viens, nous avons fini. Victor, laissons ce nouveau continent tranquille. Je te le rappelle, cette frontière ne doit pas être franchie.

— Mais, Capitaine, il y a tant à exploiter dans cette forêt.

— J'ai dit non.

— Bien, Capitaine.

Les Olimans continuaient de l'appeler par son grade qui était devenu, par extension, le titre du chef de leur gouvernement. Sur l'impulsion de sa compagne, des élections avaient été tenues la dixième année de leur arrivée et étaient organisées depuis tous les cinq ans. Ellen Bligh avait toujours été réélue à une très grande majorité.

— Ils se sont rendus de l'autre côté ? s'emporta Ava.

— Oui, malgré mon interdiction. Le dernier bateau de notre flotte était assez solide pour tenter la traversée, alors…

Elle haussa les épaules avec fatalisme.

— Nous avions promis, Ellen !

— Je sais, mais pour eux, les Ataahuans sont à peine réels. Regarde ce qu'il a ramené.

Elle lui tendit une branche grosse comme un doigt, d'un bois gris sombre.

— Très joli.

— Elle était sur le sol, auprès d'un arbre. Essaye de la casser en deux.

Ava haussa les épaules et tenta de plier le bois, sans succès.

— Je suis une vieille femme, je n'ai plus ma force d'antan.

— Je suis âgée, aussi, mais mon exosquelette est en parfait état. Donne-la-moi.

Elle s'empara de la branche et essaya de la briser, sans plus de réussite.

— Il y a un truc ? demanda Ava.

— Non, ce bois est si dur qu'il est impossible de le casser ou de le couper. C'est avec cela que les anciens Ataahuans ont érigé le pont. Quelle technologie ont-ils utilisée pour plier un tel bois, plus solide que le plus résistant des métaux ? J'espère que mon successeur arrivera à établir une relation d'échange avec les Ataahuans, s'ils sont toujours en vie. Depuis combien de temps n'as-tu pas vu Kalan'u ?

— Huit ans.

L'explosion les prit toutes les deux par surprise, faisant trembler le sol. D'une main ferme, Ellen empêcha Ava de tomber.

— Qu'est-ce que…

— La centrale ! répondit sa compagne.

— Mon Dieu ! Maxime et Valéria… Ils s'y rendaient…

Ellen réagit avec une rapidité qui ne tenait pas compte de son âge. Elle pivota sur les talons et, assistée par son exosquelette, elle courut vers le lieu du sinistre. Ava la suivit aussi vite qu'elle le pouvait. Le bâtiment avait littéralement été éventré et des flammes s'échappaient des ouvertures. Maxime surgit soudain, le visage noir de fumée, les vêtements déchirés, en soutenant son bras cassé.

— Au secours ! coassa-t-il en s'effondrant sur les genoux, dans une affreuse quinte de toux.

Ellen se précipita vers lui et le releva sans ménagement.

— Valéria ?

— Grand-mère, elle est coincée… sous une poutre. Je… rien pu faire…, acheva-t-il en s'étranglant.

Ellen confia son petit-fils aux premiers villageois arrivés sur place et sans hésiter, se rua à l'intérieur. La chaleur était déjà intense et la fumée si dense qu'elle avait du mal à respirer. Elle avança sans voir où elle marchait, cherchant son arrière-petite-fille. Le brasier devenait insupportable, mais elle ne renoncerait pas. Quelque chose craqua au-dessus d'elle et une partie du toit s'effondra juste derrière elle. Elle poursuivit sa progression, levant la main pour protéger son visage.

— Valéria !

Elle venait d'apercevoir la fillette coincée sous une poutre. Elle se précipita à ses côtés.

— Mamie…, pleura la petite fille.

— Ne bouge pas ! ordonna Ellen avec soulagement.

Elle essaya de soulever le madrier, mais il était lourd et bloqué. Jamais, elle ne parviendrait à le déplacer et le temps que des renforts arrivent, Valéria serait morte. Ellen se redressa, puis empoigna la poutre à pleines mains. Elle banda ses muscles. L'exosquelette vint remplacer sa propre force. Elle augmenta sa puissance. L'étai vibra, mais ne céda pas. Ellen rugit, puis se concentra pour contourner les paramètres de sécurité de l'appareil. À nouveau, elle tira sur le madrier. Elle entendit les articulations de l'exosquelette grincer sous l'effort. La douleur vrilla son cerveau et se répandit dans les nerfs, ses os et ses muscles, telle une coulée de lave, mais elle ne renonça pas. Elle poursuivit son action, les dents serrées, presque en apnée. Cette fois-ci, la poutre bougea, puis avec un grognement, Ellen l'envoya valser sur le côté. Elle tomba à genoux, près de la fillette.

— Valéria ? haleta-t-elle.

Son cœur cognait sauvagement derrière ses côtes et le sang pulsait dans ses oreilles. La chaleur du brasier était si intense qu'elle avait l'impression que sa peau se racornissait et que ses poumons s'embrasaient. Elle souleva délicatement la petite fille et la serra contre sa poitrine. De son autre main, elle s'empara d'une pièce de bois qui lui servirait de bouclier. Une quinte de toux lui déchira la gorge.

— Accroche-toi ! coassa-t-elle à l'intention de Valéria.

Elle brandit la planche devant elle, pauvre défense contre les langues de feu. Elle progressa tant bien que mal au milieu de l'incendie, à moitié aveuglée et suffocant dans l'air brûlant. Elle se heurta à un mur, coincée dans un cul-de-sac, acculée par les flammes. L'obstacle en bois lui offrait une possibilité d'évasion. Elle posa Valéria sur le sol, puis sollicita une nouvelle fois son exosquelette. À grands coups d'épaule, elle défonça le panneau jusqu'à ce qu'il cède. À bout de forces, Ellen souleva à nouveau son arrière-petite-fille et la serra contre elle. Elle se glissa dans l'ouverture, s'entaillant le biceps. L'écharde pénétra profondément dans la chair et le sang gicla. Elle s'en rendit à peine compte. Elles étaient enfin sorties de l'enfer ! Ellen courut au hasard, ses yeux voilés par les larmes et la chaleur intense du brasier. Elle entendit les cris d'Ava et se dirigea à l'aveugle vers cette voix. Elle trébucha, tomba à genoux sans lâcher son précieux fardeau. Quelqu'un lui enleva Valéria des bras et on la releva. Elle se laissa faire, en toussant. Une douleur sourde se déployait dans sa poitrine, elle avait dû se froisser un muscle.

— Allongez-la ! ordonna quelqu'un.

On l'aida à se coucher sur l'herbe. Sous ses paumes, elle pouvait sentir la fraîcheur de la mousse qui lui fit du bien. Une main douce lui caressa la joue. Elle se força à ouvrir les yeux et devina le visage inquiet d'Ava, près d'elle.

— Es-tu folle ? souffla-t-elle.

— Je ne… pouvais pas l'abandonner.

— Tu as quatre-vingt-douze ans ! Tu ne peux plus faire ce genre de chose.

— J'étais la seule…

Elle s'interrompit tellement la douleur lui poignardait le cœur.

— Mais que fait Nathan ?

— Il arrive, répondit quelqu'un.

Le fils de Lydie Papadakis était devenu le médecin en chef de la colonie.

— Qu'il se presse !

— Ava…

— Oui.

— Tu… Tu as été le soleil de ma vie, ma chérie.

— Ellen…

— Je… Je crois que… que c'est fini.

— Ne dis pas ça.

— Je t'aime, Ava, et je veillerai toujours sur toi, sur nos enfants… nos petits-enfants…

— Ellen…, souffla Ava sans réussir à retenir ses larmes. Ellen, ne m'abandonne pas.

— Je… J'aimerais…

Nathan se laissa tomber près des deux femmes. Il posa son appareil d'analyse sur le front de la blessée et son visage se figea. Il fit lentement non de la tête. Ava eut l'impression qu'on la frappait en pleine poitrine.

— Ellen… Ellen, je t'aime.

Sa compagne ne trouva pas la force de répondre, mais réussit tout de même à lui serrer la main. Elles échangèrent un long regard plein d'un amour toujours intact après toutes ces années. La respiration du capitaine se fit plus laborieuse, puis s'interrompit. L'étincelle de détermination qui brillait dans les pupilles d'Ellen Bligh s'éteignit. Ava s'effondra en pleurs sur sa poitrine.

ΔΞΛΞΔ

Le lendemain, tous les Olimans s'étaient rassemblés pour rendre un hommage à Ellen Bligh. Ava avait pu trouver du réconfort auprès des trois autres survivants de l'équipage du *C.S. Marco Polo* et, bien sûr, de toute sa famille. La cérémonie avait été sobre, belle et pleine d'émotion, puis les participants s'étaient dispersés pour laisser les proches de la défunte lui dire adieu. Aidan, Romain et Audrey avaient voulu raccompagner leur mère jusqu'à la maison, mais elle avait refusé. Elle voulait marcher sur la plage.

— Je vais venir avec toi, maman, déclara Aidan.

— Je ne suis pas encore trop vieille, protesta-t-elle.

— Bien sûr, mais tu pourrais avoir besoin d'aide. Cela me ferait plaisir de te tenir le bras.

— Tu es adorable, mais je veux être seule.

Son fils soupira, puis donna son accord d'un hochement de tête résigné. Il fallut presque une heure à la vieille femme pour atteindre la plage. Comme toujours, la vue de l'océan venant mourir sur le sable apaisa son âme. Elle se sentait si fatiguée et à l'idée de lutter avec le sol peu stable, elle renonça. Elle s'assit sur un banc construit là depuis des années. Elle se perdit dans la contemplation de l'horizon et du soleil qui, lentement, descendait vers sa demeure nocturne.

— Je suis triste pour toi, déclara doucement une voix derrière elle.

Ava se retourna et découvrit, sans surprise, Kalan'u qui émergeait d'un bosquet. Il s'avança vers elle et s'accroupit pour mieux l'observer.

— Comment vas-tu ?

— Comment veux-tu que j'aille ? Je suis vieille, usée, triste et dévastée.

— Je voulais partager ta peine. Ellen fait partie de ce monde, désormais.

— Oui, et je la rejoindrai très vite.

— Ne dis pas cela.

— C'est la vérité, pourtant. Et toi ? Que devenez-vous ?

— Nous n'étions pas assez pour reconstruire une société, répondit-il sombrement.

— Lydie Papadakis aurait pu vous aider…

— Non, la nature décidera de notre sort. Nous sommes partis de ce monde. Nous n'aurions pas dû revenir sur cette planète, conclut-il avec tristesse.

— Installe-toi ici, avec nous, Kalan'u.

— Non. Au contraire, je venais te chercher…

— Visiter la forêt ? J'aurais aimé le faire, il y a des années. Il est trop tard. Mes enfants, mes petits-enfants ont besoin de moi.

— Il n'est jamais trop tard, Ava. Je… Mes sentiments pour toi n'ont pas changé.

— Je t'ai toujours aimé comme un frère, mais ma vie est ici.

— Je comprends et…

Il s'interrompit en entendant des bruits de pas. Il sourit avec mélancolie et caressa la joue de la vieille femme.

— Adieu, Ava. Les Ataahuans ne reviendront pas.

— Kalan'u !

Il s'éloignait déjà en courant, disparaissant derrière une dune. Aidan et Audrey apparurent en haut du chemin. Ils coururent jusqu'à elle.

— Maman ! protesta sa fille. Ce n'est pas sérieux.

— Nous étions inquiets.

— Il n'y a aucune raison.

— J'ai eu l'impression que tu parlais à quelqu'un.

— Très bien, Aidan, soupira Ava sans répondre. Rentrons.

Le frère et la sœur raccompagnèrent leur mère jusqu'à sa maison. Sa demeure était désormais très vide sans Ellen. Ava rassura ses enfants en leur affirmant que tout allait bien et qu'elle était fatiguée. Elle les embrassa, puis s'assit dans son fauteuil face à celui qu'occupait d'habitude sa compagne. Elle resta un long moment ainsi, perdue dans ses pensées, puis essuya ses joues ridées. Ellen était partie pour toujours, mais elle avait foi dans l'avenir d'Olima. Leurs enfants sauraient conduire la colonie, elle n'en doutait pas. Elle soupira et cueillit une unique larme qui venait de tracer son chemin vers la commissure de ses lèvres. Elle sourit, puis se leva en grimaçant. Ce soir, ses muscles étaient perclus de douleurs, la faute à sa balade vers la plage. Elle marcha jusqu'à sa fenêtre pour admirer le ciel rouge du crépuscule, puis s'installa devant son ordinateur. Elle l'alluma et après une brève hésitation, elle commença à écrire :

Le transporteur en provenance de la Terre s'arrima à l'un des tunnels d'accès de l'astroport, structure tentaculaire qui fourmillait d'activité.

Elle sourit, satisfaite de cette première phrase d'un ouvrage narrant l'histoire du *C.S. Marco Polo*.

Mot de l'auteure

Vous l'avez peut-être remarqué, ce roman se situe dans un univers plus vaste. Oui, Olima est bien la planète qui verra naître Nayla Kaertan des milliers d'années plus tard.

Cela fait-il de ce livre une préquelle ?

Pas vraiment. Cette histoire n'est qu'un fil de la tapisserie des mondes, une étape dans la longue chronologie qui mène à la trilogie Yggdrasil. Il y aura d'autres jalons dans cette évolution, au hasard de mes envies d'écritures. Chacun de ces romans pourra se lire de façon totalement indépendante, mais créera un vaste tableau de mon univers.

Comme dans Yggdrasil, j'ai choisi de ne pas féminiser les grades. Dans le futur que je décris, l'humanité a suffisamment évolué pour que l'égalité entre les hommes et les femmes soit quelque chose d'acquis. Ils n'éprouvent donc plus le besoin de différencier le sexe d'une fonction.

Un dernier point, au sujet de ce roman. Adolescente, je lisais beaucoup et les récits sur la marine à voile me passionnaient. J'étais, par exemple, fascinée par les mutins du *HMS Bounty*. J'ai découvert cette histoire à travers deux livres. **Les révoltés de la Bounty** de Charles Nordhoff qui raconte la mutinerie des marins de la *Bounty* causée par la cruauté de leur capitaine. **Le mousse du Bounty** de I. G. Edmonds présente les événements d'un autre point de vue et réhabilite le capitaine Bligh. Le Bounty, c'est surtout l'affrontement entre Fletcher Christian, l'officier en second un peu volage, qui va conduire malgré lui la mutinerie et le capitaine William Bligh, grand marin, qui veut accomplir sa mission en maintenant une discipline de fer — ce qui était naturel à l'époque.

J'ai transposé ce récit dans le futur pour dépeindre l'évolution de notre monde. Bien sûr, je m'éloigne de l'histoire originelle, mais j'ai aimé faire osciller l'intérêt d'Ava de Fletcher à Bligh. Dans ce voyage initiatique, elle finira par se trouver elle-même.

Un grand merci à tous et à bientôt sur les réseaux sociaux ou à l'occasion d'un salon ou d'une dédicace.

Myriam Caillonneau

Décret du Triumvirat
Principes universels

Article 1 : Le profit est tout.

Article 2 : La politique est inutile, car elle ne sert qu'à berner les foules.

Article 3 : La politique est utile, car elle permet de berner les foules.

Article 4 : La galaxie est vaste et ses ressources appartiennent à ceux qui savent se servir.

Article 5 : L'ennemi doit être éliminé sans aucune pitié.

Article 6 : Pourquoi payer ce qui peut être acquis par la ruse ou par la force ?

Article 7 : Chaque homme peut être acheté.

Article 8 : La vie d'une personne est un moyen de paiement efficace.

Article 9 : La Loi de la Terre ne s'applique pas aux non-humains.

Zhanghill corporation
Règlement général

Article 1 : La Loi terrienne ne s'applique pas à Zhanghill.

Article 2 : Zhanghill respecte et applique les principes universels édictés par le Triumvirat.

Article 3 : Les intérêts de Zhanghill l'emportent sur tous autres intérêts.

Article 4 : Les intérêts privés, ceux de la Nation et même ceux de la Terre, passent après ceux de Zhanghill.

Article 5 : Un accord est un accord, à condition que cela ne nuise pas aux intérêts de Zhanghill.

Article 6 : Le risque est acceptable s'il sert les intérêts de Zhanghill.

Article 7 : Toute faveur accordée par Zhanghill doit être remboursée.

Article 8 : Les planètes découvertes par les vaisseaux de Zhanghill appartiennent à Zhanghill.

ΔΞΛΞΔ

Règlement de la flotte spatiale

Article 1 : Le capitaine est le seul maître à bord.

Article 2 : Le capitaine doit obéissance à Zhanghill.

Article 3 : Le capitaine doit suivre et faire appliquer les directives de Zhanghill.

Article 4 : La discipline est appliquée selon le bon vouloir du capitaine.

Article 5 : À bord d'un Corporate Ship, seuls comptent les intérêts de Zhanghill.

Article 6 : La flotte spatiale sert les intérêts de Zhanghill.

Article 7 : Tout comportement sexiste, tout harcèlement ou toute agression sexuelle seront punis de mort.

Article 8 : La volonté du capitaine a valeur de loi, la contester est interdit. La mutinerie sera punie de mort.

Article 9 : L'équipage d'un Corporate Ship doit appliquer le règlement de Zhanghill.

ΔΞΛΞΔ

Règlement intérieur

Article 1 : Un employé de Zhanghill appartient à Zhanghill tant que sa dette n'est pas payée.

Article 2 : Un employé Zhanghill doit obéir à tous les ordres de ses supérieurs sans poser de questions.

Article 3 : Un employé de Zhanghill sert avant tout les intérêts de la compagnie.

Article 4 : Un employé de Zhanghill ne reculera devant aucun sacrifice ou aucun acte, même jugé répréhensible, pour servir la compagnie.

Article 5 : Un employé de Zhanghill accomplira sa mission avec excellence.

Article 6 : Un échec ou un manquement de la part d'un employé de Zhanghill n'est pas acceptable.

Article 7 : Le comportement d'un employé de Zhanghill doit être irréprochable.

Article 8 : Zhanghill investit sur ses employés, ceux-ci ne doivent pas décevoir la compagnie.

Article 9 : Zhanghill prend soin de ses employés.

Article 10 : La famille d'un employé de Zhanghill passe après les intérêts de la compagnie.

Article 11 : Un employé de Zhanghill ne convolera pas sans en référer à la compagnie.

Article 12 : Un employé de Zhanghill ne fera pas d'enfants sans en référer à la compagnie.

Article 13 : Les enfants d'un employé de Zhanghill appartiennent en priorité à la compagnie.

Article 14 : Chaque employé de Zhanghill doit connaître le Règlement de la compagnie à la lettre.

Rôle d'équipage

Corporate Ship Marco Polo

Cargo de la classe Osiris
Cinq ponts, 50 membres d'équipage

Armement

ZHANGHILL corporation

Commandant : Capitaine Ellen Bligh
Destination : Ataahua
Mission : Récolter et rapporter des tiragaatas ou arbres nourriciers.
Transporter 400 Ataahuans dans des modules de cryogénisation.

Équipage

Commandement

Commandant :   Capitaine Ellen Bligh
Commandant en second : Premier lieutenant Chris Fletcher
Aide de camp :   Aspirant Ugo Cesare
Élève officier :   Cadet Ava Morel
Maître d'équipage :   Premier-maître Tomas Jansson

Ingénierie

Ingénieur en chef :   Lieutenant Anton Korolev
Ingénieur en second :   Premier maître Paula Galahardo
Électricien :   Second maître Olga Shultz
Opérateur console :   Maître Adam Sarlan
                                           Second Maître Omar Kacem
Équipiers :   Donald Barnes
                                           Ali Doukoure
                                           Robert Fawlson
                                           Vincent Ciren
                                           Ann Blackthorne
                                           Sergeï Borzilov
                                           Guillaume Verdier
                                           Ravi Bhatt
                                           Knutt Asplund

Navigation

Officier navigateur :   Sous-lieutenant Sven Paulsen
Officier navigateur en second : Maître Luo Shen
Équipier :   Karl Tomers

Sécurité

Chef de la sécurité :   Sous-lieutenant Arturo Muñoz
Chef de la sécurité en second : Premier-maître Harry Moore
Équipiers :   Lukas Günther
                               Ken Fukuda
                               Sarah Perez
                               Zach Murphy
                               John Bronn
                               Martin Hirshi

Logistique

Chef logistique :   Lieutenant John Fryer
Chef logistique en second : Maître Jacques Blighana
Équipiers :   Jorge Sanchez
                            Victor Davis
                            Anders Thorsson
                            Luis Mendoza
                            Shimon Menochet
                            Fabio Gandolini
                            Paul Gonçalves

Communication

Officier communications :   Enseigne Damian Carter
Officier communications en second : Second-maître Marek Kowalik
Équipier :   Jian Willem

Pilotage

Officier pilote :   Enseigne Henry Moboto
Officier pilote en second : Maître Pierre Moreau
Pilote :   Mélanie Peeters

Infirmerie

Médecin-chef :   Sous-lieutenant Lydie Papadakis
Infirmier-chef :   Second-maître Ivan Letov
Infirmier :   Tamara Krause

Intendance

Cuisinier :   Second-maître Charles Bernard
Aide cuisinier :   Devesh Vijay

Passagers

Professeur Kamal Reza

Du même auteur
Yggdrasil – La prophétie

Une dictature religieuse et militaire règne sur la galaxie. L'armée sainte, fanatiquement dévouée à la cause de celui qui se fait appeler Dieu, élimine impitoyablement ceux qui refusent de suivre les préceptes de la religion. Pourtant, les hérétiques propagent les paroles d'une prophétie annonçant qu'un Espoir va se lever et libérer l'univers.

Tourmentée par de terribles cauchemars prémonitoires, Nayla Kaertan arrivera-t-elle à échapper à l'inquisition qui traque sans relâche ceux qui, comme elle, ont des dons étranges ? Doit-elle craindre son supérieur, un homme mystérieux, qui semble posséder des pouvoirs surnaturels ?

Aura-t-elle la force d'affronter son destin ?

ΔΞΛΞΔ

Yggdrasil – La rébellion

Nayla Kaertan est l'Espoir qui doit libérer la galaxie. Elle a sauvé Olima, sa planète, et assume désormais son rôle. Elle comptait sur Dem pour l'aider dans cette tâche impossible, mais elle a découvert sa véritable identité et cette révélation a tout changé.

Alors que commence la guerre, le séduisant officier en second de la rébellion, Tiywan, lui offre amitié et amour, mais peut-elle se fier à lui ?

Guidée par Yggdrasil, ce lieu mystérieux où se joue le destin des mondes, Nayla conduit son armée de victoire en victoire. Pourtant, rien n'est joué dans cet univers où elle ne semble être qu'un pion manipulé par des forces supérieures.

ΔΞΛΞΔ

Yggdrasil – L'Espoir

L'imperium est victorieux. Nayla Kaertan a été capturée par l'Inquisition et est en route vers la planète mère. Saura-t-elle résister à la puissance de Dieu qui veut se nourrir de sa force vitale ?

Dem est le seul qui peut la sauver, mais les rebelles ont découvert sa réelle identité. À peine à bord du Vengeur, il est emprisonné et condamné à mort.

Parviendra-t-il à s'échapper et à retrouver la jeune femme avant qu'il ne soit trop tard ?

ΔΞΛΞΔ

Les Larmes des Aëlwynns
Le prince déchu

À la fin de l'ère du chaos, les Aëlwynns ont offert aux hommes une pierre permettant de contrôler la magie et depuis, la paix règne sur le royaume d'Ysaldin. Alors que ce fragile équilibre est menacé par la malnoire, le roi accuse les mages de faciliter la propagation de cette maladie mystérieuse et les déclare hors la loi.

Ignorant tout du danger qui guette ses semblables, Adriel se prépare à devenir mage à part entière, conscient que cette épreuve peut lui coûter la vie.

Au nord du royaume, le mercenaire Kenan est pris pour cible par de mystérieux mages noirs.

Au même moment, dans une vallée isolée, Elyne découvre que son fils est atteint de la malnoire. Osera-t-elle braver le décret royal pour le sauver ?

Et si le sort du royaume dépendait des décisions de ces trois personnes aux objectifs si différents ?

ᐃᚱᐱᚱᐃ

Les Larmes des Aëlwynns
Le dernier mage

Au nord du monde, Garrus a remporté une victoire décisive en capturant Elyne qu'il veut utiliser pour ses sombres desseins. Il a également abandonné Kenan à la merci de centaines de créatures issues du chaos, mais le prince déchu a toujours eu la mauvaise habitude de survivre à tout.

Pour sauver le royaume d'Ysaldin, Kenan et le jeune mage Adriel vont entreprendre un long et dangereux périple. Parviendront-ils à arracher Elyne des geôles de Garrus, avant qu'il ne soit trop tard ?

ᐃᚱᐱᚱᐃ

Les Larmes des Aëlwynns
La déesse sombre

L'inquiétude plane sur Varydaïn qui se prépare au couronnement de son nouveau roi. Les mages noirs, en fuite, sont plus redoutables que jamais. Adriel les traque sans pitié afin d'assouvir son envie de vengeance. Kenan, le prince déchu, pourrait plonger le royaume dans une guerre fratricide en réclamant ce qui lui revient de droit.

Elyne, arrachée de justesse à un terrible destin, ne représente-t-elle pas une menace pour le royaume d'Ysaldin ?

ΔΞΛΞΔ

Abri 19

Il y a onze ans, un mystérieux brouillard a recouvert la Terre. Les scientifiques n'ont pas réussi à l'endiguer ou même, à l'expliquer. Les gouvernements du monde se sont résignés à préserver une partie de la population en l'enfermant dans des bases secrètes.

Lorsqu'un accident survient dans l'abri 19, Liam doit faire un choix. Respecter les lois de l'abri ou sauver la vie de sa sœur et risquer l'exil dans un monde dévasté.

ΔΞΛΞΔ

À propos de l'auteure

Depuis toujours, Myriam Caillonneau est captivée par les livres et les récits qui transportent le lecteur loin de son quotidien.

Néanmoins, elle choisit la carrière militaire et s'y consacre pleinement, sans perdre sa passion pour l'écriture.

En 2016, elle publie son premier roman qui rencontre un vif succès auprès des lecteurs et depuis, elle s'adonne à sa vie d'auteur.

Vous pouvez me contacter :
— soit sur mon site : https://www.myriamcaillonneauauteure.com/
— soit à cette adresse mail : myriam.caillonneau@gmail.com

Éditeur

Éditions Myriam Caillonneau
myriam.caillonneau@gmail.com

Imprimé par Kindle Direct Publishing
Impression à la demande

ISBN : 979-10-95740-19-3

Dépôt légal : mai 2021